Yrsa Sigurdardóttir • Blut

Yrsa Sigurdardóttir

BLUT

Thriller

Aus dem Isländischen
von Anika Wolff

btb

Dieses Buch ist meinem Enkel
Reginn Freyr Mánason gewidmet.

PROLOG

Die meisten waren einfach zu blöd. Zu diesem Ergebnis kam Einar, nachdem man beim Recyclingunternehmen Sorpa, bei dem er arbeitete, das neue Mülltrennungssystem eingeführt hatte. Es war nicht auf seinem Mist gewachsen, er traf hier keine wichtigen Entscheidungen und war auch nicht für die Öffentlichkeitsarbeit zuständig. Er arbeitete an der Basis, kontrollierte stichprobenartig den Abfall und erfasste, was die Leute richtig und was falsch sortiert hatten. Und leider ließ das traurige Ergebnis seiner Proben keinen anderen Schluss zu, als dass die meisten eben zu blöd waren.

Dabei war es wirklich kein Hexenwerk: Papier, Plastik, Essensreste und allgemeiner Haushaltsmüll. Für jede der vier Kategorien gab es eine eigene Mülltonne. Alle anderen, spezielleren Abfälle konnte man an den zahlreichen Wertstoffhöfen in der Hauptstadtregion abgeben. Es hatte eine umfangreiche Informationskampagne dazu gegeben, alles Wichtige dazu stand im Netz, und jeder Haushalt hatte entsprechende Broschüren erhalten. Aber gebracht hatte es nichts. Aludosen steckten mit Essensresten in Papiertüten, Essensreste landeten in der Plastiktonne und Gartenabfälle im Restmüll. Am schlimmsten war es mit dem Sondermüll, Elektrogeräte und Batterien wurden immer noch regelmäßig über die normalen

Mülltonnen entsorgt. Natürlich gab es auch Leute, die ihren Müll gewissenhaft trennten, aber nur ein Bruchteil der Stichproben bestand die Prüfung.

Zu allem Übel hatte Einar den Eindruck, dass es einen Abwärtstrend gab. Die Motivation, die sie bei Einführung des neuen Systems erzeugt hatten, war wirklich schnell verflogen.

Einar ging durch die Sortierhalle. Auf beiden Seiten eines Fließbands standen Frauen und pulten Glasscherben, Plastiksplitter, Metallteile und andere nicht organische Partikel aus Lebensmittelresten, die zur Methangasgewinnung genutzt wurden. Er nickte ihnen im Vorbeigehen zu, doch niemand erwiderte seinen stillen Gruß. Die Aufmerksamkeit der Frauen richtete sich ganz auf den Müll, der wie ein Höllenfluss an ihnen vorbeiströmte.

Einar hatte keine Probleme mit Übelkeit. Nicht mehr. Vor Einführung des neuen Trennsystems hatte er bei der jährlichen Untersuchung des Haushaltsmülls mitgemacht und Tonnen von gemischtem Abfall aus der Hauptstadtregion untersucht. Zum Beispiel hatte er Windeln herausfischen müssen, aber es gab noch deutlich Unangenehmeres. In einem Jahr fand er eine tote Katze, im nächsten eine Ratte, im dritten einen vergammelten, undefinierbaren Riesenfisch. Oder diese Papierstreifen, die zur Haarentfernung verwendet wurden und wie kleine Teppiche aussahen. Ganz zu schweigen von den zahllosen Spritzennadeln und benutzten Kondomen.

In der ersten Arbeitswoche hatte er sich immer wieder gesagt, dass man sich an alles gewöhnte. Wenn Chirurgen lernen konnten, Menschen den Bauch aufzuschneiden, ohne dass ihnen schlecht wurde, dann sollte das hier auch möglich sein.

Und tatsächlich. Inzwischen riefen merkwürdige Funde im Abfall keine Übelkeit mehr bei ihm hervor, sondern weckten vielmehr sein Interesse. Und da gab es einiges Interessantes: ein einsames Puzzleteil, nach dem die Besitzer sicher die ganze Wohnung abgesucht hatten, ein Ehering, der absichtlich im Müll gelandet war – so zumindest seine Theorie. Denn es war einfach viel spannender, sich vorzustellen, dass ein gewisser Guðmundur seine Partnerin übel betrogen hatte, als dass der Ring, in den sein Name eingraviert war, versehentlich beim Müllrausbringen vom Finger gerutscht war. Eine Flaschenpost in einer Tüte Strandmüll, mit einem Brief von einem isländischen Mädchen, das sicher hoffte, die Flasche würde irgendwo in der Welt an einen Strand gespült. Er hatte den Brief fotografiert und sich vorgenommen, ihr von seiner nächsten Auslandsreise unter einem fremdländischen Pseudonym eine Postkarte zu schicken.

Am meisten setzte ihm eine Tüte mit unbenutzter Babykleidung zu. In diesem Fall war die Geschichte dahinter ziemlich eindeutig.

Dennoch blieb interessanter Müll die Ausnahme. Der heutige Tag würde aller Voraussicht nach genau wie der gestrige werden, und so weiter und so fort.

Einar blieb stehen und wandte sich an seinen Mitarbeiter, der ihm gefolgt war. Er zeigte auf einen großen Haufen transparenter Müllsäcke. »Gartenabfall? Zu dieser Jahreszeit?« Über den Winter wurde so gut wie kein Grünschnitt abgegeben, im Gegensatz zu Frühling, Sommer und Herbst. Die Grünabfälle bedeckten dann als oberste Schicht anderen Müll auf der Deponie. Im Winter hatte das keinen Zweck, da wurde eine solche Deckschicht sofort weggeweht.

Der junge Mann zuckte mit den Achseln. »Vielleicht, weil es warm ist. Die sind im Herbst nicht fertig geworden und haben jetzt die Chance genutzt.«

»Warum ist das alles noch in Säcken? Die müssen doch in den Container geleert werden.« Einar hatte nur laut gedacht. Er rechnete nicht damit, dass der Neue seine Frage beantworten konnte.

»Möglich, dass ein oder zwei Säcke im Container lagen und der Nächste dachte, das gehört so?«

Ein guter Gedanke, das musste Einar zugeben. »Kann sein. Trotzdem hätten die Mitarbeiter es bemerken und eingreifen müssen.«

Sie betrachteten den Haufen. Laut Vorschrift mussten von allen Müllsorten Stichproben genommen werden, auch von den Abfällen, die an den Sammelstellen abgegeben wurden. Bei der Auswertung des neuen Trennsystems kam es auf das Gesamtbild an. Sollte sich herausstellen, dass an den Sammelstellen viel Müll auftauchte, der eigentlich zu Hause hätte sortiert werden müssen, könnte sich daraus ein Handlungsbedarf ergeben. Eine neue Kampagne vielleicht, wenn es mit der Motivation zum Mülltrennen weiter so bergab ging.

Einar zeigte auf einen der Säcke. »Diesen da.«

Der junge Mann streifte sich Handschuhe über und zerrte den Sack aus dem Haufen. Er hängte ihn an die Kofferwaage; Einar notierte das Gewicht. Dann setzten sie Masken auf und schütteten den Inhalt auf den Boden. Kahle Äste, halb verrottetes Laub, Erde und Grasnarbe. Alles gemäß der Trennvorschrift. Dennoch hatte dieser emsige Gartenbesitzer nicht alles richtig gemacht. Zwischen den Gartenabfällen fanden sich auch Plastiktöpfe mit vertrockneten Sommerblumen, einige

Steine, ein völlig verdrecktes Handtuch von unbestimmbarer Farbe, zerschlissene Stofffetzen und einige neuere Werbeprospekte.

Der Neue begann, die falsch sortierten Dinge zu wiegen; Einar notierte die Ergebnisse. Bei den Sommerblumen zögerte er. »Ist der Blumentopf samt Inhalt falsch einsortiert oder nur der Topf?«

»Nur der Topf. Der Inhalt ist Gartenabfall.«

»Und die Steine?«

Der Mann hatte gerade erst bei Sorpa angefangen, konnte also noch nicht alles wissen. Und immerhin war er um einiges schlauer als die Person, die die Säcke befüllt hatte und offenbar glaubte, dass Handtücher zu organischem Abfall zählten. »Steine sind kein Gartenabfall. Die sind nicht organisch.«

»Oh. Okay.« Er beugte sich runter und nahm einen der Äste in die Hand. »Und das hier?«

Möglicherweise hatte Einar den Intellekt des Mannes doch überschätzt. »Versuch mal, dir einen Garten vorzustellen. Alles darin, was grün ist und aus der Erde wächst, zählt zum Gartenabfall. Auch die Erde. Bäume und Äste gehören auch in diese Kategorie, oder?«

»Das ist aber kein Ast. Glaube ich zumindest.« Der Mann besah sich das Ding, das eindeutig nach Ast aussah, von allen Seiten. »Ich glaube, das ist ein Knochen.«

»Ein Knochen?« Einar ging hin und sah es sich selbst an. Im Hausmüll kamen Knochen nicht selten vor, Lammkeule und -rücken, Hähnchenknochen, und im Sommer die Knochen von gegrilltem Schweinefleisch. Wenn dieser Ast tatsächlich ein Knochen sein sollte, stammte er nicht von den genannten Tieren. Dafür war er viel zu groß.

Der Mann gab Einar das Ding – das tatsächlich ein Knochen war. Er war nicht weiß, wie die Knochen, die man sonst sah, sondern braun und ziemlich schmutzig. Einar war kein Experte für Knochen, doch er schätzte, dass er von einer Kuh oder einem Pferd stammte. Aber wer grillte schon eine Rinder- oder Pferdekeule? Ging das überhaupt? Ein Beinknochen war es in jedem Fall, der runde Hüftkopf ließ daran keinen Zweifel. Aber die Länge des Knochens passte zu keinem Tier, das hierzulande auf dem Speiseplan stand. Von einem Haustier konnte der Knochen auch nicht sein. Zumindest würde er persönlich keinen so großen Hund haben wollen. Geschweige denn eine Katze.

Pferd oder Kuh? Oder das einzige Tier auf Island, das ansonsten noch infrage kam: der Mensch. Einar wurde blass, und obwohl er einiges gewohnt war und Handschuhe trug, hätte er das Teil am liebsten fallen lassen.

»Hier sind noch mehr davon.«

Einar riss sich zusammen und legte den Beinknochen vorsichtig auf den Boden. Er holte tief Luft, und dann machten sie sich daran, die übrigen Knochen aus den Ästen herauszusuchen. Es waren eine ganze Menge. Nacheinander leerten sie die Säcke auf den Boden, denn obwohl sie vermutlich nicht alle von derselben Person stammten, sahen sie von außen gleich aus. Mithilfe von Skelettbildern aus dem Internet sortierten sie die Knochen, und als alle ungefähr an ihrem Platz lagen, traten sie zurück und betrachteten das Ergebnis.

Auf dem Boden lag tatsächlich das bräunliche Skelett eines Menschen. Hier und da fehlte zwar ein Knochen, vor allem der Schädel und einige Finger- und Zehenknochen, aber die meisten größeren Knochen waren da. Während sie sprachlos auf das schaurige Ergebnis ihrer Puzzlearbeit starrten, schoss Einar der Gedanke durch den Kopf, dass er sich vermutlich einen neuen Mitarbeiter suchen musste. Der jetzige würde seinen Job wohl kündigen, sobald er die Sprache wiederfand.

1. KAPITEL – NACHT ZUM SAMSTAG

Wie erwartet war am Hafenbecken nicht viel los. Es war kalt, aber nicht windig, der Mond schien, und es herrschte fast absolute Stille. Nur das leise, träge Plätschern der Wellen war zu hören, neben dem Knarzen der Fischtrawler, die sich an den Reifen am Kai rieben. Diese Geräusche strahlten eine solche Ruhe aus, als gäbe es keinen Grund zur Eile. Alles ganz entspannt. Bis zur Morgendämmerung musste sich niemand stressen.

Doch Gunndís hatte es eilig. Sie holte die Sporttasche aus dem Kofferraum ihres kleinen Wagens und versuchte, nicht weiter darüber nachzugrübeln, ob sie irgendetwas vergessen hatte. Es war eine kurzfristige Anfrage gewesen, wie immer. Sie hatte noch keine feste Anstellung und musste sich mit den Fahrten begnügen, bei denen sie einspringen konnte, weil der Schiffskoch aus irgendeinem Grund ganz kurzfristig ausfiel. Aber über die Hektik, die das mit sich brachte, regte sie sich schon lange nicht mehr auf, sondern freute sich über jede Gelegenheit, die sie bekam. Seit sie denken konnte, war das hier ihr Traumjob, und ihr war bewusst, dass sie einen steinigen Weg vor sich hatte. Sie musste sich Schritt für Schritt vorankämpfen, einen guten Job machen, zeigen, dass man sich auf sie verlassen konnte, und darauf hoffen, dass sich das herumsprach.

Sie hatte keine Schwierigkeiten, das Schiff zu finden. Es war das einzige, das beleuchtet war, ein Teil der Mannschaft war schon an Bord. Niemand wollte sich diese Tour entgehen lassen, die Lodde war kurz vor dem Laichen, es war die letzte Chance, den Fisch in diesem wertvollsten Stadium zu fangen. In den Abendnachrichten war über den Fischfang berichtet worden, und es hieß, der Rogen sei voll ausgereift und der Zeitpunkt perfekt. Auch der Anteil der Rogner, der weiblichen Tiere in den Schwärmen, sei westlich von Island zurzeit optimal. Der Trawler fasste zweitausend Tonnen. Wenn sie mit vollen Laderäumen zurückkehrten, würde sie in diesen paar Tagen mehr verdienen als in drei Monaten Schulmensa. Ihre feste Stelle als Schulköchin war weder ihr Traumjob noch besonders gut bezahlt, aber sie hatte aushandeln können, dass sie in Situationen wie diesen spontan freibekam. Damit hatte sie sich unter den Kollegen zwar nicht gerade beliebt gemacht, aber egal. Die anderen schafften das auch ohne sie, es war kein Weltuntergang, wenn sie ab und zu fehlte. Zumal das ja wirklich auch nicht häufig passierte, so selten, wie sie die Chance bekam, mit rauszufahren. Und krank wurde sie fast nie. Daher fehlte sie so unterm Strich viel seltener, als wenn sie alle ihre Krankheitstage in Anspruch nehmen würde.

Gunndís blieb vor dem Schiff stehen und holte ihr Handy heraus. Sie wollte zwei Nachrichten schreiben, bevor sie an Bord ging, damit sie es später nicht vergaß. Die erste war eine Mitteilung an die Schule, dass sie zu Beginn der nächsten Woche fehlen würde; die zweite ging an ihren Exmann Gauti. Sie hatten sich vor gut einem Jahr getrennt, aber blieben durch ihren zweijährigen Sohn Daði dennoch untrennbar miteinander verbunden. Gerade war Papa-Wochenende, daher war

Daði bei seinem Vater, aber Montagfrüh würde Gauti ihn zur Kita bringen und normalerweise müsste sie ihn dort nachmittags abholen. Nicht, dass der arme Junge vergeblich auf seine Mama wartete. Sie hörte Gauti schon stöhnen, wenn er erfuhr, dass Daði länger bei ihm bleiben sollte, aber er meinte es nicht so. Er hatte sich für sie nicht als der Partner erwiesen, den sie sich erhofft hatte, aber er war ein wunderbarer Vater, der gerne Zeit mit seinem Sohn verbrachte. Und die Loddenfahrten waren kurz. Wenn alles wie geplant lief, war sie Montagabend oder spätestens Dienstag früh zurück. Zwei Extratage würden ihn nicht umbringen. Und sollte er deswegen Stress machen, würde sie ihm anbieten, dafür das nächste Papa-Wochenende zu übernehmen. Sie musste dafür nicht mal in den Kalender schauen, denn es war klar, dass Gauti dieses Angebot nicht annahm. Außerdem wusste sie ganz sicher, dass sie am nächsten Papa-Wochenende nichts vorhatte. Genauso wenig wie an allen anderen Wochenenden. Sie war von Natur aus introvertiert. Im Gegensatz zu Gauti. Auch das hatte zu ihrer Trennung beigetragen. Neben anderen Dingen, an die sie gerade nicht denken wollte.

Gunndís erspähte eine Person auf der Brücke, vermutlich Kapitän Hróbjartur, der sie heute früh geweckt und ihr den Job angeboten hatte. In dem kurzen Telefonat hatte er ihr mitgeteilt, dass sie eine dreizehnköpfige Crew seien, sechs Matrosen, drei Maschinisten, drei Steuermänner und er selbst. Mit ihr also vierzehn. Sie würden in Richtung Breiðafjörður fahren, wo sich die Lodden derzeit aufhielten. Er hatte nachgefragt, ob sie über ein gültiges STCW-Zertifikat verfüge, was sie bejahen konnte. Dann wollte er wissen, ob sie in einer Stunde an Bord sein könne. Auch das hatte sie bejaht, wenn auch etwas zögerlicher. Mehr hatte Hróbjartur nicht wissen wollen, und nachdem er ihr erklärt hatte, wo genau der Trawler auslief, war sie aus dem Bett gesprungen, hatte ein paar Dinge eingepackt und war losgerast. Die Fahrt von Breiðholt nach Grindavík dauerte vierzig Minuten, daher waren ihr fürs Packen und Fertigmachen nur zehn Minuten geblieben. Ganz sicher hatte sie irgendetwas vergessen, aber das Wichtigste hatte sie dabei: Zahnbürste, Wechselsachen und ihr Messerset.

Gunndís steckte das Handy wieder ein und stieg über die Reling an Deck. Mit der schweren Sporttasche an ihrer Schulter verlor sie kurz das Gleichgewicht. Um ein Haar wäre sie in den Spalt zwischen Schiff und Kaimauer gestürzt. Die Lücke war nicht so breit, dass sie im Wasser gelandet wäre, aber sie hätte sich verletzen können, wäre vielleicht mit einem gebrochenen Bein im Krankenhaus gelandet. So etwas sprach sich schnell herum, und dann würde sie lange auf eine neue Anfrage warten – und den Traum von einem festen Job auf See konnte sie sich dann ganz abschminken. Glücklicherweise hatte keiner ihre ungeschickte Kletterpartie beobachtet, es war kein Mensch an Deck. Leer war es trotzdem nicht. Ihren Weg musste sie sich durch ein Labyrinth aus Spulen, Ketten, Kränen, Winden, Masten und aller möglicher Ausrüstung bahnen.

Als sie im Inneren des Schiffes war, hörte sie vom Ende des Gangs Stimmen und folgte ihnen in der Hoffnung, jemanden zu finden, der sie zu ihrer Kajüte bringen und ihr den Weg zur Brücke zeigen konnte.

Vier Männer saßen in einem Raum, dem Trockenraum, wie ein Schild an der Tür verriet. Dort hingen Arbeitskleidung und Helme, gleichzeitig war es wohl ein Aufbewahrungsraum für diverses Kleinzeug, aber auch Pausenraum und Raucherzimmer. Die Männer blickten auf, als Gunndís hineinschaute, wirkten aber nicht sonderlich erstaunt über das Erscheinen eines weiblichen Crewmitglieds. Sie stellten sich zwar nicht mit Namen vor, begrüßten sie aber freundlich an Bord und sahen sie erwartungsvoll an. Als Gunndís fragte, ob jemand wisse, in welcher Kajüte sie untergebracht sei, sprang der jüngste der Männer auf und bot an, sie hinzubringen.

Gunndís war zum ersten Mal auf diesem Schiff, und obwohl ihr vieles vertraut vorkam, war nichts genauso, wie sie es von anderen Schiffen kannte. Doch eine Gemeinsamkeit gab es. Leider. Kaum an Bord, befiel sie dieses klaustrophobische Gefühl, das ihr den Atem raubte, wenn sie es nicht im Keim erstickte. Energisch schob sie alle Bilder von sich, auf denen die Gänge geflutet wurden, sich das Schiff auf die Seite legte oder Feuer an Bord ausbrach. Allein der Gedanke daran brachte ihren Puls zum Rasen. Sie wollte nicht vor dem jungen Matrosen kollabieren, also musste sie sich zusammenreißen. Meist half es, wenn sie sich bewusst machte, dass es noch viel schlimmere Situationen gab. Das hier war zumindest kein U-Boot oder Raumschiff.

Es würde schon alles gutgehen. Natürlich würde alles gutgehen. Solche Schiffsunglücke, wie sie es sich ausmalte, gehörten in isländischen Gewässern quasi der Geschichte an. Gunndís atmete tief ein und langsam wieder aus. Sie spürte, wie ihr Körper sich entspannte und auch ihr Herz wieder ruhiger schlug. Ein wunderbares Gefühl.

Damit die Panik nicht von den Toten auferstand, konzentrierte sie sich ganz auf die Umgebung. An der Wand neben dem Ausgang zum zweiten Deck hing ein Trockengestell für die Arbeitshandschuhe der Mannschaft. Über jeden Halter war ein steifer, wasserdichter Handschuh gestülpt. Die vielen dicken Finger, die in den Gang ragten, wirkten fast wie ein Kunstwerk. Hoffentlich fand sie ein Paar in einer kleineren Größe, wenn sie morgen wie jedes andere Crewmitglied Handschuhe überziehen würde. Denn der Koch fuhr nicht nur zum Kochen mit. Damit die Crew genug zu essen bekam, würde sie zwar als Letzte an Deck gehen und als Erste wieder in die Kombüse, aber sobald das Netz ausgelegt wurde, musste auch sie mit anpacken.

Eine enge, steile Treppe mit Geländern an beiden Seiten führte nach unten. Bei starkem Wellengang hätten selbst Zirkusartisten Schwierigkeiten, dort hinunterzuklettern, ohne sich festzuhalten. Unten befanden sich die Kajüten, und vor einer Tür ungefähr in der Mitte des Gangs blieb der junge Mann stehen. Gunndís atmete auf, denn sie hatte schon befürchtet, ganz hinten zu landen, wo der Maschinenlärm am lautesten war. Aus bitterer Erfahrung wusste sie, dass die Angst leichtes Spiel mit ihr hatte, wenn sie in der dunklen Kajüte unter dem Meeresspiegel wach lag. Dass sie ihren Seefahrertraum nicht schon längst begraben hatte, war wirklich erstaunlich. In der Schulkantine, wo sie Gemüse für Kinder schnippelte, die viel lieber Pizza essen wollten, hatte sie noch nie eine Panikattacke bekommen.

Der junge Mann öffnete die Tür, ging hinein und machte Licht. »Das ist die Kajüte des Kochs. Von dem Koch, der sonst mitfährt, meine ich. Seine Sachen stören dich hoffentlich nicht.« Er zeigte auf die untere Koje. »Das Bett ist frisch bezogen. Und im Bad sind saubere Handtücher.«

Gunndís nickte und lächelte freundlich. »Super. Danke.« Ihr Blick schweifte durch die Kajüte. Es lag nicht viel herum; ein paar Bücher, ein Laptop, eine Spielekonsole. An der Wand hing ein kleiner Fernseher. Auf dem Schreibtisch ein paar Zettel, die sie in eine der Schubladen legen würde, falls etwas Privates darauf stand. Außerdem war da noch eine Plastiktüte von einem Supermarkt, die hoffentlich nur Limo und Knabbereien enthielt und nichts, was verderben konnte. Oder schon verdorben war. Ansonsten war die Kajüte ordentlich, es lagen keine schmutzigen Socken herum oder anderer Kram des verhinderten Kochs. Sie stellte ihre Tasche neben das Bett. »Würdest du mich auf die Brücke bringen? Ich muss dem Kapitän Bescheid geben, dass ich da bin.«

»Das weiß er sicher schon. Aber klar, dann los.«

Als Gunndís die Tür hinter sich zuzog, fiel ihr auf, dass sie keinen Schlüssel bekommen hatte. Die Tür war auch nicht abgeschlossen gewesen. »Hast du den Schlüssel, oder wo kriege ich den her?«

»Oh. Ich glaube, es gibt keine Schlüssel. Die Kajüten sind immer offen.« Er senkte verlegen den Blick. »Hier passiert nichts.«

»Nein, natürlich nicht. Kein Problem.« Gunndís wünschte, sie hätte nicht gefragt. Oder sich an den Kapitän gewandt. Der verbrachte die meiste Zeit auf der Kommandobrücke und redete nicht viel mit den anderen. Jetzt sprach es sich bestimmt herum, dass sie Sorge hatte, jemand könnte zu ihr in die Koje kriechen.

Der junge Mann lächelte. »Ich heiße übrigens Logi. Habe ganz vergessen, mich vorzustellen. Ich bin Matrose.«

Sie lächelte zurück und streckte die Hand aus. »Gunndís.« Sie hatte sich mal wieder umsonst gesorgt. Logi wirkte aufrichtig und nett, überhaupt nicht wie jemand, der Geschichten über andere verbreitete.

Nachdem sie sich die Hand gegeben hatten, standen sie einen Moment unschlüssig voreinander, dann lief Logi los und sie folgte ihm. Im Vorbeigehen zeigte er ihr Kombüse und Messe, und sie prägte sich den Weg ein. Das Schiff war nicht besonders groß, aber die schmalen Gänge und unzähligen Türen verwirrten sie. Wenn die erste Mahlzeit anstand, wollte sie die Küche sofort finden und nicht orientierungslos durchs Schiff irren.

Auf der Brücke war von Enge nichts zu spüren. Der großzügig geschnittene Raum hatte Fenster zu allen Seiten, durch die in der Dunkelheit und wegen der Salzkruste allerdings nicht viel zu sehen war. Neben zwei Steuersesseln und dem massiven Steuerpult gab es eine Sofaecke, zwei Schreibtische und einen Ablagetisch mit zahlreichen Schubladen. Wo man auch hinblickte, waren Bildschirme, die dabei halfen, das Schiff sicher zu navigieren und Fischschwärme aufzuspüren.

Der Kapitän saß mit dem Rücken zu ihnen an einem der Schreibtische und war in die Anzeige auf einem Bildschirm vertieft. Logi räusperte sich und sagte dann: »Die Vertretungsköchin ist eingetroffen. Sie möchte sich kurz vorstellen.«

So formell, wie Logi sie ankündigte, klang es, als würde sie untertänigst vor einen Monarchen treten. Dabei wollte sie lediglich kurz Bescheid geben, dass sie an Bord war, falls der Kapitän auf sie gewartet hatte. Als er sich umdrehte, brachte sie dennoch ein Lächeln zustande und ließ sich ihre Irritation nicht anmerken.

»Willkommen. Entschuldige die Eile und vielen Dank, dass du alles stehen und liegen gelassen hast und hergekommen bist.« Er drückte fest ihre Hand. »Ich bin Hróbjartur. Wir haben vorhin telefoniert.«

Nachdem sie ein paar freundliche Worte gewechselt hatten, sagte Hróbjartur, dass sie bald auslaufen und gegen Mittag die Fanggründe erreichen würden, wenn alles nach Plan laufe. Ab acht solle das Frühstück bereitstehen, und das Mittagessen am besten, noch bevor sie das Netz auslegten. Falls das überhaupt möglich sei. Das Wetter werde eher schlechter, und es sei fraglich, ob sie dann wirklich loslegen könnten. Im Zweifel erst am Sonntagmorgen, aber essen müssten sie natürlich trotzdem. Er wisse nicht, was der Koch bestellt habe, aber Kühlschrank und Vorratskammer dürften gut gefüllt sein. Damit sollte sie etwas anfangen können.

Bis zum Frühstück waren es noch einige Stunden, da konnte sie sich noch mal kurz aufs Ohr hauen. Doch vorher wollte sie sich die Vorräte ansehen, um beim Einschlafen über den Speiseplan nachzudenken, anstatt sich auszumalen, welche Katastrophen an Bord passieren konnten.

Logi begleitete sie zur Kombüse, obwohl sie dem Matrosen erklärt hatte, dass sie den Weg schon finden würde. Offenbar hatte er sich zum Empfangschef erkoren und nahm seinen Job sehr ernst. Während sie die Regale inspizierte, fragte er ihr Löcher in den Bauch. Woher sie komme, mit welchen Schiffen sie schon gefahren sei und ob sie diesen oder jenen Koch kenne, mit denen er offenbar gearbeitet hatte. Als ihm die allgemeinen Fragen ausgingen, wurde er persönlich. War sie verheiratet? Hatte sie Kinder? Wie alt war sie?

Sie beantwortete gewissenhaft alle Fragen: Sie kannte nur wenige der Leute, die er nannte, aber konnte mehrere Schiffe aufzählen, auf denen sie gearbeitet hatte. Sie war alleinerziehende Mutter und gerade achtundzwanzig geworden. Dann kam eine Frage, auf die sie keine eindeutige Antwort hatte. Sie überlegte, ob sie ihm einfach irgendetwas erzählen sollte, als er von ihr wissen wollte, wie sie darauf gekommen war, Schiffsköchin zu werden. Sie befürchtete, dass die Wahrheit noch mehr Fragen nach sich ziehen würde, doch sie riskierte es und antwortete: »Mein Vater war Koch. Schiffskoch. Ich wollte immer in seine Fußstapfen treten.«

Tatsächlich horchte der Matrose auf, als witterte er ein gutes Gesprächsthema. »Kenne ich ihn vielleicht? Wie heißt er?«

»Nein. Sicher nicht. Er ist tot. Schon lange.« Gunndís verzog den Mund zu einem Lächeln, das sofort erstarrte. Sie wollte nicht über den Tod ihres Vaters reden. »Glaubst du, es gibt hier irgendwo einen Speiseplan?«

Auch Logi schien froh über den Themenwechsel. Niemand wollte mit Fremden über Tod und Trauer sprechen. »Ja. Kann sein.« Er zeigte auf eine Schublade, in der der Koch verschiedene Unterlagen aufbewahrte. Gunndís öffnete die Schublade und durchsuchte sie, doch sie fand nur Notizen und Broschüren von diversen Lieferanten.

»Ich glaube, er hat ein gutes Kochbuch da unten im Schrank, falls das hilft.« Er holte das Buch heraus. »Diese Rezepte kommen hier jedenfalls immer gut an.«

Gunndís nahm das Buch. Sie starrte auf den vertrauten Umschlag und spürte, wie sich in ihr alles verkrampfte. Vor achtzehn Jahren, als Zehnjährige, hatte sie ihrem Vater dieses Buch zu Weihnachten geschenkt. Damit er leckeres Essen für seine Seeleute kochen konnte. *Kochen für viele – Festessen für Hungrige*. Sie hatte das Buch selbst ausgesucht und eingepackt, und ihre Vorfreude war so groß gewesen, dass sie ihm schon beim Auspacken alles verriet.

Dieses Buch war das letzte Weihnachtsgeschenk für ihren

Vater gewesen. Einen Monat später war er tot. Am liebsten hätte Gunndís die Augen geschlossen und das Buch fest an sich gedrückt. Das tat sie natürlich nicht, wollte nicht mit Logi darüber sprechen, so nett er auch wirkte. Außerdem war es reiner Zufall, dass ihr das Buch hier in die Hände fiel; dieses Exemplar war natürlich nicht das ihres Vaters. Genauso wenig wie die Winston-Zigaretten, die hier offenbar geraucht wurden und die sie ebenfalls an ihren Vater erinnerten.

»Unser Lieblingsessen aus dem Buch ist Wiener Schnitzel. Mit Röstzwiebeln.« Logi lächelte.

Gunndís war dankbar für den Hinweis. Er holte sie zurück in die Gegenwart. »Wiener Schnitzel kriege ich hin. Ich hatte mich schon über das Kalbfleisch in der Kühltruhe gewundert. Jetzt ist mir alles klar.« Sie schlug das Kochbuch auf, um das Rezept herauszusuchen – und erstarrte, als ihr Blick auf die Titelseite fiel.

Dort stand handgeschrieben:

Für Papa,
jetzt kannst du leckeres Essen für deine Seeleute kochen.
Deine Gunndís

Ihr wurde schwindlig, sie fühlte sich wie in einem Traum. Ihr Vater hatte das Buch, ihr Weihnachtsgeschenk, auf seine letzte Fahrt mitgenommen. Und das Schiff war mit Mann und Maus untergegangen.

2. KAPITEL – DONNERSTAG

»Ihr da!«, schallte es aus dem Büro von Erla, der Chefin ihres Ermittlungsteams. Týr ließ den Blick durch das Großraumbüro wandern, aber da war niemand außer ihm und Karó, die am Nachbartisch saß. Erst jetzt drehte er sich zu Erla um, die ungeduldig im Türspalt stand und mit dem Finger auf sie zeigte. Mit *ihr da* waren unmissverständlich Karó und er gemeint.

Niemand würde sich Erla als Chefin wünschen. Aber leider war sie die Chefin, also mussten sie sich mit ihr abfinden. Besser ärgerte man sich über Dinge, die sich ändern ließen, und nicht über Personalentscheidungen, die mehrere Hierarchieebenen über ihnen getroffen wurden. Und obwohl Erla barsch und eine absolute Katastrophe im zwischenmenschlichen Umgang war, hatte sie ihre Vorzüge.

»Wie heißt ihr noch mal?« Erla ließ sie in ihr Büro und setzte sich. Týr und Karó nannten ihr zum hundertsten Mal ihre Namen, die sie sofort wieder vergessen würde, sobald sie den Raum verließen. So ging es den meisten Kolleginnen und Kollegen, die nicht besonders hoch in Erlas Gunst standen. Daran würde sich auch in Zukunft nichts ändern. Denn um ein Problem in den Griff zu bekommen, musste man sich erst einmal bewusst sein, dass es ein Problem gab. Den Vorschlag eines Kollegen, dass alle im Team Namensschilder tragen, hatte Erla sofort vom Tisch gewischt. Sie sah nicht, wozu das gut sein sollte, und begriff auch nicht, dass es vor allem als Hilfe für sie gedacht war.

Erla musterte Karó und Týr, der sich schon auf eine Standpauke gefasst machte. Er hatte nicht den geringsten Schimmer, was sie angestellt haben könnten. Soweit er wusste, war nichts vorgefallen; überhaupt war es in den letzten Wochen ungewohnt ruhig zugegangen. Der einzige große Fall – wenn man ihn überhaupt so nennen konnte – war der Fund von menschlichen Knochen auf einem Sorpa-Recyclinghof vor knapp zwei Wochen. Aber damit waren nicht Karó und er befasst, sondern Leute, die Erla mit Namen kannte.

»Kennt ihr irgendeine Tagesmutter? Tante, Onkel, Freundin, Nachbarn oder was weiß ich?«

Die Frage kam überraschend, und andererseits auch wieder nicht. Selbst Týr war nicht von ihren ewigen Klagen über den Mangel an Kinderbetreuungsplätzen im Hauptstadtgebiet verschont geblieben. Erla hatte ein Kind, und es schien ein großes Problem zu sein, einen verlässlichen Platz zu finden.

»Nein. Leider«, antwortete Týr.

Auch Karó wusste keinen Rat. »Ich kenne leider auch niemanden.«

Erla presste die Lippen zusammen und starrte sie stumm an, wie eine Schuldirektorin zwei freche Schüler, die man dabei erwischt hatte, wie sie die Toiletten mit Klopapier verstopften. Sie hatte tiefe Ringe unter den Augen, die fast wie kleine Hängematten aussahen, in denen die Augäpfel lagen. Offenbar raubte das Betreuungsproblem ihr den Schlaf.

»Hätte ja sein können.« Erla seufzte, dann entspannten sich ihre Gesichtszüge ein wenig. »Egal. Die Kollegen aus Grindavík brauchen unsere Unterstützung. Irgendein unwichtiger Quatsch, aber wir müssen reagieren. Nachbarschaftsstreitigkeiten.«

Karó kam Týr zuvor. »Wozu brauchen sie Unterstützung aus Reykjavík? Warum kann sich die Polizei Suðurnes nicht darum kümmern? Hat Grindavík keine Polizeiwache?« Schnell fügte sie hinzu: »Ist natürlich kein Problem vorbeizuschauen. Ich frage mich nur …«

»Diese bescheuerten Nachbarn haben bereits die meisten Kollegen der örtlichen Polizei angezeigt. Auch Kollegen der Bezirkspolizei haben sie schon Diskriminierung, Bestechlichkeit und wer weiß was vorgeworfen. Alles Schwachsinn, diese Leute sind einfach nur Querulanten. Sie haben auch die örtlichen Behörden verklagt. Und die Nachbarn natürlich. Das geht immer hin und her. Wenn das eine Ehepaar klagt, zeigt das andere sie wegen derselben Sache an. Kinderkram, aber verständlicherweise hat keiner der Kollegen da unten mehr Lust, sich weiter mit denen abzugeben. Zumindest nicht solange die Klagen laufen. Jede Folgeklage verzögert den gesamten Prozess.«

»Also fahren wir hin und handeln uns wahrscheinlich auch eine Klage ein?« Týr war ja nicht blöd.

Erla machte ein Pokerface und dachte kurz nach. »Ja. Vermutlich wird es so laufen.«

»Super.« Auch Karó war nicht scharf auf diesen Job.

»Keine Sorge. Ich nehme allen Ärger auf mich. Dafür bin ich da. Ich gehe davon aus, dass ihr keine Verbindung nach Grindavík habt? Sodass man euch nicht vorwerfen kann, dass ihr für eine Seite Partei ergreift?«

Beide nickten.

Týr hatte keine Lust, ihr zu erklären, dass sich die Klagen dieser Leute sicher nicht so leicht aus der Welt schaffen ließen. Sonst müssten sie ja nicht nach Grindavík fahren, sondern die Polizei vor Ort könnte sich um die Sache kümmern. Bei Strafanzeigen gegen Beamte gab es klare Regeln, daran änderte auch ein Anruf von Erla nichts. Sie hätten das gesamte Prozedere an der Backe, auch wenn völlig klar war, dass die Anzeige aus der Luft gegriffen war. So funktionierte das System, und auch sie waren Teil dieses Systems. Dass er jetzt keine Welle machte, lag nicht daran, dass er befürchtete, damit bei Erla auf taube Ohren zu stoßen – was definitiv der Fall wäre –, sondern dass es ihm schlicht egal war. Er war sich nicht sicher, ob er weiter hier arbeiten würde, wusste noch nicht einmal, ob er im Land bleiben wollte.

Dass er sich in Island so unwohl fühlte, war nicht der Arbeit geschuldet, sondern generell seinem verkorksten Leben. Er war einsam, seit er Schweden verlassen hatte, ohne darüber nachzudenken, dass er in Island keine Freunde hatte. Es gab da zwar einige Verwandte, aber die konnten seine sozialen Bedürfnisse natürlich nicht befriedigen. Er hatte sich bei einer Dating-App registriert und einige Frauen getroffen, aber es war beiden Seiten immer schnell klar gewesen, dass sie nicht zusammenpassten. Im Moment steckte er in einer hoffnungslosen Beziehung und musste dringend den Mut aufbringen, sie zu beenden. Je eher er diesen Schritt machte, umso besser war es für sie beide. Seine geheime Hoffnung, dass sie ihm zuvorkam, würde sich ziemlich sicher nicht mehr erfüllen. Leider. Es war nicht schön, verlassen zu werden, aber immer noch hundertmal angenehmer, als dem anderen den Laufpass zu geben.

Das Beziehungsschlamassel war nicht das Einzige, was ihn bedrückte. Er war in dem Glauben aufgewachsen, dass Tante und Onkel ihn als Kleinkind adoptiert hatten. Dass seine Mutter an Krebs gestorben war und sein Vater ihn nicht zu sich nehmen wollte. Er hatte nie einen Grund gehabt, daran zu zweifeln, war beim Tod seiner Mutter noch so jung gewesen, dass er über keinerlei Erinnerungen verfügte. Doch nach seiner Rückkehr nach Island war die Wahrheit ans Licht gekommen und er wünschte, er hätte sie nie erfahren. Sein leiblicher Vater hatte seine Mutter ermordet und sich anschließend im Gefängnis das Leben genommen. Das war ein schwerer Schlag für Týr gewesen. Und als er sich gerade wieder einigermaßen gefangen hatte, hatte ihm Rechtsmedizinerin Iðunn gesteckt, dass der Tathergang nicht zu den Beweisen passte und sein Vater nicht der Täter sein konnte. Es war zwar eine Erleichterung gewesen, nicht von einem Mörder abzustammen, doch dieses Gefühl wurde schnell von dem überwältigenden Verlangen überlagert, die Wahrheit herauszufinden.

Doch daraus würde nichts werden. Sein Vater hatte sich erhängt, seine Mutter war tot, und niemand konnte mehr berichten, was wirklich geschehen war. Für die Polizei war der Fall abgeschlossen, und Týr würde sich auch nicht für eine Wiederaufnahme der Ermittlungen einsetzen. Er hatte einfach keine Kraft dafür. Zumal die Polizei unterbesetzt war und niemand Lust hatte, die begrenzten Kapazitäten auf einen alten Fall zu verwenden. Eine solche Anfrage würde man mit Sicherheit jahrelang im System dümpeln lassen in der Hoffnung, dass er es irgendwann aufgab. Außerdem wollte er die Kollegen auch nicht auf seine Vergangenheit aufmerksam machen. Wenn der Fall tatsächlich wieder aufgerollt würde, musste er damit rechnen, dass der Kollege am Nachbartisch in den Geheimnissen seiner Eltern herumwühlte, sich Bilder von den Leichen seiner Eltern ansah und las, was der Kinderpsychologe damals über ihn geschrieben hatte. Das würde ihn endgültig fertigmachen.

Aber vielleicht wäre es doch erträglicher als diese nagende Sehnsucht nach der Wahrheit?

Er hatte es aufgegeben, darauf zu warten, dass sie nachließ; die Sehnsucht war noch genauso intensiv wie in dem Moment, als er davon erfahren hatte. Und es half auch nicht, dass ihm beim Blick in den Spiegel jedes Mal die Narbe auf seiner Stirn ins Auge sprang, die er von dem tödlichen Angriff auf seine Mutter davongetragen hatte. Man hatte ihm immer erzählt, dass sie von einem Dreiradunfall herrührte – nicht von einem Axtangriff. Wer bitte fällt mit einer Axt über ein Kleinkind her? Nachdem er Fotos von den furchtbaren Verletzungen seiner Mutter gesehen hatte, fragte er sich, warum der Mörder ihm nur einen einzigen, verhältnismäßig leichten Schlag verpasst hatte. Es war ziemlich offensichtlich, dass der Täter es ganz gezielt auf Týrs Mutter abgesehen hatte, denn bei einem zufälligen Angriff eines Psychopathen wäre es mit Sicherheit nicht bei einem Todesopfer geblieben. Dafür sprach auch, dass es in den darauffolgenden drei Jahrzehnten keinen weiteren Angriff dieser Art mehr gegeben hatte. Wobei es natürlich sein konnte, dass der Täter selbst verstorben war, dass er sich in einer psychiatrischen Anstalt befand oder wegen anderer Vergehen im Gefängnis saß.

Auch darauf würde Týr nie Antworten erhalten, und trotzdem grübelte er laufend darüber nach. Nicht umsonst hatte er Kriminologie studiert. Je weniger bei der Arbeit zu tun war, umso mehr Raum blieb für diese Grübeleien. Fast schien es, als hielten die Kriminellen des Landes die Füße still, bis der Winter endlich vorbei war.

Karó nahm einen Stapel Dokumente entgegen, die Erla ausgedruckt hatte, damit sie sich während der Fahrt nach Grindavík in den Nachbarschaftsstreit einarbeiten konnten. Alles Fälle, in die diese furchtbaren Nachbarn verwickelt waren. Als sie gerade das Büro verlassen wollten, rief Erla: »Eine Sache noch. Du. Karen.«

»Karó.«

»Ja. Genau. Karó.«

Auch Týr war stehen geblieben und wusste nicht, ob er weitergehen oder ebenfalls warten sollte. Während er noch überlegte, legte Erla schon los.

»Ähm, bist du eigentlich zufrieden? Willst du über irgendetwas sprechen, was die Kollegen angeht oder so?«

Karó guckte irritiert. »Doch, doch. Alles gut. Der Kaffee könnte besser sein, aber ansonsten …«

»Eigentlich meinte ich etwas anderes. Du weißt schon … Ob dir gegenüber mal irgendwer … ähm, na ja, du weißt schon …«

Karós Blick verhärtete sich. »Nein. Ich weiß nicht.«

Erla fuchtelte mit einer Hand in der Luft herum. »Ich meine Rassismus. Hast du hier jemals Rassismus erlebt? Wenn ja, will ich das wissen. So etwas gibt es verdammt noch mal nicht in meinem Team.«

Týrs Selbstmitleid wurde von Mitgefühl für Karó überlagert. Sie war so isländisch wie Skyr, hier geboren und aufgewachsen, guckte den ESC, begrüßte das neue Jahr mit Raketen, schimpfte über die Politik und das Wetter, kraxelte bei jeder Gelegenheit in den Bergen herum und snackte Fladenbrot, geräuchertes Lammfleisch und Nocco. So gesehen war sie noch viel isländischer als er selbst. Aber im Gegensatz zu ihm war sie schwarz und wurde daher oft für eine Immigrantin oder Touristin gehalten. Die isländische Gesellschaft war einfach viele hundert Jahre lang so homogen wie zur Landnahmezeit geblieben. Dass sich das inzwischen geändert hatte, war noch nicht bei allen angekommen. Bei Einsätzen führte das manchmal zu Situationen, die in erster Linie peinlich waren. Knallharten Rassismus gegenüber Karó hatte Týr aber noch nicht erlebt, was natürlich auch daran lag, dass sie nur während der Arbeit miteinander zu tun hatten und niemand so dumm war, sich vor der Polizei als Rassist zu outen. Aber frei davon war Island genauso wenig wie andere Länder, daher war Erlas Sorge durchaus berechtigt.

»Ich hätte mich beschwert, wenn etwas vorgefallen wäre.«

Týr hörte die Gereiztheit in Karós Stimme, die Erla vermutlich nicht wahrnahm. Karó und er saßen im Büro nebeneinander und kannten sich inzwischen ziemlich gut.

»Ja. Super. Wenn, dann meldest du dich.« Der Anflug eines Lächelns huschte über Erlas Gesicht, die sichtlich zufrieden wirkte. Sie nahm einen Stift in die Hand, und Týr dachte schon, sie wollte auf einem der Formulare, über die sie immer stöhnte, ein Häkchen hinter den Punkt »Maßnahmen gegen Rassismus« setzen. Doch sie kratzte sich bloß hinter dem Ohr. »Jetzt aber schnell nach Grindavík. Bevor diese Nachbarn sich noch gegenseitig umbringen.«

Erst als sie die Aluminiumfabrik hinter sich ließen, hatte Karó sich wieder einigermaßen gefangen. Sie hatten zwar ein paar Worte gewechselt, aber sie wirkte total niedergeschlagen und zeigte so deutlich, dass ihr nach Schweigen zumute war, dass Týr das Radio einschaltete. Auch wenn er ein Gespräch über das Thema scheute, konnte er sich vorstellen, wie nervig es sein musste, wenn ständig die Hautfarbe zum Thema gemacht wurde. Selbst wenn Erla es nur gut meinte. Týr atmete auf, als Karó von den Dokumenten aufblickte, das Radio leiser drehte und wieder ganz die Alte war.

»Da können wir uns auf was gefasst machen.« Sie sah aus dem Fenster, auf die endlosen Lavafelder, die von Moos bedeckt waren, das im grauen Wintergewand ganz matt wirkte. »Das ist schon heftiger als der übliche Streit unter Nachbarn. Fast schon ein Krieg. Wenn es stimmt, was hier steht, hat das richtig üble Ausmaße angenommen.«

Týr hatte keine Erfahrung mit solchen Konflikten. Die Wohnung, in der er lebte, gehörte seinen Adoptiveltern in Schweden, die sie bislang immer während ihrer Islandaufenthalte genutzt hatten. Sie befand sich in der mittleren Etage eines Dreiparteienhauses, und die Nachbarn oben und unten waren so ruhig und friedlich wie Schmetterlinge. Was den Garten oder die Hausfarbe anging, war Týr leidenschaftslos, und alle Reparatur- und Instandhaltungsmaßnahmen akzeptierte er ohne Protest. Er konnte sich beim besten Willen keine Situation vorstellen, die einen Krieg im Haus auslösen würde. Alle wollten ihren Frieden.

Leider war das nicht überall so. Während seines Studiums hatte er ein bisschen was über Psychologie gelernt, genug, um einigermaßen zu verstehen, wie der Mensch tickte und was ihn aus dem Gleichgewicht bringen konnte. Dazu brauchte es noch nicht einmal die besondere Nähe zwischen Nachbarn. Wenn es schlecht lief, konnten die Menschen über alles Denkbare streiten. »Steht da auch, wie alles angefangen hat?«

»Nein, nicht wirklich. Das wirkt fast wie ein buntes Buffet, an dem sie sich bedienen. Es geht um die Grundstücksgrenzen, einen Wohnwagen, der die Aussicht verdeckt, Lärm, Löwenzahn, lästige Pflichten, stinkenden Kompost, einen frei laufenden Hund. Zu grelle Weihnachtsbeleuchtung am Dachfirst – im Ernst jetzt?«

»Das klingt doch alles total harmlos, damit muss sich doch die Polizei nicht befassen.«

»Stimmt. Das Auffallende ist hier aber auch nicht der jeweilige Anlass des Streits, sondern die Reaktion darauf. Die wirkt völlig übertrieben.«

»Zum Beispiel?«

»Wenn das wirklich stimmt, haben die Leute Reifen aufgeschlitzt, am Wohnwagen randaliert, Mülltonnen in den Nachbargarten entleert, Trampolinverankerungen gelöst, Haustiere vergiftet, Fenster mit Steinen eingeschlagen, Zucker in einen Benzintank gefüllt, einen Rasen mit Salz zerstört, einen anderen mit heißem Wasser, Überwachungskameras demoliert, anonyme Briefe mit allen möglichen Diffamierungen über das benachbarte Ehepaar in der Nachbarschaft verteilt, Bestellungen aus dem Internet abgefangen und Essen zertreten, das der Lieferant vor die Tür gestellt hat. Das ganze Programm.«

»Beide Ehepaare?«

»Ja. Ich habe den Eindruck, dass keine Partei unschuldig ist. Sie streiten natürlich alles ab und niemand weiß, was wahr und was gelogen ist.« Karó zuckte mit den Schultern. »Vielleicht ist eine Partei ja doch unschuldig, und die anderen sind auf ihrem eigenen Essen herumgesprungen und haben ihr Eigentum selbst beschädigt, um es so aussehen zu lassen, als wären sie angegriffen worden. Wer weiß. Alle vier wirken gestört genug für so etwas.«

»Was machen diese Leute sonst so? Arbeiten sie oder ist dieser Nachbarschaftskrieg ein Vollzeitjob?«

»Einer der Männer fährt für eine Reederei auf See. Seine Frau arbeitet für die örtliche Gewerkschaft. Die andere Frau ist Reiseleiterin, und ihr Mann ist bei einer Autovermietung auf dem Flughafen Keflavík angestellt.« Karó sah ihn mit fragendem Blick an. »Wäre interessant zu wissen, ob sie bei der Arbeit auch Probleme haben oder ob sie nur im Privatleben so durchdrehen.«

Eines war jedenfalls klar: Sie mussten sich auf was gefasst machen …

Als sie in die Straße bogen, in der der Nachbarschaftskrieg tobte, konnte man den Eindruck gewinnen, dass hier ganz normale Familien wohnten. Typisch isländische Einfamilienhäuser, mittelgroß, solide Bauweise, meist zweigeschossig, triste Farben. Nur ein Haus stach heraus. Es befand sich im hinteren Teil der Straße und war ganz offensichtlich bei einem Brand zerstört worden. Die Hauswand rund um die zugenagelten Fenster im Obergeschoss war rußschwarz. Das Dach erinnerte an ein Sieb; ein Großteil der Eindeckung fehlte, und durch die Löcher waren die verkohlten Dachbalken zu sehen. Týr ahnte, dass sich das Feuer im Dachstuhl ausgebreitet und die Feuerwehr die Dacheindeckung heruntergerissen hatte, um besser an den Brandherd heranzukommen.

Er starrte auf das Haus. »Wie kann es sein, dass das Haus so stehen bleibt? Warum wurde es nicht längst abgerissen?«

»Frag nicht mich.« Karó wandte den Blick ab und schüttelte sich. »Aber ich glaube, ich weiß, welches Haus das ist. Vor ungefähr einem Jahr wurde in den Nachrichten über einen Hausbrand in Grindavík berichtet. Zwei Kinder und ihr Vater sind in den Flammen ums Leben gekommen. Die Ehefrau hat überlebt. Furchtbar. Das muss das Haus sein.«

»Ja, stimmt. Shit.« Von diesem Hausbrand hatte auch Týr gehört, obwohl ihn die isländischen Nachrichten nicht sonderlich interessierten. Aber manche waren so furchtbar und erschütternd, dass er doch mehr als nur die Schlagzeile las. Der tragische Brand fiel in diese Kategorie. Angesichts der Brandruine kamen ihm die Nachbarschaftsstreitigkeiten einfach nur lächerlich vor.

Er wandte sich von dem Haus ab und sah in die Sackgasse hinein. Dort standen drei Häuser, ebenfalls zweigeschossig. Er hielt vor dem mittleren Haus, und das Navi bestätigte, dass sie ihr Ziel erreicht hatten.

Eine völlig überflüssige Mitteilung, denn was sie vor sich sahen, räumte jeden Zweifel aus. Das Schlachtfeld lag genau vor ihnen.

3. KAPITEL – DONNERSTAG

Das verbrannte Haus war schlagartig vergessen, und Týr nahm ein seltenes Gefühl wahr: eine Art Unbeschwertheit. Und das lag nicht an der frischen Luft in Grindavík, sondern an dem Anblick, der sich ihnen bot. Er war geradezu fasziniert davon. Karó schien es ähnlich zu gehen. Seine eigenen Probleme hatten sich natürlich nicht in Luft aufgelöst, aber es tat gut zu sehen, dass andere noch viel schlimmer dran waren. Er schlug sich zwar mit schwierigen Fragen zu Vergangenheit und Gegenwart herum, aber wenigstens brüllte ihn dabei niemand an. Und er wurde auch nicht mit Dingen beworfen, während er überlegte, ob er das Land verlassen sollte. Ihm war es vergönnt, sich in aller Ruhe mit seinen Problemen zu befassen.

Das traf auf die benachbarten Ehepaare vor ihnen nicht zu. Von Gesprächen zur Konfliktlösung hatten sie sich längst verabschiedet, stattdessen rechneten sie wie Höhlenmenschen miteinander ab. Diese Leute steckten wirklich tief in der Scheiße.

Sie mussten vorsichtig sein. Wenn sie aufpassten und ein bisschen Glück hatten, bestand die Chance, dass sie ohne Klage am Hals von diesem Einsatz zurückkehrten. Eine winzige Chance. Es würde sich zeigen, ob das Glück ihnen hold war. Týr schaltete die Bodycam ein und sah, dass auch Karó dies tat.

Aufs Glück allein durften sie sich nicht verlassen. Nicht, dass sich die Erzfeinde noch gegen die Polizei verbrüderten.

»Bereit?« Karó wirkte nicht ganz so motiviert wie er. Sie zog ihren Reißverschluss zu und murmelte etwas Unverständliches.

Týr nickte aufmunternd und hoffte, dass sie ihm die leise Vorfreude nicht anmerkte. Sein letzter Einsatz im Streifendienst war verdammt lange her. Damals war er froh darüber gewesen, sich hinter den Schreibtisch zu setzen und sich nicht mehr mit Menschen im Ausnahmezustand und mit Einbrüchen herumschlagen zu müssen, die nie aufgeklärt werden würden. Aber aus der Ferne wirkten alle Berge blau – und auf einmal hatten solche Einsätze wieder einen Reiz.

Keine der Kriegsparteien hatte bemerkt, dass sie in die Straße eingebogen waren. Und niemand merkte, dass sie aus dem Wagen stiegen.

Karó baute sich vor den Streitenden auf. »Was ist hier los?«

Erst jetzt verstummte das Geschrei, und die Leute drehten sich wie perfekt aufeinander abgestimmte Synchronschwimmerinnen zu Karó und Týr um. Auf den tiefroten, wutverzerrten Gesichtern machte sich Erstaunen breit. Die Leute standen rechts und links einer Hecke, die offenbar Schlimmeres verhindert hatte. Dennoch hatten beide Männer Verletzungen im Gesicht, der eine Blutspuren unter der Nase und am Kinn, der andere eine zerkratzte Wange.

Von den leichten Blessuren der Familienväter abgesehen, wirkten die beiden Paare wie ganz normale Eheleute, die gewissenhaft ihre kontinuierlich steigenden Kreditraten zahlten, regelmäßig zum Friseur gingen, im Januar Urlaub auf Teneriffa machten und darauf achteten, dass sie rechtzeitig zum Þorrablót-Fest ihres Sportvereins zurück waren.

Eine der Frauen ergriff das Wort. »Was?!«, fuhr sie Karó und Týr an, als ob die beiden in den Streit verwickelt wären. Die anderen drei stimmten mit ein.

»Was mischt ihr euch hier ein?«

»Habt ihr nichts Besseres zu tun?«

»Wer hat euch verdammt noch mal gerufen?«

Karó und Týr ließen sich davon nicht irritieren, sie hatten sich auf Schlimmeres gefasst gemacht. Rassistische Kommentare zum Beispiel. Týr entspannte sich, erleichtert darüber, dass er nicht für seine Kollegin Partei ergreifen musste, Bodycam hin oder her. Vermutlich hätte er sich damit nicht nur Ärger von den Pöblern hier, sondern auch von Karó eingehandelt, die solche Situationen immer selbst klären wollte.

Schließlich erklärte Týr ruhig: »Uns wurden Lärmbelästigung und eine Schlägerei in der Straße gemeldet.« Dann wiederholte er Karós Frage: »Was also ist hier los?«

Im ersten Moment wollte niemand etwas sagen, standen alle nur da und starrten Karó und Týr wütend an. Bis ihnen klar wurde, dass es vermutlich am klügsten war, die eigene Sicht der Dinge zügig darzulegen und so die Richtung vorzugeben, in die das Ganze hier sich entwickeln würde. Der Mann mit dem blutigen Gesicht war am schnellsten. »Er hat mich angegriffen.« Er zeigte auf seinen Nachbarn und schob zum Beweis sein Kinn vor. Er war das Opfer, nicht der Täter. »Vorhin. Einfach so. Hier auf dem Gehweg.«

»Scheißlügner! Du hast mich angegriffen.« Mit der einen Hand zeigte er auf die Kratzer in seinem Gesicht, mit der anderen auf seinen Nachbarn. »Der hat mir wie eine Hexe das Gesicht zerkratzt.«

Daraufhin wollten auch die Frauen ihren Senf dazugeben,

und die Männer gerieten wieder in Streit. Karó hielt eine Hand hoch. »Stopp. Einer nach dem anderen. Fangen wir mit Namen und Adresse an.« Sie zeigte auf eine der Frauen. »Sie zuerst.«

Einer nach dem anderen nannte seinen Namen, und Týr schrieb gewissenhaft mit. Guðrún war mit Jón verheiratet, Sigríður mit Þórður. Den Adressen nach zu urteilen standen alle Beteiligten jeweils auf ihrem eigenen Grundstück. Die winterlichen Vorgärten auf beiden Seiten der Hecke sahen chaotisch aus, nachdem die Leute sich gegenseitig mit allem beworfen hatten, was in Reichweite gewesen war: abgerissene Äste von der Hecke, ein alter, platter Fußball, eine Pepsi-Dose, eine kleine Plastikschaufel und zwei Blumentöpfe aus Ton. Keines dieser Dinge flog wirklich gut, daher hatten die Leute leicht ausweichen können. Anders sah es mit den Steinen aus, die überall herumlagen. Gott sei Dank waren die Beteiligten offenbar nicht besonders treffsicher.

»Worum geht es bei Ihrem Streit?«, fragte Karó, nachdem der letzte Name notiert war.

Darauf redeten alle wild durcheinander und wetteiferten darum, dem jeweils anderen Ehepaar die Schuld in die Schuhe zu schieben, bis Karó und Týr genug hatten und das Gekeife unterbrachen. »So geht das nicht, wir müssen einzeln mit Ihnen reden.«

Die Leute verstummten und blickten sie wütend an. Einer der Männer runzelte die Brauen und fragte: »Moment mal, ihr seid gar nicht von hier, oder? Wer seid ihr eigentlich?«

»Wir kommen aus Reykjavík. Die Kollegen vor Ort hatten keine Zeit.« Eine kleine weiße Lüge war schon in Ordnung. Dass sie von der Polizei waren, stellte wohl keiner infrage, schon allein der Uniformen und des Einsatzwagens wegen.

»Seid ihr überhaupt weisungsberechtigt? Bewegt ihr euch nicht außerhalb eures Hoheitsgebiets oder wie auch immer das heißt?« Der Mann verschränkte voller Selbstzufriedenheit die Arme vor der Brust. Doch sein Triumph währte nicht lange, denn die Leute jenseits der Hecke schnauzten ihn an, er solle sein verdammtes Maul halten und die Polizei ihren Job machen lassen. Karó rief über das Gezanke hinweg, das unverzüglich ausbrach, sie seien rechtmäßig und offiziell hier, da müsse sich niemand Sorgen machen. Dann wählten sie willkürlich die erste Person aus und baten sie, ihnen in den Wagen zu folgen. Die anderen sollten warten, bis sie an der Reihe waren. Und zwar in ihren Häusern, fügte Týr hinzu, denn er hatte keinen Nerv, ständig aus dem Auto zu springen und den Streitschlichter zu spielen.

Zum Glück machten die Leute, was sie tun sollten, und die Haustüren öffneten sich nur, wenn die nächste Person an der Reihe war. Doch schlauer wurden sie aus diesen Befragungen nicht. Die Berichte der jeweiligen Ehepartner deckten sich bis ins Detail, doch links und rechts der Hecke gab es keinerlei Übereinstimmungen. Þórður und Sigríður erzählten, der aktuelle Streit habe begonnen, nachdem die Nachbarn ihr Auto zerkratzt hätten. Der Lack war tatsächlich beschädigt. Auf der einen Seite des Wagens hatte jemand kreuz und quer Linien hineingeritzt, stellenweise bis in den Stahl. Da hatte jemand richtig Kraft und Zeit aufgewendet. Spontan fand Týr es wahrscheinlicher, dass es ein Mann gewesen war, aber sicher war das nicht. Hass konnte ungeahnte körperliche Kräfte freisetzen. Möglicherweise hatte sich hier auch eine durchgedrehte Frau abreagiert.

Jón und Guðrún, denen der Schaden zugeschrieben wurde, stritten das vehement ab. Sie seien nicht einmal in die Nähe des

Wagens gekommen. Womöglich hätten die Nachbarn ihr Auto selbst zerkratzt, um es ihnen vorwerfen zu können. An ihren Gesichtern ließ sich kaum etwas ablesen, beim Parkplatz gab es keine Überwachungskamera und Zeugen vermutlich auch nicht. Und selbst wenn, wäre diese Person sicher nicht erpicht darauf, in den Krieg am Ende der Sackgasse hineingezogen zu werden. Daher stand Aussage gegen Aussage.

Die Leute erzählten noch mehr, nutzten die Gelegenheit und packten alles aus, was man ihnen angetan hatte. Das meiste davon hatte Týr bereits auf der Fahrt von Karó erfahren. Wenn das alles tatsächlich stimmte, waren diese Nachbarn in einem verrückten Pingpong-Krieg gefangen. Auf jede Provokation folgte sofort eine Retourkutsche. Darauf reagierten dann wieder die Nachbarn, und so ging das immer weiter. Alles erwachsene Menschen, aber keinem kam in den Sinn, kurz innezuhalten und darüber nachzudenken, ob es nicht langsam mal gut war. Geschweige denn, ob es nicht einen Versuch wert wäre, die Wogen zu glätten.

Es war unmöglich auszumachen, wer diesen ewigen Kampf begonnen hatte. Þórður und Sigríður erklärten, ursprünglich sei es um die Grundstücksgrenze gegangen. Die Hecke zwischen den Häusern rage auf ihr Grundstück. Die Besitzer der grünen Abgrenzung hingegen behaupteten, die Hecke sei schon beim Kauf des Hauses vorhanden gewesen, daher seien sie nicht dafür verantwortlich. Außerdem hielten sich Pflanzen nicht an die Grenzen der Menschen, sondern wüchsen wie es ihnen gefalle. Das könne man ihnen kaum zum Vorwurf machen.

Gleichzeitig beteuerten Jón und Guðrún, der Auslöser des Streits sei nicht die Hecke, sondern der Hund der Nachbarn gewesen. Auch er habe sich nicht um die Grundstücksgrenzen geschert und sei ständig durch ihren Garten gestromert. Und habe dort Löcher gebuddelt und Rasen und Beete ruiniert. Darüber hätten sie sich immer wieder beschwert – aber vergiftet hätten sie das Tier natürlich nicht. Diese Behauptung ihrer Nachbarn sei völlig absurd; es müsse doch möglich sein, ihre Unschuld zu beweisen. Zum Beispiel, indem man den Hund exhumiere, wie Guðrún allen Ernstes forderte. Týr und Karó erstickten diese Diskussion geschickt im Keim, ohne zu erklären, dass niemand die Kosten für die Exhumierung eines Hundes übernehmen würde. Die Notwendigkeit einer Obduktion des Hundes war übrigens der einzige Punkt, in dem sich beide Parteien einig waren: Auch Sigríður und Þórður wollten, dass ihr Hund obduziert würde. Þórður behauptete, aus verlässlicher Quelle zu wissen, dass die Nachbarn das Tier vergiftet hatten. Eine Obduktion könne das beweisen. Doch seine verlässliche Quelle offenlegen wollte er nicht. Auch er erhielt dieselbe Antwort wie Guðrún: Eine Obduktion war ausgeschlossen.

Karó atmete auf, als die letzte Person in ihr Haus verschwand. »So ein Chaos. Was geht bloß in den Köpfen dieser Menschen vor?«

Týr versuchte, sich nicht anmerken zu lassen, wie unterhaltsam er das Ganze fand. »Manche Leute sind einfach durchgeknallt. Das war schon immer so.«

»Und jetzt? Zurück in die Stadt?«

Das war nun wirklich das Letzte, worauf Týr Lust hatte. »Sollten wir nicht noch etwas weiterforschen? In der Nachbarschaft anklopfen und nachfragen, ob jemand beobachtet hat, wie das Auto zerkratzt wurde? Das ist Sachbeschädigung. Vielleicht kommen die Leute ja zur Vernunft, wenn eine Anzeige ins Haus flattert.«

Karó schenkte ihm ein Lächeln, das ihn wie einen Idioten dastehen ließ. »Wie süß. Du glaubst wirklich noch daran, dass Menschen sich ändern können.« Das Lächeln verschwand. »Na gut. Dann los.«

Wie erwartet hatten diejenigen, die sie zu Hause antrafen, nichts mitbekommen. Ebenso wenig verwunderlich war es, dass niemand ein gutes Wort für die streitenden Nachbarn übrighatte. Ganz im Gegenteil. Offenbar hatten beide Parteien mit einigem Nachdruck versucht, die Nachbarschaft auf ihre Seite zu ziehen. Ständig hätten sie angeklopft und ihre Sicht der Dinge geschildert, obwohl sich niemand in diesen Krieg hineinziehen lassen wollte. Für gewöhnlich war der Mensch friedfertig und hatte keine Lust, sich in seiner wertvollen Freizeit anzuhören, wie Nachbarn sich gegenseitig durch den Dreck zogen.

Auch wenn sich niemand die Aufnahmen ansehen würde, ließen Týr und Karó während der Gespräche mit den Anwohnern ihre Bodycams laufen. Im Grunde reichte es, sich eine der Befragungen anzusehen, denn die Leute wiederholten mehr oder weniger dasselbe. Bis auf zwei Nachbarn, die noch einiges andere zu sagen hatten.

Ein Mann um die sechzig, der Bewohner des dritten Hauses in der Sackgasse, hatte die Konflikte von Anfang an aus nächster Nähe mitbekommen. Kein Wunder, dass er die Schnauze voll hatte. Er hieß Fannar, war Witwer, lebte allein und entpuppte sich als der Anwohner, der bei der Polizei angerufen und die Schlägerei gemeldet hatte. Im ersten Moment freute er sich sehr über den Besuch der Polizei, doch als Týr und Karó klarstellten, dass sie nicht anordnen konnten, dass die verfeindeten Familien ihre Häuser oder gar die Gemeinde verließen, verschwand das Lächeln aus seinem Gesicht. Er konnte seine Enttäuschung kaum verbergen und fragte, was denn noch passieren müsse, damit die Behörden diese Menschen endlich voneinander trennten. Das sei schließlich für alle das Beste, dann werde in der Straße endlich wieder Ruhe einkehren.

Obwohl sein Anliegen durchaus nachvollziehbar war, konnten die beiden nicht viel dazu sagen. Karó erwähnte, dass es sich um Einfamilienhäuser handele; wenn die Parteien in einem Mehrfamilienhaus wohnen würden, wäre es vielleicht einfacher, etwas zu unternehmen. Der Mann stöhnte und erklärte trotzig, wenn die Männer das nächste Mal aneinandergerieten, würde er nichts mehr unternehmen. Dann würde er zusehen, wie die beiden sich gegenseitig umbrächten, denn die Polizei tue ja auch nichts.

Die andere Ausnahme war eine Frau namens Messíana, die ein paar Häuser weiter wohnte. Sie schlug in dieselbe Kerbe wie Fannar und forderte noch vehementer von Týr und Karó, dass sie die Streithähne aus der Straße entfernten – und das musste etwas heißen, denn sie wohnte ein ganzes Stück von den Kriegsparteien entfernt und bekam von den Auseinandersetzungen sicher längst nicht so viel mit wie der direkte Nachbar Fannar. Doch es war nicht aus ihr herauszubekommen, warum sie die Bewohner der Sackgasse so dringend loswerden wollte. Sie sagte lediglich, diese Leute seien Abschaum und würden über Leichen gehen. Bei jedem starken Erdbeben hoffe sie, das Haus von Jón und Guðrún würde mitten in der Nacht über ihnen einstürzen. Wenn Týr sich recht entsann, waren das die Leute mit der frechen Hecke, die den Nachbarshund vergiftet haben sollten. Als er vorsichtig nachfragte, ob da nicht auch Kinder betroffen wären, entgegnete sie: »Doch, sie haben eine Tochter. Aber das würde mir keine schlaflose Nacht bereiten.«

Týr und Karó schwiegen sprachlos. Und damit war die Geduld der Frau zu Ende. Sie sagte, sie müsse sich um ihre Tochter kümmern, verabschiedete sich und schloss die Tür.

In den drei letzten Häusern erreichten sie niemanden. In dem Wissen, dass sie aus vielen Fenstern von neugierigen und gleichzeitig frustrierten Augen beobachtet wurden, kehrten sie zu ihrem Wagen zurück. Auch Týr fand es deprimierend, dass sie im Grunde nichts tun konnten. In einem Fenster im Obergeschoss des Hauses der ehemaligen Hundebesitzer nahm Týr im Vorbeigehen ein Gesicht wahr, aus dem tiefe Enttäuschung sprach. Es war kein Erwachsener, sondern höchstens ein Jugendlicher. Als er bemerkte, dass Týr zu ihm hinaufsah, verschwand er schnell.

Sie setzten sich in den Wagen, schalteten die Bodycams aus, und Týr startete den Motor. Als er losfuhr, drehte Karó sich um und blickte zu den drei Häusern in der Sackgasse zurück. Dann wandte sie sich wieder nach vorne, starrte durch die Windschutzscheibe und sagte: »Das wird noch böse enden. Richtig böse.«

Týr wusste, dass sie damit die Auseinandersetzungen zwischen den Nachbarn meinte, und sofort befiel ihn das unangenehme Gefühl, dass Karós Worte auch auf seine persönliche Situation zutreffen könnten. Die konnte auch böse ausgehen. Richtig böse. Als Erstes musste er sich schleunigst aus seiner Beziehung lösen. Das wäre zumindest schon mal ein guter Anfang.

4. KAPITEL – NACHT AUF FREITAG

Im Traum war Ketill spät dran. Viel zu spät. Wohin er sollte, war nicht ganz klar, aber dass er unbedingt pünktlich sein musste, stand außer Frage. Er rannte so schnell er konnte und kam doch nicht vom Fleck, als ob er auf einem unsichtbaren Laufband stünde. Er war verzweifelt und hatte schon alle Hoffnung aufgegeben, als plötzlich eine Tür vor ihm auftauchte, sein Ziel. Doch als Ketill die Hand auf die Klinke legen wollte, begann sein ganzer Körper zu zucken und er bekam sie nicht zu fassen. Als ihm klar wurde, dass er wirklich zuckte, schreckte er auf. Offenbar hatte sein Körper die letzten Erdbeben noch im Muskelgedächtnis. Vielleicht nährte auch sein Zimmer diese Angst, die immer noch leer geräumten Regale und die Pappkartons mit seinen Sachen auf dem Boden.

Doch die Erde war ruhig. Jemand hatte das Licht eingeschaltet, und durch die zusammengekniffenen Augen sah er seine kleine Schwester Árný, die am Bett stand.

»Was ist los?« Ketill war enttäuscht, dass er nicht mehr erfahren würde, was sich hinter der Tür verbarg. Wenn er wieder einschlief, würde er bestimmt nicht in den alten Traum zurückfinden, sondern von der Schule träumen.

»Ich bin aufgewacht und kann nicht mehr einschlafen. Ich hab es versucht, aber meine Augen bleiben einfach nicht zu.«

Ketill unterdrückte seine Wut und rief sich in Erinnerung, dass Árný noch in dem Alter war, in dem man Schlaf als überflüssig betrachtete. Mit acht war er genauso gewesen. Als Teenager würde sie das anders sehen, aber bis dahin wäre er längst ausgezogen. Hoffentlich.

Árný wischte sich das widerspenstige, zerzauste Haar aus dem Gesicht. Sie sah eigentlich immer zottelig aus, egal, wie oft sie gekämmt wurde und wie viele Spangen und Zopfgummis sie in den Haaren hatte. Was sie nicht schon in der Schule verlor, verteilte sich früher oder später im ganzen Haus. Wenn er für ihre Haare verantwortlich wäre, hätte er sie ihr schon längst abrasiert. »Geh zurück ins Bett. Wenn deine Augen nicht zubleiben wollen, dann guck halt an die Decke. Aber reiß mich nicht aus dem Schlaf.«

»An der Decke ist nichts, was ich angucken kann. Da ist nur die Decke.«

Ketill ließ sich zurück auf sein Kissen fallen und schloss die Augen. »Dann lies halt ein Buch. Oder weck Mama und Papa. Aber nicht mich. Und mach das Licht aus und die Tür zu.«

»Mama und Papa sind gestern so sauer gewesen. Wenn ich sie wecke, schlafen sie nicht mehr ein und sind dann morgen auch noch böse. Ich will, dass sie gut gelaunt aufwachen.«

Da bestand ohnehin keine Chance. Selbst wenn sie bis zum nächsten Mittag durchschlafen würden. Oder noch länger. Wenn sie sich so aufgeregt hatten wie gestern vor dem Abendessen, dauerte es Tage, bis sie wieder einigermaßen runterkamen. Anstatt zu warten, bis die Wut von alleine nachließ, rissen sie die Wunde immer wieder auf, indem sie über den Auslöser des Ärgers diskutierten. Manchmal richtete sich ihre Wut auch gegen Ketill. Weil er zu viel vorm Computer hockte.

Weil er schlechte Noten nach Hause brachte. Weil er nicht ordentlich mit Sachen umging. Weil er nicht genug im Haushalt mithalf. Weil er nicht reagierte, wenn sie ihn riefen. Weil er undeutlich sprach. Sie fanden immer was zu meckern. Nur im letzten Jahr hatten sie nicht mehr so viel Kraft oder Zeit gehabt, sich über ihn zu ärgern. Ihre Wut richtete sich nur noch auf die Nachbarn.

An Anfang war das toll gewesen. Endlich hatte er seine Ruhe und konnte machen, was er wollte, ohne ständig angemault zu werden. Aber inzwischen war das alles kaum noch auszuhalten. Am Tisch, beim Fernsehen und beim Fertigmachen am Morgen wurde über nichts anderes mehr geredet. Zu allem Übel ging auch noch die Tochter der Nachbarn auf dieselbe Schule wie Ketill. Zum Glück war sie ein Jahr älter, sodass sie nicht in derselben Stufe waren und sich ihre Freundeskreise nicht überschnitten. Wenn man Ketills zwei Freunde überhaupt als Freundeskreis bezeichnen konnte. Dennoch begegnete er ihr auf den Schulfluren oder in der Mensaschlange. Sie hatte ihn noch nie beschimpft und tuschelte auch nicht mit ihren Freundinnen, wenn sie sich sahen, aber trotzdem fühlte er sich in ihrer Gegenwart elendig. Auch wenn sie ihn im Moment noch ignorierte, wusste Ketill, dass sie ihn früher oder später dissen und Geschichten über ihn in Umlauf bringen würde. Nicht, dass er befürchten musste, im Ansehen zu sinken – tiefer ging es gar nicht mehr. Die anderen hatten ihn schon längst als Außenseiter abgestempelt, deshalb hatte er auch nur zwei Freunde. Und wenn es hart auf hart kam, war er sich nicht sicher, ob sie zu ihm halten würden.

»Kann ich nicht bei dir schlafen?« Árný streckte die Arme zu ihm aus. »Ich mach mich auch ganz dünn.«

»Nein. Du kannst dich nicht dünner machen, als du bist. Das geht nicht. Das ist ein Bett für eine Person. Nicht für anderthalb.«

Árný wirkte gekränkt, weil er sie als halbe Portion ansah, auch wenn das ihre Chance erhöhte, ihn doch noch zu überreden. Sie zog einen Flunsch und versuchte es weiter. »Aber …«

»Nein, Árný. Geh zurück in dein Bett und mach die Augen zu.«

»Kommst du mit runter, ein Glas Wasser trinken? Ich trau mich nicht allein. Ich hab was gehört. Da unten. Deshalb bin ich aufgewacht.«

Seufzend setzte Ketill sich wieder auf. »Versprichst du, dass du danach weiterschläfst? In deinem Zimmer?«

Árný nickte langsam, als ob sie ihm damit sagen wollte, dass sie seine Bedingung nur widerwillig akzeptierte. »Versprochen.«

Das Fenster stand offen, und es war so kalt im Zimmer, dass Ketill sich ein paar Sachen vom Boden zusammensuchte und überzog. Danach war er so wach, dass er vermutlich wirklich nicht mehr einschlafen würde. Aber lieber lag er wach, als dass er sich den Hintern abfror. Er würde den verpassten Schlaf einfach in der Schule nachholen, denn er war inzwischen ziemlich geübt darin, im Sitzen zu schlafen und dabei so auszusehen, als wäre er in den Stoff vertieft. Auf dem Weg nach unten wurde es noch kälter. Er war froh, dass er sich etwas übergezogen hatte.

Bevor er die Küchentür öffnete, wandte er sich an seine Schwester und raunte ihr zu: »Mach schnell und sei leise. Sonst wachen Mama und Papa auf.« Und dann würde mal wieder er den Anschiss kriegen. So war es immer, es interessierte niemanden, dass Árný ihn geweckt hatte, nicht umgekehrt. Als älterer Bruder war immer er schuld. Seinen Freunden ging es genauso. Vermutlich existierte dieses ungerechte Gesetz in allen Familien.

Árný antwortete ihm flüsternd, dass sie aufpasse. Dann ging sie in die Küche. Er folgte ihr und schlang die Arme um sich. Hier war es noch kälter als im Flur, gefühlt an der Frostgrenze. Der Boden war so eisig, dass seine Fußsohlen schmerzten, und er bereute es, dass er keine Socken anhatte. »Ist die verfickte Heizung ausgefallen?«

»Nicht fluchen.« Árný schob einen Stuhl vor die Anrichte. Ihr Versprechen, leise zu sein, hatte sie offenbar schon vergessen. Er zischte sie an und machte Licht, damit sie besser sehen konnte. Während sie auf den Stuhl stieg, wartete Ketill ärgerlich und bibbernd. Er drehte sich um, denn er hatte das Gefühl, dass die Kälte aus der Waschküche kam. Vermutlich stand das Fenster offen. Obwohl es dort noch kälter sein würde, wollte er lieber jetzt das Fenster schließen, als nachher unausgeschlafen beim Frühstück zu frieren.

Doch am Fenster lag es nicht, und auch nicht an der Heizung. Die Waschküche hatte eine Tür zum Garten, und die stand sperrangelweit offen. Das Haus lag am Ende einer Sackgasse am Ortsrand, dahinter kam nichts mehr. Daher war es im Garten stockfinster. Irgendwer musste gestern die Tür offen gelassen haben. Er war es nicht gewesen, so viel stand fest. Er hatte die Waschküche seit Tagen nicht betreten, aber vermutlich würden seine Eltern ihn trotzdem dafür verantwortlich machen. Dabei benutzten hauptsächlich sie selbst diese Tür. Allerdings nicht im Winter, wenn es so kalt war. Im Sommer mähten sie den Rasen und arbeiteten im Garten, grillten oder hängten die Wäsche auf. Aber im Winter ging niemand in den Garten.

Wobei sein Vater vor etwa einem Monat dort gewerkelt hatte. Wie immer, wenn er nicht auf See war, war ihm langweilig gewesen, und diesmal hatte er sich in den Kopf gesetzt, für milde Wintertage, die es hier nie gab, einen überdachten Grillplatz zu bauen. Er hatte Ketill sogar gefragt, ob er nicht Lust habe, ihm zu helfen. Hatte er nicht. Er brauchte keinen überdachten Grill, und er bezweifelte, dass sein Vater einen brauchte. Und tatsächlich war das Projekt ins Stocken geraten, nachdem er ein großes Loch fürs Fundament gegraben hatte. Seitdem war nichts mehr passiert. Vielleicht hatte er sich gestern doch wieder darangemacht und vergessen, die Tür zu schließen.

Ketill schaltete das Licht ein und hielt nach Schuhen Ausschau, in die er schlüpfen konnte, bevor er auf die eiskalten Fliesen trat – und stutzte, als sein Blick auf einen dunklen Haufen direkt vor der offenen Tür zum Garten fiel. Es sah nach Erde aus, vom Wind hereingeweht, vermutlich vom Aushub für das Fundament. Komischerweise hatte sich die Erde an einer Stelle angesammelt und sich nicht weiter in der Waschküche verteilt. Ketill war kein Erdexperte. Vielleicht verhielt sich Erde ähnlich wie Schnee, der sammelte sich auch in Wehen an. Egal. Diese Erde war nicht sein Problem, darum mussten sich seine Eltern kümmern. Aller Dreck und alle herumliegenden Sachen, die nicht auf ein bestimmtes Familienmitglied zurückzuführen waren, lagen in ihrer Verantwortung, fand Ketill. Das war nicht seine Aufgabe, schon gar nicht mitten in der Nacht, wenn er eigentlich im Bett liegen und schlafen sollte. Er biss die Zähne zusammen, trat mit nackten Füßen über die Schwelle und ging schnell zur Tür.

Als er sich der Tür und dem flachen Haufen davor näherte, war die Kälte schlagartig vergessen. Aus der Erde ragte etwas Goldgelbes hervor, das bei näherer Betrachtung nach blonden Haaren aussah. Obwohl er es am liebsten ignorieren, schnell die Tür schließen und zurück ins Bett kriechen wollte, war die Neugier stärker. Er kniete sich hin. Mit einem Finger berührte er ein kleines Metallding, das aus dem Haufen guckte, wodurch ein Teil der Erde herunterrutschte. Er sprang auf, als ihm klar wurde, was da vor ihm lag, mit so viel Schwung, dass er hintenüber auf den Po fiel. Ein kleiner Schmerzensschrei entfuhr ihm, als das Steißbein aufprallte, laut genug, dass es bis in die Küche zu hören war.

»Oh! Hast du dir wehgetan?« Árný erschien mit ihrem Wasserglas in der Tür. Ihr Tonfall und der besorgte Blick standen mal wieder in keinem Verhältnis zu dem leichten Schmerz, den Ketill im Steißbein verspürte. Aber so reagierte Árný immer, wenn sich jemand verletzte. Schon bei einem kleinen Splitter im Finger oder einem Kratzer am Knie wollte sie am liebsten den Krankenwagen rufen.

»Stopp! Nicht reinkommen! Geh zurück in die Küche.« Ketill rutschte von dem Haufen weg. »Sofort.«

Das war natürlich genau die falsche Reaktion. Er hätte sie ruhig bitten müssen, in der Küche zu warten, denn natürlich kam sie sofort zu ihm gerannt. Dabei schwappte Wasser aus ihrem Glas. Er hörte schon das Gemecker seiner Mutter, dass auf dem nassen Boden jemand ausrutschen und auf den Kopf fallen könnte. Aber in Anbetracht der Umstände stand Bodenwischen nicht ganz oben auf seiner Prioritätenliste.

»Was ist das?« Árný verzog das Gesicht. Als Ketill nicht antwortete, wiederholte sie ihre Frage. »Was ist das da in der Erde,

Ketill?« Beim zweiten Mal war die Sorge in ihrer Stimme greifbar. Wahrscheinlich dämmerte ihr bereits, was es war.

»Nichts. Geh zurück in die Küche.« Er rappelte sich auf, um sie aus dem Raum zu schieben. Jetzt schrie sie. Und es klang nicht so, als hätte sie eine Spinne gesehen oder er ihr einen Schreck eingejagt. Ihr Schreien klang so, als ob in ihrem Inneren etwas zerrissen wäre.

Kein Wunder. In dem Erdhaufen lag Mosi, ihr Hund. Das hatte Árný vermutlich begriffen, als sie den goldenen Anhänger an seinem Halsband gesehen hatte, auf dem sein Name und ihre Telefonnummer stand. Er nahm sie bei den Schultern und schob sie aus der Waschküche, froh, den toten Hund nicht mehr sehen zu müssen. Es war verrückt, dass dieses Tier, das er über alles geliebt hatte, einen solchen Horror in ihm auslösen konnte. Aber vielleicht war es auch gar nicht so verrückt. Immerhin war Mosi seit fast einem Jahr tot.

Damals hatte Ketill geglaubt, dass Mosi an einem Herzinfarkt oder einer plötzlichen, schlimmen Krankheit gestorben war. Seine Eltern waren da anderer Meinung. Sie behaupteten, die Nachbarn hätten Mosi vergiftet. Zu dem Zeitpunkt hatten die Streitereien mit den Leuten von nebenan gerade erst begonnen, und Ketill fand es völlig abwegig, dass seine Eltern auf eine solche Idee kamen. Sein Papa behauptete zwar, er habe es von einem Nachbarn gehört, aber Ketill glaubte ihm nicht. Zumal er nichts Genaueres dazu hatte sagen wollen. Ansonsten stützte sich ihr Verdacht lediglich darauf, dass die Nachbarn sich über Mosis Bellen und die Löcher beschwert hatten, die er in ihrem Garten buddelte. Aber da waren sie nicht die Einzigen gewesen. Mosi war ein Labrador gewesen, der keiner Fliege etwas zuleide tat, aber wenn er mal ausgebüxt war, hatte er

Löcher in den Nachbargärten gegraben und hin und wieder gebellt. Das nervte natürlich, aber war noch lange kein Grund, Mosi umzubringen. Das hatte er zumindest geglaubt.

Woran genau der Hund gestorben war, hatten sie nie erfahren, weil seine Eltern nicht bereit gewesen waren, ihn obduzieren zu lassen. Stattdessen gingen sie einfach davon aus, dass ihre Vermutung stimmte. Und so war ihre Theorie, dass die Nachbarn Mosi vergiftet hatten, zu einer Tatsache geworden. Mosi wurde im Garten begraben, und daraufhin ging der Streit zwischen den Nachbarn erst richtig los. Ketills Eltern waren stocksauer auf die Hundemörder von nebenan, auch wenn die immer wieder beteuerten, nichts damit zu tun zu haben. Statt Trauer um den armen Hund hatte Ketill bei seinen Eltern nur Wut gesehen. Árný hatte für sie mitgeweint, auch für Ketill, der im Stillen trauerte. Er hatte ein Kreuz für Mosis Grab gezimmert, das Árný mit Filzstiften verzieren durfte. In die Mitte hatte sie Mosis Namen geschrieben. Für die Zeremonie, die Árný feiern wollte, als sie das Kreuz auf das Grab steckten, hatte sich keiner der Eltern Zeit genommen. Ketill hatte sich darauf eingelassen, obwohl er das Kreuz lieber ohne warme Worte am Grab einfach in die Erde geschlagen hätte. Er glaubte nicht an ein Leben nach dem Tod – und so wie Mosi aussah, musste es sich, wenn es so etwas überhaupt gab, um eine ziemlich eklige Angelegenheit handeln.

Jetzt konnte Ketill zum ersten Mal die rasende Wut nachempfinden, die seine Eltern gepackt hatte. Gestern waren sie zum hundertsten Mal mit den Nachbarn aneinandergeraten. Worum es diesmal ging, hatte er nicht mitbekommen; mittlerweile reichten dafür Kleinigkeiten aus. Doch es war zu Handgreiflichkeiten gekommen und so laut geworden, dass Ketill es trotz Kopfhörer mitbekommen hatte. Als er aus dem Fenster sah, wälzten sich sein Vater und der Nachbar auf dem Boden herum. Es war kein cooler Fight wie im Kino gewesen, sondern ein peinliches Rumgebalge, für das Ketill sich schämte. Leider war er nicht der einzige Zeuge dieser grottigen Szene gewesen. Irgendwer hatte die Polizei informiert, die zum Glück erst eintraf, als die Prügelei beendet war und sie sich nur noch anbrüllten.

Dass die Polizei anrückte, hatte seine Eltern nur noch mehr aufgeregt. Vermutlich war es bei den Nachbarn dasselbe. Denn bei früheren Streitigkeiten hatte die Polizei nie Position bezogen, sondern immer nur Frieden stiften wollen. Dabei fanden seine Eltern, dass die Nachbarn verhaftet werden müssten, denn natürlich waren sie an allem schuld. Nebenan dachte man vermutlich ebenfalls, dass die anderen die Schuld trugen.

Árný schrie nicht mehr so laut wie zu Anfang, sondern weinte und schluchzte nur noch. Die Eltern hatte sie trotzdem geweckt; Ketill hörte schon ihre schnellen Schritte auf der Treppe. Seine Mutter rief etwas, doch er verstand sie nicht.

In Ketill kochte Wut hoch. Er hatte seine Meinung geändert. Die Nachbarn hatten Mosi vergiftet. Nach der Sache mit der Polizei wollten sie sich rächen, aber sie konnten Mosi ja schlecht noch einmal umbringen. Stattdessen hatten sie ihn ausgebuddelt und in die Waschküche geworfen. Vielleicht wollten sie ihnen damit den Mittelfinger zeigen. *Hey! Ihr Schwachköpfe! Wisst ihr noch, euer Mosi?*

Wer sollte es sonst getan haben?

Niemand.

5. KAPITEL – SAMSTAGMORGEN

Der Bacon-Geruch in Kombination mit dem Schaukeln und der Schlaflosigkeit gab Gunndís den Rest. Sie hatte ihre Tabletten gegen Seekrankheit vergessen. Wahrscheinlich gab es welche an Bord, aber dazu war es jetzt sowieso zu spät. Sie war seekrank aufgewacht, wie so oft bei starkem Wellengang. Wie Kapitän Hróbjartur schon befürchtet hatte, war das Wetter über Nacht schlechter geworden. Doch nachdem sie das Kochbuch ihres Vaters gefunden hatte, war sie so aufgewühlt gewesen, dass sie an nichts anderes mehr hatte denken können. Auch nicht daran, sich gegen die Seekrankheit zu wappnen. Aber eine Erklärung dafür, wie das Buch an Bord gelangt sein konnte, hatte sie trotz aller Grübelei nicht gefunden.

Gunndís beugte sich über die Edelstahlspüle. Sie schloss die Augen und versuchte, an etwas anderes als Essen zu denken. Sie hatte es geschafft, sich während der Frühstücksvorbereitungen nicht zu erbrechen; ein bisschen musste sie noch durchhalten. Kein Besteckgeklapper war mehr zu hören, also hatten inzwischen auch die Letzten das Frühstück beendet und die Messe verlassen. Sie musste nur noch ein paar Teller in die Spülmaschine räumen und die Tische abwischen, dann konnte sie an Deck gehen und Luft schnappen. Scheiß auf das Wetter.

Der Wind würde die frische Luft noch schneller in ihre Lungen blasen und sie wäre früher wieder fit.

Beim Gedanken an den Sturm fühlte sie sich gleich besser. Außerdem hielt diese widerliche Übelkeit sie davon ab, über Schiffsunglücke nachzudenken. Sie musste es positiv sehen: Die Seekrankheit war stärker als die Angst. Nachdem sie das Buch gefunden hatte, kreisten ihre Gedanken natürlich besonders um ihren Vater und die Sorge, wie er auf See zu verunglücken. Eine Panikattacke konnte sie jetzt wirklich nicht gebrauchen. Da war sie lieber seekrank. Als sie aus der Spüle auftauchte und sich an die Arbeit machen wollte, hörte sie, dass jemand von der Küchentür aus etwas zu ihr sagte. Dass sie nicht aufstöhnte, lag vermutlich allein daran, dass die Verwunderung größer war als die Übelkeit und die Müdigkeit.

»Ist der Bacon alle?«

Ihre Verwunderung rührte nicht daher, dass so spät noch jemand zum Frühstück erschien. Sie hatten die Fanggründe noch nicht erreicht und waren, was die Essenszeiten anging, noch recht entspannt. Nein, die Stimme überraschte Gunndís. Es war eine Frauenstimme. Sie war davon ausgegangen, dass außer ihr nur Männer an Bord waren.

Sie drehte sich um. Die Frau in der Tür war wohl kaum Teil der Crew. Sie trug ein zartes Hemd, in eine schicke Hose gesteckt, und wirkte eher wie auf dem Weg zum Lunch mit ihren Freundinnen als auf einer Loddenfahrt. Ein Blick auf ihre Hände bestätigte diese Vermutung. Die Frau hatte lange, pink lackierte Fingernägel, die absolut ungeeignet für die Arbeit auf See waren. Vielleicht war dies ihre erste Tour. Wobei das angesichts ihres Alters eher unwahrscheinlich war; sie schätzte sie auf etwas über vierzig. Gunndís hatte ja bereits Schwierigkeiten, eine Festanstellung zu bekommen, da wurde eine Frau in diesem Alter bestimmt nicht für die Arbeit an Deck engagiert. Schon gar nicht mit solchen Fingernägeln.

Die Frau sah Gunndís voller Mitgefühl an. Offenbar stand es Gunndís ins Gesicht geschrieben, wie es ihr ging. Vielleicht war sie grün angelaufen, wie eine seekranke Zeichentrickfigur. »Oh! Dir scheint es ja wirklich dreckig zu gehen …«

»Nein, nein.« Das war so offensichtlich gelogen, dass Gunndís schnell hinzufügte: »Geht schon. Mir ist nur ein bisschen übel. Das geht gleich vorbei.«

»Vergiss den Bacon. Ich esse einfach Brot.« In diesem Moment fiel der Frau ein, dass sie sich noch nicht vorgestellt hatte. Sie streckte die Hand aus. »Ich heiße Lóa und bin Hróis Frau. Die Frau von Kapitän Hróbjartur.«

Gunndís wischte ihre Hand an der Hose ab und gab sie Lóa. »Gunndís.«

Als Gunndís immer noch verdattert dreinblickte, sagte Lóa: »Hat Hrói mich gar nicht erwähnt? Das sieht ihm ähnlich …«

Gunndís lächelte verlegen. Es war ihr unangenehm, den Kapitän zu kritisieren, indem sie Lóas Vermutung bestätigte. Dabei hatte sie recht.

»Ich bin quasi eine blinde Passagierin. Diese Tour war nicht geplant, eigentlich wären Hrói und ich jetzt auf dem Weg nach Paris. Wobei diese Fahrt kein Ersatz für unsere Reise ist.« Sie lächelte Gunndís freundlich an. »Wir haben Maler im Haus, die während unseres Paris-Trips streichen sollten. Ich kann den Farbgeruch nicht ausstehen, daher musste ich mich zwischen dem Schiff und einem Hotelzimmer entscheiden. Heute Nacht bin ich in dem Gestank zu Hause mit höllischen Kopfschmerzen aufgewacht – da bin ich kurzentschlossen an Bord gekommen.« Wieder lächelte sie. »Ich hatte Glück: Bei der letzten Tour waren zwei Leute vom Meeresforschungsinstitut mit an Bord, für die die Versicherung aufgestockt wurde. Unversichert hätte Hrói mich nie an Bord gelassen, und auch sonst niemanden.«

Das passte zu dem, was der Kapitän Gunndís am Telefon gesagt hatte. Natürlich hatte er ihr nicht von der geplatzten Paris-Reise und den Malerarbeiten zu Hause erzählt. Doch er hatte gesagt, dass dies eine Zusatztour sei, mit der niemand gerechnet habe. Man sei davon ausgegangen, dass die Lodde bereits gelaicht habe, aber da dem nicht so war und die Quote noch nicht abgefischt, hätten sie gar keine Wahl gehabt. Für Gunndís war es ein Glücksfall gewesen. Wenn diese Tour schon länger geplant gewesen wäre, hätte der fest angestellte Koch vermutlich keine anderen Pläne gehabt.

Lóa sah Gunndís freundlich an. »Ich möchte mich unbedingt ein bisschen nützlich machen. An Deck bin ich sicher keine große Hilfe, aber dir kann ich unter die Arme greifen. Kochen. Sauber machen. Nimm das bitte gern in Anspruch.«

Das Angebot wirkte ernst gemeint, dennoch musste Gunndís es ablehnen. Sie wollte ihren Job so gut machen, dass es sich herumsprach. Dem Kapitän würde es bestimmt nicht gefallen, seine Ehefrau mit Schürze Rührei braten zu sehen – da er doch eine Köchin für diesen Job bezahlte. Lieber würde sie mit Kotzeimer um den Hals arbeiten, als sich das vorwerfen zu lassen. Aber anstatt das Angebot sofort abzulehnen, bedankte sie sich freundlich. »Ich habe es im Hinterkopf. Normalerweise hilft einer der jüngeren Matrosen, aber wenn trotzdem Not an der Frau ist, melde ich mich.«

Lóa stand immer noch in der Tür, und auf einmal fühlte Gunndís sich eingesperrt. Der Seegang wurde immer heftiger, sie musste dringend an die frische Luft. Sie konnte nicht länger so tun, als wäre alles gut. Schnell presste sie die eine Hand auf ihren Bauch und die andere auf den Mund. »Irgendetwas stimmt da nicht. Entschuldige, ich muss mal kurz an Deck. In fünf Minuten bin ich zurück und kümmere mich um dein Frühstück.« Erstaunlich, dass sie das herausgebracht hatte, ohne sich zu übergeben.

Lóa machte sofort Platz. »Beeil dich. Ich komme schon klar. Mach dir um mich mal keine Sorgen.«

Gunndís taumelte aus der Küche und versuchte, sich den kürzesten Weg nach draußen in Erinnerung zu rufen. Es herrschte starker Wellengang und sie musste sich mit einer Hand an der Wand abstützen. Mit der anderen hielt sie sich den Mund zu. Obwohl sie noch nichts gegessen hatte, würde die Hand im Zweifel nicht wirklich etwas aufhalten können, doch zum Glück schaffte sie es bis nach draußen. Sie schloss sogar noch die Tür hinter sich, ehe sie zur Reling stürzte und ihr Magen sich endlich entleeren konnte.

Als die heftigsten Krämpfe vorüber waren und nur noch Galle kam, nahm sie aus dem Augenwinkel wahr, dass neben ihr noch jemand an der Reling stand. Gesellschaft war das Letzte, wonach ihr der Sinn stand, und sie befürchtete schon, dass Lóa ihr mit einem feuchten Waschlappen und einem Glas Wasser gefolgt war – obwohl sie beides jetzt gut gebrauchen konnte. Doch sie wollte lieber allein sein.

»Es ist ganz normal, dass einem bei diesem Geschaukel schlecht wird. Wäre eher komisch, wenn es anders wäre.«

Wenn dieser Kommentar als Aufmunterung gedacht war, verfehlte er seine Wirkung komplett. Ihr Magen war zwar leer, aber sie hatte einen widerlichen Geschmack im Mund und

Sabber am Kinn. Ihre Nase brannte, als hätte ein Teil des Erbrochenen auch diesen Weg genutzt. Es war ihr wirklich kein Trost, dass das normal sein sollte. Statt einer Antwort versuchte sie, alles Ekelige auszuspucken.

Der Mann ließ sich davon nicht aus der Ruhe bringen. Als Gunndís einen Reißverschluss hörte, drehte sie leicht den Kopf, um nachzusehen, was er machte. Dass er seinen Hosenstall öffnete, musste sie wohl kaum befürchten, denn so verzweifelt konnte niemand sein, dass er in diesem Zustand etwas von ihr wollte. Der Mann hatte seine Jacke geöffnet und kramte in einer Innentasche. Sie blickte aufs Meer, starrte auf die schäumenden Wellen und hoffte inständig, dass er nicht rauchen wollte. Allein der Gedanke an Zigarettenrauch löste einen Würgereflex aus.

Als er ihr freundlich auf die Schulter tippte, drehte sie sich zu ihm um. Er hielt ihr Taschentücher hin. Sie nahm das Päckchen und brachte mit Mühe ein Dankeschön über die Lippen. Mit zittrigen Händen fummelte sie ein Papiertuch heraus und wischte sich das Gesicht ab, schnäuzte sich und spuckte. Danach fühlte sie sich besser, und sie gab ihm die Packung zurück.

Gunndís sah zu, wie er die Taschentücher in seiner Jacke verschwinden ließ und den Reißverschluss zuzog. Erst jetzt sah sie sein Gesicht; sie war ihm schon an Bord begegnet, kannte aber weder seinen Namen noch seine Funktion. Er gehörte zu den wenigen älteren Männern an Bord. Der Großteil der Mannschaft war jung, höchstens Anfang dreißig. Die beiden Ältesten waren sicher schon um die fünfzig. Sie bedankte sich noch einmal, denn sie war nicht sicher, ob er sie vorhin gehört hatte.

»Dafür nicht.«

Da er wie angewachsen an der Reling stehen blieb, fühlte Gunndís sich zu Small Talk genötigt. »Das heißt also, du bist unnormal, weil du dich nicht übergeben musst.«

»Nein. Ich bin einfach nur daran gewöhnt. In den ersten Jahren ging es mir genau wie dir. Schon bei leichtem Wellengang hat mein Magen rebelliert.« Er blickte aufs Meer. »Ich würde dir empfehlen, Richtung Festland zu gucken, aber bei diesem beschissenen Wetter sieht man ja nichts.«

»Sorry, ich habe deinen Namen vergessen.«

»Olgeir. Matrose.«

Gunndís nickte und wusste nicht, was sie noch sagen sollte. Doch das machte nichts, Olgeir nahm den Gesprächsfaden wieder auf. »Gunndís. Ein ungewöhnlicher Name …«

»Ja. Stimmt.« Sie hatte mal nachgeschaut und herausgefunden, dass nur ganz wenige Isländerinnen diesen Namen trugen. »Keine zwanzig Frauen heißen so.«

Der Mann reagierte nicht darauf. »Die Tochter eines Mannes, mit dem ich früher gearbeitet habe, hieß Gunndís.« Er sah ihr in die Augen und fügte hinzu: »Verrückter Zufall, dass er Schiffskoch war. Genau wie du.«

Gunndís' Finger krallten sich um die Reling. Auch wenn der Fischfang eine der Hauptsäulen der isländischen Wirtschaft war, gab es nicht unendlich viele große Fischtrawler. Fischkutter gehörten um die tausend zur Flotte, aber die wenigsten waren groß genug für einen Koch an Bord. Sie war kein Mathe-Ass, aber die Wahrscheinlichkeit, dass er nicht ihren Vater meinte, war verschwindend gering. Zumal er in der Vergangenheit von ihm gesprochen hatte. Doch bevor sie nach dem Namen des Kochs fragen konnte, sagte Olgeir:

»Du solltest eine Cola trinken, dir einen Eimer holen und

dich eine Weile hinlegen. Bei diesem Wetter wird eh nicht gefangen, und bis zum Mittagessen sind es noch ein paar Stunden. Uns reichen Sandwiches, das muss nichts Tolles sein. Heute Abend bist du wieder fit und könntest uns was Flambiertes auftischen.« Er stieß ein kurzes, trockenes Lachen aus. »Aber leider ist Zündeln an Bord ja verboten.«

Wenn das ein Witz sein sollte, war er extrem geschmacklos. Das Schiff, auf dem ihr Vater gekocht hatte, war von einem Feuer zerstört worden. Wenn der Mann ihn gekannt hatte, musste ihm das klar sein.

Olgeir ging, und Gunndís stand allein an Deck. Unzählige Fragen brannten ihr auf der Seele, und sie tröstete sich mit dem Gedanken, dass der Mann die nächsten Tage nicht verschwinden würde. Sie würde die Gelegenheit bekommen, ihn zur Rede zu stellen. Sie atmete ein paarmal tief die kalte, frische Luft ein und aus und spürte, dass sie sich schon etwas besser fühlte. Alle anderen Gedanken schob sie weit weg. Das tat gut, und sie war bereit, wieder reinzugehen. Sie musste nur durchhalten, bis die Kombüse aufgeräumt war. Wenn sie den Rat des Matrosen befolgte und sich danach ausruhte, würde es ihr später besser gehen. Hoffentlich so gut, dass sie das Mittagessen ohne Würgereiz zubereiten konnte.

Erleichtert stellte Gunndís fest, dass die Messe leer war. So konnte sie in Ruhe aufräumen und musste sich nicht unterhalten. Doch die Erleichterung verpuffte schlagartig, als sie aus der Kombüse Tellergeklapper hörte. Mit knallgelben Gummihandschuhen spülte Lóa das Geschirr ab und räumte es in die Spülmaschine. So viel zu Gunndís' Plan, sich nicht helfen zu lassen.

Lóa blickte auf und lächelte. »Du siehst schon viel besser aus.« Sie drehte den Wasserhahn zu und zog die Handschuhe aus. »Ich hole dir eine Cola. Du kannst dir in der Zwischenzeit den Mund an der Spüle waschen.«

Ihr blieb nichts anderes übrig, als zu tun, was ihr gesagt wurde. Sie beugte sich über das Waschbecken und spülte ihren Mund aus. Dann wusch sie sich das Gesicht. Gut sah sie danach sicher immer noch nicht aus, aber hoffentlich nicht mehr wie ein Zombie.

»Cola. Bitte sehr.« Lóa reichte ihr eine eiskalte Dose. »Trink die. Es wird besser, wenn du etwas im Magen hast. Glaube mir.«

Gunndís folgte ihrem Rat, und die kalte Cola floss angenehm ihre Kehle hinunter. Sie trank die halbe Dose in einem Zug, als hätte sie gerade einen Marathon durch die Sahara hinter sich. »Super. Danke.«

»Geh und leg dich hin. Das bisschen hier mache ich noch fertig.«

Die frische Luft, das Erbrechen und die Cola hatten geholfen. Gunndís konnte widersprechen. »Kommt nicht infrage. Ich komme schon klar.«

Lóas freundliches Gesicht veränderte sich, zuerst wirkte sie erstaunt, dann beleidigt. »Das bezweifle ich nicht. Ich wollte nur nett sein.«

So scharf hatte Gunndís auch wieder nicht klingen wollen. »So war das nicht gemeint. Ich will nur nicht, dass du die Arbeit machst, für die ich bezahlt werde. Und es geht mir ja auch schon viel besser.« Lóa wirkte immer noch gekränkt. Doch Gunndís fiel nichts Besseres ein, als bei der Wahrheit zu bleiben. »Ich werde nicht oft als Schiffsköchin engagiert. Es darf sich auf keinen Fall herumsprechen, dass ich es nicht gepackt habe und Hilfe brauchte.«

Endlich entspannte Lóa sich. »Bitte? Glaubst du etwa, ich petze es Hrói? Keine Sorge. Es geht ihn nichts an, wie ich mir die Zeit vertreibe. Das interessiert ihn auch gar nicht. Sobald er an Bord geht, hat er nur noch einen Gedanken im Kopf: die Laderäume füllen.« Mit einem Lächeln fügte sie hinzu: »Und natürlich, alle sicher wieder nach Hause zu bringen.«

Einen Moment schwiegen sie beide. Das Schiff schwankte heftig von einer Seite zur anderen, als wollte es Seepocken vom Kiel abstreifen. Gunndís hielt sich an der Spüle fest, Lóa an der Tischplatte.

»Geh in deine Koje. Wirklich. Ich sage es niemandem, versprochen.« Lóa lächelte. »Ich weiß, wie es ist, wenn man sich beweisen muss. Ich bin nicht nur mit einem Kapitän verheiratet, sondern auch die Tochter eines Seemanns. Mein Vater hatte auch nicht immer eine feste Stelle. Ich werde es dir ganz bestimmt nicht kaputt machen.«

Sie klang aufrichtig, und im Grunde hatte Gunndís keine Wahl. Die See wurde immer rauer, und wenn sie sich vor dem Mittagessen noch hinlegen wollte, musste sie das jetzt tun. »Danke. Vielen Dank.«

Auf dem Weg in ihre Kajüte überlegte sie, ob sie in einem Wahn gefangen war. Konnte Seekrankheit auch Wahnvorstellungen verursachen? Hatte der Matrose vorhin wirklich etwas angedeutet? Oder spielten ihre Gedanken verrückt, und sie hatte sich das mit dem Kochbuch bloß eingebildet?

Doch nachdem sie vorsichtig die Treppe hinuntergestiegen und durch den engen Gang zu ihrer Kajüte gelangt war, stand fest, dass es sich nicht um Einbildung handelte. Das Buch lag auf dem kleinen Schreibtisch neben ihrer Koje.

6. KAPITEL – FREITAG

Ketill hatte kaum am Schultag teilgenommen, hatte nur dagesessen und die anderen machen lassen. Die Lehrer gaben sich ernst, die fleißigen Schüler engagiert und die gechillten gelangweilt. Er hatte das Ganze mit wenig Interesse verfolgt, wie eine schlechte Fernsehserie. Erinnern konnte er sich kaum noch an etwas. Nichts war hängen geblieben, schon gar nicht der Stoff. Er gehörte ohnehin nicht zu den aufmerksamsten Schülern, aber der Tag heute war besonders krass gewesen. Er hatte sich auf nichts konzentrieren können und musste dabei so komisch ausgesehen haben, dass keiner aus seiner Klasse mit ihm geredet und auch die Lehrer ihm keine einzige Frage gestellt hatten. Zum Glück, denn er hätte ohnehin nichts antworten können. Mathe, Isländisch, Geschichte und Bio waren ihm so was von egal. In der Schule wurde ihm nichts beigebracht, was ihm gerade half. Nichts, was ihn Mosi vergessen ließ oder wodurch er sich wieder besser fühlte.

Immer noch schwankte er zwischen Übelkeit, Traurigkeit, Angst und rasender Wut. Nichts davon fühlte sich gut an, aber die Wut war noch am erträglichsten. Wenn sie sich bemerkbar machte, hatte er wenigstens das Gefühl, etwas tun zu können. Irgendwie zu reagieren. Nur wie, wusste er nicht. Bloß, dass er sich besser fühlte, wenn er an Rache dachte. Doch dann wurde ihm bewusst, dass er genau wie seine Eltern wäre, wenn er über einen Racheplan nachdachte oder ihn sogar in die Tat umsetzte. Dann würde er bald beim Blick in den Spiegel seinen Vater sehen. Da fühlte er sich dann doch lieber schlecht. Selbst die lähmende Angst, die er nicht erklären und schon gar nicht bekämpfen konnte, war da noch erträglicher.

Am besten konzentrierte er sich einfach auf die Gehwegplatten. Solange er auf den Boden starrte und die Platten zählte, blieb kein Raum für andere Gedanken. Wie schlimm seine schicken Turnschuhe schon wieder aussahen. Das machte ihn traurig, denn seine Eltern würden ihm ganz sicher keine neuen spendieren. Die dachten im Moment nur an Hass und Rache und wollten ihr Geld für andere Dinge ausgeben. Vielleicht für einen 3-D-Drucker, mit dem sie sich eine Knarre drucken konnten. Überraschen würde es ihn nicht, denn genau dieser Gedanke war ihm vorhin auch gekommen. In der Dänischstunde.

»Hey!«

Ketill lief weiter, denn er konnte sich nicht vorstellen, dass er gemeint war. Seine beiden Freunde waren nach dem Unterricht ohne ein Wort verschwunden, waren zum Bus gerannt, den Ketill verpasst hatte. In Grindavík gab es keine weiterführende Schule, daher gingen sie auf die Gesamtschule in Keflavík, die am schnellsten zu erreichen war. Ketill war es ganz egal, wie die Schule hieß, wo sie lag und was dort unterrichtet wurde. Schule war ihm egal. Aber solange er zur Schule ging, musste er nicht arbeiten und sich nicht noch mehr Gemecker von seinen Eltern anhören. *Was willst du mal werden? Du kannst nicht dein ganzes Leben lang nur Computer spielen. Das Leben ist teuer, und niemand bezahlt dich dafür, dass du den lieben langen*

Tag vor dem Computer hockst. Das alles bekam er so nur an einem einzigen Tag im Schulhalbjahr zu hören, und zwar am Tag der Zeugnisausgabe.

Seine beiden Freunde hatten genau denselben Stundenplan wie er, doch sie hatten ihn den ganzen Tag nicht beachtet, weil sie mit Gefühlschaos nicht klarkamen und es Ketill offenbar anzusehen war, dass er genau damit kämpfte. Sie konnten generell nicht mit Gefühlen umgehen, auch ohne Chaos oder Krise. Abgesehen von den beiden gab sich niemand mit Ketill ab, daher glaubte er nicht, dass irgendwer hinter ihm herrief. Schon gar nicht ein Mädchen.

»Hey, du! Idiot!«

Ketill blieb stehen. Vielleicht war er doch gemeint. Er drehte sich um und sah zu seinem Schrecken Lísa, das Mädchen von nebenan. Was zur Hölle wollte die von ihm? Nichts Gutes jedenfalls, so viel stand fest.

Lísa beschleunigte ihren Schritt. Er hatte sie oft durchs Fenster beobachtet, wenn sie im Garten Fußball trainierte. Sie spielte richtig gut, war mit Abstand die Beste ihrer Mannschaft und durfte schon ein paarmal in der Jugendnationalmannschaft spielen. Er sah ihr gern beim Spielen zu. Bis sie ihn dabei erwischt und ihm einen Stinkefinger gezeigt hatte. Seitdem hielt er sich vom Fenster fern. Allein beim Gedanken daran wurde er rot.

Jetzt hatte Lísa ihn eingeholt. Sie war so nah, dass er die Sommersprossen in ihrem Gesicht zählen konnte und ihm auffiel, dass ihre Augen unterschiedlich groß waren. Was gar nicht schlecht aussah, wenn er ihren verächtlichen Blick ignorierte. »Hey. Was war denn diese Nacht bitte bei euch los?« Das klang wie ein Vorwurf, und Ketill rechnete schon damit, dass sie ihn mit der Schulter rammen würde. »Ich konnte überhaupt nicht mehr einschlafen. Heute war Prüfung, und ich hab es komplett vermasselt, weil ich scheißmüde war. Ich rassele bestimmt durch – nur wegen dir und deiner Scheißfamilie.«

Im ersten Moment tat Ketill nichts, außer dass er noch röter wurde. Doch als zu ihm durchdrang, was sie da gerade gesagt hatte, fiel alle Schüchternheit und Scham von ihm ab. Scheißfamilie hatte sie gesagt. Gerade sie. »Wenn du durchrasselst, dann liegt es daran, dass du zu dumm bist. Oder daran, dass ihr alle verrückt seid.« Jetzt war er richtig in Fahrt. »Was habt ihr denn gedacht? Dass wir einfach wieder schlafen gehen? Und unseren toten Hund in der Waschküche liegen lassen?«

»Hä? Habt ihr einen neuen Hund? Und der ist auch schon wieder tot?« Ihr Erstaunen wirkte echt.

»Ha, ha, ha. Als wüsstest du nichts davon.«

»Nein. Ich habe keine Ahnung, wovon du sprichst, Schwachkopf. Und nur, damit das klar ist: Ich bin nicht dumm.« Sie hakte ihre Daumen in die Rucksackträger und hielt sie fest. »Im Gegensatz zu dir, offenbar.«

So verrückt das auch klingen mochte: Ketill war erleichtert. Wenn sie »offenbar« sagte, hatte sie ihn bisher noch nicht als dumm abgestempelt. Darauf konnte er sich was einbilden. Sie war ein Jahr älter als er und noch dazu beliebt. Doch er wollte keine Zeit an den Versuch verschwenden, sie davon zu überzeugen, dass auch er nicht dumm war. Dafür fehlten ihm die Argumente, denn wenn er an seine Noten dachte, zweifelte auch er manchmal an seinem Verstand.

Er musste zugeben, dass Lísa überzeugend geklungen hatte, als sie behauptete, nichts von den nächtlichen Ereignissen zu wissen. Vielleicht hatte sie wirklich nicht mitbekommen, dass ihre Eltern Mosi wieder ausgegraben hatten. Aber seine Eltern erzählten ihm ja auch nicht, welche verrückten Sachen sie sich wieder ausgedacht hatten. Da nebenan niemand geöffnet hatte, als seine Eltern in der Nacht an die Haustür hämmerten, wusste sie womöglich wirklich von nichts. Seine Eltern hatten zwar geschrien, aber nur Beschimpfungen und dass die Nachbarn gefälligst die Tür aufmachen sollten. Sie hatten nicht gesagt, warum sie gekommen waren. Offenbar glaubte Lísa, das nächtliche Gezeter wäre bloß ein weiteres Kapitel im Nachbarschaftskrieg.

»Wir haben keinen neuen Hund. Deine Eltern haben unseren alten Hund ausgegraben und ihn durch die Gartentür in die Waschküche geworfen. Gestern Abend oder in der Nacht.«

Lísa riss die Augen auf. Jetzt waren sie gleich groß. »Moment mal. Soll das ein Scherz sein?«

Ketill schüttelte den Kopf. Er machte selten Scherze, schon gar nicht, wenn es um Mosi ging. »Sie haben ihn ausgebuddelt und uns ins Haus geworfen. Das habe ich mir nicht ausgedacht.«

Sie standen da und starrten einander in die Augen. Ketill sah es nicht als seine Aufgabe an, das Schweigen zu beenden. Doch je länger sie sich anschwiegen, umso unsicherer wurde er. Vielleicht war es ja doch sein Job, aber er wusste nicht, was er sagen sollte. Unter Computernerds in den Diskussionsforen war er wortgewandt und gesprächig, aber wenn er im echten Leben vor einem anderen Menschen stand, war es, als hätte jemand den Stecker gezogen. Vielleicht lag es daran, dass er nicht in Ruhe überlegen konnte, was er sagen wollte, wie am Computer. Gesprochenes war die Alpha-Version dessen, was er eigentlich sagen wollte, und Alpha-Versionen waren immer Müll.

Lísa ließ die Rucksackträger los. »Das waren nicht meine Eltern. Ich weiß, dass sie verrückt wirken, aber sie sind auch nicht schlimmer als deine Eltern und sie würden niemals einen toten Hund ausgraben. Mama wird total schnell schlecht, Papa auch.«

Ketill konnte sich auch nicht vorstellen, dass seine Eltern so etwas fertigbrachten. Das konnte er ihr sagen, aber wozu? Sie würde nur wiederholen, was sie bereits gesagt hatte. »Wenn sie es nicht waren, wer dann?«

»Ich bin nicht die Polizei. Aber habt ihr nicht noch andere Feinde außer uns? Das kann ich mir jedenfalls gut vorstellen.«

Es versetzte ihm einen Stich, dass Lísa seine ganze Familie als Feinde bezeichnete. Bisher hatte er gedacht, dass nur die Eltern untereinander verfeindet, aber er und seine Schwester Árný neutral wären. Wie Schweden und die Schweiz. »Meine Eltern haben keine anderen Feinde.«

Das schien Lísa nicht zu überzeugen. Sie presste nachdenklich die Lippen aufeinander, so fest, dass sie fast verschwanden. Als sie wieder das Wort ergriff, wechselte sie das Thema. Es half ja nichts, sich über die Zahl der Feinde seiner Eltern zu streiten. »Was habt ihr mit dem Hund gemacht? Heute Nacht, meine ich. Liegt er noch bei euch im Haus?«

»Meine Eltern haben ihn nach draußen gelegt, nachdem die Polizei in der Nacht nicht kommen wollte. Sie haben eine Decke über ihn gebreitet. Die Polizei will heute kommen, kann sein, dass sie schon da waren. Vielleicht haben sie Mosi mitgenommen.« Ketill bemühte sich, so zu klingen, als berührte ihn das alles nicht, doch seine Stimme verriet ihn.

Merkwürdigerweise machte es etwas mit Lísa, dass man ihm anhörte, wie bewegt er war. Sie streckte eine Hand aus, als wollte sie sie auf seine Schulter legen, doch im letzten Moment hielt sie inne und sagte stattdessen: »Sorry mit dem Hund. Dass er ausgegraben wurde. Aber vielleicht ist das gar nicht so schlecht, dann kann die Polizei jetzt rausfinden, was damals mit ihm passiert ist. Ich bin mir ganz sicher, dass meine Eltern ihn nicht vergiftet haben. Es wäre super, wenn sich das beweisen ließe.«

Die Rührseligkeit war schlagartig verflogen, und Ketill entgegnete barsch: »Gar nichts wird die Polizei machen. Genau wie beim letzten Mal. Da haben sie sich noch nicht einmal blicken lassen.«

Lísa schenkte ihm ein merkwürdiges Lächeln. Es sah wie ein Lächeln aus, war aber keins. Wie die Keto-Pizzen, die seine Eltern aßen, wenn sie auf Diät waren. Die sahen zwar wie Pizzen aus, aber mehr auch nicht. »Falls dir das ein Trost ist: Meine Eltern verkaufen das Haus. Wir ziehen um. Das heißt, ich muss die Mannschaft wechseln. Echt Scheiße, aber noch besser, als mitten in der Nacht von eurem Geschrei aufzuwachen.«

»Wir auch. Das haben meine Eltern heute Nacht beschlossen.« Ketill hoffte, dass sie ihm glaubte, obwohl es so klang, als äffte er sie bloß nach. Nachdem seine Eltern bei den Nachbarn mit Schreien und Klopfen nichts erreicht hatten, waren sie zurück ins Haus gekommen, wie zerplatzte Luftballons hatten sie gewirkt. Und dann hatte die Polizei ihnen auch noch mitgeteilt, dass sie sich mitten in der Nacht nicht um solche Dinge kümmern würden. Irgendwann war das Maß mal voll. Árný hatte die ganze Zeit geweint. Ketill hatte ihr erlaubt, bei ihm zu schlafen, weil sie nicht allein und auch nicht bei ihren Eltern sein wollte. Er hatte nicht nachgefragt, aber er glaubte, dass sie

Angst vor ihnen hatte. Verständlicherweise. Wie zwei Irre hatten sie herumgesponnen und unter anderem davon gesprochen, das Haus zu verkaufen.

Die einzige halbwegs sinnvolle Überlegung, die er aufgeschnappt hatte, war der Gedanke, dass seine Mutter die Gewerkschaftsreise sausen ließ. Ab Montag sollte sie an irgendeiner Tagung in Akureyri teilnehmen, und sie wollte mit ein paar Kolleginnen schon früher in den Norden reisen und das Wochenende in einem Sommerhaus verbringen. Davor hatte es Ketill gegraut, denn wenn seine Mama weg war, musste er allein mit seinem Papa klarkommen. Und auf dessen Versuche, die Vater-Sohn-Beziehung zu stärken, hatte er absolut keinen Bock. Daher hoffte Ketill sehr, dass seine Mutter die Reise wirklich abblies.

Auf einmal fielen große Tropfen aus dem grauen Himmel. Auch wenn es nicht fror, war es dennoch zu kalt, um draußen rumzustehen und sich anzuschweigen. Lísa verzog das Gesicht und schnappte sich wieder ihre Rucksackträger. »Ich glaube, ich weiß, wer das war. Es gibt eine Person in der Straße, die meine Eltern noch mehr hasst als deine Eltern. Vielleicht wollte sie es so aussehen lassen, dass meine Eltern dahinterstecken.« Ein Regentropfen lief ihr über die Stirn bis zur Nasenspitze und blieb dort kurz wie ein Rotztropfen hängen, ehe er abstürzte. »Ich habe vorhin nicht ganz die Wahrheit gesagt. Ich war letzte Nacht schon wach, als das Geschrei losging. Es ist nicht nur eure Schuld, dass ich unausgeschlafen zur Prüfung musste. Aber ich hätte es gehört, wenn Mama oder Papa rausgegangen wären. Die sind die ganze Zeit im Haus gewesen.«

»Aber …« Ketill wusste nicht, was er dazu sagen sollte. Vielleicht hatte sie wirklich wach gelegen, aber er wusste aus eigener Erfahrung, dass man zwischendurch doch wieder einnickte, ohne es zu merken.

»Unsere Straße ist voller verrückter Leute, die dahinterstecken könnten. Guck mal ins Internet. Ehrlich.«

Lísa lief los und ließ Ketill allein im Regen stehen, in den sich jetzt auch Schneeflocken mischten. Er zögerte zu lange, jetzt konnte er nicht mehr hinter ihr herrennen, um mit ihr gemeinsam nach Hause zu gehen. Was blöd war, denn er hatte ihr gerade sagen wollen, dass er ihr glaubte. Dass ihre Eltern vielleicht wirklich nicht solche Scheusale waren, wie man es ihm immer einredete. Denn auch Lísa war völlig anders, als er erwartet hatte. Trotz des blöden Themas war sie überhaupt nicht gemein zu ihm gewesen. Sie hätte auch einfach an ihm vorbeimarschieren und ihm einen Stinkefinger zeigen können. Doch sie war auf ihn zugegangen.

Das war toll. So toll, dass ihm der Schneeregen egal war. Sein einziger Gedanke war, dass er nach Hause und die Internetrecherche beginnen wollte, anstatt wie sonst Computer zu spielen, solange seine Eltern bei der Arbeit waren. Er musste wissen, was Sache war – falls sie ihn noch mal ansprechen würde.

Ketill erreichte die Kreuzung und bog in seine Straße ein. Als er an dem verbrannten Haus vorbeikam, sah er bewusst weg. Er erinnerte sich noch genau an den Brand, an den Lärm der Löschwagen, die ihn aus dem Schlaf gerissen hatten, an die Feuerzungen, die aus den Fenstern der oberen Etage schlugen, die Schreie der Frau, die aus den Flammen fliehen konnte, und den Geruch, der noch tagelang in der Straße hing. Er hatte versucht, diesen Horror zu vergessen, doch Árný hatte es ihm schwergemacht. Immerzu dachte sie an den Brand, hatte eine Heidenangst vor dem Haus und glaubte, dass darin Geister hausten. Irgendein Idiot hatte ihr gesagt, dass die beiden Mädchen und ihr Vater darin verbrannt waren. Es wäre so viel besser gewesen, ihr zu erzählen, dass die ganze Familie gerettet worden und umgezogen wäre. Diese Lüge hätte sie zwar nicht ewig geglaubt, aber wenigstens so lange, bis der Brand nicht mehr ganz so präsent war. Doch es half nichts, darüber nachzugrübeln, jetzt war die Sache ohnehin gelaufen und Árný lief immer mit geschlossenen Augen an dem Haus vorbei, weggucken alleine reichte da nicht. Heute konnte Ketill ausnahmsweise einmal gut verstehen, warum sie das tat. Auch wenn er selbst dem Drang widerstand, die Augen zuzukneifen.

7. KAPITEL – SONNTAG

Kapitän Hróbjartur wirkte grimmig, genau wie das Meer. Kein Wunder, nachdem sie gestern wegen des Wetters den Loddenfang hatten verschieben müssen und heute beim ersten Versuch nur wenig ins Netz gegangen war. Gerade mal hundert Tonnen hatten sie aus dem Wasser geholt, eine magere Ausbeute bei den großen Schwärmen. Wenn es schlecht lief, fühlte sich oft der Kapitän verantwortlich, dabei hing es nicht allein von seinem Geschick ab. Das Wetter, der Seegang oder auch die Laune der Fische konnte der Besatzung einen Strich durch die Rechnung machen, und dann reichte es nicht, einen erfahrenen Kapitän auf der Brücke zu haben und sich auf die Technik zu verlassen. Hróbjartur hatte einen guten Ruf und das Schiff war natürlich mit allen Gerätschaften zur Ortung von Fischschwärmen und mit Asdic-Technik ausgestattet, einem Sonarsystem, das dabei half, Schwärme aufzuspüren und ihre Größe einzuschätzen. Aber die Schwärme waren schnell und hatten im Zweifel schon längst die Richtung gewechselt, wenn das Schiff die Stelle erreichte. Dann erwischte man nur noch die Nachhut des Schwarms. Dummerweise schwammen die Rogner ganz vorne im Schwarm, und auf den Rogen waren sie aus. Ein Netz voller Milchner brauchte niemand.

Dass Hróbjartur die Verantwortung bei sich sah und nicht dem neuesten Mitglied seiner Crew die Schuld gab, war immerhin gut. Denn das war sie. Aber wenn es so weiterging, konnte die Stimmung auch noch kippen. Nicht alle würden sie für eine Fischscheuche halten, aber einige bestimmt. So war das halt.

»Hróbjartur, ich stelle das Essen einfach hier hin.« Gunndís stellte den Teller auf einen freien Tisch auf der Brücke. Vielleicht hätte sie das Essen lieber leise abstellen und sich schnell wieder verdrücken sollen. Der Kapitän lief mit dem Rücken zu ihr von Fenster zu Fenster und starrte hinaus. Vielleicht blickte er aufs Deck, zu anderen Schiffen in Sichtweite, oder er beobachtete die Schwanzflossen und Fontänen von Walen, die sich am reich gedeckten Fischbuffet bedienten und zwischendurch kurz auftauchten. Mit verschränkten Armen hielt Hróbjartur vor jedem Fenster kurz inne, ehe er zum nächsten schritt. Als Gunndís ihn ansprach, griff er gerade nach dem Funkgerät, um jemanden an Bord zu kontaktieren, möglicherweise den Steuermann, der gerade an Deck das Sagen hatte.

Hróbjartur drehte sich um und starrte sie an, als hätte er einen blinden Passagier entdeckt. Dann besann er sich. Er warf einen desinteressierten Blick auf den Teller. Entweder war Essen ihm gerade nicht wichtig, oder er mochte keine Spaghetti Bolognese – das einzige Gericht, das sie sich in ihrem Zustand zugetraut hatte. »Bitte? Ja, danke.«

Gunndís war unsicher, ob sie sofort wieder gehen oder noch kurz mit ihm reden sollte. Sie entschied sich für Letzteres, denn es war wichtig, dass sie einen guten Eindruck beim Kapitän hinterließ. Das war die halbe Miete. Sie versuchte, nicht an die Gerichte zu denken, die sie der Besatzung gestern vorgesetzt hatte, wenn sie sich gerade einmal nicht übergeben musste. Es war zwar keine Tütensuppe gewesen, aber nicht weit davon entfernt. Zum Mittag aufgewärmte Frikadellen, die sie in der Kühltruhe gefunden hatte, mit Kartoffeln, Kompott, Rotkohl aus der Dose und fertiger Soße. Als Abendessen hatte sie Fertiglasagne serviert, die sie nur aufwärmen musste. Beschwert hatte sich niemand, aber mehrere hatten nach Knoblauchbrot zum Abendessen gefragt, das sie völlig vergessen hatte. Ihr Plan, mit tollem Essen zu überzeugen, war der Seekrankheit zum Opfer gefallen.

Gunndís hatte das Gefühl, dass es an ihr war, etwas zu sagen. »Der Rogenanteil des Fangs vorhin lag bei fünfundzwanzig Prozent, falls das ein Trost ist. Der Rogen hat einen Wassergehalt von einundsiebzig Prozent und ist gut entwickelt. Das lässt doch hoffen.«

Die Männer hatten das Netz ausgelegt, als sie gerade das Mittagessen vorbereiten wollte, daher hatte man sie weitestgehend in Ruhe gelassen. Sie hatte lediglich von den Lodden, die an Bord gepumpt wurden, einen Eimer voll prüfen sollen. Danach konnte sie zurück in die Küche gehen, damit alles bereit war, wenn die anderen fertig waren. Nachdem sie sich am Vortag gut ausgeruht hatte, war sie jetzt fit genug für ein einfaches Gericht, das sie von Grund auf zubereitete. Schlecht würde ihr heute zum Glück nicht mehr werden, denn sie hatte gleich nach dem Aufstehen die Tablette gegen Seekrankheit genommen, die in der Küche auf sie gewartet hatte. Daneben lag ein Zettel: *Nimm die, wenn es dir besser geht – Lóa*. Gunndís konnte nicht sagen, was die größere Wirkung gehabt hatte: die Tablette oder das Wissen darum, dass es eine Freundin an Bord gab.

Hróbjartur sagte nichts zu den Ergebnissen ihrer Stichprobe. Die Zahlen kannte er natürlich längst, und er machte keine überflüssigen Worte. Er zog einen Stuhl unter dem Tisch hervor und setzte sich vor den Teller. Bevor er den ersten Bissen nahm, sah er Gunndís an und fragte: »Und, wie gefällt dir die Arbeit?«

Gunndís antwortete wahrheitsgemäß: »Gut. Sehr gut.« Sie hatte damit gerechnet, dass er fragte, wie es ihr ging. Dass er es nicht tat, deutete darauf hin, dass Lóa ihm wirklich nichts über ihren Zustand gesagt hatte. Oder dem Kapitän war es egal, wie es ihr ging. Die Gesundheit der Schiffsköchin war im Moment mit Sicherheit nicht seine größte Sorge. Gunndís konzentrierte sich auf das Positive. Dass er sie überhaupt fragte, wie es ihr an Bord gefiel, war ein gutes Zeichen. Vielleicht überlegte er, sie fest anzustellen. Sie hatte gehört, wie zwei der Matrosen darüber sprachen, dass der Mann, den sie vertrat, vermutlich mit seiner Liebsten im Ausland war. Unter normalen Umständen wären auch Lóa und Hróbjartur jetzt auf Reisen, um das Ende der Loddensaison zu feiern. Es klang so, als nähmen sie es dem Koch übel, dass er dennoch gereist war, denn sie hatten ihre Reise nach Paris abgeblasen. Vielleicht hatte der Kapitän das auch von seinem Koch erwartet. Vielleicht war er so verärgert über den Koch, dass er darüber nachdachte, die Stelle neu zu besetzen. Zum Beispiel mit ihr, die sofort eingesprungen war. Unwillkürlich straffte sie den Rücken. »Irgendwelche besonderen Wünsche fürs Abendessen?«

»Gott, nein. Einfach irgendetwas. Das ist mir wirklich völlig egal.« Er nahm einen Bissen, kaute und schluckte. »Einfach so was hier. Das ist gut.«

Gunndís landete unsanft auf dem Boden der Realität. Nicht alle konnten sich fürs Essen begeistern. Manch einer aß bloß, um den Tank wieder aufzufüllen, und der Kapitän schien zu dieser Gruppe zu gehören. Sie hatte mal wieder zu viel in die Situation hineininterpretiert. Er hatte sie nur aus Höflichkeit gefragt, wie es bei ihr lief, weil sie wie bestellt und nicht abgeholt vor ihm stehen geblieben war. Er machte sich keine Gedanken über ihre Zukunft bei der Reederei, nur weil sie die ersten Mahlzeiten zubereitet und einen Eimer Lodden untersucht hatte – und das noch nicht einmal besonders gut, sondern einfach nur zufriedenstellend. Und zufriedenstellende Schiffsköche gab es zuhauf.

Gunndís errötete und wäre am liebsten im Erdboden versunken. Doch glücklicherweise interessierte sich Hróbjartur genauso wenig für sie als Person wie für ihr Essen. Er sah sie nicht an und bemerkte gar nicht, dass sie sich schämte, sondern wickelte stoisch Spaghetti um seine Gabel. Nach einer Weile räusperte sie sich. »Ich will nicht weiter beim Essen stören, wollte aber noch kurz fragen, wann wohl eine gute Zeit fürs Abendessen ist?«

»Tja. Gute Frage. Hast du deshalb gefragt, was es geben soll?«

Gunndís verstand den Zusammenhang nicht, doch kurzentschlossen bejahte sie seine Frage, denn die ehrliche Antwort wäre gewesen: *Nein, ich wollte mich nur einschmeicheln.*

»Ich würde etwas empfehlen, das warten kann. Zwei Fangversuche soll es vor dem Essen noch geben. Ich kann also nicht sagen, wie spät es wird.«

»Verstanden.« Es war nichts Neues für Gunndís, dass die Fangzeiten die Essenszeiten bestimmten. Wieder befürchtete sie das Schlimmste, vielleicht glaubte er jetzt, sie wäre ein absolutes Greenhorn. Aber das war sie nicht. Sie beschloss, schnell nach unten zu verschwinden, ehe sie noch weitere unüberlegte Dinge sagte.

Während sie die Küche aufräumte und in der Messe sauber machte, schob sie alles Negative und Deprimierende weit von sich. Doch es gelang ihr nicht ganz, denn ihr Vater drängte sich immer wieder dazwischen, wenn ihr Blick auf das Kochbuch fiel, das sie mit in die Kombüse genommen hatte. Nicht, um daraus zu kochen; schon allein beim Gedanken daran schauderte es sie. Nein, sie wollte es bei sich haben, falls das Ganze ein makabrer Streich war und der Witzbold das Buch wieder verschwinden lassen wollte. Damit es so aussah, als hätte sie sich das alles nur eingebildet.

Aber auch das war vermutlich eine absurde Spinnerei. Sie kannte niemanden an Bord, und warum sollte irgendein Fremder auf so eine Idee kommen? Und überhaupt: Wer kam darauf, sich ein Exemplar dieses Buchs zu besorgen und ihre Widmung zu fälschen? Selbst Olgeir, der angedeutet hatte, dass er ihren Vater kannte, wusste mit Sicherheit nichts von diesem uralten Weihnachtsgeschenk und der Geschichte dahinter. Ihr Vater war danach nur noch einziges Mal auf See gewesen und von jener Fahrt war niemand zurückgekehrt. Wenn Olgeir an Bord gewesen wäre, läge er jetzt am Meeresgrund. Genau wie ihr Vater.

Wie auch immer das Buch hier gelandet war, es musste sich um einen Zufall handeln und nicht um einen bösen Scherz.

Als alles blitzte und blinkte, zog sie sich – mit dem Kochbuch – in ihre Kajüte zurück. Sie schloss die Tür und holte ihr Handy heraus. Keine Nachricht von Gauti. Das konnte zwei Gründe haben: Entweder er genoss das verlängerte Papa-Wochenende oder er war richtig sauer. Sie hatte kein Ladekabel, hatte in der Eile vergessen, es einzupacken, und an ihrem ersten Tag an Bord war sie zu sehr mit der Seekrankheit beschäftigt gewesen, um sich ein anderes zu organisieren. Da sie das Handy aber bisher nur als Wecker nutzte, um rechtzeitig in der Küche zu erscheinen, reichte der Akku gerade noch für ein Gespräch. Die Frage, in welcher Stimmung Gauti wohl war, musste aber noch warten; ein anderes Telefonat war ihr im Moment wichtiger. Sie wollte ihren Bruder Bogi anrufen. Da er nicht gern telefonierte, würde es ein kurzes Gespräch werden; wenn es nach ihm ginge, würde sich seine Kommunikation mit anderen – oder zumindest mit seiner Schwester – auf Morsezeichen beschränken. Zum Glück konnte auch er sich nicht vor der Gegenwart verschließen, er hatte nicht nur ein Handy, sondern nutzte auch Messenger-Apps. Obwohl sie nicht weit vom Festland entfernt fuhren, gab es unter dem Meeresspiegel in den Kajüten kein Netz.

»Was gibt es?« Bogi klang, als ob sie ihn bei etwas sehr Wichtigem gestört hatte. Doch das bezweifelte sie. Ihr Bruder war Single und arbeitete von zu Hause aus. Er war Steuerberater und hatte sich für wenige Mandanten auf eigene Rechnung entschieden, anstatt für ein großes Büro zu arbeiten. Und es stand weder ein Monatswechsel bevor noch die Frist zur Abgabe von Steuererklärungen, daher konnte er keinen Stress haben.

»Hi.« Gunndís ignorierte die kalte Begrüßung. Bogi durfte zu Recht davon ausgehen, dass sie anrief, weil sie ihn um irgendeinen Gefallen bitten wollte. Meist ging es um Hilfe bei der Steuererklärung, seinen Rat wegen einer neuen Kreditrate für ihre Wohnung, um einen Nachruf auf einen entfernten Verwandten, den er in ihrer beider Namen schreiben sollte, oder um ein gemeinsames Geburtstagsgeschenk für ihre Mutter. »Nur ganz kurz.« Sie verschwieg ihren fast leeren Akku, um ihm das Gefühl zu geben, dass sie seine Abneigung gegen lange Telefonate akzeptierte. »Erinnerst du dich an Papas letztes Weihnachten?«

Bogi seufzte. »Ja. Warum denkst du jetzt darüber nach?«

»Nur so. Erinnerst du dich an das Kochbuch, das ich ihm geschenkt habe?«

»Ja. Nein. Vage.«

»Erinnere ich mich richtig, dass es ein Geschenk zu seinem letzten Weihnachtsfest war?« Eine Erklärung für das Auftauchen des Buchs könnte sein, dass sie sich irrte und ihm das Buch schon ein Jahr früher geschenkt hatte. Das Gedächtnis konnte trügen. Vielleicht war die Fantasie mit ihr durchgegangen, und sie hatte ihren Vater irrtümlich mit dem Kochbuch auf seine letzte Fahrt geschickt. Hatte die schicksalsträchtige Tour mit einer Fahrt ohne Zwischenfälle verwechselt. »Das war nicht schon im Jahr davor, oder?«

»Keine Ahnung. Warum sollte ich mich daran erinnern? Das war dein Geschenk, nicht meins. Und außerdem hast du ihn viel mehr gemocht als ich. Wenn das jemand wissen müsste, dann doch wohl du.« Er schien seine schroffe Antwort zu bedauern und fügte hinzu: »Vielleicht erinnert sich ja Mama.«

Gunndís hatte gehofft, sie nicht anrufen zu müssen. Ihre Mutter haderte sehr damit, dass das Meer Gunndís so anzog. Doch ihr blieb wohl nichts anderes übrig. Sie musste ja nicht erwähnen, wo sie gerade war. »Okay, ich versuche es.«

»War sonst noch was? Ich bin beschäftigt.«

Unsinn, dachte Gunndís, sagte aber nichts. »Ja, eine Sache noch. Hast du dafür gesorgt, dass sich ein Kochbuch, wie ich es Papa geschenkt habe, auf dem Schiff befindet, auf dem ich gerade arbeite?« Sie fragte nicht, ob er auch ihre Kinderschrift und die Widmung imitiert hatte.

Bogi schwieg, und Gunndís sah vor sich, wie er die Augen schloss und sich an die Stirn fasste. Nach einer Weile antwortete er: »Nein, Gunndís. Warum zur Hölle sollte ich das tun? Ich wusste noch nicht einmal, dass du auf See bist. Und wie kommst du darauf, dass ich mich an das Buch erinnere? Was soll das Ganze? Drehst du jetzt völlig durch?«

»Nein. Ich frage nur. Alles gut.« Es wäre nicht vernünftig, ihm die Wahrheit zu sagen. Er war ein total sachlicher Mensch und würde nicht nachvollziehen können, warum sie sich einen Kopf wegen etwas machte, für das es eine ganz natürliche Erklärung geben musste. Er war acht Jahre älter als sie, und für ihn blieb sie immer ein dummes Kind. »Ich habe nur an Papa gedacht.«

Wieder herrschte Schweigen am anderen Ende der Leitung. Dann ein Seufzer, und schließlich: »Gunndís. Hör auf, ständig über ihn nachzudenken. Deine Erinnerungen an ihn sind rosarot gefärbt. Wenn du daran festhalten willst – prima. Aber ich empfehle dir, nicht zu tief in der Vergangenheit zu wühlen.«

Jetzt schwieg Gunndís. Was wollte ihr Bruder damit andeuten? Ihr Vater war ein guter Mensch gewesen, so viel stand fest. Ihre Erinnerungen waren nicht so lückenhaft, sie hätte sich daran erinnert, wenn er ihren Bruder oder ihre Mutter schlecht behandelt hätte. Sie erinnerte sich sogar noch an seinen Geruch, eine Mischung aus zartem Zigarettenqualm und Rasierwasser. Ihr Papa war ein guter Mensch gewesen.

Sie schwieg so lange, dass Bogi die Chance nutzte und sich verabschiedete. »Tschüss, Gunndís. Ich muss jetzt wirklich weitermachen.«

Er legte auf. Gunndís stand mit dem Handy in der Hand in der schummrigen Kajüte. Sie hatte die wenigen Lichter eingeschaltet, die es gab, aber sie leuchteten nur schwach und die Holzverkleidung schien das bisschen Licht komplett zu schlucken. Ihre Augen suchten nach dem Buch, das sie auf die Koje gelegt hatte. Sie griff danach und sah sich noch einmal die Widmung an, fuhr mit dem Finger über die Buchstaben, die sie vor vielen Jahren geschrieben hatte. Sie bildete sich nichts ein. Das war ihre Widmung, ihre Schrift.

Sie zog die Hand zurück und schlang die Arme um sich. Sie musste sich irren, was das Jahr anging. Leider hatte sie nicht daran gedacht, ein Datum dazuzuschreiben. Damals hatte nur die Gegenwart gezählt. Die Zukunft war nichts weiter als das unbestimmte Monstrum, auf das ihre Mutter sich bezog, wenn sie Gunndís vorhielt, dass sie nicht genug für die Schule machte. Doch aufgehalten hatte ihre Haltung die Zeit nicht. Jetzt war sie offiziell erwachsen, auch wenn sie selbst sich nicht so fühlte. Und als Erwachsene musste sie keine Angst vor einem Telefonat mit ihrer Mutter haben. Sie waren jetzt auf Augenhöhe, zumindest fast. Dennoch schickte Gunndís ihr lieber eine Nachricht.

Nur ganz kurz: Weißt du noch, zu welchem Weihnachten ich Papa das Kochbuch geschenkt habe? War das kurz vor seinem Tod?

Die Antwort kam prompt: *Ja, ich glaube schon.*

Gunndís starrte auf die Antwort, dachte kurz nach und schrieb dann:

Hat er das Buch zu seiner letzten Fahrt mitgenommen?

Sie sah, dass ihre Mutter die Nachricht las, und wartete, während drei Punkte anzeigten, dass sie schrieb. Die Punkte verschwanden, erschienen wieder, dann kam die Antwort.

Ja. Ich bin mir ziemlich sicher. Jedenfalls ist es nicht hier. Warum fragst du? Gunndís tippte schnell eine Antwort. *Erkläre ich später – melde mich bald.*

Bald konnte alles Mögliche bedeuten. Nachher, morgen oder irgendwann diese Woche. Sie steckte das Handy ein und ignorierte das Piepen, das ihr sagte, dass ihre Mutter die Unterhaltung noch fortführen wollte. Wie konnte das sein? Wenn sich das Buch auf dem gesunkenen Schiff befunden hatte, konnte sie es jetzt nicht in den Händen halten. Jedenfalls sah es nicht danach aus, als wäre es im Meer gelandet, aus dem Wrack gefischt und zurück an Land gebracht worden.

Eine laute, schrille Sirene ertönte an Bord. Gunndís erstarrte und dachte schon, es wäre ein Feueralarm. Doch sie kannte dieses Geräusch. Die Sirene verkündete einen neuen Fangversuch und rief alle zur Arbeit. Diesmal hatte sie nichts in der Küche zu tun und musste richtig mit anpacken.

Sie freute sich darauf. Die Arbeit ließ keinen Raum für Gedanken an das Buch und ihren Vater.

8. KAPITEL – FREITAG

Vor dem Bürofenster ging das Leben seinen gewohnten Gang. Der Himmel war bedeckt, aber das Wetter recht mild, niemand verkroch sich in seine Kapuze oder hatte den Reißverschluss seiner Jacke ganz geschlossen. Týr konnte es nicht genau sehen, doch er ging davon aus, dass es noch dauern würde, bis die Freundlichkeit des Wetters sich auch in den Gesichtern der Passanten spiegeln würde. Es brauchte mehr als einen unerwartet milden Wintertag, um die Strapazen der vergangenen Monate vergessen zu machen. Das kannte er von sich selbst. Auch die Kollegen waren noch nicht besser drauf als sonst, obwohl sie es im Augenblick nur mit so wenigen schweren Verbrechen zu tun hatten. Im Gegenteil, die Kollegen wirkten betrübter als nach einer Leitzinserhöhung. Ein beliebtes Thema, bei dem Týr nicht mitreden konnte und sich lieber schnell verdrückte, wenn die Sprache darauf kam. Er hatte weder einen Hauskredit noch zahlte er Miete. Wenn die anderen herausfanden, dass die Krise ihn nicht tangierte, während alle anderen sich deswegen abrackern mussten, würde er nur noch schlechter hierher passen.

»Achtung, Erla kommt!«, zischte Karó ihm vom Nachbartisch zu, und Týr guckte schnell auf seinen Bildschirm. Er tat so, als wäre er auf die Arbeit konzentriert – aber auch nicht zu sehr. Das würde sie ihm nicht abkaufen, denn es war nicht besonders spannend, sich mit alten Statistiken zu Arbeitsunfällen bei der Polizei zu befassen. Ein typischer Job, den man bekam, wenn sonst nichts zu tun war. Tatsächlich gab es niemanden, der seine Auswertung mit Spannung erwartete. Sie würde zwar an alle verteilt werden, aber wohl von kaum jemandem gelesen. Ein paar Kollegen warfen möglicherweise einen Blick auf die Grafiken, daher musste er sich zumindest damit ein bisschen Mühe geben.

»Ihr beiden.« Offenbar hatte Erla ihre Namen schon wieder vergessen. »Heute früh kam wieder ein Anruf von den Kollegen aus Suðurnes. Eigentlich wollte ich sofort mit euch sprechen, aber ich musste zu einer Sitzung.«

Týr sah Karó an. Sie wirkte genauso besorgt wie er. Hatten die Leute sich beschwert? Bekamen sie jetzt doch einen Anschiss, obwohl Erla ihnen etwas anderes versprochen hatte? Da schlug er sich dann doch lieber mit der langweiligen Unfallstatistik herum. »Wir waren total freundlich zu den Leuten, das können wir mit den Aufnahmen der Bodycams belegen. Es ist alles komplett nach Vorschrift gelaufen.«

Erla winkte ab. »Niemand hat Lust, sich euer Gespräch mit diesen Idioten anzusehen. Es geht nicht um euren gestrigen Einsatz. Es gibt einen neuen Konflikt, und da ihr euch offenbar gut geschlagen habt, wurde wieder um eure Hilfe gebeten.« Erla rollte mit den Augen. »Was für ein Zufall, dass schon wieder kein Kollege in ganz Suðurnes Zeit dafür hat. Na ja …«

Týr ließ sich seine Freude nicht anmerken. Zumal Karó neben ihm seufzte. Aber er musste hier raus, weg vom Schreibtisch. »Worum geht es diesmal?«

»Um einen toten Hund. Der wieder ausgegraben wurde. Schon das allein ist verrückt, aber dann wurde der Kadaver auch noch der Familie, der das Tier gehört hatte, ins Haus geworfen.«

»Wie bitte?!« Karó verzog das Gesicht. Dann setzte sie einen verwunderten Blick auf. »Obwohl – warum erstaunt mich das eigentlich?«

Erla sah sie an. »Hast du so etwas schon mal erlebt?«

»Nein. Diesen Leuten ist wirklich alles zuzutrauen.«

Jetzt mischte sich Týr ein. »Was sollen wir tun? Hinfahren, die Sache zu Protokoll nehmen, Frieden stiften und den Kadaver entfernen?«

»Ja und nein. Nehmt es zu Protokoll. Stiftet Frieden, soweit es geht. Aber ich bin mir ziemlich sicher, dass die Asservatenkammer nicht auf halb verrottete Kadaver eingestellt ist. Es ist nicht unsere Aufgabe, uns um verstorbene Tiere zu kümmern. Das ist Sache der Besitzer.«

Týr sprang auf. Das Risiko, zu eifrig zu wirken, nahm er in Kauf. »Die Besitzer behaupten, dass der Hund damals vergiftet wurde. Könnte das ein Anlass sein, das Tier zu obduzieren? Herauszufinden, ob an ihrem Verdacht etwas dran ist? Diesen Wunsch haben gestern beide Parteien geäußert.«

Erla winkte sofort ab. »Dazu sehe ich keinen Anlass. Außerdem weiß ich nicht, wer Tiere obduziert. Vielleicht Tierärzte? Von mir aus kümmert euch darum. Aber es wird keine einzige Krone in diesen bescheuerten Fall investiert. Wenn der Hund kostenlos untersucht werden kann, meinetwegen. Ansonsten vergesst es.«

»Na, dann bringen wir es hinter uns …« Karó stand auf. Sie nahm ihre Jacke vom Haken an der Wand, doch sie zog sie nicht sofort über. Offenbar war sie derselben Ansicht wie Týr – Vorsicht war besser als Nachsicht – und wollte sich wieder die

Bodycam umschnallen. Auch wenn niemand Lust hatte, sich ihr Gespräch mit diesen Idioten anzusehen, wie Erla es formuliert hatte.

—

Das Ehepaar war nicht zu Hause. Ihr Sohn im Teenageralter öffnete die Tür und wusste nicht, wann seine Eltern zurück sein würden. Er selbst schien auch gerade erst nach Hause gekommen zu sein, steckte mit einem Arm noch in seiner dicken Jacke. Vor seinen Füßen lag ein Rucksack, verdächtig leer, falls es sich um seine Schultasche handelte. Auf Nachfrage sagte er, er heiße Ketill und sei sechzehn Jahre alt. Wie viele Jungs in seinem Alter war er schlaksig und unproportional, hatten sich seine durch ungleichmäßige Wachstumsschübe in die Länge geschossenen Körperteile noch nicht auf eine gemeinsame Konfektionsgröße geeinigt. Gemessen an den riesigen Schuhen, die wirkten, als hätte er sie sich von einem erwachsenen Basketballprofi geliehen, schienen seine Füße bereits ausgewachsen zu sein. Mit seinen langen, dünnen Armen und Beinen sah er aus wie ein Strichmännchen, und er bewegte sich so unbeholfen, als hätte er sich noch nicht an seine veränderten Körpermaße gewöhnt. Týr erinnerte sich noch zu gut an diese unangenehme Lebensphase, die er am liebsten komplett verdrängen würde. Die Dinge hingegen, an die er sich gern erinnern würde, waren verschwunden.

»Seid ihr wegen Mosi hier?« Immer noch steckte der Junge halb in seiner Jacke. Er streckte den Kopf aus der Tür und spähte die Straße auf und ab, als wollte er sich vergewissern, dass niemand sie beobachtete. Einen Besuch von der Polizei wollte niemand an die große Glocke hängen, egal in welchem Alter. Erleichtert stellte er fest, dass die Straße menschenleer war.

»Mosi?« Karó lächelte ihn freundlich an. »Hieß der Hund so?«

»Ja.«

»Also weißt du, was letzte Nacht passiert ist?«

Ketill nickte. Er fixierte einen Punkt zwischen Karó und Týr, mied den direkten Blickkontakt. Vielleicht nicht nur, weil sie von der Polizei waren, sondern weil er das generell Erwachsenen gegenüber so machte. »Ich habe ihn gefunden. Diese Nacht.«

Ein glücklicher Zufall, dass sie den Jungen allein antrafen. So, wie sie die Eltern gestern erlebt hatten, wäre der Junge in ihrer Anwesenheit nicht zu Wort gekommen. Jetzt schilderte er die Ereignisse der Nacht, und Týr notierte seinen Bericht in Stichpunkten. Ketill erzählte, wie seine Eltern nach der schlimmen Entdeckung in der Waschküche zu den Nachbarn gegangen waren, denen sie vorwarfen, den Hund ausgegraben zu haben. Bei diesem Teil der Schilderung blieb Ketill eher vage, und Týr vermutete, dass er nur die halbe Wahrheit sagte. Offenbar wollte der Junge seine Eltern nicht in Schwierigkeiten bringen und verschwieg daher das Ärgste. Nachdem sie die beiden gestern in Rage erlebt hatten, war Ketills Beschreibung ihres recht zivilisierten Auftretens gegenüber den Nachbarn jedenfalls eher unglaubwürdig.

»Bist du dir sicher, dass es keinen Streit gab? Wir werden auch noch mit den Nachbarn sprechen. Falls die Situation eskaliert ist, werden sie sicher kein Blatt vor den Mund nehmen.«

»Sie haben nicht aufgemacht. Deshalb gab es auch keinen Streit. Die Nachbarn haben vermutlich geschlafen und nichts mitgekriegt. Ich glaube, mit denen müssen Sie nicht reden.« Als er das sagte, wanderte sein Blick zu Boden und er guckte auf seine großen Schuhe. Dann schaute er wieder hoch. »Ich glaube, sie haben Mosi nicht ausgegraben. Die Nachbarn.«

»So? Wer dann?«, fragte Karó.

»Tja … ich weiß nicht. Irgendwer anders. Jemand aus der Straße. Hier wohnen lauter Psychos.«

»Psychos? Wie meinst du das?«

»Na ja, halt komische Leute. Sie wissen schon. Komisch – komisch. Leute, die so etwas tun würden.«

»Hast du eine konkrete Person im Sinn?«

Ketill wurde verlegen und erklärte, dass dem nicht so sei. Dann sah er ihnen in die Augen, erst Karó, dann Týr. »Ich muss jetzt lernen. Sie müssen später noch mal wiederkommen. Wenn meine Eltern zurück sind.«

Das mit dem Lernen kaufte Týr ihm nicht ab. »Wo ist der Hund jetzt?«

»Hinten im Garten. Unter einer Decke.«

Karó fragte, ob sie ihn sich ansehen dürften, worauf Ketill sich zögerlich einließ. Wahrscheinlich hoffte er, dass sie ihn danach in Ruhe ließen.

Hinter dem Haus erwartete sie ein ganz normaler, winterlicher Garten. Vergilbtes Gras, kahle Büsche, nackte Gartenmöbel, eine umgedrehte Schubkarre und ein großes Trampolin, das die Winterstürme – im Gegensatz zu den meisten seiner Trampolinkollegen – nicht aufs Meer hinausgeweht hatten. An der Hauswand neben der Gartentür lag ein kleiner Haufen mit einer Decke darüber. Týr hatte den Eindruck, dass es sich um eine Tischdecke handelte. Nach Ketills Schilderung hatten sie den Kadaver mitten in der Nacht entdeckt und daher vermutlich irgendetwas gegriffen, schlaftrunken und müde. Týr zeigte auf ein großes Loch nicht weit von der Tür. Es wirkte viel zu groß für ein Hundegrab, aber vielleicht war die Stelle auch nicht gekennzeichnet gewesen und der nächtliche Störenfried hatte erst danach suchen müssen. »War der Hund da begraben?«

Der Junge schüttelte den Kopf und zeigte auf eine Stelle ganz hinten im Garten, unter einem Busch vor einem niedrigen Zaun. Darin steckte eine Schaufel. Aus der Ferne wirkte das Loch deutlich kleiner als das in der Nähe des Hauses. »Nein. Da hinten. Das hier vorne ist für die Grillecke, die Papa bauen will.«

»Gehört die Schaufel euch?«

Ketill reagierte mit einem Schulterzucken auf Karós Frage. »Keine Ahnung. Ich bin nie im Garten.«

»Auch nicht auf dem Trampolin?« Týr fragte, um etwas Nettes zu sagen, erntete aber nur einen giftigen Blick.

Dann wandten sie sich dem Hund zu. Karó hob eine Ecke der Decke an. Ketill drehte sich weg, während sie die Überreste des Familienhundes betrachteten.

»Können Sie Mosi nicht mitnehmen und rausfinden, woran er gestorben ist? Wer ihn vergiftet hat? Wer ihn ausgegraben hat?«

Týr und Karó tauschten einen Blick, ehe sie antworteten. Nein, sie könnten den Hund nicht mitnehmen, und eine Untersuchung würde auch nicht viel bringen. Die Erklärung lag sowieso auf der Hand, das alles musste mit dem Nachbarschaftsstreit zu tun haben, der solch abstruse Ausmaße angenommen hatte. »Am ehesten ließe sich noch anhand der Schaufel herausfinden, wer den Hund ausgegraben hat. Bist du ganz sicher, dass du nicht weißt, wem sie gehört?«

»Ganz sicher. Aber nehmen Sie sie ruhig mit. Wir brauchen sie nicht.« Ketill zeigte in Richtung des Grabes. »Wenn sie uns gehört, will Papa sie vielleicht zurückhaben, aber das eilt nicht. Wenn Sie beweisen könnten, dass es nicht die Nachbarn waren … wäre das echt cool.«

Týr fand es erstaunlich, dass es Ketill so wichtig war, die Nachbarn von jeglicher Schuld zu entlasten. Vielleicht dachte er, dass sich dadurch am schnellsten die Wogen glätten ließen. Das Leben im Dauerstreit war sicher nicht angenehm. Besonders für einen Teenager, dem die Eltern auch dann schon peinlich waren, wenn sie sich nicht öffentlich zum Narren machten. Doch leider musste er die Hoffnung des Jungen im Keim ersticken. Es half nichts, sich an Illusionen zu klammern. »Leider wird uns auch eine Untersuchung der Schaufel nicht weiterbringen. Da sie zurückgelassen wurde, hat die Person, die sie benutzt hat, mit Sicherheit Handschuhe getragen. Und wenn tatsächlich Fingerabdrücke daran sein sollten, haben wir vermutlich keine Vergleichsabdrücke in der Datenbank. Ich bezweifle, dass wir die Erlaubnis erhalten, von allen Personen, die in Frage kämen, Fingerabdrücke zu nehmen. Nicht bei dieser Sachlage. Es ist kein justiziables Vergehen, ein totes Tier zu exhumieren.«

»Justi… was? Exhumieren?« Ketill runzelte die Brauen. Karó erklärte es noch einmal in einfachen Worten, doch der Junge blieb dabei. »Ist doch egal. So etwas darf man trotzdem nicht, auch wenn es nicht in euren Gesetzen steht.«

Auf die Gesetze hatten Karó und Týr keinen Einfluss; ihre Aufgabe war es lediglich, sie durchzusetzen. Wenn es zu einem

Gesetzesverstoß erklärt würde, auf die Brille zu pinkeln, würden sie von Klo zu Klo ziehen und Proben nehmen. Doch sie ließen Ketills Kommentar unbeantwortet. Týr sah sich die Gartentür an, die keine Einbruchsspuren aufwies. Hatten Ketills Eltern das alles womöglich selbst inszeniert? »Was ist mit der Tür? Schließt ihr die nicht ab?«

Wieder zuckte Ketill mit den Schultern. Das häusliche Leben schien ihn nicht zu interessieren. Doch wenn Týr darüber nachdachte, hätte er solche Fragen mit sechzehn vermutlich auch nicht beantworten können. Teenager hatten anderes im Kopf als Türschlösser und Schaufeln.

Nachdem sie sich pro forma auch noch das Grab angesehen hatten, kamen sie zu dem Schluss, der von vornherein klar gewesen war: Die Ortsbegehung brachte sie nicht weiter. In dem Loch lag weder der Führerschein des Täters, der ihm beim Buddeln aus der Tasche gerutscht war, noch ein Bekennerschreiben.

»Ihr müsst Mosi mitnehmen.« Ketill sah sie bittend an. »Please. Meine Schwester kommt bald nach Hause. Sie ist erst acht, und ich will nicht, dass sie ihn sieht. Nicht noch mal. Untersuchen Sie ihn und rufen Sie mich dann an. Dann hole ich ihn ab und begrabe ihn hinten im Garten. Wenn ich ihn gleich begrabe, rasten meine Eltern aus. Dann buddeln sie ihn wieder aus und rufen euch an. Sie wollen, dass er untersucht wird. Unbedingt. Die werden nicht aufgeben.« Er schwieg, und schickte dann in fast verzweifeltem Ton noch ein »Please« hinterher.

Týr und Karó gingen ein Stück beiseite, um sich zu besprechen. Nachdem Karó im Internet herausgefunden hatte, dass im Pathologischen Institut Keldur Tiere obduziert wurden, rief sie kurzerhand dort an. Die Kosten waren zwar eigentlich im Rahmen, aber dennoch sprengten sie ihr Budget für diesen Fall, das bei null Kronen lag. Anrufe bei mehreren Tierärzten ergaben, dass dort nicht obduziert wurde. Der Einzige, der eine Ausnahme machte, verlangte eine deutlich höhere Summe als Keldur. Das schloss Týr zumindest aus Karós Kommentar, dass sie nicht darum gebeten habe, den Hund auch gleich noch zu klonen. Auf ihre Frage, ob der Tierarzt sich nicht vorstellen könnte, es in diesem Fall einmal kostenlos zu machen, lachte er so laut, dass auch Týr es hörte.

Týr wollte schon aufgeben. Nicht aber Karó. »Was ist mit Iðunn? Vielleicht tut sie uns den Gefallen? Sie hat gerade bestimmt nicht viel zu tun.«

Iðunn war die Rechtsmedizinerin, die Týr ihren Verdacht anvertraut hatte, dass sein leiblicher Vater nicht der Mörder seiner Mutter sein konnte. Auf eine Begegnung mit ihr hatte Týr im Moment überhaupt keine Lust. Aber da Iðunn nicht nur Opfer von Verbrechen untersuchte, lag Karó vielleicht auch falsch mit ihrer Annahme, dass Iðunn Zeit hatte. Daher protestierte er nicht, als sie anrief, um die Lage zu checken. Er rechnete damit, dass sie sofort ein klares Nein kassieren würde. Doch nach einem ziemlich langen, ausführlichen Gespräch hatte Iðunn sich überzeugen lassen.

»Sie hat ja gesagt. Unter dem Vorbehalt, dass sie keine Erfahrung mit der Obduktion von Tieren hat. Aber sie will uns den Gefallen tun. Sie meinte, dann hat sie was bei uns gut.« Als sie Týrs entsetzten Blick sah, fügte sie schnell hinzu: »Das hat sie nicht ganz ernst gemeint.«

Týrs Reaktion hatte nicht nur etwas mit dem Gefallen zu tun, den sie Iðunn dann schuldeten, und mit der Tatsache, dass er ihr lieber nicht begegnen wollte. Er fand es vielmehr dumm, den möglicherweise einzigen Gefallen, den Iðunn ihnen jemals tun würde, an einen toten Hund zu verschwenden. Lieber hätte er ihn sich für irgendetwas aufgespart, das mit dem Tod seiner Mutter zu tun hatte, sie um ihre Meinung zu irgendetwas gebeten oder um Zugang zu alten Dokumenten in der Rechtsmedizin. Iðunn hatte ihm schon einiges Material zugespielt, doch er hoffte, dass sie noch irgendetwas übersehen hatte, dass weitere Unterlagen zu dem Fall auftauchten.

Sie gingen zurück zu Ketill, und Karó fragte: »Habt ihr etwas, worin wir Mosi mitnehmen können?«

»Keine Ahnung.«

»Tja. Schade. Er kann auf keinen Fall einfach so auf der Rückbank oder im Kofferraum liegen. Ärgerlich. Aber so ist das.«

Auf einmal hatte Ketill doch eine Idee. Er verschwand durch die Gartentür ins Haus und kam wenig später mit einem Karton zurück, auf dem in großen Buchstaben *Christbaumkugeln – zerbrechlich* stand. Wenn wirklich etwas Zerbrechliches darin gewesen war, würde es jetzt vermutlich nicht mehr besonders weihnachtlich aussehen. Dafür war Ketill zu schnell zurück gewesen.

Mit Mosis sterblichen Überresten in der Weihnachtskugelkiste und der Schaufel im Kofferraum machten sie sich auf den Weg zurück in die Stadt.

9. KAPITEL – SONNTAG

Die Stimmung im Trockenraum war gedämpft. Dieser Fang war zwar etwas erfolgreicher gewesen als der letzte, aber mehr auch nicht. Wenn es so weiterging, mussten sie länger auf See bleiben als geplant – sonst konnten sie die Fangquote nicht ausschöpfen und mussten mit halb vollen Laderäumen zurückkehren. Beides war kein Anlass zur Freude. Die Lodde war kurz vor dem Laichen, was vom Förderband zurück ins Meer fiel, war leuchtend gelb gefärbt vom Rogen; ein sicheres Zeichen dafür, dass ihnen die Zeit davonlief.

Ein Teil der Mannschaft saß auf dem L-förmigen Sofa in der Sitzecke, alle mit glühender Kippe oder E-Zigarette in der Hand. Die Matrosen trugen noch ihre Arbeitsoveralls und Rettungswesten, die Kopfhörer hatten sie auf den Helm geschoben und die Mikros vom Mund genommen. Selten unterbrach einer die Stille, dann antworteten die anderen einsilbig oder mit unbestimmten Lauten, die »ja stimmt«, »so ein Schwachsinn«, »Wahnsinn« oder alles Mögliche andere bedeuten konnten. Gunndís hörte nicht zu. Ihr Kopf hatte nur Kapazitäten für zwei Dinge: Sie dachte an ihren Vater und fädelte dabei gelbes Garn in grobe Plastiknadeln, damit alles bereit war, falls das Netz geflickt werden musste. Sie schnitt anderthalb Armlängen von dem Garn ab, fädelte es durch das Nadelöhr, wickelte den Faden um die Nadel, fixierte das Ende und warf die fertig vorbereitete Nadel in den Nadelkorb. Dann nahm sie sich die nächste vor.

Neben ihr stand Logi, der nette Matrose, der sie nach ihrer Ankunft durchs Boot geführt hatte. Er musste froh sein, dass sie an Bord war, das verringerte die Wahrscheinlichkeit, dass die anderen ihm als jüngstem Besatzungsmitglied die Schuld an dem schlechten Fang in die Schuhe schoben. Außer einem abfälligen Kommentar zu der miesen Ausbeute hatte er noch nichts von sich gegeben. Auch Gunndís war frustriert über das Ergebnis, doch ihre Gedanken kreisten um andere Dinge. Zumal es nicht half, sich darüber aufzuregen. Genauso wenig wie über die Wetteraussichten, die ihnen nicht gerade in die Karten spielten. Mit Schleppnetz konnte man bei jedem Wetter fischen, aber mit einer Ringwade war man auf gute Wetterverhältnisse angewiesen. Doch leider konnte man sich darauf Anfang März in den isländischen Fischgründen nicht verlassen.

Logi war nicht so geübt wie sie und hatte Schwierigkeiten, die Fadenenden zu fixieren. In der Zeit, in der er sich mit einer einzigen Nadel abplagte, schaffte Gunndís zwei. Nur leider nahm niemand wahr, wie schnell sie arbeitete. Hoffentlich riss das Netz nicht, wenn sie gerade kochen musste. Sie wollte den Männern gern zeigen, wie geschickt sie Netze flicken konnte. Sie hatte kürzlich einen Kurs besucht und sich richtig gut geschlagen. Auch der Lehrer hatte bestätigt, dass sie ein gutes Auge habe und flink sei. Es hatte zwar kein Zeugnis gegeben, aber wenn, dann hätte sie bestimmt mit Bestnote abgeschnitten. Zumindest hatte der Lehrer niemand anderen so gelobt.

Gunndís stand an der offenen Tür zum unteren Deck, auf dem die Ringwade aufbewahrt wurde, ein himmelhoher schwarzer Netzberg zwischen weiß gestrichenen Stahlsäulen, einen halben Kilometer lang und über hundert Meter tief, zig Tonnen Nylon, die an Bord verstaut werden mussten. An der Tür konnte sie frische Luft atmen, und so machte ihr auch der Rauch nichts aus. Schlecht war ihr zwar nicht mehr, doch ganz überwunden hatte sie die Seekrankheit trotz der Tabletten noch nicht. Auch aus einem anderen Grund stand sie gern an der offenen Tür: So konnte sie im Notfall schnell ins Freie fliehen. Das lag in dem plötzlichen Tod ihres Vaters begründet. Als Kind und Jugendliche hatte sie nachts wach gelegen und darüber nachgegrübelt, wie er wohl ums Leben gekommen war. War er schlafend in seiner Kajüte überrascht worden, sodass er es nicht mehr an Deck geschafft hatte und mit dem Schiff gesunken war? Hatte er verzweifelt nach einer Luftkammer gesucht? Später hatte sie erfahren, dass ein norwegisches Schiff einen Notruf empfangen hatte, nachdem Feuer an Bord ausgebrochen war. Das weckte neue Fragen: War ihr Vater in den Flammen umgekommen? Oder hatte er es ins Freie geschafft und war im eiskalten Meer ertrunken? Sie hoffte es, das wäre noch die erträglichste Vorstellung, doch sie befürchtete, dass das Schicksal ihm nicht gnädig gewesen war. An der Unglücksstelle hatte man keine einzige Leiche im Meer gefunden.

Als alle Nadeln vorbereitet waren, legte Gunndís die Garnrolle weg. Auch sie hatte noch ihren Overall an, da sie jederzeit mit einem weiteren Einsatz rechnen mussten. Im Gegensatz zu Hering fischte man Lodden am besten bei Tageslicht, und bald würde die Dämmerung einsetzen. Dann musste das Abendessen warten, schließlich waren sie hier nicht auf einem Kreuzfahrtschiff, wo das Essen das Wichtigste war. Hinterher würde die Besatzung einen Bärenhunger haben, daher musste sie sich irgendetwas Leckeres und Sättigendes einfallen lassen. Es nutzte nichts, wenn sie prima Nadeln vorbereiten und Netze flicken konnte, aber ihren Hauptjob an Bord vermasselte.

Gunndís dachte an ihr leeres Handy in der Kajüte. Sie musste ein Ladekabel auftreiben, und zwar sofort. Bald würde das Kommando zum Einsatz erklingen, und dann konnte sie sich erst spätabends wieder darum kümmern, wenn alle gegessen hatten. Sie wollte so gern mit ihrem Sohn sprechen, aber so spät schlief er natürlich schon. Sie unterhielten sich in Kindersprache über ganz banale, einfache Themen, und sie liebte diese Gespräche. Er verlangte nichts von ihr und sie nichts von ihm. Außerdem musste sie nicht ständig befürchten, dass er sie falsch verstehen könnte, wie es bei Erwachsenen oft passierte. In dieser Hinsicht war das Medium Sprache wirklich nicht ganz ausgereift.

Die Männer auf dem Sofa blickten verwundert auf, als sie sich räusperte und fragte, ob ihr jemand ein Ladekabel leihen könne. Einer der Männer zeigte in die Ecke neben dem Sofa. Dort seien Ladegeräte, die sie benutzen könne.

Gunndís bedankte sich und lief schnell in ihre Kajüte, um das Handy zu holen. Dort kam sie auf den Gedanken, erst einmal hier unten nach einem Kabel zu suchen. Der Schiffskoch hatte seinen Laptop und eine Spielekonsole dagelassen, gut möglich, dass sie fündig würde. Wenn sie irgendwann einmal fest angestellt war, würde sie definitiv ein Ladekabel in ihrer Kajüte deponieren.

Es gab zwei Steckdosen, und an einer davon war eine Steckleiste angeschlossen. Der Laptop hing an der Steckdose am Schreibtisch, die Spielekonsole, der Fernseher und eine Lampe in der Steckleiste. Aber kein Ladegerät. Sie warf einen Blick unter die untere Koje, auch dort fand sie nichts. Sie öffnete die Schubladen des kleinen Schreibtischs, der an die Wand geschraubt war. Zwei waren leer, bis auf einen Stift in der einen und eine leere Bonbonpackung in der anderen. Die größte Schublade war komplett vollgestopft. Zwischen Papieren, Umschlägen und Schreibutensilien entdeckte sie einige schwarze Kabel, doch kein Ladegerät. Sie seufzte enttäuscht und versuchte, die Sachen so weit zu ordnen, dass die Schublade wieder zuging und sie vielleicht sogar noch die Zettel hineinbekam, die auf dem Schreibtisch lagen. Doch das war unmöglich. Und jetzt wusste sie auch nicht mehr, wie die Sachen vorher gelegen hatten. Doch sie tröstete sich mit dem Gedanken, dass sie es nicht bemerken würde, wenn jemand ihre Kramschublade zu Hause durchwühlt hätte.

Ein Blatt war besonders störrisch und schob sich aus der Schublade heraus, als sie sie schließen wollte. Sie machte sie noch einmal auf, um das Blatt ordentlich auf den Papierstapel zu legen. Dabei sah sie, dass es sich um einen ausgedruckten oder kopierten Zeitungsartikel mit einem Foto von einer jungen Frau handelte. Ihre Neugier war sofort geweckt, und obwohl sich ihr Gewissen regte, nahm sie das Blatt in die Hand. Als sie sah, dass es sich um einen Nachruf handelte, fühlte sie sich noch schlechter. Sofort dachte sie, dass es die Ehefrau des Kochs sein könnte, und schämte sich, als sie der verstorbenen Frau auf dem Foto in die Augen blickte. Der Schiffskoch musste sie sehr geliebt haben, wenn er den Nachruf mit auf See nahm. Doch dann fiel ihr ein, dass der Koch ja mit seiner Frau im Ausland war. Vielleicht hatte er wieder geheiratet, und dies hier war seine Exfrau. Das würde auch erklären, warum er den Artikel lieber hier aufbewahrte als zu Hause. Sie überflog die fettgedruckte Zusammenfassung und stellte fest, dass die Frau vor fast zwei Jahrzehnten gestorben war. Sie ließ das Blatt fallen, als ob sie sich daran verbrannt hätte, als ihr Blick auf den Todestag fiel. Auf dieses vertraute Datum. Die Frau war am selben Tag wie ihr Vater gestorben. Am selben Tag, im selben Monat, im selben Jahr.

Gunndís schüttelte sich. Wie dumm sie doch war. Es war ja nicht so, dass an jedem Tag nur eine einzige Person sterben durfte. Das hier war ein Zufall, nichts weiter. Was sollte es auch sonst sein? Eine allgemeine Verschwörung gegen sie oder gegen das Andenken ihres Vaters? Keiner von ihnen beiden war so wichtig, dass sich jemand diese Mühe machen würde.

Dann las sie den Artikel doch noch, war hinterher aber nicht schlauer. Es stand nicht darin, ob die Frau verheiratet gewesen war, und wenn ja, mit wem. Die Schwester der Verstorbenen hatte den Artikel verfasst, und es ging hauptsächlich um Kindheitserinnerungen. Sie erwähnte nicht, warum ihre Schwester mit Anfang vierzig gestorben war, sondern nur, welch ein Schock die Todesnachricht für sie gewesen war.

Bevor Gunndís den Artikel zurücklegte, starrte sie abwechselnd auf das Foto und den Namen der Frau. Beides sagte ihr nichts. Sie hatte noch nie von einer Elínborg Atladóttir gehört.

Das Schiff begann heftig zu schwanken, und Gunndís hielt sich am Bettpfosten fest. Wenn das Wetter wieder rauer wurde, hätte sie genug mit der Seekrankheit zu tun, da brauchte sie nicht noch einen gebrochenen Arm oder dergleichen.

Als sie ihre Kajütentür öffnete, verlor sie um ein Haar doch noch das Gleichgewicht. Nicht wegen des Wellengangs, sondern weil sie so erschrak. Vor ihrer Tür stand Olgeir, der Matrose, der sie an Deck angesprochen hatte, nachdem sie sich hatte übergeben müssen. Er war nicht zufällig an ihrer Tür vorbeigekommen, sondern stand direkt davor und starrte sie an. Als hätte er gerade anklopfen wollen. Merkwürdigerweise hingen seine Hände aber regungslos neben dem Körper.

Gunndís schlug sich die rechte Hand auf die Brust und stöhnte: »Du hast mich fast zu Tode erschreckt!«

»Brauchtest du nicht ein Ladekabel?« Er hielt ihr einen schwarzen Adapter mit Kabel hin. »Du kannst meins ausleihen. Wenn du fertig bist, bräuchte ich es zurück.«

Gunndís sah sich das Kabel an. »Das passt leider nicht, ich habe ein iPhone. Trotzdem danke.« Sie brachte ein Lächeln zustande und versuchte, sich nicht anmerken zu lassen, wie unangenehm ihr die Situation war. Der Mann rührte sich nicht von der Stelle. So eng, wie es war, hätte sie sich an ihm vorbeiquetschen müssen. »Vielen Dank für das freundliche Angebot«, wiederholte sie.

Immer noch stand er wie angewurzelt da, er schien gar nicht wahrzunehmen, dass Gunndís vorbeiwollte. Er steckte das Ladekabel ein und verschränkte die Arme vor der Brust. »Ich wollte dich noch etwas fragen.«

»Ja?« Gunndís gab sich gelassen. Vielleicht wollte er nur wissen, was es zum Essen gab. Doch so komisch, wie er guckte, ging es sicher um etwas weniger Alltägliches.

»War dein Vater nicht auch Schiffskoch?«

Das konnte sie kaum abstreiten, daher bestätigte Gunndís es. Auch wenn sie lieber behauptet hätte, er sei Lehrer oder Klempner gewesen. Sie hatte absolut keine Lust, mit diesem Mann über ihren Vater zu reden.

»Hieß er Áskell?«

Gunndís nickte. »Ja.«

»Dachte ich mir.« Er sah ihr tief in die Augen, bis sie den Blick abwandte. »Ich habe mit ihm gearbeitet. Vor langer Zeit. Ich persönlich konnte ihn ja ganz gut leiden.«

Das hörte sich an, als hätten die meisten anderen ihren Vater nicht so recht leiden können. In Gunndís kochte die Wut hoch, doch sie ließ sich nichts anmerken. »Ja. Danke. Ich auch.«

»Furchtbar. Der Unfall.«

Gunndís reichte es. »Ja. Aber ich muss jetzt wieder hoch. Ich möchte mein Handy anschließen, bevor wir das Netz auslegen. Und ich muss Fleisch aus der Kühltruhe holen. Fürs Abendessen.« Gunndís riss sich zusammen, nicht noch weitere Gründe zu erfinden, sie wollte nicht noch mehr flunkern.

Olgeir machte immer noch keine Anstalten, sie vorbeizulassen. »Eines noch: Ich an deiner Stelle würde das hier an Bord nicht zum Thema machen. Viele haben bei dem Schiffsunglück ihre Väter verloren. Die Wunden sind noch nicht verheilt. Behalte es besser für dich. Dann gibt es keinen unnötigen Stress.«

»Bitte?« Jetzt hatte sie es doch nicht mehr so eilig. Was wollte er ihr damit sagen? Selbst wenn irgendein Crewmitglied mit einem der verunglückten Matrosen verwandt war und denselben Schicksalsschlag erlitten hatte – weshalb sollte es deswegen Stress geben? Im Gegenteil: Diese Person müsste ihren Kummer doch besser verstehen als jeder andere. »Ich verstehe nicht ganz, wie du das meinst.«

»Nicht?« Olgeir wirkte überrascht. Er starrte sie an, als ginge er davon aus, sie könnte seine Gedanken lesen, wenn sie sich nur anstrengte. »Du … du weißt schon, wie es zu dem Unglück kam, oder?«

Die Frage brachte Gunndís aus der Fassung. Sie war noch ein Kind gewesen, als das Schiff gesunken war. Man hatte ihr lediglich gesagt, dass ihr Vater mit dem Schiff untergegangen war. Sie hatte lange gebraucht, um diese furchtbare Nachricht zu verarbeiten, und hatte sich nicht weiter für die Details interessiert. Und als sie älter wurde und mehr wissen wollte, hatte ihre Mutter ausweichend reagiert und nicht über das Unglück reden wollen. *Jetzt nicht. Später*. Das Wenige, was Gunndís wusste, hatte sie ihrem Bruder Bogi aus der Nase gezogen, der aber auch nicht wirklich etwas wusste. Also hatte sie sich damit abgefunden, dass sie die Details wohl nie erfahren würde. Auf offener See war auf dem Schiff Feuer ausgebrochen, die Crew hatte einen Notruf abgesetzt, und als Hilfe kam, war es bereits zu spät gewesen. Das Schiff war gesunken. Nur ein paar Trümmerteile schwammen noch an der Unglücksstelle, niemand schien es in ein Rettungsboot oder in einen Überlebensanzug geschafft zu haben. Die wenigen Informationen, die sie in alten Zeitungsartikeln im Internet finden konnten, passten dazu.

»Ich weiß genug. Das Schiff ist gesunken. Nachdem ein Feuer ausgebrochen war. Keiner hat überlebt. Was genau passiert ist, hat man nie herausgefunden.«

Olgeir nickte langsam. »Ein bisschen mehr weiß man ja schon … Zum Beispiel, wer schuld daran war, dass das Feuer ausgebrochen ist.« Er verstummte, schien darauf zu warten, dass Gunndís aussprach, was er angedeutet hatte. »Na ja. Jedenfalls solltest du über deine Herkunft besser schweigen. Das ist das Beste für dich und alle anderen an Bord.« Darauf ging Olgeir ohne ein weiteres Wort.

Gunndís blieb zurück und versuchte, sich auf ihre Atmung zu konzentrieren. Olgeirs Botschaft war eindeutig gewesen:

Offenbar kursierten Gerüchte, dass ihr Vater das verhängnisvolle Feuer verursacht hatte, dem die gesamte Mannschaft zum Opfer gefallen war. Dabei gab es keine Zeugen, die davon berichten konnten, was an Bord geschehen war, und damit waren solche Behauptungen völlig aus der Luft gegriffen. Wie zur Hölle konnten solche absurden Geschichten überhaupt entstehen? Hatte niemand Partei für ihren Vater ergriffen? Hatte niemand innegehalten und sich gefragt: *Moment mal, woher wollen wir das wissen*? Offenbar nicht. Es war einfach zu schön, sich in solchen Geschichten zu suhlen, dass niemand auf die Idee kam, den Verstand einzuschalten.

Ihre Lider brannten. Wenn sie sich nicht zusammenriss, würde sie gleich losheulen. War das vielleicht der Grund dafür, dass sie keine Festanstellung bekam? Ein altes, völlig aus der Luft gegriffenes Gerücht?

Sie dachte an eine Situation kurz nach dem Schiffsunglück. Die Reederei hatte eine Gedenkfeier für die Angehörigen der verunglückten Crew organisiert, doch Gunndís' Mutter wollte nicht hingehen. Gunndís hingegen schon, und sie drängte ihren Bruder Bogi so lange, bis er schließlich nachgab. Bis heute war sie davon ausgegangen, ihre Mutter hätte befürchtet, am Kummer zu zerbrechen. Oder sie hätte die Verantwortung für den Unfall bei der Reederei gesehen. Doch wenn auch ihre Mutter Wind von diesem Gerücht bekommen hatte, war es verständlich, dass sie keine Lust auf eine Begegnung mit den anderen Witwen und deren Kindern gehabt hatte.

Gunndís und Bogi waren bei der Feier dann auch nicht gerade freundlich empfangen worden, was Gunndís damals gar nicht verstehen konnte. Auch beim anschließenden Kaffeetrinken hatten die anderen Trauernden und die Mitarbeiter der

Reederei einen Bogen um sie gemacht. Alle anderen umarmten sich, nur Gunndís und ihren Bruder beachtete niemand. Damals glaubte Gunndís, die Abwesenheit ihrer Mutter wäre daran schuld, daher war sie hinterher wütend auf ihre Mama gewesen. Jetzt wusste sie, dass die Kälte gegenüber den Geschwistern wahrscheinlich von etwas ganz anderem hergerührt hatte.

Nur eine einzige Person hatte mit ihr gesprochen, ein Junge in ihrem Alter, der seinen Vater verloren hatte. Während Bogi auf der Toilette war, hatte er sich kurz zu ihr gesetzt. Ganz allein hatte sie an einem Tisch gesessen und nicht verstanden, warum sie so geschnitten wurden. Bis der Junge sie bemerkte und sie sich quer durch den Raum ansahen. Sie musste so verloren gewirkt haben, dass der Junge aufstand und zu ihr kam. Er stellte sich vor und stand dann verlegen da, bis ihm einfiel, dass er ihr sein Handy zeigen konnte. Es war neu, und er sagte, sein Vater habe es ihm zu Weihnachten geschenkt. Er wolle es für immer behalten und sich niemals ein neues kaufen. Vermutlich hatte er sich daran nicht gehalten. Kurz darauf war seine Mutter gekommen und hatte ihn weggezerrt, ohne ein Wort an Gunndís zu richten. Als Bogi zurückkam, wollte Gunndís sofort gehen, und diesmal musste sie nicht lange betteln. Bogi hatte sich noch unwohler gefühlt als seine Schwester.

Gunndís zog die Nase hoch und straffte die Schultern. Verdammte Scheiße. Sie würde sich Olgeir gegenüber nicht anmerken lassen, dass seine Bemerkung sie bis ins Mark getroffen hatte. Oh nein. Sie würde so tun, als wenn nichts wäre. Also trat sie in den Gang, schloss ihre Kajütentür und ging zielstrebig los. Wer sie so sah, würde sie für eine junge Frau halten, die keinerlei Sorgen hatte. Die Wahrheit war das komplette Gegenteil.

Das Handy in ihrer Hand, das seinen Dienst mit leerem Akku nicht mehr tat, wirkte doppelt so schwer wie sonst. Sie wünschte sich nichts sehnlicher, als die Stimme ihres Sohnes zu hören, doch vermutlich war es gut, dass dieses Telefonat noch ein bisschen warten musste. Wenn sie ihn jetzt anrief, brachen sicher alle Dämme. Und das durfte nicht passieren.

10. KAPITEL – FREITAG

Ein Mitarbeiter des Rechtsmedizinischen Instituts der Uniklinik empfing Týr und Karó. Er verzog das Gesicht, als er einen Blick in die Weihnachtskugelkiste warf. Vermutlich nicht, weil darin ein verwester Körper lag, sondern weil es nicht der eines Menschen, sondern der eines Tieres war. Mit Hundekadavern hatten sie hier sonst nicht zu tun, und Týr musste dem Mann mehrfach versichern, dass Iðunn sich bereit erklärt hatte, den Hund zu untersuchen. Schließlich brachte er sie zum Obduktionssaal. Bevor er die Tür öffnete, ließ er die beiden Ganzkörperoveralls überziehen, Handschuhe, Masken und Schutzbrillen. Außerdem gab er ihnen eine große, durchsichtige Plastiktüte für den Karton.

Wie Krankenhauspersonal zu Zeiten von Covid traten sie vor Iðunn. Die stand mit dem Rücken zu ihnen an einem Stahltisch und machte Fotos. Týr atmete auf, als er sah, dass auf dem Tisch keine aufgeschlitzte Leiche lag, sondern nur Knochen, die zu einem unvollständigen Skelett zusammengelegt waren. Er schätzte, dass dies die Knochen waren, die man bei Sorpa gefunden hatte. Vielleicht handelte es sich aber auch um eine Leiche, die exhumiert worden war. Aber davon hätte er sicher etwas gehört, denn Gräber wurden nur im Zusammenhang von polizeilichen Ermittlungen geöffnet, und so wenig, wie gerade los war, wäre das in ihrer Teamsitzung garantiert zur Sprache gekommen.

Iðunn drehte sich um, legte den Fotoapparat zur Seite und begrüßte die beiden. Sie öffnete den Plastiksack, warf einen Blick in den Karton und seufzte leise hinter ihrer Maske. Dann nahm sie Týr den Karton ab und stellte ihn auf einen Tisch. Sie werde sich später darum kümmern. Das könne ja kaum so eilig sein, dass sie alles andere stehen und liegen lassen müsse.

Karó trat an den Tisch mit dem Skelett. »Sind das die Knochen, die auf dem Recyclinghof gefunden wurden?«

»Nö, die hab ich von zu Hause mitgebracht.« Und dann, mit einem Augenrollen: »Ja, natürlich. Was sonst?«

»Gibt es Hinweise darauf, woher sie stammen?« Týr stellte sich neben Karó und starrte auf die Knochen. Sie waren braun, nicht weiß, und damit entweder uralt oder sie hatten in der Erde gelegen. So sah kein Skelett aus, das unter freiem Himmel gelegen oder zusammengeschraubt in einem Unterrichtsraum oder Museum gestanden hatte.

Iðunn schüttelte den Kopf. »Aber hoffentlich bald. Ich habe sofort deCODE Genetics kontaktiert und die Knochen zur Analyse hingeschickt. Sie sind frisch zurück, nachdem sie einige Proben entnommen haben, aus denen sich hoffentlich brauchbares Erbgut generieren lässt. Ich habe mich gerade erst an die Arbeit gemacht. Solange wir nicht wissen, mit wem wir es zu tun haben, macht mir noch keiner Druck, die Todesursache herauszufinden.«

»Auch nicht die Angehörigen von vermissten Personen?« Karó beugte sich über den Tisch und inspizierte einen Knochen. Dabei war mit bloßem Auge sicher nichts zu erkennen, was einen ungeklärten Vermisstenfall löste. Sie richtete sich wieder auf und fügte hinzu: »Ich hätte erwartet, dass hier die Drähte heiß laufen.«

»Nein. Es hat niemand angerufen. Aber es wurde auch noch nicht offiziell über den Knochenfund berichtet. Noch nicht. Wir von der Identifizierungskommission haben mit Sorpa und der Kriminalpolizei vereinbart, dass die Öffentlichkeit vorerst nicht informiert wird. Genau aus diesem Grund. Aber der Frieden wird bald vorüber sein. Ich habe gehört, RÚV will es heute in den Abendnachrichten bringen. Hoffentlich schalten nicht viele den Fernseher ein. An einem Freitagabend.«

Weder Karó noch Týr wies Iðunn darauf hin, dass für den Abend schlechtes Wetter angekündigt war und die meisten vermutlich zu Hause blieben.

Iðunn deutete ihr Schweigen offenbar als Kritik an ihrer kühlen Art. »Scheiß auf das klingelnde Telefon. In den letzten Jahrzehnten sind zig Menschen verschollen, und es wäre nicht fair, bei den Angehörigen unnötig Hoffnung zu wecken. Daher die Sperrfrist. Denn klar ist, dass diese Knochen höchstens Licht in einen einzigen dieser Fälle bringen. Vielleicht in zwei – wenn es hoch kommt –, aber es würde mich sehr wundern, wenn die Knochen von zwei verschiedenen Menschen stammen. Vielleicht klärt sich auch überhaupt nichts. Kann sein, dass wir nicht herausfinden, mit wem wir es hier zu tun haben. Oder wie diese Person ums Leben gekommen ist.« Iðunn zeigte auf den Tisch. »Wie ihr seht, fehlt genau das, was uns am ehesten weiterhelfen würde, wenn sich keine brauchbare DNA gewinnen lässt: der Schädel.«

Karó starrte auf das kopflose Skelett. »Hoffentlich finden die Genetiker DNA.« Im besten Fall gab es von derselben Person bereits DNA zum Vergleich. Wenn Menschen verschwanden und auf der Liste vermisster Personen landeten, wurde für einen späteren Abgleich Genmaterial von den Müttern dieser Personen gesichert. Doch das war nicht immer möglich, daher stand für einen Teil der Fälle keine Vergleichs-DNA zur Verfügung.

»Ist es ein Mann?« Auf der isländischen Liste stand – abgesehen von einigen auf See verunglückten Vermissten – keine Frau. Und diese Knochen hatten eindeutig nicht am Meeresgrund gelegen.

Iðunn nickte. »Ja, ich denke schon. Zumindest biologisch, wenn ich mir das Becken ansehe.«

Karó zeigte auf mehrere große, vollgestopfte Säcke, die im hinteren Teil des Raums an einer Wand lehnten. Mit dem Logo von Sorpa. »Müsst ihr noch mehr Müll durchsuchen? Könnte der Schädel da drin sein?«

Iðunn schnaubte. »Den werden wir hier nicht finden, aber ansehen müssen wir uns den Müll da trotzdem. Die Kriminaltechniker haben schon alles durchforstet. Das da hinten ist nur das, was für uns interessant sein könnte. Insgesamt waren es noch deutlich mehr Säcke.« Iðunn schloss die Augen und schüttelte resigniert den Kopf. »Die Mitarbeiter von Sorpa, die die Knochen entdeckt haben, dachten, sie müssten selbst Ermittler spielen. Anstatt sofort die Polizei zu informieren, haben sie alle Säcke aufgerissen und durchwühlt. Jetzt weiß niemand mehr, was in den Säcken mit den Knochen war und was nichts damit zu tun hat. Außerdem haben diese Genies mit Sicherheit viele kleinere Knochen übersehen, die jetzt fehlen. Einiges haben die Techniker zum Glück noch gefunden, und vielleicht schließen sich noch ein paar weitere Lücken, wenn wir uns die Zeit nehmen, das alles zu durchsuchen. Wir werden sehen. Shit.«

Týr trat einen Schritt näher an den Stahltisch heran und ließ den Blick über das Skelett wandern. Zu Lebzeiten hatte es einen Körper aufrecht gehalten; jetzt war daraus ein schauriges Puzzle mit fehlenden Teilen geworden. Er war kein Experte auf diesem Gebiet, doch er konnte an keinem der Knochen Verletzungen erkennen. Wenn Menschen niedergestochen wurden, schabte das Messer meist an den Knochen entlang und hinterließ Spuren. Falls die Person erschossen worden war, musste die Kugel genau zwischen den Knochen hindurchgeflogen sein, denn wenn sie einen Knochen getroffen hätte, wäre das nicht zu übersehen. Beim Tod durch Erwürgen brach meist das Zungenbein, das hier allerdings fehlte. Somit wäre das eine mögliche Todesursache. »Hast du schon eine Meinung zur Todesursache oder der Herkunft der Knochen?«

»Zweimal nein.« Iðunn schüttelte den Kopf. »Noch nicht. Abgesehen davon, dass ich davon ausgehe, dass die Knochen in der Erde vergraben waren. Möglicherweise in einem minderwertigen Sarg, der schon verrottet ist. Es gibt ja mittlerweile auch umweltfreundliche Särge aus Pappe. Aber die Knochen wirken älter, da waren diese Dinge noch nicht auf dem Markt.«

»Du meinst, die Knochen könnten von einem Friedhof stammen?« Es war schwer, Karós Gesichtsausdruck unter der Schutzkleidung zu lesen, doch ihr Tonfall verriet, dass sie daran genauso wenig glaubte wie Týr.

»Nichts ist ausgeschlossen. Vielleicht wurde dort mit einem Bagger gearbeitet und irgendein halb blinder Idiot hat die Erde in Müllsäcke gepackt, ohne auf die Knochen zu achten. Dann könnten der Schädel und die fehlenden Knochen noch auf dem Friedhof liegen. Eventuell wurde die Leiche auch ausgegraben und in den Müll geworfen, weil jemand den Verstorbenen gehasst hat. Meinte, dass er es nicht verdient habe, in geweihter Erde zu ruhen. Das hat es mal gegeben, da wurde ein Sarg ausgegraben und mitsamt der Leiche auf die Müllkippe geworfen. Das hatte mit einem Fall von Kindesmissbrauch zu tun. Aber ich glaube nicht, dass diese Knochen von einem Friedhof stammen. Höchstens von einem entweihten, abgelegenen, in Vergessenheit geratenen. Wobei die Knochen so alt nicht wirken. Aber wie gesagt, wir dürfen nichts ausschließen. Vielleicht wurde die Leiche ja doch auf einem Friedhof ausgegraben.«

Diesmal konnten selbst Maske und Schutzbrille Karós Ungläubigkeit nicht verbergen. »Das ist aber ganz schön weit hergeholt.«

Iðunn reagierte nicht beleidigt. »Schon. Aber ich habe keinen Hinweis darauf gefunden, dass die Person ermordet wurde. Noch nicht. Und Menschen, die eines natürlichen Todes sterben, werden nicht einfach irgendwo verscharrt. Und auch nicht wieder ausgegraben und auf der Müllkippe entsorgt.«

Das stimmte. Sie konnten hier den ganzen Tag zusammenstehen und sich den Kopf darüber zerbrechen, wie die Knochen bei den Gartenabfällen gelandet sein konnten. Es würde zu nichts führen. »Weiß man, zu welcher Abgabestelle die Säcke gebracht wurden?« Dann ließe sich die Suche wenigstens etwas eingrenzen. Vielleicht waren sogar Überwachungskameras auf den entsprechenden Container gerichtet. So viele Säcke konnte niemand zu Fuß dort abgeliefert haben. Vielleicht war das Fahrzeug gefilmt worden und das Kennzeichen zu sehen.

»Die Säcke wurden auf dem Recyclinghof in Hafnarfjörður entsorgt. Aber da im Winter kaum jemand im Garten arbeitet, hat es Wochen gedauert, bis der Container voll war und geleert wurde. Die Säcke müssen also schon länger darin gelegen haben. Ist nicht irgendwer von euch dabei, das herauszufinden?«

Das stimmte, doch damit waren nicht Karó und Týr befasst. Iðunn schien langsam genug von den Fragen zu den mysteriösen Knochen zu haben und wandte sich dem Karton zu. Sie befreite ihn aus dem Plastiksack, öffnete ihn und starrte einen Moment hinein. »Welchen Hintergrund hat dieses arme Tier?«

Karó fasste die Ereignisse zusammen. Währenddessen tippte Iðunn den Kadaver mit einer Zange an. »Und was soll ich machen? Untersuchen, ob er vergiftet wurde?«

»Ja, das wäre super.« Im selben Moment wurde Týr klar, dass er gerade den wahrscheinlich einzigen Gefallen, den Iðunn ihm jemals tun würde, für diese Sache hier verspielte. »Aber wenn das zu viel Stress macht, lassen wir es einfach.«

Karó warf ihm einen irritierten Blick zu und sagte dann zu Iðunn: »Wenn du fertig bist, müssen wir das Tier zurückbringen. Die Leute wollen es wieder begraben.«

»Dann sollten sie das Grab vielleicht zubetonieren. Einen Meter dick müsste die Platte aber sein, wenn sie das nicht noch mal erleben wollen. Diese Nachbarn scheinen sich ja wirklich zu hassen …«

»Besteht die Chance, dass du herausfindest, wer den Hund ausgegraben hat?«, fragte Karó. »Vielleicht lässt sich dieser Krieg ein für alle Mal beenden, wenn wir Fakten in den Händen haben und sich niemand mehr rausreden kann.«

Iðunn schüttelte den Kopf. »Nein. Ich kann ihn für euch obduzieren, Gewebeproben aus der Magengegend entnehmen und sie auf die gängigsten Gifte prüfen lassen. Das geht klar, weil wir diese Tests hier im Haus machen können. Wer ihn ausgegraben und ins Haus geworfen hat, ließe sich höchstens mit einem DNA-Test herausfinden. Aber die Kosten kann ich nicht rechtfertigen. Zumal wir vermutlich nichts herausfinden werden. Ich bezweifle, dass jemand den Kadaver mit bloßen Händen angefasst hat oder wir Blut oder Haare des Täters finden. Hautschuppen lassen sich in Erde sehr schwer aufspüren. Es wäre zwar möglich, ist aber zeitaufwändig und teuer.« Iðunn schloss den Karton, stellte ihn zurück in den Plastiksack und schob das Ganze in einen großen stählernen Kühlschrank. Dann wandte sie sich wieder an Týr und Karó. »Ich halte nicht viel von Vorahnungen. Aber manchmal habe auch ich die ein oder andere. Im Moment werde ich den Gedanken nicht los, dass sich hinter dem Hundemord und dem ausgegrabenen Kadaver etwas richtig Übles verbirgt.«

Karó korrigierte Iðunn. »In diesem Fall ist es wahrscheinlich eher logisches Denkvermögen als eine Ahnung. Wer tötet einen Hund, um sich an dessen Besitzern zu rächen, und gräbt ihn anschließend wieder aus, um alte Wunden aufzureißen? Ein skrupelloser Unmensch. Und denen ist alles zuzutrauen.«

»Stimmt.« Iðunn wechselte das Thema. »Wie sieht's aus, wollt ihr einen Kaffee?«

In der kleinen Sitzecke konnten sie sich endlich ohne die nervige Schutzausrüstung unterhalten, die die Kommunikation so behinderte. Týr stand immer noch unter Strom. Zu viel Unausgesprochenes stand zwischen ihm und Iðunn, auch wenn Letzterer sein Verhalten offensichtlich nicht ungewöhnlich vorkam, genauso wenig wie Karó. Vielleicht war er immer so schweigsam, nur dass es ihm gerade besonders bewusst war?

»Was gibt's Neues von Alexandra?« Karós Frage kam völlig unvermittelt, denn eigentlich hatten sie sich gerade über die zukünftigen Räumlichkeiten der Rechtsmedizin im Neubau der Uniklinik unterhalten. Doch Iðunn antwortete, als ob Karós Frage die logische Fortsetzung ihres Gesprächs über Quadratmeter und die Vor- und Nachteile eines Großraumbüros wäre.

»Meine Schwester macht gerade einen Crashkurs in der Schule des Lebens. Sie hat sich schon den dritten Freund angelacht, seit sie bei mir wohnt. Hoffentlich ist der nicht ganz so schlimm wie die letzten beiden. Aber ich sollte mir keine allzu großen Hoffnungen machen, denn sie ziert sich, ihn mir vorzustellen. Vielleicht habe ich bei den beiden anderen zu viele Worte gemacht. Aber wer weiß. Aller guten Dinge sind drei. Hoffentlich trifft das nicht auch auf die Aufnahmeprüfung fürs Medizinstudium zu.«

Karó stellte ihre Tasse ab. »Hat sie die nicht gepackt?«

»Nein. Beim ersten Anlauf nicht. Hoffentlich klappt es im Frühjahr. Das ist kein Weltuntergang. Sie musste sich einen Job suchen, das wird ihr auf lange Sicht guttun. So sammelt sie ein bisschen Lebenserfahrung und hat beim nächsten Versuch auch schon etwas Berufserfahrung. Ich habe sie nämlich als ungelernte Assistentin angestellt. Dann ist sie bis zur Prüfung Expertin dafür, wie der menschliche Körper funktioniert – oder auch nicht mehr funktioniert. Und mit Abfall wird sie sich dann auch auskennen. Sie soll dabei helfen, den Inhalt der Müllsäcke zu untersuchen.«

Karó reckte sich und spähte aus der Sitzecke ins Büro. »Ist sie gerade da?«

»Nein.« Iðunn machte ein beleidigtes Gesicht. »Sie hat heute früher Schluss gemacht. Ist zum Packen nach Hause gefahren, weil sie übers Wochenende auf die Westmännerinseln will. Der unerwartete Crashkurs in Sachen Lebenserfahrung hat das Bedürfnis in ihr geweckt, sich mit ihren Eltern zu versöhnen. Sie ist schon ein paarmal hingefahren und hat sie getroffen.«

Týr fiel zweierlei auf. Erstens bezeichnete Iðunn Alexandra nicht mehr als ihre Halbschwester, was für alle Seiten immer total unangenehm gewesen war. Und zweitens schien sie sich noch immer nicht mit ihrem Vater versöhnt zu haben. So wie sie von Alexandras Eltern sprach, klang es nicht, als hätten sie denselben Vater. Das ging ihn natürlich nichts an, aber er hatte sich deutlich besser gefühlt, nachdem er seinen Eltern verziehen hatte, dass sie ihm die Wahrheit über das Schicksal seiner leiblichen Eltern verschwiegen hatten. Obwohl er selbst keine Kinder hatte, ahnte er, wie leicht es passieren konnte, dass man seinen Kindern gegenüber falsche Entscheidungen traf. Zumindest hin und wieder. Doch er hielt sich zurück. Es war nicht seine Aufgabe, Iðunn Vorträge über die Beziehung zu ihrem Vater zu halten. Hoffentlich wechselten sie schnell wieder zu unverfänglicheren Themen.

Karó stand auf und fragte Iðunn nach der Toilette. Damit hinterließ sie eine unangenehme Stille, die schließlich Iðunn zerriss. »Wie kommst du mit der Sache mit deiner Mutter klar? Ich bereue es immer noch, dass ich dir von meinem Verdacht erzählt habe, dass nicht dein Vater der Mörder deiner Mutter war.«

»Alles gut bei mir.« Týr konnte kaum glauben, dass er diesen Unsinn von sich gab und die Gelegenheit ungenutzt ließ, sie um Hilfe zu bitten.

Erstaunlicherweise bekam Týr eine zweite Chance. Iðunn sah ihn nachdenklich an und sagte: »Das nehme ich dir nicht ab, Týr. Ich bin nicht erst seit gestern auf der Welt.«

Týr öffnete den Mund und wollte gerade denselben Unsinn wiederholen. Doch er zog die Reißleine und sagte offen und ehrlich: »Ich drehe durch. Ich halte es nicht aus, keine Ahnung zu haben, wer sie getötet hat.« Er versuchte, in ihrem Gesicht zu lesen. »Besteht die Möglichkeit, dass es noch weitere Informationen zu den Ermittlungen gibt als die, die du mir schon zugespielt hast? Ich kann den Fall nicht im System aufrufen, ohne das vorher anzumelden, und das wird ganz sicher nicht genehmigt. Ich müsste eine Wiederaufnahme der Ermittlungen beantragen, aber dann würden sich andere damit befassen. Wenn ich das überhaupt durchkriegen würde.«

Iðunn verzog keine Miene. »Du hast alle Unterlagen von mir erhalten. Soweit ich weiß, gibt es nicht mehr. Denkst du denn an etwas Spezielles?«

Týr versuchte, sich die Enttäuschung nicht anmerken zu lassen. Natürlich gab es außer den Berichten und Protokollen noch anderes, was Licht ins Dunkel bringen konnte. »Beweismittel vom Tatort. DNA.« Zuletzt nannte er die letzte und unwahrscheinlichste Option: »Oder sie wird exhumiert und noch einmal obduziert. Gewebeproben entnommen, falls noch welche da sind.«

Iðunn stieß Luft aus, wie man es machte, wenn man mit völlig absurden Vorschlägen konfrontiert wurde. »Tja, da sagst du was. Ich bin mir nicht sicher, was es bringen würde, sie nach so vielen Jahren zu untersuchen.« Sie schwieg, hatte offenbar keine Lust, den Zustand einer Leiche nach knapp drei Jahrzehnten im Sarg zu beschreiben. »Die Proben von der Obduktion müssten noch existieren, aber ich habe sie nirgends finden können. Das ist ein alter Fall, wahrscheinlich sind sie bei irgendeiner Aufräumaktion im Müll gelandet. Oder wurden falsch zugeordnet. Das war vor meiner Zeit, möchte ich betonen. Beweismittel könnte es auch noch geben, aber nicht hier.

Die werden bei euch aufbewahrt. Es schadet nicht, da mal nachzuforschen. Das Problem ist nur, Zeit dafür zu finden.«

Natürlich. War ja klar, dass es keine einfache Lösung gab.

Karó kam zurück, setzte sich, und die beiden Frauen unterhielten sich weiter über Alexandra. Týr saß schweigsam dabei und fühlte sich schlecht. Furchtbar schlecht.

—

Zurück auf dem Kommissariat legte Týr die Unfallstatistik beiseite. Bis zum Feierabend würde er jetzt ohnehin nichts Sinnvolles mehr zustande bringen. Stattdessen ging er ins Netz und sah sich die Berichterstattung zu dem Hausbrand in Grindavík an. Er rechnete nicht damit, dass der Brand mit den aktuellen Ereignissen in der Straße zu tun hatte, schließlich lag diese Tragödie schon ein gutes Jahr zurück. Dennoch war die Brandruine, die so deutlich aus dem netten Straßenbild herausstach, ein interessanter Punkt. Ein Schandfleck zwischen lauter gepflegten Häusern, wie eine Miss Island mit Zahnlücke.

Die alten Zeitungsartikel gaben nicht viel her. Das meiste waren kurze Meldungen zu dem Unglück, die lediglich die bekannten Fakten enthielten. Alles, was er las, hatte er auch damals schon gewusst. Er hatte gehofft, vielleicht irgendetwas übersehen zu haben, doch eine Erklärung für den Ursprung des Feuers wurde nicht gegeben. Wobei es auch nicht Sache der Journalisten war, solche Nachforschungen anzustellen. Es musste polizeiliche Ermittlungen gegeben haben, aber offenbar waren die Ergebnisse nicht öffentlich gemacht worden. Im Zweifel, weil die Untersuchungen immer noch liefen. Er ging davon aus, dass die Polizei Suðurnes dafür zuständig war, daher nutzte es nichts, die Reykjavíker Kollegen zu fragen. Er überlegte, ob er sich von Erla die Erlaubnis einholen sollte, die Akte zum Hausbrand in der Polizeidatenbank LÖKE einsehen zu dürfen, doch ihm fiel keine stichhaltige Begründung dafür ein. Wenn er ehrlich war, trieb ihn allein die Neugier, denn es gab keinen Hinweis darauf, dass der Hausbrand mit dem Nachbarschaftsstreit zu tun hatte. Außerdem hätte er sich über die Ablenkung gefreut, denn er wollte auf keinen Fall an den Besuch bei Iðunn und ihr Gespräch denken. An die Dinge, die er gesagt, und an das, was er nicht gesagt hatte.

—

Vor dem dreistöckigen Haus, in dem er wohnte, begegnete er dem älteren Ehepaar aus dem Erdgeschoss. Am liebsten hätte er die beiden umarmt und sich dafür bedankt, dass sie keine Nachbarn aus der Hölle waren. Doch er begnügte sich mit einem Nicken. Dann stieg er die Treppe zum ersten Stock hinauf, steckte den Schlüssel ins Schloss und öffnete die Tür. Er trat in die stille Wohnung und atmete tief durch, in leichter Sorge vor dem Wochenende, an dem er sich wahrscheinlich wieder mit frustrierenden Grübeleien herumplagen würde.

Bei der Arbeit hatte er sich Nerven aus Stahl antrainiert, doch in seinen eigenen vier Wänden machten die offenbar Pause. Er erschrak fast zu Tode und ließ den Schlüssel fallen, als die Stille plötzlich zerrissen wurde.

»Surprise!« Der Überraschungsgast kam aus dem Wohnzimmer in den Flur gesprungen, und Týr atmete auf. Doch nur kurz. Denn es war Alexandra, Iðunns Schwester. Seine Freundin, von der er sich endlich trennen musste.

11. KAPITEL – FREITAG

Seit seine Eltern zurück waren, hatte Ketill tausend Fragen und nicht weniger Vorwürfe zum Besuch der Polizei über sich ergehen lassen müssen. Wie er darauf komme, der Polizei ihre Schaufel mitzugeben? Da seien doch überall ihre eigenen Fingerabdrücke dran, jetzt sehe es so aus, als hätten sie Mosi selbst ausgegraben! Wenn er sich mehr für das Familienleben interessieren würde, hätte er mitgekriegt, dass sie nur kurz beim Immobilienmakler gewesen seien, um den Verkauf des Hauses in die Wege zu leiten! Warum er sie nicht einfach angerufen habe? Oder die Polizei gebeten, auf sie zu warten? Und wieso habe er nicht darauf bestanden, dass sie auch mit den Nachbarn reden? Warum habe er nicht nachgefragt, wann die Ergebnisse der Obduktion vorlägen? Dauere das ein paar Tage, Wochen oder Monate? Wenn er antworten wollte, schnitten sie ihm das Wort ab. Aber das war noch besser als ihre Reaktion auf seinen Gedanken, dass vielleicht ja auch gar nicht die Nachbarn, sondern ein anderer Bewohner der Straße dahinterstecken könnte. Als er das sagte, musste er sich fast die Ohren zuhalten.

Irgendwann entkam er endlich in sein Zimmer. Einschließen konnte er sich nicht, weil seine Eltern aus Sorge davor, dass er am Fenster kiffen oder sich auf OnlyFans herumtreiben könnte, das Schloss ausgebaut hatten, als er dreizehn geworden war. Keines von beidem wäre ihm je in den Sinn gekommen. Prophylaktisch setzte er Kopfhörer auf, damit er wenigstens nicht ihr Geschrei hören musste, wenn sie zu ihm hereinplatzten.

Doch erstaunlicherweise blieb es ruhig. Keiner der beiden ließ sich blicken. Mehrmals nahm er den Kopfhörer runter und hörte, dass sie sich unten aufgeregt unterhielten, doch er verstand nicht, was sie sagten. Das wollte er auch gar nicht. Er hatte das alles schon zigmal gehört.

Normalerweise hätte er sofort losgezockt, doch es ärgerte ihn, dass seine Freunde ihn nicht angepingt hatten, denn sie spielten sicher schon längst. Aber vor allem lag es daran, dass er Lísas Rat befolgen und mehr Informationen über die Leute in der Straße sammeln wollte. Damit er Bescheid wusste, wenn er sie das nächste Mal sah. Falls er die Chance bekam, noch einmal mit ihr zu reden und sie sich nicht wieder wie früher verhielt und einfach durch ihn hindurchguckte.

Obwohl er sich im Internet leichter bewegte als im echten Leben, waren seine Nachforschungen nicht sonderlich erfolgreich. Als Erstes gab er den Straßennamen in die Suchmaschine ein. Bis auf einige Berichte über den Hausbrand gab es kaum Treffer, schien ihre Straße bisher kein Schauplatz berichtenswerter Ereignisse gewesen zu sein. Die wenigen Einträge, die er fand, deuteten nicht darauf hin, dass die Bewohner dieser Straße verrückter waren als andere Menschen. Einmal ging es um frühere Erdbeben, und es gab ein Interview mit einer alten Frau, die ein paar Häuser weiter wohnte. Bei einem größeren Beben hatte es einen ihrer Küchenschränke aus der Wand gerissen. Auf dem Foto stand sie traurig inmitten von zerbrochenen Gläsern und Tellern in ihrer Küche. In einem anderen Bericht ging es um den ersten Ausbruch bei Meradalir. In einem Interview beschwerte sich das Ehepaar im ersten Haus der Straße über die vielen Autos der Schaulustigen. Alles werde zugeparkt, sogar in ihrer Einfahrt stünden fremde Wagen, so gehe das nicht weiter. Nichts davon gab den Leuten einen Anlass, Mosi zu vergiften, geschweige denn, ihn wieder auszugraben. Seine Familie trug keine Schuld an den Erdbeben und konnte auch nichts für die Katastrophentouristen, die ihre Autos überall abstellten. Und an dem Hausbrand trugen sie auch keine Schuld. Es kam ja wohl niemand auf die Idee, dass seine Eltern das Feuer gelegt haben könnten, in dem Vater und Kinder umgekommen waren. Seine Eltern waren zwar verrückt – aber so verrückt nun auch wieder nicht.

Als Nächstes stieß Ketill auf eine sieben Jahre alte Meldung von der Polizei, in der nach einem Mann gefahndet wurde, der an einem Winterabend zu später Stunde zu Fuß sein Haus verlassen hatte. Die Beschreibung des Mannes traf auf jeden beliebigen Isländer zu: Jeans, Winterstiefel und eine dunkelblaue Jacke von 66°North. In den folgenden Artikeln war auch ein Foto des Mannes abgedruckt, der anscheinend nicht wieder aufgetaucht war. Der Name sagte Ketill nichts, doch er glaubte zu wissen, um wen es ging. Er erinnerte sich vage an Geschichten über den Vater von Hlíf, der autistischen Tochter von der bescheuerten Frau mit dem komischen Namen, den er sich nicht merken konnte. Er kannte das Mädchen kaum, wusste nur, dass sie im selben Jahrgang wie Lísa war und offenbar Fußball spielte, weil sie ständig im Trikot herumlief. Von ihrem Vater hieß es, dass er verschwunden und nie wieder aufgetaucht sei. Das musste der Mann sein. Ob Lísa diesen Vorfall gemeint hatte, war schwer zu sagen. Jedenfalls erklärte es, warum Hlífs Mutter so komisch und unfreundlich war. Seine eigene Mutter würde sicher noch tausendmal mehr am Rad drehen, wenn sein Vater ohne Erklärung spurlos verschwinden würde.

Ketill sah dem Mann auf dem Foto in die Augen und überlegte, was wohl aus ihm geworden war. Sie wohnten nicht weit vom Meer, daher konnte es gut sein, dass er zum Hafen gelaufen und ertrunken war. Wobei man ihn dann sicher gefunden hätte. Dass eine Leiche aufs Meer hinaustrieb, kam ihm irgendwie unwahrscheinlich vor. Vielleicht war er auch zum Flughafen in Keflavík gelaufen und hinaus in die Welt geflogen, weil er die Schnauze voll hatte von seiner nervigen Ehefrau und von den Problemen seiner Tochter. Doch als er diese Idee mithilfe von Google Maps überprüfte, sah er, dass man zu Fuß bis zum Flughafen sechs Stunden brauchte. Auf diesem Marsch hätte irgendwer den Mann gesehen, selbst in der Nacht. Dafür war einfach zu viel Verkehr auf der Reykjanesbraut. Laut Polizeibericht hatte ihn seit Verlassen des Hauses aber niemand mehr gesehen. Die dritte Möglichkeit war, dass er sich in die Lavalandschaft gewagt hatte, die fast ganz Reykjanes überzog, dort in einen Spalt gefallen und gestorben war. Früher hatten Ketills Eltern ihm eingebläut, dass er niemals in die Lava gehen dürfte, weil er sich dort verletzen oder in eine der vielen Spalten stürzen könnte. Inzwischen ließen sie ihn damit in Ruhe, weil sie wussten, dass er sowieso nur zocken wollte und sich nie auf eine der Lavaebenen verirren würde, um sich das Moos und die Lavaformationen anzugucken.

Ansonsten stieß er bei seiner Recherche noch auf Protokolle von irgendwelchen Gemeindesitzungen. Ketill öffnete ein paar davon und starb fast vor Langeweile. Und obwohl er die Lektüre dann doch überlebte, brachte sie ihm nichts. Einmal ging es um einen Bauantrag für eine Garage an einem Haus in der Straße. Er hatte noch nicht einmal gewusst, dass man so etwas beantragen musste. In einer anderen Sitzung wollten einige Anwohner Temposchwellen in der Straße, was aber zum Glück abgelehnt wurde. Bald würde Ketill den Führerschein machen, und auf unnötige Buckel und Hindernisse konnte er gut verzichten. Ein anderes Protokoll beschäftigte sich mit der Erneuerung der Warmwasserleitungen, die durch ihre Straße führen sollten. Er konnte sich aber an keine Arbeiten entsinnen, obwohl das Protokoll schon ein Jahr alt war. Wenn er es richtig verstand, war es schwer, die Genehmigung der Anwohner einzuholen, über deren Grundstücke die neuen Leitungen verlegt werden sollten. Es ging um ihr Haus und um das von Lísas Familie. Schlimmer hätte es die Stadt kaum treffen können, denn seine Eltern und die Nachbarn waren die größten Sturköpfe, die man sich vorstellen konnte. Im nächsten Protokoll hieß es dann auch, dass es vermutlich einfacher wäre, die Leitungen anders zu verlegen. Das fand Ketill sehr vernünftig.

Wenn diese Recherche eine Schularbeit gewesen wäre, hätte er spätestens nach den Protokollen aufgegeben, hätte einfach irgendetwas zusammengeschrieben und dem Lehrer erklärt, dass er nichts Besseres gefunden habe, und dann gehofft, dass er eine halbwegs akzeptable Note dafür bekam. Doch das hier war wichtiger als Schule. Wenn er nichts fand, stand er wie ein Schwachkopf vor Lísa, also musste er weitersuchen.

Er starrte in die Luft und überlegte, wonach er suchen sollte. Es würde nichts bringen, noch einmal den Straßennamen zu googeln, da würde er dieselben Treffer bekommen wie vorhin.

Vielleicht wäre die Internetseite der Stadt ergiebiger, aber noch mehr Sitzungsprotokolle verkraftete er nicht. Es musste noch einen anderen Weg geben, der bessere Treffer brachte. Ketill grübelte so sehr, dass er Kopfschmerzen bekam. Doch dann hatte er eine Idee. Wenn der Straßenname keine guten Ergebnisse lieferte, sollte er es vielleicht mit den Namen der Anwohner versuchen. Er interessierte sich null für Erwachsene und kannte daher kaum einen der Namen, aber mithilfe des Online-Telefonverzeichnisses bekam er fast alle zusammen.

Wenn er einen der Namen und »Grindavík« eintippte, spuckte die Suchmaschine einen Haufen Treffer aus. Doch keiner dieser Leute wirkte gestört. Vielleicht hatte er Lísa falsch verstanden. Die Suchtreffer waren ziemlich isländisch. Drei kurze Interviews mit Anwohnern zu ihren Sorgen vor den Erdbeben oder dem Vulkanausbruch, der sich zu dem Zeitpunkt gerade ereignete. Alle reagierten cool. Ein Gespräch mit einem Mann, der einen Marathon laufen wollte im Gedenken an seinen Bruder, der an einer Krankheit gestorben war, von der Ketill noch nie gehört hatte. Eine Frau rief ihre Mitbürgerinnen und Mitbürger dazu auf, fünfhundert Paar Socken für die Ukraine zu stricken. Und eine Mitarbeiterin vom Retreat Hotel wurde zu ihren Erfahrungen mit Touristen befragt. Alles total unschuldig und kein bisschen verrückt, höchstens boring.

Außerdem stieß er auf jede Menge Nachrufe. Ketill hatte nie einen Grund gehabt, so etwas zu lesen, und brauchte einen Moment, bis er verstand, wie sie funktionierten. Die Leute, nach deren Namen er suchte, waren meist Angehörige und die Verstorbenen oft ihre Eltern, alte Leute, die nun mal irgendwann starben. Dazwischen fand er auch Nachrufe auf Bewohner der Straße, doch Ketill konnte den Texten nicht entnehmen, woran sie gestorben waren. Er verstand nicht, warum das nicht einfach gesagt wurde. Als er gezielt nach den entsprechenden Namen im Netz suchte, fand er heraus, dass eine Frau bei einem Autounfall gestorben war, ein Mann nach einem Sturz auf einer Bergwanderung. Das waren aber auch die einzigen Todesfälle, über die in den Medien berichtet wurde, abgesehen von dem Hausbrand, bei dem drei Menschen ums Leben gekommen waren. Die Nachrufe zu dieser Tragödie las er nicht, denn Lísa hatte wohl kaum diese Familie gemeint, als sie von verrückten Leuten gesprochen hatte. Die einzige Überlebende aus der Familie war die Frau, und die war weggezogen.

Waren das ungewöhnlich viele Todesfälle, gemessen an der Anzahl von Häusern, oder war das ganz normal? Ketill hatte keine Ahnung. Jeden Tag starben Leute, und die wohnten irgendwo. Die Bewohner dieser Straße waren genauso sterblich wie andere Menschen.

Nach zehn Nachrufen gab er es auf. Er fand einfach nichts. Er nahm die Kopfhörer ab und stellte erleichtert fest, dass seine Eltern nicht mehr herumschrien. Genauso fühlte es sich an, wenn der nervige Jazz verstummte, den sein Papa immer voll aufdrehte, wenn er getrunken hatte. Ketill begriff nicht, wie man so etwas als Musik bezeichnen konnte. Das klang, als ob man irgendwelche wild zusammengewürfelten Musiker ins Tonstudio geholt hätte und jeder einfach irgendetwas spielte.

Im Haus war es so still, dass Ketill durch das offene Fenster ein vertrautes Geräusch hörte. Draußen wurde ein Ball geschossen. Das konnte nur Lísa sein, denn weder Árný noch der Nachbar von gegenüber spielten Fußball. Obwohl Ketill sich fest vorgenommen hatte, Lísa nicht durchs Fenster zu beobachten, gab er sich der Versuchung hin. Zur Belohnung. Die meisten anderen hätten die Sucherei im Internet schon längst aufgegeben.

Ketill trat ans Fenster und spähte hinaus. Er hatte Glück, sie stand mit dem Rücken zu ihm. Er bewunderte ihre Schnelligkeit und ihre Schönheit, vom Pferdeschwanz bis zu den Füßen. So ähnlich sahen auch seine weiblichen Avatare aus, wenn er mal keine Lust hatte, einen Mann zu spielen. Stark, athletisch und in der Lage, mit dem Schwert einen Feind zu enthaupten. Das Einzige, was Lísa zu einer Computerspielheldin fehlte, war der gepanzerte Bikini. Ketill versank in seinen Träumereien und passte nicht auf.

Unvermittelt drehte Lísa sich um und ertappte ihn. Und weil er nicht schnell genug abtauchte, sahen sie sich in die Augen, beide mit roten Wangen, er vor Scham, sie vor Anstrengung. Sie hob eine Hand, und er rechnete schon damit, dass sie ihm den Mittelfinger zeigen würde, doch sie gab ihm ein Zeichen, nach draußen zu kommen. Wie ein Idiot drehte er sich um und sah nach, ob jemand hinter ihm stand. Als er wieder nach draußen guckte, spielte sie schon wieder Fußball. Hoffentlich hatte sie nicht beobachtet, wie er sich umgedreht hatte.

Ketills Eltern meckerten oft, wie lange er morgens brauchte, um sich fertig zu machen. Diesmal ging es blitzschnell. Er schnappte sich den passabelsten Pulli vom Boden, schüttelte den gröbsten Staub ab und streifte ihn sich auf dem Weg nach unten über. In der Diele überlegte er, ob er noch eine Jacke drüberziehen oder nur im Pulli rausgehen sollte. Es war arschkalt, aber Lísa war in kurzer Hose und leichter Trainingsjacke draußen und er wollte nicht wie ein Polarforscher vor sie treten. Da er keine Trainingsjacke oder so hatte, entschied er, es beim Pulli zu belassen. Er schlüpfte in seine Turnschuhe und ließ die Schnürsenkel offen, weil er befürchtete, dass sie schon weg sein würde, wenn er zu lange brauchte.

Dummerweise hatte seine Mutter ihn gehört. »Ketill! Wo willst du hin?«

Er rief zurück: »Nirgendwohin.« Ihm war klar, dass diese Antwort nicht reichte. Seine Eltern wollten immer ganz genau wissen, wo er sich herumtrieb. Offenbar hatten sie noch nie etwas von Ortungsgeräten gehört, sonst hätten sie ihn schon längst mit einem AirTag versehen. »Ich geh nur kurz raus!«

Der Kopf seiner Mutter erschien in der Dielentür, bevor er hinausschlüpfen konnte. »Wir essen gleich, kann das nicht warten?«

Es roch überhaupt nicht nach Essen und »gleich« war ein dehnbarer Begriff. »Es dauert nur kurz. Ich bin längst zurück, wenn wir essen, und auf jeden Fall, bevor du aufbrichst.« Irgendwie musste er sie loswerden. »Musst du gar nicht packen?«

»Nein. Ich fahre nicht.«

Darauf hatte er gehofft, jetzt musste er nicht allein mit Papa sein. Und mit Árný. Doch richtig glücklich war er darüber auch nicht.

»Sie machen doch noch eine Tour. Diese Nacht oder morgen früh muss Papa noch mal auf See. Daher kann ich nicht fahren.«

Das war irgendwie dasselbe für ihn, nur andersrum. Statt seines Vaters würde jetzt seine Mutter jeden seiner Schritte verfolgen. Mit seiner Mutter würde es zwar ein bisschen weniger nervig sein, weil sie die meiste Zeit am Handy verbrachte und nicht versuchte, ihre Beziehung zu stärken, aber trotzdem. »Fahr doch einfach. Ich kann ein paar Tage auf Árný aufpassen.«

»Nein. Das kannst du nicht.«

Aber er sah einen Funken Hoffnung in ihrem Gesicht aufschimmern. Sie hatte sich auf den Trip gefreut, und er bot ihr einen Ausweg. Er musste das Eisen schmieden, solange es heiß war. Mit Árný würde er schon klarkommen, und ein paar Tage ohne Eltern wäre fast wie Urlaub im Ausland. Zwar ohne Strand und Sonne, aber egal. Die Eltern waren in weiter Ferne. »Ich kann wirklich auf Árný aufpassen. Wann kommt Papa zurück? Montag? Dienstag? An beiden Tagen ist Lehrerfortbildung in der Schule, ich bin also zu Hause, und morgen und übermorgen ist Wochenende. Ich kann Árný zur Schule bringen und nachmittags wieder abholen.« Ketill hörte auf, bevor er zu verzweifelt klang. Außerdem war er ein schlechter Lügner, nachher verplapperte er sich noch, dass gar nicht schulfrei war. Aber das war immer noch besser als vorzuschlagen, dass er ja schwänzen könnte. Doch die Schule war nicht das Problem. Seine Mutter sorgte sich um die Ernährung.

»Und was wollt ihr essen?«

»Pizza. Toastbrot. Nudeln. Irgendwas halt.«

Diese armselige Antwort schien ihr zu genügen, denn sie rief seinen Vater dazu. Jetzt standen sie zu dritt in der engen Diele, und Ketill musste sich arg zusammenreißen, dass er nicht die Tür öffnete und abhaute. Je länger das hier dauerte, desto größer war die Gefahr, dass Lísa reinging. Doch er biss die Zähne zusammen. Wenn sie merkten, dass er es eilig hatte, würde es noch länger dauern. Und er hatte Glück. Nach einigem Hin und Her nahmen seine Eltern das Angebot an. Ihnen allen war bewusst, dass sie sich da in eine ungute Situation hineinmanövrierten, aber es war einfach zu verlockend. Wenn einer einen Zweifel äußerte, fanden die anderen sofort eine Lösung. Als die

Entscheidung gefällt war, sagte Ketill, dass er kurz rauswolle, und verschwand.

Lísa war noch im Garten und versuchte, den Ball so lange wie möglich in der Luft zu halten. Ihre Lippen bewegten sich unmerklich, während sie zählte, und Ketill stand verlegen am Rand und wusste nicht, ob er sich bemerkbar machen sollte. Er wollte auf keinen Fall riskieren, dass sie ihren persönlichen Rekord vermasselte. Ihre Bekanntschaft hing schon jetzt am seidenen Faden.

Als der Ball auf den Boden fiel, fluchte Lísa laut und beförderte ihn mit einem festen Tritt in eine Ecke des Gartens. Sie schien Ketill bemerkt zu haben, denn sie drehte sich zu ihm um und fragte mit roten Wangen: »Was ist dein Rekord?«

Ketill wollte nicht lügen, weil er befürchtete, dass sie sofort den Ball holen würde, damit er sein Können unter Beweis stellte. »Null. Ich kann kein Fußball.« Um nicht ganz dumm dazustehen, fügte er hinzu: »Aber ich bin ziemlich gut in FIFA.«

Lísa sah ihn schulterzuckend an. »Auch gut. Das ist sicher besser, als in echt zu spielen. Da stehen wenigstens keine schreienden Eltern am Spielfeldrand.«

»Meine Eltern schreien mich auch manchmal an, wenn ich spiele. Ist nicht ganz dasselbe, aber ähnlich.«

Lísa lächelte, und Ketill spürte eine seltsame Wärme. Von Frösteln keine Spur mehr. Er lächelte zurück. Er wollte irgendetwas Schlaues sagen, doch er hatte Sorge, es zu vermasseln. Aber sein Schweigen war auch nicht besser. Als Lísa begann, nach ihrem Ball Ausschau zu halten, hatte er keine Wahl mehr. »Ich habe gegoogelt. Wie du gesagt hast.«

»Und?«

»Ich habe … alles Mögliche gefunden.« Sollte er ihr sagen,

dass er immer noch nicht wusste, was sie meinte, oder so tun, als hätte sie ihn überzeugt?

»Zum Beispiel?«

»Ähm … Leute, die hier gewohnt haben und gestorben sind.« Das war alles, was er gefunden hatte. Denn die Debatte um die Genehmigung für eine Garage oder die Erdbebenberichterstattung meinte Lísa ganz sicher nicht.

Doch offenbar hatte sie mit etwas Anderem, Gehaltvollerem gerechnet. Eine zarte Falte kreuzte ihre glatte Stirn, als sie die Brauen hochzog. »Wo hast du denn gesucht?«

»Im Internet.«

»Nicht bei Facebook?«

Daran hatte Ketill gar nicht gedacht, denn er war nicht bei Facebook. Für ihn war das ein Netzwerk für alte Leute, wie seine Eltern, oder höchstens noch für Arbeitsgruppen in der Schule. Er war weder alt noch hatte er Lust, sich über die Schule auszutauschen. »Nein, daran hab ich gar nicht gedacht.« Seine Meinung über Facebook behielt er für sich, möglicherweise trieb sie sich gern dort herum. Er wusste nichts über sie, außer dass sie gut Fußball spielte. Und dass sie süß war.

»Geh auf Facebook. Da gibt es eine offene Gruppe, die vor ein paar Jahren gegründet wurde, als ein Straßengrillfest organisiert werden sollte. Hinterher wurde die Gruppe für alles Mögliche genutzt, Ideen, Beschwerden, Gemecker. Da findest du lauter crazy Sachen, auch Kommentare von Leuten, die längst weggezogen sind. Viele ziehen irgendwann weg. Wie wir jetzt. Und ihr.«

Die Namen der Weggezogenen hatte das Telefonverzeichnis natürlich nicht ausgespuckt. »Okay. Guck ich mir an.«

»Lass mal. Ich kann es dir auch erzählen. Zum Bespiel das

hier: Euer Hund ist nicht der erste in der Straße, der plötzlich gestorben ist. Das passiert hier allen Hunden.«

»Hä?« Ketill wusste, dass Hlíf, die Tochter des verschwundenen Mannes, ein kleines Schoßhündchen hatte. »Und was ist mit dem Hund von Hlíf? Der lebt noch und ist uralt.«

Lísa verzog das Gesicht. Ketill wusste nicht, ob es mit seinem Kommentar zu tun hatte oder mit der Tatsache, dass er Hlíf erwähnt hatte. Doch dann guckte sie wieder normal und Ketill war sich nicht mehr sicher, ob er sich ihre Reaktion nicht doch nur eingebildet hatte.

»Der ist nicht so alt. Hlífs Mutter hat ihn sich angeschafft, nachdem ihr Mann verschwunden war. Meine Mutter sagt, als Vorwand, um in der Lava nach ihm zu suchen. Sie geht wohl davon aus, dass er dort gestorben ist.«

Ein weiterer Grund für Ketill, sich von der Lava fernzuhalten. Er hatte keine Lust, über eine Leiche zu stolpern, selbst wenn das irgendwie auch cool wäre. »Glaubst du, der Mann liegt da irgendwo?«

»Woher soll ich das wissen?« Lísa wirkte angekratzt. »Lies halt den Chat. Kleine Hunde kommen davon. Große nicht.« Sie verschränkte die Arme vor der Brust. »Der erste Hund wurde vergiftet, bevor wir hergezogen sind. Also können es nicht meine Eltern gewesen sein.«

»Ich glaub dir ja.« Er sagte nicht, dass er sogar darüber nachdenken würde, ob die Erde nicht doch eine Scheibe war, wenn sie es behaupten würde. »Aber meine Eltern werden ihre Meinung nicht ändern. Vielleicht, wenn man ihnen sichere Beweise vorlegt. Keine Ahnung.«

»Zeig ihnen den Chat. Da steht auch was zu dem abgebrannten Haus.« Wieder verzog Lísa das Gesicht, als überlegte sie, ob sie weiterreden sollte. Schließlich tat sie es: »Manche behaupten, dass es Brandstiftung war. In unserer Straße werden Hunde vergiftet. Häuser angezündet. Briefe unter falschem Namen verschickt.«

»Was für Briefe?«

»Schmähbriefe. Hauptsächlich über deine Eltern. Und es heißt, meine Eltern hätten sie geschrieben. Aber die Briefe sind egal. Lies sie nicht. Lies das andere und entscheide selbst. Guck dir auch an, was die Leute über den Hausbrand schreiben. Nur, wenn du willst. Weder meine noch deine Eltern sind hier sonderlich beliebt, nur damit du's weißt.«

Obwohl Ketill seine Eltern selbst unglaublich nervig fand, verletzte es ihn, dass andere über sie herzogen. Doch er verbarg es und nickte, so heftig, dass ihm schwindlig wurde. »Mach ich. Auf jeden Fall.« Er bemerkte ihren Blick in Richtung Ball und wusste, dass ihm nicht mehr viel Zeit blieb. Er bekam Panik und redete ohne nachzudenken drauflos. »Ich bin am Wochenende allein zu Hause. Mit meiner Schwester. Du weißt schon. Falls du rüberkommen und mir diese Seite zeigen willst. Nur, wenn du Lust hast. Ich habe einen guten Computer ... und wir können Pizza bestellen ... oder so ...«

»Vielleicht.« Offenbar hatte Lísa genug von ihm, denn sie drehte sich um und murmelte etwas, das man als Abschiedsgruß interpretieren konnte. Am liebsten hätte er ihr nachgerufen, dass er noch länger reden wollte, doch er riss sich zusammen. Und er zwang auch seine Beine zum Gehen, damit dieses Gespräch nicht so peinlich endete, wie es begonnen hatte, als er wie ein Idiot dagestanden und in die Luft gestarrt hatte. Er tröstete sich damit, dass »vielleicht« meist »ja« bedeutete. Zumindest, wenn es nicht »nein« hieß.

Der kürzeste Weg ins Haus war durch die Waschküche, doch Ketill lief lieber ums Haus herum zur Eingangstür. Nachdem er Mosi in der Waschküche entdeckt hatte, würden ihn keine zehn Pferde mehr dort reinkriegen. Ehe er die Haustür öffnete, drehte er sich noch einmal um und blickte die Straße hinunter.

Er hatte noch nie über die Straße oder die Häuser hier nachgedacht, bis auf die Brandruine. Dabei lief er seit Jahren tagtäglich durch diese Straße. Es wurde bereits dunkel, und während er ein Haus nach dem anderen anstarrte, bekam er eine Gänsehaut. Wo wohnte wohl die Person, die Hunde tötete und vielleicht auch Häuser in Brand steckte? Die Person, die Ketills Familie im Visier hatte?

Er rief sich in Erinnerung, dass Lísas Theorie nichts weiter als eine Theorie war. Das alles konnten auch einfach Zufälle sein. Vielleicht bauschte er das Ganze gerade zu sehr auf. Er öffnete die Tür und ging ins Haus, alles andere als überzeugt davon, dass sich Lísas Vermutungen so einfach wegwischen ließen.

12. KAPITEL – SONNTAGABEND

Die Hitze in der Kombüse war kaum auszuhalten. Draußen an Deck war Gunndís in der Kälte fast gestorben, aber das war immer noch besser als diese Hölle hier. Alle Geräte liefen auf Hochtouren, und die vier Kochfelder, die große, fest installierte Pfanne und der Ofen machten den kleinen Raum immer wärmer und feuchter. Doch Gunndís konnte sich den Luxus nicht leisten, die Essenszubereitung so zu timen, dass sie die Gerätschaften nacheinander benutzen konnte. Wegen des letzten Fangs gab es ein spätes Abendessen, und die Mannschaft war ausgehungert. Ausgehungert und enttäuscht. Der dritte Versuch war nicht erfolgreicher gewesen als die anderen beiden, und noch dazu waren das Wetter schlecht und die Umstände alles andere als günstig gewesen. Sie versuchte, nicht daran zu denken, dass möglicherweise die ganze Tour so erfolglos verlief. Wenn ihr solche Gedanken kamen, wiederholte sie im Stillen ihr Mantra: Aller guten Dinge waren drei. Morgen würden sie mehr fangen, denn auch die Wetterprognose sah besser aus. Heute jedenfalls ging nichts mehr, denn es war bereits dunkel. Und noch eine weitere Pleite vertrug die Mannschaft heute nicht mehr.

Gunndís hatte ein bisschen früher als die anderen von Deck gedurft. Ein bisschen, aber nicht viel. Jetzt saßen alle in der

Messe und warteten. Sie hörte, dass die anderen sich unterhielten, verstand aber nicht, worüber. In der Pfanne zischte Butter mit Gemüse, und im Topf brodelte das Kartoffelwasser. Diese Kakofonie wurde vom regelmäßigen Scheppern des großen Topfdeckels begleitet, der vom Druck angehoben wurde und Dampf herausließ. Dazu kam noch ihr eigenes Poltern. Obwohl die Küche gut strukturiert war, kannte sie sich noch so wenig darin aus, dass sie auf der Suche nach diesem oder jenem ständig lauter Schubladen öffnen und schließen musste. Von ihrem gestrigen Kocheinsatz schien sich nichts eingeprägt zu haben, aber da war sie ja auch noch nicht ganz auf der Höhe gewesen.

Vielleicht war es gut, dass sie die Gespräche der anderen nicht hörte, denn sie musste sich konzentrieren. Wenn sie den Männern ein verbranntes, verkochtes oder noch nicht gares Essen servierte, konnte sie einen weiteren Auftrag bei dieser Reederei vergessen. Sie musste ihnen irgendetwas Leckeres auftischen. Gutem Essen wohnte die Zauberkraft inne, dass die Menschen darüber alles andere vergaßen. Schlechtes Essen bewirkte das Gegenteil. Daher musste sie etwas auf den Tisch bringen, was die Männer für eine Weile von dem schlechten Fang ablenkte. Für Wiener Schnitzel fehlte die Zeit, daher hatte sie sich für Lammkoteletts mit Kartoffeln, Rotkohl und gebratenem Gemüse in Sahnesoße entschieden. Ihr war bewusst, dass das zu viele Beilagen waren und die Zusammenstellung ziemlich altmodisch, aber auf die Schnelle war ihr nichts Besseres eingefallen. Beim Essen würden die Leute sicher an ihre Omas denken.

Gunndís hatte keine Zeit gefunden, ihr Handy aus dem Trockenraum zu holen, wo sie es zum Laden angeschlossen hatte.

Von Deck war sie kurz in ihre Kajüte gegangen, unter die Dusche gesprungen und dann sofort in die Küche geeilt. Daher würde nichts aus dem Telefonat werden, nach dem sie sich so sehnte. Erst gegen zehn würde sie hier fertig sein, und dann schlief Daði längst. Seinen Vater musste sie trotzdem anrufen, aber auf dieses Gespräch freute sie sich überhaupt nicht.

»Wie lange dauert es denn noch?« Im Türspalt stand ein Matrose, den die anderen möglicherweise vorgeschickt hatten. Oder er war tatsächlich so hungrig.

»Bin gleich so weit. Eine Minute.« Gunndís trocknete ihre Hände an einem Geschirrtuch, das sie in den Bund ihrer Schürze gesteckt hatte. Es gab keinen Grund, es hinauszuzögern, obwohl sie gern noch ein paar Minuten mehr Zeit gehabt hätte.

Nachdem sie alle Platten und Geräte ausgeschaltet und das Essen auf den Serviertisch gestellt hatte, konnte sie endlich aufatmen. Sofort bildete sich eine Schlange, und die Männer luden ihre Teller voll. Wie es aussah, hatte sie die Beilagen doch nicht zu üppig kalkuliert. Sie beobachtete, wie die ersten Bissen in den Mündern verschwanden, in der Hoffnung, aus den Blicken der Männer lesen zu können, dass sie ins Schwarze getroffen hatte. Doch die Gesichter waren kaum zu sehen, denn die Männer spachtelten mit gesenkten Köpfen, aber auch das deutete sie als Zeichen dafür, dass ihr das Essen gelungen war. Erst dann ließ sie den Blick über die ganze Truppe schweifen und stellte fest, dass Kapitän Hróbjartur und seine Frau fehlten.

Sobald der letzte Mann saß, nahm sie zwei Teller und füllte sie. Die See hatte sich ein wenig beruhigt; hoffentlich schaffte sie es bis auf die Brücke, ohne dass ihr das Essen von den Tellern rutschte. Die Tür nach oben bereitete ihr einige Schwierigkeiten, doch schließlich gelang es ihr, sie zu öffnen. So behutsam, wie sie mit den vollen Tellern in den Händen vorgehen musste, schwang die Tür beinahe lautlos auf. Von oben hörte sie Stimmen. Eine Männerstimme, vermutlich Hróbjartur, und die Stimme von Lóa. Also hatte sie richtig getippt, dass auch Hróbjarturs Frau auf der Brücke war. Doch das Gefühl der Zufriedenheit währte nur kurz, denn Gunndís merkte sofort, dass die beiden stritten. Sie schrien sich zwar nicht an, aber Gunndís kannte diesen Ton. Das waren Streitereien à la *Was ist los mit dir? – Nichts ist mit mir. Was ist mit dir?* Diese Art Streit, bei der es keinen Gewinner gab.

Gunndís blickte die steile Treppe hinauf und seufzte innerlich. Sie musste sich bemerkbar machen, bevor sie oben ankam, aber so, dass niemand glaubte, sie hätte gelauscht. Räuspern kam nicht infrage, denn das war das internationale SOS derer, die deutlich machen wollten, dass sie zwar nichts gesehen, aber alles gehört hatten. Kaum möglich, mit vollen Händen die Tür noch einmal zu öffnen und sie dann laut zuknallen zu lassen. Oder mit ihren weichen Gummischuhen Lärm zu verursachen, indem sie die Treppe rauftrampelte.

Die Auseinandersetzung da oben spitzte sich zu, jetzt verstand Gunndís einzelne Worte. Unangenehmer konnte es kaum werden – bis Gunndís ihren Namen hörte. Unwillkürlich fasste sie die Teller fester. Am liebsten wäre sie stehen geblieben und hätte gelauscht. Doch die Vernunft sagte ihr, dass das eine dumme Idee wäre. Jeden Moment konnte einer der beiden genug haben und von der Brücke stürmen, und dann stünden sie sich auf der Treppe gegenüber und sie mussten annehmen, dass Gunndís gelauscht hatte. Dann platzte sie doch lieber mitten in den Streit hinein und überlegte nicht groß, was sie damit zu tun hatte. Vermutlich war es das Essen. Vielleicht hatte Lóa eine Allergie oder Unverträglichkeit, und Hróbjartur hatte vergessen, die Köchin darüber in Kenntnis zu setzen. Etwas abwegig zwar, aber nicht ausgeschlossen. Den Gedanken, dass es mit ihrem Vater zu tun haben könnte, weil Hróbjartur herausgefunden hatte, wessen Tochter sie war, verdrängte sie. Möglicherweise hatte Olgeir sich verplappert, bewusst oder unbewusst. Wenn, dann schob Hróbjartur vielleicht ihr die Verantwortung für den schlechten Fang in die Schuhe, weil sie aus einer Unglücksfamilie stammte.

Immerhin kam ihr, während sie über diesen düsteren Gedanken brütete, eine gute Idee: Sie stellte die Teller auf der untersten Stufe ab und steckte sich die kabellosen Kopfhörer in die Ohren. Die beiden wussten ja nicht, dass ihr Handy noch am Ladegerät hing. Dann machte sie sich auf den Weg die Treppe hinauf und stieß mit einem der Teller extra ans Geländer, um auf sich aufmerksam zu machen. Durch die Kopfhörer hörte sie, wie der Streit verstummte, und als sie oben ankam, sah sie, dass ihr Plan aufgegangen war. Hróbjartur und Lóa standen wie erstarrt, überlegten sicher, wer da wohl kam und wie viel die Person gehört hatte. Als sie Gunndís sahen, reagierten sie verschämt. Sie standen Seite an Seite vor einem der vielen Bildschirme. Gunndís lächelte ihnen zu und stellte die Teller ab, nahm die Kopfhörer aus den Ohren und sah die beiden an. Die Erleichterung in ihren Gesichtern war zu komisch, und auf einmal hatte Gunndís das Gefühl, dass sich die Machtverhältnisse zurechtgeruckelt hatten. Zu ihren Gunsten.

»Ich dachte, dass ihr vielleicht hier seid, und wollte euch etwas zu essen bringen. Es sei denn, ihr esst lieber in der Messe? Ich kann die Teller auch wieder runtertragen.«

Die beiden standen immer noch wie Strichmännchen nebeneinander, Schulter an Schulter. Lóa berappelte sich zuerst. »Vielen Dank. Wie lieb von dir.« Sie schenkte Gunndís ein wenig überzeugendes Lächeln. Ungefähr so, wie man jemanden anlächelte, über den man gerade gelästert hatte.

»Kein Problem.« Gunndís klatschte sich auf die Oberschenkel und wandte sich zum Gehen. »Ich hole die Teller nachher wieder ab.«

Hróbjartur hielt sie zurück. »Wie geht's denn der Crew? Sind die Männer sauer, dass es so schlecht läuft?«

Gunndís zuckte mit den Schultern. »Vor allem sind sie hungrig, scheint mir.«

»Morgen wird es besser.« Hróbjartur klang, als wollte er sich selbst Mut machen, nicht ihr, geschweige denn der restlichen Crew, die ja gar nicht anwesend war.

»Bestimmt.« Gunndís schickte sich erneut zum Gehen an, und wieder hielt der Kapitän sie auf.

»Läuft es denn sonst gut? Bei dir? In der Küche und so?«

»Ich denke schon. Soweit ich sehe. Vielleicht solltest du besser diejenigen fragen, die zum Essen kommen.« Gunndís wusste nicht, worauf er hinauswollte. Am ehesten konnte sie sich noch vorstellen, dass jemand sich beschwert hatte. Vielleicht war es vorhin darum gegangen, aber wie die beiden darüber in Streit geraten konnten, war ihr ein Rätsel. »Hat sich jemand beschwert?«

Merkwürdigerweise antwortete diesmal Lóa, obwohl Gunndís ihre Frage eindeutig an Hróbjartur gerichtet hatte. »Nein. Keineswegs. Er meinte nicht das Essen. Eher, ob alle friedlich sind. Nett zu dir und so.«

Hróbjartur warf seiner Frau einen giftigen Blick zu. Sie standen immer noch Seite an Seite vor dem Schreibtisch. Wenn Gunndís es nicht besser gewusst hätte, wäre ihr der Verdacht gekommen, dass sie einen Aschenbecher mit einem glimmenden Joint vor ihr versteckten. Doch die komische Körperhaltung der beiden war vermutlich ihrem Streit und dem Versuch geschuldet, sich nichts anmerken zu lassen. Gunndís sah, dass sie immer noch wütend aufeinander waren. Der zornige Blick von Hróbjartur ließ daran keinen Zweifel. Und die Verärgerung darüber, dass Lóa sich eingemischt hatte, war ihm auch deutlich anzuhören. »Selbstverständlich sind alle nett zu ihr. Wieso auch nicht?« Seine letzte Frage klang irgendwie hohl, obwohl Gunndís nicht ganz klar war, warum.

Die Blicke der beiden trafen sich, und es flogen Funken. Gunndís wandte sich ab und sah aus dem Fenster, auf die erleuchteten Schiffe, die auf ihren nächsten Einsatz am Morgen warteten. Sie wollte nicht Zeugin dieser Auseinandersetzung werden. Bevor die Situation noch peinlicher wurde und die beiden durch die Blume weiterstritten, wandte sie sich wieder an Hróbjartur und antwortete schnell: »Danke. Alle sind nett zu mir. Aber jetzt muss ich schnell wieder runter. Damit das auch so bleibt. Könnte sein, dass es Zeit für einen Nachschlag ist.«

»Ja. Natürlich.« Hróbjartur nickte ihr zu. »Vielleicht sprechen wir später noch mal.«

»Oh, und mach dir keine Umstände wegen der Teller«, fügte Lóa schnell hinzu. »Ich bringe sie nachher in die Küche. Ich kann dir auch beim Aufräumen helfen.«

Sie hatte wohl vergessen, dass Gunndís keine Hilfe wollte, schon gar nicht von der Frau des Kapitäns. »Nicht nötig. Ich komme schon zurecht.«

Gunndís machte kehrt und ging zur Treppe, heilfroh, den beiden zu entkommen. Sie hoffte inständig, dass sie in Ruhe klar Schiff machen konnte. Auf der ersten Treppenstufe drehte sie sich noch einmal um, wollte hinterherschicken, dass sie ganz sicher schon alles aufgeräumt hätte, wenn Lóa gegessen habe. Doch sie brachte kein Wort heraus, als sie die beiden sah – oder vielmehr das, was zwischen ihnen zum Vorschein gekommen war, nachdem sie sich ein paar Schritte voneinander entfernt hatten. Sie hatten keinen Joint versteckt. Natürlich nicht. Sie wollten sicherstellen, dass Gunndís nicht auf den Bildschirm sah. Das Foto eines roten Schiffes füllte mindestens ein Drittel des Bildschirms. Daneben eine Überschrift und ein Text, den sie aus der Ferne nicht lesen konnte.

Es gab Leute, die alle Schiffe der isländischen Fangflotte sofort erkannten. Wussten, wie sie hießen, wie lang sie waren und wie viele Laderäume es gab. Gunndís gehörte nicht dazu. Aber dieses eine Schiff erkannte sie sofort. Es war die *Egill Ásbjörnsson GK-450*. Das Schiff, mit dem ihr Vater verunglückt war.

Anstatt umzukehren und nachzufragen, warum sie sich für das Schiff interessierten, wählte Gunndís den einfachen Weg. So schnell sie konnte, eilte sie die Treppe hinunter. Und keiner der beiden hielt sie auf.

13. KAPITEL – SAMSTAG

Týr fühlte sich, als steckten zwei Personen in seinem Körper. Die eine war überglücklich, dass er das Wochenende nicht allein verbringen musste, die andere ärgerte sich schwarz darüber, dass er so ein Idiot war. Im besten Fall hätte das Positive das Negative aufgewogen, doch leider konnte er keinen solchen Effekt feststellen. Und er hatte keine Ahnung, wie er herausfinden sollte, welches Ich im Recht war. Vielleicht war gar nichts dabei, mit einer so jungen Frau wie Alexandra zusammen zu sein? So heftig war der Altersunterschied auch wieder nicht. Sie neunzehn, er zweiunddreißig. Was waren schon dreizehn Jahre unter Freunden?

Die Antwort: Eine ganze Menge.

Vor allem, wenn man ihre unterschiedlichen Lebenssituationen bedachte. Alexandra war nicht nur auf dem Papier, sondern auch im Geiste jung – was Týr noch nie gewesen war. Manchmal fühlte er sich neben ihr wie ein alter Mann. Wenn sie auf einmal lostanzte, weil sie ein Lied hörte, das ihr gefiel, wenn sie komplizierte Rap-Texte mitsprach oder mit Peace-Zeichen Selfies schoss. Es war ihm selbst ein Rätsel, wie er sich diese Frau hatte angeln können. Und noch unverständlicher war, dass er ihr einen Wohnungsschlüssel gegeben hatte. Anfangs war ihm das noch schlau vorgekommen, weil sie sich ohnehin nur bei ihm trafen und sie dann nicht vor seiner Tür rumhängen musste, wenn er sich verspätete. Der Plan war nicht gewesen, dass sie unangemeldet in seine Wohnung ging und ihn so erschreckte, dass sein Puls schneller raste als nach einer CrossFit-Einheit.

Bei einem solchen Training hatten sie sich, kurz nachdem Alexandra nach Reykjavík umgezogen war, zufällig wiedergetroffen. Hatten ein paar Worte über ihre erste kurze Begegnung auf den Westmännerinseln gewechselt, wo Týr in einem Fall ermittelt hatte. Dann waren sie einen Kaffee trinken gegangen. Dasselbe wiederholte sich beim nächsten Training, und noch ein drittes Mal. Eins führte zum anderen. Eine gewisse Mitschuld hatten sicher auch die Endorphine nach dem Training. Keiner von beiden hatte ein soziales Netz in der Stadt, auch das spielte mit hinein. Und wenn er ehrlich war, hatte es ihm nach mehreren missglückten Versuchen auf Dating-Plattformen auch geschmeichelt, dass sie sich überhaupt so sehr für ihn interessierte. Die Mischung aus diesen drei Faktoren hatte ihn alle Vernunft vergessen lassen und verhindert, dass er innehielt und sich fragte, was er da eigentlich tat. Und jetzt hatte er den Salat. War verknallt in eine junge Frau, mit der er sich nirgendwo blicken lassen konnte aus Angst davor, dass Iðunn es erfuhr. Er brauchte Iðunn, und bei der kam es sicherlich nicht gut an, dass er mit ihrer viel zu jungen Schwester angebandelt hatte. Sie durfte es nicht erfahren, schon gar nicht, nachdem er Iðunn und Karó gegenüber völlig unbeteiligt getan hatte, als das Gespräch auf Alexandra und ihre Partnerwahl gekommen war. Das wäre die Gelegenheit gewesen, reinen Tisch zu machen.

»Was machst du, wenn Iðunn herausfindet, dass du gar nicht auf den Inseln bist?« Diese Frage brannte ihm auf der Seele, seit sein Herzschlag sich normalisiert hatte. Eigentlich hatte er sie nicht stellen wollen, um die Stimmung nicht kaputt zu machen, denn Alexandra schien ihren Überraschungsbesuch sorgfältig geplant zu haben und erwartete, dass er sich riesig darüber freute. Was er natürlich auch tat, während ihn gleichzeitig das schlechte Gewissen plagte. Er hatte sich durch Yoga-Übungen gequält und wegen seiner Steifheit auslachen lassen. Hatte viel zu süße Cupcakes vom Bäcker gegessen und mit Sprudelwasser auf das gemeinsame Wochenende angestoßen. Sie hatte rote Schleifen um die Champagnergläser gebunden und sicher gehofft, dass er eine Flasche öffnen würde, doch das konnte er bei einer unter Zwanzigjährigen wirklich nicht verantworten. Sprudel musste reichen.

Alexandra hatte noch etwas mitgebracht, das Týr deutlich besser gefiel als Yogamatte, Gebäck und Schleifchen, und zwar ihre Lehrbücher. Sie hatte ihm verkündet, dass sie die Aufnahmeprüfung im Frühjahr bestehen wolle, und zwar mit Bestnote. Das schaffte man nicht einfach so.

Týr wiederholte seine Frage nach Iðunn und den Westmännerinseln.

Alexandra blickte von ihrem Chemiebuch auf und lachte. »Du hast nicht im Ernst Sorge, oder? Sie hat doch zu niemandem dort Kontakt. Sie würde Papa selbst dann nicht anrufen, wenn die beiden die letzten Menschen auf der Erde wären.« Sie lag ausgestreckt auf dem Sofa, die Füße in Týrs Schoß, während der versuchte, sich auf ein internationales Fußballspiel zu konzentrieren. Er war für keines der Teams, ihm war es völlig egal, wer das Spiel gewann. Die spannendsten Szenen waren bisher diejenigen gewesen, in denen Spieler über die Wiese purzelten oder sich nach einem Sturz auf den Po das Knie hielten.

Alexandra stupste mit dem Zeh seinen Bauch an. »Lass uns was machen.«

»Zum Beispiel?« Er hoffte, dass sie keinen *Gossip-Girl*-Marathon oder Ähnliches vorschlug.

»Irgendwas. Essen gehen. Ins Schwimmbad. Egal. Diese Wohnung wird langsam öde. Sie ist so … ich weiß auch nicht … altmodisch?«

Das war nicht übertrieben. Die Wohnung gehörte Týrs Zieheltern, und der Großteil der Einrichtung stammte wiederum von deren Eltern. Alles Dinge, die sie nicht nach Stockholm mitnehmen wollten, wo sie bereits alles hatten, was sie brauchten. Daher war es kein Wunder, dass Alexandra sich fast so fühlte, als würde sie ihr Wochenende im Freilichtmuseum Árbæjarsafn verbringen. »Schwimmen geht auf gar keinen Fall. Und auswärts essen auch nicht. Du bist auf den Westmännerinseln, schon vergessen? Ich kann uns was bestellen.«

Alexandra setzte sich auf und rutschte näher an ihn heran. »Come on. Iðunn geht nicht schwimmen. Und sie geht auch nicht essen. Die sitzt zu Hause und grübelt über die Müllknochen nach. Wenn sie nicht im Obduktionssaal steht. Glaube mir. Wenn ich nicht da bin, unternimmt sie nichts.«

Týr sah ihr in die Augen, und auf einmal spielte der Altersunterschied keine Rolle mehr. Er wollte ihr einfach nur diesen Wunsch erfüllen. Das Bedürfnis war so stark, dass sein Gehirn auf Hochtouren arbeitete. Und tatsächlich fiel ihm ein Ort ein, der perfekt war. Ein Ort, an dem sie garantiert keinem Isländer begegnen würden: die Blaue Lagune.

—

Auf dem Parkplatz an der Blauen Lagune standen weniger Busse als erwartet. Aber es war auch Winter und damit die am wenigsten touristische Zeit. Dementsprechend hatte Týr keinerlei Schwierigkeiten gehabt, Tickets zu bekommen. Die Fahrt in Richtung Grindavík hatten sie bei dröhnender Musik von Alexandras Playlist verbracht. Die Musik war schlecht, aber man gewöhnte sich daran. Einen Song hatte Týr noch im Ohr, als sie hineingingen und sich in die Schlange der ungeduldigen Badegäste reihten. Das Lied verstummte schlagartig, als ihm bewusst wurde, dass hinter der Kasse natürlich keine Touristen standen, auch wenn er wohl kaum befürchten musste, dass Iðunn sich als Servicemitarbeiterin in der Blauen Lagune noch etwas dazuverdiente. Umso heftiger erschrak er, als sein Blick eine Frau an der Kasse streifte, die ihm bekannt vorkam. Ihr schien es ähnlich zu gehen, auch sie merkte auf, als sie ihn sah. Sie konnten natürlich die Schlange verlassen und zurück ins Auto fliehen. Aber das kam ihm dann doch zu übertrieben und auch albern vor, und so rückte er langsam, aber sicher an den Schalter heran – und an die Frau, die er immer noch nicht zuordnen konnte.

Als Alexandra und Týr an der Reihe waren, wechselte die Frau extra den Platz, um sie zu bedienen. Týr hoffte inständig, dass sie keine ehemalige Mitarbeiterin der Rechtsmedizinischen Abteilung war und noch einen guten Kontakt zu ihrer Chefin Iðunn pflegte. Schon etwas weit hergeholt, doch ein schlechtes Gewissen trug nicht gerade zum logischen Denken bei. Die Frau aber beachtete Alexandra überhaupt nicht. Ein gutes Zeichen. Sie konzentrierte sich voll und ganz auf Týr, als sie sich am Schalter gegenüberstanden.

»Sind Sie nicht der Polizist?«

Týr antwortete hastig: »Stimmt. Ich bin Polizist.« Er hielt ihr sein Handy mit den Online-Tickets unter die Nase, doch sie interessierte sich nicht dafür.

»Sie haben doch neulich bei mir angeklopft. Haben nach den Leuten gefragt, die in meiner Straße wohnen.«

Beinahe hätte Týr vor Erleichterung laut aufgelacht. Das war die Frau, die gehofft hatte, dass eine der streitenden Familien bei einem Erdbeben verschüttet würde. Doch Týr wahrte die Fassung. »Ja, das stimmt. Bitte entschuldigen Sie, dass mir Ihr Name gerade nicht einfällt. Wir haben mit so vielen Leuten gesprochen …«

»Messíana.« Sie gab ihm weder die Hand noch kümmerte sie sich um die Tickets, sondern wartete darauf, dass Týr den Ball zurückspielte. Das Problem war nur, dass er keine Ahnung hatte, was sie von ihm hören wollte. Nach einer Weile ergriff sie wieder das Wort: »Sind Sie wegen irgendwelcher Ermittlungen hier?«

Diese Frage war höchst merkwürdig angesichts der kleinen Sporttasche in seiner Hand und der Badetickets, die er gebucht hatte. Doch er ließ sich nichts anmerken. »Nein, nein. Keineswegs.«

Die Frau nickte mit ernstem Blick. Sie machte keine Anstalten, ihnen die Schlüssel zu den Umkleiden auszuhändigen oder sich um die Extras zu kümmern, die zum Premium-Tarif gehörten. »Könnten wir trotzdem kurz sprechen?« Sie machte eine Kopfbewegung in Richtung einer leeren Ecke des Empfangsbereichs. »Oder später, wenn Sie wieder rauskommen.«

Alexandra wurde langsam unruhig, und vermutlich hatten auch die anderen Leute in der Schlange keine Lust, noch länger zu warten. Týr beschloss, es wie mit einem Pflaster zu machen: einfach schnell abreißen. »Lieber jetzt sofort. Aber könnten Sie uns erst einchecken, damit … meine Freundin schon rein kann?«

Mit einem Augenrollen nahm Alexandra Bademantel und Handtuch entgegen, die die Frau ihr aushändigte. Dann verschwand sie in Richtung der Umkleiden, leicht angepisst, nachdem er ihr versprochen hatte, dass sie sich gleich im Wasser treffen würden. Dass er sich beeilen werde, war ihr offensichtlich kein großer Trost.

Týr folgte der Frau zu einer freien Wand im großzügigen Empfangsbereich. Badegäste liefen an ihnen vorbei auf dem Weg ins Becken oder wieder raus, ohne sie zu beachten. »Ich fasse mich kurz, denn ich muss arbeiten und Sie wollen sicher so schnell wie möglich ins Wasser zu …«, Messíana sah ihn an, »… Ihrer Schwester?« Es klang nicht wirklich nach einer Frage, aber offenbar wollte sie gern wissen, in welcher Beziehung die beiden zueinander standen.

Týr tat ihr den Gefallen nicht; er ignorierte ihre Bemerkung einfach. »Worum geht es?«

»Um zwei Sachen. Gestern haben sie in den Nachrichten über diesen Knochenfund berichtet. Weiß man schon, um wen es sich handelt und wo die Knochen gefunden wurden?«

Damit hatte Týr nicht gerechnet, er war davon ausgegangen, dass sie über die Konflikte in der Nachbarschaft sprechen wollte. »Dazu darf ich mich nicht äußern. Die Ermittlungen laufen noch, und ich bin nicht daran beteiligt.« Kurz überlegte er, sie an die Identifizierungskommission zu verweisen. Doch die hatten sicher schon genug um die Ohren. »Wieso fragen Sie?«

»Nur so.« Offenbar war sie der Ansicht, dass Neugier allein ihr Vorrecht war. »Und dann noch Folgendes: diese Leute. Diese schrecklichen Leute. Jón und Guðrún. Ich habe mich so geärgert, dass ich mir nicht mehr Zeit für Sie genommen habe. Ich wusste nicht, dass Sie aus der Stadt sind, und dachte, Sie kennen die ganze Geschichte schon.«

»Wir haben die alten Berichte gelesen. Daher wissen wir im Großen und Ganzen, was vorgefallen ist. Vermutlich sogar alles.« Týr warf einen sehnsüchtigen Blick in Richtung des Flurs, in den Alexandra verschwunden war. »Also kein Problem, Sie müssen sich nicht entschuldigen.«

Die Frau guckte irritiert. »Das wollte ich auch gar nicht. Ich wüsste nicht, wofür.« Sie verschränkte die Arme vor der Brust und sah Týr energisch an. »Was ich Ihnen sagen wollte, steht mit Sicherheit in keinem Polizeibericht. Jedenfalls konnten wir und die anderen die Polizei nicht davon überzeugen, es wirklich ernst zu nehmen. Es gibt keinen Bericht, wenn keiner kommt oder niemand Lust hat, mit uns zu reden. Vielleicht ein paar Notizen, aber die ganze Wahrheit findet sich sicher nirgends.«

»Mit uns? Wer soll das sein?«

»Ich. Eyvi und Olga, meine Nachbarn. Die Leute, die rechts und links von den gestörten Paaren wohnen: Fannar, Birna und Jónsi. Hanna aus der Nummer zwei. Ich könnte noch weitere Namen nennen.«

Týr wollte keine weiteren Namen hören und würgte sie ab. Er war nicht im Dienst, und dies war weder der passende Ort noch der passende Moment für so ein Gespräch. Vermutlich ärgerte sich Messíana hauptsächlich darüber, dass sie ihre eigenen Beschwerden nicht hatte anbringen können. Jedenfalls setzte er darauf, in der Hoffnung, dass er so schneller von dieser Frau loskam. »Können Sie mir ein Beispiel nennen, das Sie selbst betrifft? Etwas, das Ihrer Meinung nach hätte untersucht werden müssen?«

Er hatte recht gehabt. Messíana sprudelte förmlich drauflos. Als sie endlich fertig war, befürchtete Týr, dass Alexandra schon schrumpelige Rosinenfinger bekommen hatte. Auch mit dieser Vermutung lag er richtig.

—

Dichter Dampf stieg von der Lagune auf und ließ Alexandras Umrisse verschwimmen. Sie hatte sich das Gesicht mit schneeweißem Kieselschlamm eingerieben, was ihre Augen groß und kugelrund wirken ließ und ihren Mund breiter. Sie trieben in der Mitte des Beckens in dem strahlend blauen Wasser, das kein Licht durchließ, sodass es aussah, als ob Alexandra keinen Körper hätte. Nur ihr Kopf schwamm auf dem Wasser. Ein neugieriger, schwimmender Kopf.

Er hatte ihr haarklein berichtet, was Messíana ihm erzählt hatte. Da er nicht im Dienst war, unterlag er nicht der Schweigepflicht, und abgesehen davon würde ihre Story ohnehin nie Bestandteil von Ermittlungen werden. Das war eine dieser Geschichten, die schon zu lange die Runde machten und jedes Mal, wenn sie wieder ausgepackt wurden, noch absurdere Züge annahmen. Zweifellos gab es einen wahren Kern, aber es war nicht sein Job, ihn herauszuarbeiten.

Messíana behauptete, Jón und Guðrún hätten eine Verleumdungskampagne geführt. Sie hätten anonyme Briefe in der Nachbarschaft verteilt, um ihre verhassten Nachbarn Þórður und Sigríður zu verunglimpfen. Anonyme Schreiben hatte auch Karó erwähnt, als sie Týr auf der Fahrt nach Grindavík zu den Nachbarschaftsstreits gebrieft hatte, aber sie war nicht in die Details gegangen und Týr hatte nicht nachgefragt. Diese Wissenslücke hatte Messíana nun geschlossen. In den Briefen habe gestanden, dass Þórður und Sigríður einander betrügen, dass sie schwarzarbeiten würden, aus unverschlossenen Autos stehlen, Gärten verwüstet und sich noch weiterer unglaubwürdiger Vergehen schuldig gemacht hätten. Týr hatte nachgehakt, woher man denn wisse, dass Jón und Guðrún hinter den Briefen steckten, worauf Messíana entgegnet hatte, man habe sie in der Dunkelheit oft beim Verteilen der Briefe beobachtet. Da bestehe kein Zweifel. So überzeugt, wie die Frau klang, glaubte ihr Týr das sogar.

Schließlich kam Messíana auf sich und ihre Familie zu sprechen. Wenn es stimmte, was sie sagte, war es kein Wunder, dass sie die vermeintlichen Verfasser der Briefe so sehr hasste. Laut ihrer Schilderung hatten die Leute die Sache auf die Spitze getrieben, indem sie dem Fußballverein und dem Trainer ihrer Tochter Hlíf, die im selben Verein spielte wie Jóns und Guðrúns Tochter Lísa, einen Brief geschrieben hatten. Die beiden Mädchen seien im selben Alter, aber Hlíf leide an Autismus und einer leichten Entwicklungsstörung. Trotz ihrer Einschränkungen habe sie mit dem Team trainieren und hin und wieder bei Turnieren mitspielen dürfen, was ihr große Freude bereitet und wodurch sie körperliche und soziale Fortschritte gemacht habe. Die Mannschaft spiele nicht in der Topliga, daher mache es nichts, dass Hlíf manchmal nicht die Schnellste sei. Es komme ja nicht darauf an, Titel zu gewinnen; das Wichtigste sei, dass alle mitmachen dürften.

Im letzten Sommer habe Hlíf bei einem Spiel ein wenig geträumt und mit einem Pass zur gegnerischen Mannschaft eine sichere Chance vertan. Keine große Sache, fand ihre Mutter, und es sei auch kein wichtiges Spiel gewesen. Die anderen Eltern hätten es locker gesehen, bis auf eine Ausnahme. Lísas Eltern seien durchgedreht und hätten daraufhin einen Brief verfasst mit der Forderung, Hlíf aus der Mannschaft auszuschließen. Andernfalls würden die besten Spielerinnen den Verein wechseln. Der Brief war anonym, aber mit »von den Eltern aller Spielerinnen« unterschrieben, auch wenn niemand, den Messíana auf den Brief ansprach, davon wusste. Der Brief sei genau im selben Stil wie die anderen anonymen Schreiben verfasst, und es bestehe kein Zweifel, wer dahinterstecke.

Ihre Tochter wurde daraufhin tatsächlich vom Training ausgeschlossen. Für Hlíf, die nichts anderes als Fußball im Sinn hatte, war das ein herber Schlag. Laut Messíana wollte sie nicht mehr zur Schule gehen, habe sich völlig isoliert und nichts mehr gegessen. Kürzlich sei sie deswegen in der Kinder- und Jugendpsychiatrie gelandet. Nur am Wochenende dürfe sie nach Hause, und Messíana erkenne keinen Fortschritt.

Týr konnte ihren Hass auf das Ehepaar jetzt besser nachvollziehen, doch er sagte lediglich, dass es ihm leidtue. Aus reiner Freundlichkeit gab er ihr seine Visitenkarte und ermunterte sie, ihn anzurufen, wenn weitere solcher Briefe auftauchten. Da in der Akte gestanden hatte, dass die Sache mit den Briefen vorbei sei, musste er nicht befürchten, dass Messíana ihn nun ständig anrief.

Messíana hatte offensichtlich mehr erwartet. Sie steckte zwar seine Karte ein, doch dann wollte sie wissen, ob eine Anzeige auch einige Monate später noch möglich sei. Seine Antwort auf diese Frage passte ihr ebenfalls nicht, sie hatte geschnaubt, dass doch alle Bullen gleich seien, und war wieder hinter den Serviceschalter verschwunden. Týr hatte sich noch einmal in die Schlange stellen müssen, nur um sich von ihr das abgenutzteste Handtuch und den ältesten Bademantel aushändigen zu lassen, die sie finden konnte.

Besser hätte er sich gar nicht erst auf dieses Gespräch eingelassen.

»Glaubst du ihr nicht?« Alexandra legte sich auf den Rücken und ließ sich treiben.

»Teils, teils. Es gibt nie nur eine Perspektive.« Týr hielt ihren Fuß fest, damit sie nicht davontrieb. »Ich kann mir kaum vorstellen, dass Eltern das Thema Fußball bei ihren Kindern wirklich so ernst nehmen, dass sie zu solchen Maßnahmen greifen. Dass sie so einen Brief schreiben und sich gegen ein Mädchen verbünden, das es ohnehin schon schwer hat. Wegen eines einzigen Tors.«

Alexandra schnaubte. »Das ist überhaupt nicht abwegig. Ich habe wegen Papa mit Handball aufgehört. Der hat sich bei Turnieren auf der Tribüne wie ein Verrückter aufgespielt. Einfach nur peinlich. Manche Eltern steigern sich da total rein. Die drehen durch. Glaub mir. Papa war nicht der Einzige.«

Týr ließ sich tiefer ins Wasser sinken und seufzte. Der glatte Wasserspiegel kräuselte sich. »Trotzdem.«

»Nein. Nicht trotzdem. Manche ticken da total aus. Papa hätte in der Situation definitiv auch so einen Brief geschrieben. Diese Turniere sind absolut kein Spaß.« Sie lächelte. »Selbst wenn es im Grunde um nichts geht. Erwachsene sind manchmal echt crazy.«

Týr tauchte mit dem Kopf unter. Sie waren uneins, wie glaubwürdig Messíanas Geschichte war, aber in einer Sache waren sie sich offenbar absolut einig: Alexandra zählte noch nicht zu den Erwachsenen.

14. KAPITEL – SAMSTAGFRÜH

Ketill fuhr aus dem Bett hoch, weil es verbrannt roch, fast stolperte er über den Klamottenhaufen auf dem Boden. Beim Einschlafen hatte er noch an die Brandruine in der Straße gedacht, und jetzt war er überzeugt, dass es bei ihnen brannte. Doch er lag falsch. Der Gestank kam aus der Küche, von zwei verkohlten Toastbroten. Verantwortlich war Árný, die gerade Frühstück machte. In Ketill kochte die Wut hoch und er schimpfte sie aus. Doch schon im nächsten Moment bereute er es. Sie hatte für sie beide den Tisch gedeckt und fast den gesamten Inhalt des Kühlschranks auf den Tisch gestellt. Auch wenn Ketill keine Lust auf Rotkohl oder Tomatensoßenreste zum Frühstück verspürte, hatte sie es nur gut gemeint und ein besonders tolles Frühstück für sie zaubern wollen.

»Eier kochen kann ich nicht. Willst du trotzdem eins?« Sie lächelte ihn an. »Manche essen sie auch roh.«

»Ja. Möwen.« Árný hatte keinen Sinn für Humor, und Ketill fügte schnell hinzu: »Ich brauche kein Ei. Hier stehen schon so viele leckere Sachen. Nicht schlecht, Schwesterlein.« Erst jetzt merkte er, wie ausgehungert er war. Gestern Abend hatten seine Eltern nichts gekocht, weil beide mit Packen beschäftigt gewesen waren, sie für ihren Trip nach Norden, er für die See. Die Kinder sollten sich einfach am Kühlschrank bedienen, aber darauf hatte Ketill keine Lust gehabt, also war das Abendessen einfach ausgefallen. Umso mehr freute er sich jetzt über Árnýs Buffet.

Die strahlte über das ganze Gesicht. »Eigentlich sollte es nur ein Frühstück sein, aber es ist gleichzeitig auch ein Mittagessen geworden. Weil du so spät aufgewacht bist. Ich auch.«

Ketill schob sich eine Weintraube in den Mund. »Wo ist Papa?«

»Weg.« Árný holte einen Zettel und gab ihn Ketill. »Mama hat dir was geschrieben.« Árný hatte ganz schmierige Hände von den Frühstücksvorbereitungen. Ihre Finger hinterließen Marmeladenkleckse auf dem weißen Papier. »Bestimmt schreibt sie, dass du lieb zu mir sein sollst. Und da steht was von Pizza.«

Ihre Mutter war schon am Abend aufgebrochen und hatte noch in Ketills Zimmer geschaut, um sich zu verabschieden. Sie hatte bereits angekündigt, dass einige Hinweise für ihn in der Küche liegen würden, für den Fall, dass sein Papa schon aufgebrochen war, wenn Ketill am nächsten Morgen aufwachte. Er müsse ihr versprechen, den Zettel zu lesen und sich daran zu halten. Ketill hatte etwas träge seine Zustimmung genuschelt.

Sie hatte ihre Anweisungen in Schreibschrift verfasst, und es war mal wieder schwer, die Buchstaben m, n und r auseinanderzuhalten. Kein Wunder, dass Árný es aufgegeben hatte, den dicht beschriebenen Zettel zu entziffern. Darauf standen Vorschriften zu allem Möglichen. Um sicherzustellen, dass nichts schiefging.

Er sollte aufpassen, dass er sich nicht aussperrte. Keine Unordnung machen, weil der Fotograf der Immobilienvermittlung kommen wollte. Vor dem Schlafengehen kontrollieren, ob alle Fenster zu waren und die Tür abgeschlossen. Árný sollte um neun ins Bett gehen, er um elf. Bevor er sie zur Schule brachte, sollte sie Joghurt essen; Abendessen spätestens um sieben, nachdem er sie von ihrem Nachmittagsprogramm abgeholt hatte. Árnýs Bildschirmzeit betrug nicht mehr als zwei Stunden am Tag, am Wochenende drei. Realistischerweise hatte sie zu Ketills Bildschirmzeit keine Vorgaben gemacht.

In der Kühltruhe gab es einige Gerichte zum Aufwärmen; dann sollte er unbedingt daran denken, den Ofen wieder auszuschalten. Er durfte ihre Kreditkarte nutzen und Pizza bestellen, aber nur einmal. Dafür hatte sie ihre Kartennummer, die Gültigkeit und die Prüfziffer notiert. Darunter in großen Ziffern die Handynummern beider Eltern und der Hinweis, dass sein Papa nicht immer rangehen könne. Sie hingegen sei das ganze Wochenende und an den Seminartagen abends erreichbar. Auch die Nummern von Notruf und Polizei hatte sie groß aufgeschrieben und zweimal unterstrichen.

Später hatte sie panisch noch einige Punkte ergänzt. Zum Beispiel durfte er keine Kerzen anzünden. Das hätte er ohnehin nicht gemacht, denn er war mehr für elektrisches Licht als für Kerzenschein. Dasselbe galt für ihre Warnung, dass er auf keinen Fall Stricknadeln oder Ähnliches in die Steckdosen einführen dürfe. Crazy. Zuletzt verbot sie ihm, den Trockner zu verwenden. Wegen der Brandgefahr. Dabei mied er die Waschküche immer noch um jeden Preis, außerdem würde er die Tage ohne seine Eltern ganz sicher nicht mit Wäschewaschen verbringen. Er wusste sowieso nicht, wie das ging.

»Ich wünschte, wir hätten Erdbeeren.« Árný blickte auf das überbordende Buffet. Dann sah sie ihren Bruder an und wechselte das Thema. Das machte sie oft. Es gab kaum etwas, für das sie sich länger interessierte. »Was machen wir, wenn die bösen Nachbarn kommen und uns hauen wollen?«

»Niemand wird uns hauen. Vielleicht sind es noch nicht einmal böse Nachbarn.« Ketill setzte sich. »Manchmal sind Menschen ganz anders, als man denkt.«

Árný dachte einen Moment nach. »Aber nicht die. Die haben Mosi wehgetan.«

»Wir wissen es nicht sicher. Setz dich, iss und rede nicht mehr darüber.« Ketill wusste aus Erfahrung, dass seine Ermahnung nicht lange nachwirken würde und Árný in den nächsten Tagen ganz sicher immer wieder darauf zurückkäme. »Iss Gurke. Oder Käse.«

Árný öffnete den Mund, um weiter über die bösen Nachbarn zu reden oder zu erklären, dass sie keine Gurke mochte, doch in diesem Moment klingelte es an der Tür. Sie schlug sich die Hand vor den Mund, riss die Augen weit auf und starrte Ketill an. Vermutlich glaubte sie, der Angriff der Nachbarn habe begonnen.

Auch Ketill hatte ein beklommenes Gefühl. Normalerweise interessierte ihn die Klingel nicht, weil es ohnehin nie für ihn war. Seine Eltern gingen zur Tür. Er traf seine Freunde online, nicht auf der Eingangstreppe. Aber jetzt musste er sich um diese Dinge kümmern, und zum ersten Mal in seinem Leben fühlte er sich fast erwachsen. Er stand auf und hoffte, dass es nichts Kompliziertes sein würde. Das Einfachste wäre eine Paketlieferung, dann müsste er nur die Hände ausstrecken und das Paket entgegennehmen. Als er an die Klinke fasste, befürchtete er plötzlich, dass Árný recht haben könnte. Was, wenn vor der Tür Lísas Eltern standen und streiten wollten?

Sollte er ihnen die Tür vor der Nase zuknallen oder ihnen die Stirn bieten? Und was, wenn da jemand anders stand, zum Beispiel die Person, die Mosi getötet und wieder ausgegraben hatte? Was dann?

Aus der Küche rief Árný: »Nicht aufmachen!« Er atmete tief ein und tat das Gegenteil.

Es war kein Paketbote, sondern Fannar, der alte Mann aus dem Nachbarhaus. Ketill konnte ihn nicht mehr leiden, nachdem er mit Árný geschimpft hatte, weil sie Schneebälle warf, und mit ihm, weil er seine Drohne über fremde Gärten fliegen ließ. Fannar hatte beteuert, er sei nicht der Einzige, den das störte, aber das war ganz sicher gelogen. Und das Verrückte war, dass der Typ selbst die ganze Zeit am Fenster hockte und die Leute beobachtete. Ketills Vater hatte die Sache trotzdem ernst genommen und die Aufnahmen durchgesehen auf der Suche nach einem Beweis dafür, dass sein Sohn ein Perversling war, der heimlich die Frauen in der Nachbarschaft filmte, weil er nicht auf OnlyFans gehen durfte. Natürlich entdeckte er nichts, aber Ketill fand die ganze Sache trotzdem total peinlich und superungerecht. Er hatte einfach nur geübt, die Drohne zu steuern, damit er beim nächsten Vulkanausbruch bereit war. Aber nur noch in dem kleinen Garten hinter dem Haus rumzufliegen, machte keinen Spaß, und so hatte Ketill das Interesse an der Drohne verloren. Jetzt stand sie eingestaubt im Regal. Zumal die Vulkane sowieso immer fern von irgendwelchen Parkplätzen ausbrachen.

Kurz überlegte Ketill, die Tür wieder zuzuknallen. Ein einziges Mal hatten die Geschwister bei Fannar angeklopft, als Árnýs Klasse Geld für eine Fahrt aufs Land sammelte und die Kinder von Tür zu Tür gingen, um Klopapier zu verkaufen. Sie hatte sich nicht allein getraut, deshalb musste Ketill mit. Der Alte hatte tausend Fragen zu dem Papier gestellt, einen Taschenrechner geholt, irgendetwas eingetippt und dann verkündet, dass das Wucher sei. Bei Costco sei der Meterpreis viel günstiger. Dann hatte er die Tür zugeknallt. Eigentlich hätte Ketill jetzt genauso reagieren können. Doch er traute sich nicht.

Der Mann hatte die Hände in die Hüften gestemmt und die Stirn in Falten gelegt. Das war nichts Neues, Ketill hatte ihn noch nie freundlich erlebt. Er dachte an Lísas Kommentar, dass in der Straße nur verrückte Leute wohnten. Dieser Typ gehörte eindeutig dazu. Ketill hatte noch keinen Zugang zu der Facebook-Gruppe der Nachbarschaft, daher wusste er nicht, wen sie damit meinte. Im Zweifel den Mann, der jetzt vor ihm stand. Die Gruppe war nicht offen, wie Lísa behauptet hatte, seine Beitrittsanfrage musste erst bestätigt werden, darauf wartete er noch. Vielleicht wollten die Erwachsenen keine Jugendlichen in der Gruppe. Oder, noch schlimmer: Vielleicht stand in dem Chat etwas über ihn, das er nicht lesen sollte.

Der Mann guckte jetzt einen Hauch weniger grimmig. »Ist dein Papa zu Hause?«

»Nein.« Ketill verkleinerte den Türspalt, als er merkte, dass Árný kam und versuchte, sich an ihm vorbeizudrängeln.

»Weißt du, wann er zurück ist?«

»Nein.« Ketill zuckte mit den Schultern. »Irgendwann nächste Woche. Er ist auf See.«

»Und deine Mama?«

»Die ist auf dem Land. Kommt auch erst irgendwann nächste Woche zurück.«

Der Mann machte keine Anstalten zu gehen. Er fixierte Ketill und blickte zwischendurch kurz auf Árný, die ihren Kopf durch den Türspalt geschoben hatte. »Willst du uns hauen?«

Die Frage überraschte den Mann. »Nein. Natürlich nicht.« Offenbar wollte er jeglichen Verdacht aus der Welt räumen, denn er fügte schnell noch hinzu: »Ich wollte nur eure Eltern fragen, ob letzte Nacht bei euch eingebrochen wurde. Aber das könnt ihr vermutlich auch beantworten.«

Ketill schüttelte den Kopf. »Nein. Es wurde nicht eingebrochen.« Doch dann wurde ihm klar, dass er es nicht wissen konnte. Er war aufgewacht und sofort nach unten in die Küche gegangen. Einbrecher hatten es selten auf Sauermilch oder Gurken abgesehen. »Glaube ich zumindest.« Er las eine leichte Irritation aus dem Blick des Mannes und begegnete dem mit einer Gegenfrage: »Warum fragen Sie? Wurde bei Ihnen eingebrochen?«

»Nein. Das nicht.« Der Mann wirkte unschlüssig. »Ich dachte nur, ich hätte diese Nacht jemanden um euer Haus schleichen sehen. Vielleicht richtet ihr das euren Eltern aus, falls sich doch herausstellt, dass irgendetwas nicht so ist, wie es sein sollte. Ansonsten spreche ich einfach selbst mit eurem Vater, wenn er zurückkommt.«

Árný quetschte sich ganz zwischen den Türrahmen und Ketill. »Wir ziehen um.«

Mit einem Mal sah der Mann nicht mehr aus, als hätte er ein glühendes Kohlenstück verschluckt. Er starrte Árný an, schien seinen eigenen Ohren nicht zu trauen. »Was sagst du da?«

»Wir ziehen um. Weg von den Dieben und den Leuten, die Mosi wehgetan haben. Und ihn ausgegraben haben.«

Fannar wandte sich an Ketill. »Was sagt sie da? Stimmt das?«

»Ja.« Er zuckte mit den Schultern. »Ich denke schon.«

Ein breites Lächeln zeigte sich auf Fannars Gesicht, und kurz sah es aus, als wollte er vor lauter Freude in die Hände klatschen. Doch er riss sich zusammen. »Das sind ja mal Neuigkeiten.« Wieder lächelte er und fügte dann in ernstem, aufrichtigem Ton hinzu: »Ihr wisst, wo ihr mich findet. Falls etwas ist, während eure Eltern weg sind. Ihr könnt jederzeit anklopfen. Auch in der Nacht.«

Árnýs kleine Finger krallten sich in den Saum von Ketills Kapuzenpullover. »Wieso? Will uns jemand hauen?«

Ketill schob sie ins Haus zurück, bedankte sich bei dem Mann und schloss die Tür. Dann drehte er sich zu seiner verängstigten Schwester um. »Niemand will uns hauen, Árný. Der Typ wollte nur nett sein.«

»Und Diebe?«

Sie sah aus, als würde sie jeden Moment in Tränen ausbrechen. Ketill ärgerte sich, dass er nicht darauf bestanden hatte, dass sie in der Küche wartete. Trotzdem war es nicht komplett seine Schuld, der blöde Kerl hätte einfach die Klappe halten und vor der Kleinen nicht von Einbrechern und Leuten sprechen sollen, die nachts ums Haus schlichen. Auch er selbst hätte das alles lieber gar nicht gewusst. »Es gibt hier auch keine Diebe, Árný. Der hat sich vertan. Der ist alt, verwirrt und sieht Gespenster.«

Ketill bemühte sich, so zu klingen, als glaubte er selbst daran. In Wahrheit war er erschrocken. Nachdem Fannar von seiner Beobachtung berichtet hatte, war Ketill wieder eingefallen, dass er in der Nacht von Geräuschen aus der Garage geweckt worden war. Sein Zimmer lag genau darüber, und er hatte nicht weiter darüber nachgedacht, hatte nicht auf die Uhr gesehen, sondern den Kopf unter sein Kissen gesteckt, um schnell wieder einzuschlafen. Daher wusste er nicht, wie spät es gewesen war, aber es war auf alle Fälle noch dunkel gewesen. Was mitten im isländischen Winter aber nicht viel aussagte. Hatte er womöglich die Person gehört, die laut Fannar ums Haus geschlichen war? Hatte sie durch die Garage hineingewollt? Ketill versuchte, sich zu entspannen. Wenn er sich recht entsann, war das Geräusch, das ihn geweckt hatte, ein Hupen gewesen. Einbrecher aber vermieden jeglichen Lärm, und ganz sicher hupten sie nicht. Es musste also sein Papa gewesen sein, der versehentlich auf die Hupe gedrückt hatte, als er losgefahren war. So hoffte er zumindest, denn das war ein deutlich angenehmerer Gedanke, als sich vorzustellen, dass die Person, die Mosi ausgegraben hatte, mitten in der Nacht hergekommen war und ins Haus gewollt hatte.

Auf einmal war es gar nicht mehr schön, mit Árný allein zu sein.

»Komm. Wir essen was.«

Sie setzten sich wieder an den Küchentisch, doch keiner von beiden hatte noch Appetit.

15. KAPITEL – NACHT ZUM MONTAG

Gunndís konnte nicht einschlafen. In der Kajüte herrschte fast totale Finsternis, nur der schwache Lichtschimmer unter der Tür zum Gang sagte ihr, dass sie nicht erblindet war. Die See hatte sich beruhigt und das Schiff schaukelte sanft. Die Maschinen waren kaum zu hören. Und sie war fix und fertig. Eigentlich die perfekten Voraussetzungen für guten Schlaf. Doch die bedrückenden Gedanken hielten sie wach, wie sehr sie sich auch wälzte, Schäfchen zählte oder versuchte, den Kopf freizubekommen.

Schließlich gab sie sich geschlagen und setzte sich auf. Dann wollte sie die Zeit wenigstens sinnvoll nutzen und nicht nur rumliegen und in die Dunkelheit starren. Vielleicht gelang es ihr dann ja, an etwas anderes zu denken als daran, was die Matrosen an Bord über sie gesagt hatten. Sie konnte sich noch so sehr einreden, dass es ihr nichts ausmachte. Sie gehörte einfach nicht zu denjenigen, die sich nicht um die Meinung anderer scherten. Wenn es überhaupt Menschen gab, die so tickten – sie kannte jedenfalls niemanden. Ungeachtet der Tatsache, dass viele es von sich behaupteten.

Sie machte eine kleine Denkpause – und bereute es sofort. Sobald sie an nichts Spezielles dachte, wurde ihr wieder bewusst, wo sie sich befand. Unter der Meeresoberfläche, wo furchtbare Dinge passieren konnten. Was, wenn ein Feuer ausbrach? Wenn die Pumpen ausfielen, das Schiff von Meerwasser geflutet wurde und sank? Oder eine Kollision mit einem anderen Schiff? Ihr Atem beschleunigte sich, und der Verstand drohte, sich abzuschalten.

Also stand sie auf und konzentrierte sich darauf, regelmäßig zu atmen. Nachdem ihr das gelungen war, bewegte sie sich vorsichtig zum Schreibtisch und tastete nach ihrem Handy. Dort hatte sie es hingelegt, damit sie nicht ständig auf die Uhr guckte. Das grelle Display blendete sie, als ob ihr jemand mit den Fingern in die Augen stach. Und es wurde auch nicht besser, als der Schmerz vorüberging und sie sah, wie weit die Nacht schon fortgeschritten war. Doch anstatt seufzend auf das Handy zu starren, machte sie Licht und zog sich an.

Sie musste hier raus, wenn sie sich nicht von der Klaustrophobie dahinraffen lassen und zusammengekauert in ihrer Koje verenden wollte. Sie musste über den Meeresspiegel, wo sie jederzeit fliehen konnte, falls etwas passierte. Am liebsten würde sie sich aufs Deck legen, aber das ging natürlich nicht. Diejenigen, die auf der Brücke Wache hielten, würden Augen machen, wenn sie da draußen in der Kälte schlief. Der einzige halbwegs geschützte Ort wäre beim Netz, aber da würde es ihr kaum besser ergehen als in der Kajüte. Das Netz wurde auf dem unteren Deck aufbewahrt, aber sie war ja nicht Spiderwoman und konnte am glatten Stahl der Schiffswand hochklettern, um sich von Bord zu retten.

Ihr blieb nur die Kombüse. Dort konnte sie wenigstens etwas tun. Irgendetwas schnippeln. Das verlangte ihr nichts ab und wirkte wie eine Meditation. Sie würde eine Cola trinken, denn ihr Mund fühlte sich an, als wäre er mit Schleifpapier ausgekleidet. So wurde sie vielleicht auch die Seekrankheit endgültig los.

In Momenten wie diesen überlegte Gunndís manchmal, ob ihr Traum von einer festen Anstellung auf See nicht doch eher Besessenheit war als Sehnsucht. Auch wenn es ihr noch nie so schlimm ergangen war wie bei dieser Tour, hundertprozentig wohl fühlte sie sich nie auf See. Entweder war sie seekrank oder litt unter heftiger Angst, und ihren Sohn vermisste sie auch immer schmerzlich. Ob sie diesen Traum loslassen könnte, wenn ihr Vater noch leben würde? Wäre sie dann diese kindliche Sehnsucht los, in seine Fußstapfen treten zu wollen? Ihr Gefühl sagte ihr, dass genau das der Fall wäre, dass sie sich anders und besser entwickelt hätte, wenn er noch lebte.

Vor ihrer Kajütentür war durch das Maschinengebrumm das leise Schnarchen der anderen zu hören. Niemand war auf den Beinen, und Gunndís huschte erleichtert den Gang hinunter. Auf eine weitere merkwürdige Begegnung konnte sie gut verzichten. Einer der Steuermänner hielt Wache auf der Brücke, die nie unbemannt sein durfte, vermutlich mit einem der Matrosen, obwohl das Schiff vor Anker lag. Wenn sie Glück hatte, trieb keinen von beiden der Hunger oder Durst in die Küche. Und hoffentlich gab es auch keinen Schichtwechsel. Dann würden mehrere Personen an der Messe vorbeilaufen und sie unweigerlich bemerken. Sie wollte beim Gemüseschneiden mit ihren Sorgen allein sein.

Als sie die Messe betrat, hörte sie einen merkwürdigen, dumpfen Schlag aus der Kombüse, den sie nicht einordnen konnte. Das war kein Topf- oder Tellergeklapper, nicht die Kühlschranktür und auch kein anderes Geräusch, das jemand machte, der sich einen nächtlichen Snack holte. Zumal sie für diesen Fall auch einiges in der Messe bereitgestellt hatte: Reste vom Abendessen, Joghurt, Kekse und andere Knabbereien. Niemand musste eine Pfanne herausholen, wenn er hungrig wurde. Sie korrigierte sich im Stillen: Wenn er oder sie hungrig wurde. Kapitänsfrau Lóa war ja auch an Bord. Damit bei rauer See nichts umfiel oder hin und her geworfen wurde, waren alle losen Dinge festgeschraubt oder sicher verstaut. Eine offene Schranktür oder Ähnliches konnte es also auch nicht sein.

Gunndís blieb stehen, wusste plötzlich nicht mehr, ob sie in die Kombüse gehen sollte, wo sie möglicherweise Lóa in die Arme laufen würde. Sie war zwar wach, fühlte sich aber einem unangenehmen Gespräch mit ihr nicht gewachsen. Sie fühlte sich weder in der Lage, so zu tun, als hätte sie auf der Brücke nichts mitbekommen, noch hatte sie Kraft für eine ehrliche Aussprache. Hoffentlich brachte sie diese Tour hinter sich, ohne darüber reden zu müssen. Mit Kapitän Hróbjartur musste sie zwar auch weiterhin kommunizieren, doch der schien nicht auf Gespräche über heikle Themen erpicht zu sein.

Das Schiff senkte sich ruhig nach Backbord, und wieder hörte sie einen Schlag. Abgesehen von diesen zwei Geräuschen deutete nichts auf die Anwesenheit einer Person hin. Es sei denn, es handelte sich um eine äußerst ungeschickte Person, die ansonsten versuchte, leise zu sein. Alles Grübeln half nichts – um es herauszufinden, musste Gunndís nachsehen. Und das war sicher das kleinere Übel, als zurück in ihre dunkle Kajüte zu müssen.

In der Küche war niemand. Gunndís sah im Lagerraum, im Kühlraum und zuletzt in der Speisekammer nach, aber auch da war niemand. In diesem Moment schlug es zum dritten Mal, und jetzt war ganz klar, dass das Geräusch aus der Küche kam. Obwohl sie sich am liebsten im Lagerraum versteckt hätte, nahm Gunndís ihren Mut zusammen und sah nach. In der Küche war niemand. Sie überlegte, wie das sein konnte, und als sich das Schiff gemächlich zurück nach Backbord neigte, rollte ihr die Erklärung direkt vor die Füße. Ein knallroter Feuerlöscher kam unter dem Spültisch zum Vorschein, rutschte quer durch die Kombüse und knallte an der anderen Seite vor die Wand.

Gunndís war erleichtert. Es gab also eine total harmlose Erklärung, hier war nichts Unheimliches im Gange. Feuerlöscher gab es überall an Bord, natürlich auch in der Küche. Ein Großteil aller Brände entstand beim Kochen, da waren Schiffe keine Ausnahme, auch wenn es dort viel seltener brannte als auf dem Festland. Vielleicht war die Statistik schuld, dass damals ihr Vater als Verursacher des Schiffsunglücks betrachtet wurde. Ungerechterweise. Auf großen Fischtrawlern wurde der Treibstoff über ein kompliziertes Rohrsystem unter Druck dorthin geschickt, wo er gebraucht wurde. Wenn dieses System nicht gut gewartet wurde, konnte alles Mögliche passieren, und die *Egill Ásbjörnsson* war kein Schiff gewesen, das gerade frisch vom Stapel gelaufen war. Offenbar hatte das Brandschutzsystem versagt, das zumindest war eine der wenigen Informationen, die sie damals ihrem Bruder Bogi aus der Nase hatte ziehen können. Das deutete darauf hin, dass das Schiff nicht wirklich in einem guten Zustand gewesen war.

Viele Erinnerungen an ihren Vater hatten mit dem Kochen zu tun. Es war ihr größtes Vergnügen gewesen, ihm dabei zu helfen. Daher wusste sie, wie unglaublich vorsichtig er gewesen war. Immer wieder hatte er ihr seine Regeln zum Umgang mit

Messern, Gaskochfeldern, Backöfen, heißem Fett und sogar dem Toaster gepredigt. Es konnte verdammt noch mal nicht sein, dass das Feuer seiner Unachtsamkeit geschuldet war. Ein Mann, der seine Tochter tadelte, weil sie Messer mit der Klinge nach oben in die Spülmaschine geräumt hatte, hätte niemals ein Feuer verursacht. Weder willentlich noch aus Versehen. Niemals.

Gunndís wurde aus diesen Gedanken gerissen, als ihr Blick auf den Feuerlöscher für die Küche fiel. Er hing an seinem Platz an der Wand neben der Tür. Also musste der auf dem Boden von woanders stammen. Sie hielt nach einer weiteren Aufhängung Ausschau, aber es gab keine. Die Wut kochte in ihr hoch. Feuerlöscher rollten nicht auf dem Schiff herum und landeten zufällig in der Kombüse. Jemand hatte ihn irgendwo von der Wand genommen und hier auf den Boden gelegt. Die Absicht war klar. Niemand schleppte ein so schweres Teil ohne Grund herum.

Gunndís' erster Gedanke war, dass jemand sie ärgern wollte. Dass es eine Anspielung auf das Schiffsunglück und die vermeintliche Schuld ihres Vaters sein sollte. Trotz ihrer Müdigkeit war ihr danach, mit dem Feuerlöscher zu den Kajüten zu laufen, eine Tür nach der anderen einzutreten und herauszufinden, wer sich diesen geschmacklosen Scherz erlaubt hatte. Na ja, eintreten wäre vielleicht etwas übertrieben, da die Türen ja gar nicht verschlossen waren, aber so könnte sie Dampf ablassen. Und gleichzeitig sicherstellen, dass sie nie wieder einen Job auf See bekäme.

Es gab noch eine andere Möglichkeit, sich zu rächen: Sie konnte sich bei Hróbjartur beschweren. Auf Schiffen wurden die Sicherheitsvorkehrungen sehr ernst genommen und die

Entfernung eines Feuerlöschers war kein Spaß. Die Geräte mussten jederzeit einsatzbereit sein. Doch sie verwarf diese Idee schnell wieder. Das würde nach hinten losgehen. Eine Petze mochte niemand. Aber sie würde den Teufel tun und die Stelle suchen, wo ein Feuerlöscher fehlte. Den musste dieser Idiot schon selbst zurückbringen. Bis dahin würde sie das verdammte Ding einfach weiter über den Boden rollen lassen.

Sie nahm ein paar Zwiebeln und ein Schneidebrett. Damit stellte sie sich an die Arbeitsplatte und atmete tief durch, um die größte Wut wieder loszuwerden. Sonst schnitt sie sich in ihrem Zorn noch einen Finger ab. Als sie einigermaßen ruhig war, griff sie nach ihrer Messertasche, einem aufgerollten, wachsbeschichteten Stück Leinen mit Taschen für zwölf Messer. Das alte Schätzchen war schon ziemlich abgenutzt und schon einige Male von einem Schuster aufgearbeitet worden. Dennoch wäre ihr nie in den Sinn gekommen, es gegen eine neue Tasche auszutauschen, dafür war ihr das alte Stück zu lieb. Sie hatte die Tasche zu Beginn ihrer Ausbildung zur Köchin von ihrer Mutter geschenkt bekommen, die alte Messertasche ihres Vaters. Mit der ersten festen Anstellung hatte er sie gegen eine schicke Ledertasche ausgetauscht. Manchmal sei es besser, etwas zu besitzen, dessen Verlust man sich leisten könne, hatte ihre Mutter gesagt, denn ihr Vater habe ständig Sorge gehabt, das teure Teil zu verlieren. Besser hätte er einfach die alte Tasche behalten, die Gunndís nun nutzte.

Die Tasche entrollte sich, als Gunndís sie zu sich heranzog. Offenbar hatte sie sie nach der Zubereitung des Abendessens nicht richtig zugebunden. Normalerweise verließ sie die Küche erst, wenn jedes Messer an seinem Platz war, die Tasche aufgerollt und die Riemen darumgewickelt und durch die Schnallen gezogen waren. Aber gestern Abend hatte sie sich beeilt und war zudem noch aufgewühlt gewesen, daher war es zwar ungewöhnlich, aber nicht undenkbar, dass sie die Tasche so hinterlassen hatte. Etwas anderes aber verstand sie nicht. Ein Messer fehlte. Ein mittelgroßes, mit dem sie unter anderem Obst schnitt. Es war nicht in der Tasche und auch nicht in der Spüle, als sie nachsah, ob sie es vielleicht dort vergessen hatte. Obwohl sie ihre Messer immer mit der Hand abwusch, warf sie auch einen Blick in die Spülmaschine. Die war leer. Darauf sah sie alle Schubladen durch, doch das Messer blieb verschwunden.

Jemand musste es genommen haben. Möglicherweise dasselbe Arschloch, das auch hinter der Sache mit dem Feuerlöscher steckte. Vielleicht reichte es ihm nicht, sie zu verspotten, sondern er musste sie auch noch bestehlen.

Sie sah Gespenster. Natürlich konnte es auch eine andere Erklärung geben. Sie hatte eine Schale Obst bereitgestellt. Vielleicht hatte jemand Lust auf einen Apfel gehabt, hatte ihn woanders essen wollen und das Messer zum Schälen mitgenommen. Dann würde er es später sicher zurückbringen. Sie durfte sich nicht von ihrer Paranoia vereinnahmen lassen und zu viel in harmlose Situationen hineininterpretieren. Sie war müde, und die Gedanken wirbelten durch ihren Kopf, das waren keine guten Voraussetzungen.

Gunndís suchte ein Messer aus und begann, die Zwiebeln zu hacken. Schon bald schossen ihr Tränen in die Augen, und als sie einmal flossen, brauchte es keine Zwiebel mehr, um die Tränenflut aufrechtzuerhalten.

—

Müde und mit verquollenen Augen ging Gunndís wieder runter in ihre Kajüte. Nachdem sie mehr Zwiebeln gehackt hatte, als für eine Atlantiküberquerung nötig gewesen wären, und noch etwas Paprika dazu, war sie plötzlich wie erschlagen gewesen. Jetzt sollte sie wirklich schlafen können, und wenn nicht, dann war es halt so. Auch wenn man nicht einschlief, tat das entspannte Liegen dem Körper gut. Das Schiff schaukelte wieder stärker, sodass sie sich auf dem Weg nach unten am Treppengeländer festhielt. Was mit der Messertasche in der Hand gar nicht so leicht war, aber die würde sie von nun an nicht mehr in der Kombüse lassen, damit nicht noch weitere Messer verschwanden. Die waren teuer, und außerdem wollte sie nicht riskieren, dass ihre Paranoia noch weiter befeuert würde.

Auf dem Kajütengang war alles unverändert, sie hörte Schnarchen und das Dröhnen der Maschinen. Sie beneidete die Männer. Demjenigen, der sich den Scherz mit dem Feuerlöscher erlaubt hatte, wünschte sie jedoch, in einem Albtraum gefangen zu sein. Auch wenn sie kaum daran glaubte, dass sich dieser Wunsch erfüllte. Der Einfluss eines schlechten Gewissens auf den Schlaf war zweifellos überschätzt.

Vor dem Spiegel über dem Waschbecken in ihrer Kajüte entwich ihr ein kleiner Seufzer. Sie sah furchtbar aus. Die Haut um ihre Augen war aufgedunsen, und ihr ganzes Gesicht wirkte eingefallen. Als wäre sie in einer Nacht um ein Jahrzehnt gealtert. Hoffentlich nur vorübergehend. Wieder einmal musste sie darüber nachdenken, was sie eigentlich antrieb. War ihr Traum von einem Leben als Smutje eine Obsession, ausgelöst durch den Verlust ihres Vaters, aber im Grunde völlig sinnlos? Es war ja nicht so, als könnte ihr Vater noch stolz auf sie sein.

Und andere Menschen litten darunter. Ihre Mutter starb jedes Mal vor Sorge, wenn Gunndís keinen festen Boden unter den Füßen hatte. Und auch für Gauti, ihren Ex, war es schwierig, wenn sie ohne Vorankündigung verschwand. Ihr Sohn Daði musste auf seine Mama verzichten. Die Kolleginnen und Kollegen in der Mensa waren sauer. Und was bekam sie dafür? Einen guten Lohn, das ja, aber auch Übelkeit, Stress und den ganzen anderen Wahnsinn. Was zur Hölle stimmte nicht mit ihr?

Sie spritzte sich kaltes Wasser ins Gesicht, dann stützte sie sich auf das Waschbecken. Sie spürte, wie die Panik zurückkam, und verdrängte alle Gedanken an ein von Meerwasser geflutetes Schiff und einen verzweifelten Todeskampf. Sie wollte schreien, doch sie beherrschte sich.

Es war an der Zeit, ihr Leben radikal zu hinterfragen – sobald sie wieder an Land war. Doch die nächsten Tage musste sie noch irgendwie hinter sich bringen, ohne den Verstand zu verlieren. Einfach nur durchhalten, mehr nicht. Das Schiff würde nicht sinken. Es würde kein Feuer ausbrechen. Sie schwebte nicht in Gefahr. Ihr Herzschlag beruhigte sich wieder und fand in einen normalen Rhythmus. Ein wunderbares Gefühl. So konnte sie beruhigt unter die Decke kriechen. Ganz bewusst vermied sie es, das Kochbuch auf dem Schreibtisch anzuschauen. Sie wollte ohne Angst ins Kissen sinken und ohne sich ständig mit diesen unlösbaren Fragen herumzuquälen.

Diesmal schlief sie fast augenblicklich ein. Einmal wurde sie von einem Geräusch geweckt, doch sie drehte sich einfach auf die andere Seite und schlief weiter. Wahrscheinlich hätte sie sich am nächsten Morgen gar nicht mehr daran erinnert, wenn sie nicht gesehen hätte, was sie sah, nachdem sie das Licht angemacht hatte.

Während sie schlief, war jemand zu ihr hereingekommen. Neben ihrer Koje lag ein Feuerlöscher. Auf der Kleidung, die sie, erschöpft wie sie gewesen war, einfach auf dem Boden hatte liegen lassen.

16. KAPITEL – SONNTAG

Árnýs dreistündige Bildschirmzeit war längst aufgebraucht. Dennoch brachte Ketill es nicht über sich, ihr das iPad wegzunehmen. Ab und zu lächelte sie, wenn sie auf TikTok etwas Lustiges sah, und vergaß kurz ihre Angst davor, dass jemand kommen und sie hauen könnte. Und solange konnte er selbst auch in Ruhe surfen. Sie lag auf dem Bauch in seinem Bett, er zockte am Schreibtisch. In der oberen Etage fühlte er sich wohler, weil da niemand durchs Fenster reingucken konnte. Zur Sicherheit hatte er auch noch die Vorhänge zugezogen. Man konnte nie wissen.

Mama hatte ihnen Popcorn dagelassen, und da sie allein zu Hause waren, schrieb ihnen niemand vor, wo sie es zu essen hatten. Árný aß in seinem Bett, er vorm Computer. Perfekt. Eine Taste wurde zwar schon von einer Maisschale blockiert, die sich darin verklemmt hatte, und alles war voller Salz, aber das war es ihm wert.

Das Handy klingelte. »Mama« stand auf dem Display. Schnell schluckte Ketill eine Handvoll Popcorn runter und überlegte, ob er rangehen sollte. Wenn er es nicht täte, würde das nur weitere Anrufversuche nach sich ziehen, und wenn er auch die ignorierte, würde sie durchdrehen und nach Hause kommen. Da brachte er es lieber gleich hinter sich. »Hi.«

»Wie läuft's?« Im Hintergrund hörte er Lachen, Musik und Gläserklirren.

»Gut. Alles super.«

»Ist Papa auf See?« Auf seine Bestätigung folgte sofort die nächste Frage: »Was macht ihr?«

»Ich lerne. Árný liest ein Buch.« Seine Mutter klang, als ob sie ihre Stimmbänder mit Weichspüler gewaschen hätte. Er hörte ihr an, dass sie getrunken hatte, daher bestand zumindest eine Chance, dass sie ihm glaubte. Als Árný die Lüge aufklären wollte, gab er ihr mit einem hektischen Handwedeln zu verstehen, dass sie die Klappe halten sollte.

»Ha, ha, ha. Sicher.« Jetzt klang sie fast wieder normal. Sein Flunkerversuch hatte sie wieder nüchtern gemacht. »Jetzt mal ehrlich. Was macht ihr?«

Ihm fiel nichts Besseres ein, als die Wahrheit zu sagen, und die würde ihr nicht gefallen. »Rumhängen.« Um sie abzulenken, fügte er hinzu: »Wir haben keine Kerzen an oder so. Und wir stecken auch nichts in Steckdosen.«

»Gut.« Sie klang wirklich erleichtert. Offenbar kannte sie ihre Kinder weniger gut, als sie glaubte, wenn sie allen Ernstes befürchtete, dass sie so etwas tatsächlich tun könnten. Im Hintergrund setzte ein neues Lied ein, das er kannte. Ein nerviger, alter Hit, den seine Mutter immer laut aufdrehte, wenn er beim Autofahren im Radio kam. Kein Wunder also, dass sie das Telefonat auf einmal schnell beenden wollte. »Alles klar. Ich muss jetzt auflegen. Grüß Papa, wenn du von ihm hörst, er muss mich nicht anrufen. Papa und ich sprechen uns in ein paar Tagen. Gib Árný ein Küsschen von mir und seid schön brav. Macht kein Chaos und denkt an den Fotografen.«

Ketill wollte gerade etwas antworten, als er hörte, dass sie aufgelegt hatte. Bestimmt tanzte sie schon oder sang mit. Er war unbeschreiblich froh, dass er es nicht mitansehen musste. Er hatte schon genug schlimme Erinnerungen an Feiern seiner Eltern, bei denen besoffene Erwachsene im Wohnzimmer herumgetanzt hatten. Nachdem er das zweimal hatte erleben müssen, blieb er sicherheitshalber oben, wenn seine Eltern Gäste bekamen. Egal, ob es sich um ein Abendessen mit Alkohol handelte oder nur jemand unter der Woche vorbeischaute. Er selbst tanzte nie, denn er hatte das Talent seiner Eltern geerbt. Glücklicherweise hatten die Einladungen und Besuche im selben Maß abgenommen, wie der Freundeskreis seiner Eltern geschrumpft war. Niemand wollte sich ständig ihr Gemecker über die blöden Nachbarn anhören.

»Ich hab Durst.« Árný richtete sich auf. »Kommst du mit runter, Wasser holen?«

Ketill sah auf den Bildschirm und stellte fest, dass er während des Telefonats getötet worden war. »Ja. Du kannst auch Cola trinken, wenn du magst.« Sie sollte das sturmfreie Wochenende genauso genießen wie er.

Als sie unten waren, versuchte er, nicht in Richtung Waschküche zu schauen. Er wollte nicht an den armen Mosi in dem Erdhaufen denken. Schon wenn er die Tür zur Waschküche sah, hatte er dieses Bild sofort wieder vor Augen und sogar den ekeligen Geruch in der Nase. Und dann überkam ihn das furchtbare Gefühl, dass sich etwas Schlimmes zusammenbraute und er es nicht verhindern konnte. Als würde eine Prüfung bevorstehen und er konnte sich nicht zum Lernen aufraffen. Dann fühlte er sich, als ob er in einem Kajak auf einen Wasserfall zutrieb und gelähmt vor Angst nicht dagegen anpaddeln konnte. Er holte ein Glas und Cola für Árný und goss beinahe daneben, als es an der Tür klingelte.

Árný erschrak noch heftiger. Sie sprang zu ihm und krallte sich an seinem Arm fest. »Ist das der komische Mann?«

Ketill bemühte sich, cool zu bleiben. »Keine Ahnung.« Für den Fall, dass Árný recht hatte, verbot er ihr, ihm zu folgen. Der Nachbar durfte ihr nicht noch mehr Angst einjagen.

Doch Árný hörte nicht auf ihn und ging mit; sie hing förmlich an seinem Pulli. Er legte die Hand auf die Klinke und hoffte inständig, dass es nicht der Nachbar war, der von weiteren Leuten im Garten berichten wollte. Doch vor der Tür stand Lísa. Sie hatte nur ein T-Shirt an und im kalten Wind die Arme um sich geschlungen. »Hi.«

Ketill stand wie ein Idiot vor ihr und wiederholte ihren Gruß. »Hi.«

Lísa rieb sich bibbernd die Arme. Ketill überlegte, ob er sie reinbitten sollte oder ob das eine blöde Idee war. Sie kam ihm zuvor. »Darf ich reinkommen?«

Ketill wollte den Kopf gegen den Türrahmen schlagen. Was für ein Idiot war er bitte? »Ja. Klar. Sorry.« Er öffnete die Tür ganz und ließ Lísa ins Haus. Árný hing immer noch an ihm und zerrte jetzt energisch an seinem Pulli. Er befreite sich von seiner Schwester und ruckelte das Oberteil wieder zurecht. Die Kleine sah aus, als wollte sie ihm etwas zuflüstern, und er beugte sich zu ihr herunter.

»Ihre Eltern haben doch Mosi getötet. Sie soll nicht reinkommen.« Ketill lief rot an und brachte sie mit einem Zischen zum Schweigen, aber natürlich hatte Lísa in der engen Diele jedes Wort gehört. Árný baute sich vor Lísa auf. »Was willst du hier?«

Lísa bewahrte die Ruhe. »Meine Eltern sind zwar bescheuert, aber euren Hund haben sie nicht getötet. Ich habe mit ihnen gestritten. Bin rausgestürmt und habe nicht daran gedacht, wie kalt es ist.«

»Wann gehst du wieder?« Trotz der ehrlichen Antwort blieb Árný skeptisch.

»Bald.«

Ketill war frustriert. Er musste irgendetwas sagen, damit Lísa blieb. Ihm fiel nichts Besseres ein, als seine Einladung vom Freitag zu wiederholen. »Willst du Pizza? Ich bestelle welche.«

Lísa nahm das Angebot an. Dann standen die drei verlegen und schweigend im Schuhhaufen in der Diele, bis Lísa sich irritiert umsah und sagte: »Willst du etwa hier essen?«

Im Wohnzimmer meisterte Ketill souverän die Bestellung. Lísa hatte zwei Favoriten, konnte sich aber nicht entscheiden, also bestellte er kurzerhand beide Pizzen, dazu noch eine für ihn und eine für Árný. Seine Mutter hatte kein Limit gesetzt, wie viel er bestellen durfte, nur wie oft. Er nahm gerne einen Anschiss in Kauf, wenn er jetzt vor Lísa gut aussah.

Als es Zeit war, die Pizza abzuholen, wollte Árný nicht bei Lísa bleiben und Lísa nicht alleine in dem fremden Haus warten. Ketill war erleichtert, denn er wollte auf keinen Fall, dass sie durchs Haus lief und sein chaotisches Zimmer sah. Also gab er Lísa eine Jacke von seiner Mutter, und sie machten sich zu dritt auf den Weg. Ketill hatte noch nie über den Kleidungsstil seiner Mutter nachgedacht, doch in diesem Moment wünschte er sich, sie würde ein wenig mehr Wert auf Mode legen. Lísa aber verzog keine Miene, als sie das abgetragene Teil entgegennahm, wegen der Jacke musste er sich also vermutlich keinen Kopf machen.

Árný wollte partout nicht neben Lísa laufen, daher fand sich Ketill zwischen den beiden wieder, geradezu eingequetscht, da der Gehweg so schmal war. So nah, wie er Lísa jetzt war, fiel es ihm noch schwerer, ein Gespräch in Gang zu halten. Das Thema Schule war zu boring, er hatte keine Ahnung, für was sie sich außer Fußball interessierte, und von Fußball verstand er nichts. Das einzige Thema, das ihm sonst noch einfiel, war die Situation in ihrer Straße, aber das war keine Option, wegen Árný. Er konnte Lísa noch nicht einmal sagen, dass er noch auf seine Aufnahme in die Facebook-Gruppe wartete, denn auch da befürchtete er, dass sie irgendetwas erzählen könnte, das Árný Angst machte.

Ein PKW bog in die Straße ein und hielt in einer Einfahrt. Hlífs Mutter, deren Namen er sich nicht merkten konnte, stieg aus. Sie ging zur Beifahrertür und öffnete sie. Ketill hätte dem keine weitere Beachtung geschenkt, doch Lísa neben ihm wirkte gestresst und stieß ein leises »Fuck« aus.

»Was ist fuck?« Árný sah sich um.

»Nichts.« Lísa starrte stur geradeaus und beschleunigte ihren Schritt. Trotzdem entdeckte die Frau sie. Sie wollte gerade jemandem aus dem Wagen helfen, doch als sie Lísa sah, ließ sie die Person sitzen und kam hinter dem Auto hervor. Zu diesem Zeitpunkt befanden sie sich auf derselben Höhe auf dem gegenüberliegenden Gehweg und hörten deutlich, was sie rief. Auch ihr kleiner Hund machte auf dem Rücksitz Theater, als hätte er einen Tiger entdeckt.

»Bist du stolz auf deine Eltern? Willst du nicht rüberkommen und Hlíf Hallo sagen? Dir anschauen, was ihr mit ihr gemacht habt?« Zuerst klang die Frau noch relativ normal, doch zum Ende hin schrie sie beinahe und ihre Worte waren so hasserfüllt, dass sie wie Hagelkörner einschlugen.

Lísa lief rot an, doch sie ging einfach weiter, sah nicht zu der Frau hinüber und tat so, als wäre nicht sie gemeint. Auch wenn weit und breit niemand anderes zu sehen war.

Árný umfasste Ketills Hand noch fester. »Wieso ist sie so wütend?«

Ketill antwortete nach bestem Wissen: »Ihr Mann ist verschwunden, Árný. Vor Langem. Niemand kann etwas dafür, aber ich glaube, deshalb ist sie so komisch.«

Mit zusammengebissenen Zähnen ergänzte Lísa: »Die ist einfach verrückt. Tu so, als ob du sie nicht hören würdest. Sie hasst meine Eltern.«

»Haben die auch ihren Hund getötet? Hatte sie mal zwei?« Árný verrenkte sich fast den Hals, um die Frau noch länger zu sehen.

»Nein. Sie haben nichts getan. Die ist einfach durchgeknallt.« Lísa schlang die Jacke enger um sich und blickte starr geradeaus.

Die Frau versuchte noch einmal, sich bemerkbar zu machen. Sie schrie richtig, weil auch ihr Hund lauter kläffte. »Du Flasche! Und ich dachte, Fußballstars wären Helden! Keine Feiglinge!« Sie war noch nicht fertig: »Schönen Gruß an deine Eltern! Verdammtes Pack!«

Ketill hatte genug. Er blieb stehen und drehte sich zu der Frau um. Hinter ihr war die Beifahrerin ausgestiegen, ihre Tochter Hlíf. Das Mädchen gab ein trauriges Bild ab, ganz anders, als Ketill sie in Erinnerung hatte, obwohl sie dasselbe Trikot trug wie immer. Sie hielt den Kopf gesenkt und ihre Arme hingen wie gelähmt an den runden Schultern. Eigentlich hatte Ketill ihrer Mutter zurufen wollen, dass es genug sei, stattdessen sagte er jetzt: »Ihre Tochter ist ausgestiegen!« Das wirkte. Die Frau drehte sich sofort um und eilte zu ihrem Mädchen. Auch der Hund verstummte.

Selbst Árný war klug genug, den restlichen Weg nicht mehr davon zu reden.

—

Nach dem Essen konnte Ketill endlich richtig mit Lísa sprechen. Sie hatten nur einen Bruchteil der Pizza geschafft, und es war auch nicht so gut angekommen wie erhofft, dass er zwei Pizzen für Lísa bestellt hatte. Sie hatte das Gesicht verzogen, als ihr klar wurde, dass sie die doppelte Portion essen sollte. Ihre zweite Pizza war noch unangetastet, denn auch Árný und er hatten eigentlich gar keinen richtigen Hunger. Während des Essens hatte Lísas Handy ununterbrochen geklingelt, bis sie es schließlich ausgeschaltet hatte. Er hatte nicht nachgefragt, wer da so dringend mit ihr sprechen wollte, und so getan, als wäre es ganz normal, dass man nicht ranging, wenn es einem gerade nicht passte. Vermutlich waren es ihre Eltern.

Sie saßen im Wohnzimmer. Ketill hatte schnell alle Vorhänge aufgezogen, damit Lísa nicht bemerkte, dass ihm der Blick nach draußen Angst gemacht hatte. Für Árný hatte er einen Film angemacht und ihr Kopfhörer aufgesetzt. So hörte sie nichts, was ihr noch Angst einjagte, und er konnte sich ganz auf Lísa konzentrieren. Er nahm allen Mut zusammen und sprach Lísa auf Hlífs Mutter an. Lísa hatte keine große Lust, darüber zu reden, aber da es kein anderes Gesprächsthema gab, ließ sie sich darauf ein und erzählte ziemlich detailliert von den anonymen Briefen in der Straße. Aufgrund eines dieser Briefe war Hlíf aus der Fußballmannschaft ausgeschlossen worden und hatte so den Boden unter den Füßen verloren.

Um sich bei Lísa einzuschmeicheln, sagte Ketill in regelmäßigen Abständen etwas wie: »So 'n Mist« oder »Krass, das haben die sich doch nur ausgedacht«. Komischerweise hielt Lísa dann jedes Mal nachdenklich inne. Daher schwieg er lieber wieder. Schließlich sagte Lísa, sie glaube, dass die Frau die Wahrheit sage. Den Brief habe es wirklich gegeben, aber das heiße nicht, dass ihre Eltern dahintersteckten. Die Eltern der anderen Spielerinnen könnten es genauso gewesen sein. Bei wichtigen Spielen wollte niemand Hlíf in der Mannschaft haben. Beim Training war es egal, aber eben nicht, wenn es drauf ankam.

»Ich bin nicht in die Facebook-Gruppe reingekommen«, sagte Ketill schnell, als Lísa ihr Handy einschaltete, denn er deutete es als Zeichen dafür, dass sie sich langweilte. Wenn er nichts unternahm, würde sie aufstehen und sich verabschieden. »Ich hab es versucht, aber meine Anfrage wurde noch nicht bestätigt.«

»Aha.« Es schien Lísa ziemlich egal zu sein.

»Ich konnte die Beiträge also nicht lesen. Was du mir ja vorgeschlagen hattest.«

Lísa blickte von ihrem Handy auf. »Ist vielleicht auch gut so. Ich hätte dir nicht raten sollen, da reinzugehen. Jetzt, da ihr umzieht, ist es auch egal.« Sie guckte wieder auf ihr Handy. »Jedenfalls will ich diese Straße und ihre Bewohner sofort vergessen, sobald wir weg sind.«

Das war nicht, was er hören wollte, und er wartete eine Weile darauf, dass sie hinzufügte: *Außer dich, natürlich.* Doch er wartete vergebens. Stattdessen beugte sie sich wieder über ihr Handy und verkündete nach einer Weile: »Ich hab dich reingelassen. An deiner Stelle würde ich es nicht lesen. Deine Entscheidung.«

Das war, wie wenn man etwas entdeckte und dann sagte: *Oh, wow, echt schlimm – aber nicht hingucken!* Gerade dann wollten alle es sehen. »Ich schaue mal.«

Lísa steckte ihr Handy ein. »Okay. Aber du weißt, dass da lauter schlimme Dinge über deine Eltern drinstehen. Über meine natürlich auch.«

»Sicher nichts, was ich nicht schon gehört hätte.«

Lísa verzog das Gesicht, als wäre sie unschlüssig, ob sie etwas sagen oder den Mund halten sollte. Dann gab sie sich einen Ruck. »Da bin ich mir nicht sicher.«

»Ach ja?« Doch das reichte nicht, um sie zum Reden zu bringen; Ketill musste sie regelrecht drängen. Als sie endlich mit der Sprache herausrückte, traute Ketill seinen Ohren nicht.

»Da steht was über deinen Vater. Und das abgebrannte Haus. Sicher nur dummes Gerede.« Sie stand auf. »Lies es besser nicht.«

Die darauffolgende Stille war so leise, dass Ketill das Gebrabbel der Zeichentrickfiguren aus Árnýs Kopfhörern hörte. Und er war zu perplex, um Lísas Aufbruch zu verhindern. Er dachte nicht daran, ihr mehr Cola anzubieten oder vorzuschlagen, dass sie einen Film schauen könnten. Stattdessen fragte er nur, ob sie noch mal die Jacke seiner Mutter ausleihen wolle. Er könne auch nachsehen, ob er etwas Besseres finde. Sie lehnte dankend ab. Sie gehe jetzt nach Hause, nur das kurze Stück, und sie wolle ihren Eltern nicht erklären, warum sie sich eine Jacke vom Feind geliehen habe. Da habe sie keine Lust drauf.

Dann verschwand sie in die Dunkelheit und ließ Ketill mit Gänsehaut an den Armen zurück. Er wusste nicht, ob sie von der Kälte draußen rührte oder von dem, was Lísa über seinen Vater gesagt hatte.

Er schloss die Tür und zog alle Vorhänge wieder zu. Dann setzte er sich zu Árný und ging auf Facebook.

17. KAPITEL – MONTAG

In der Messe herrschte eine seltsame Stille. Die Mannschaft war schweigsam und saß ungewöhnlich ruhig beim Frühstück. Niemand hatte es eilig, in den neuen Arbeitstag zu starten und herauszufinden, ob das Unglück sie auch weiterhin verfolgte. Und niemand sagte etwas zu dem Feuerlöscher, den Gunndís mitten in den Raum gestellt hatte.

Sie hatte ihn aus der Kajüte mit nach oben genommen und festgestellt, dass es sich tatsächlich um den Feuerlöscher handelte, der nachts in der Kombüse herumgerollt war. Denn dort war jetzt keiner mehr. Dass jemand das schwere Teil in ihre Kajüte geschleppt hatte, bestätigte ihren Verdacht. Der Feuerlöscher war eine gezielte Stichelei gegen sie. Als Tochter eines Mannes, der ein ganzes Schiff abgefackelt hatte, sollte sie besser immer einen Feuerlöscher bei sich haben – so in der Art. Zu allem Ärger war auch das Messer nicht wieder aufgetaucht. Nicht im Aufenthaltsraum, nicht im Trockenraum, nicht in der Messe und nicht in der Kombüse. Als fast alle beim Frühstück saßen, hatte Gunndís sich in die Kombüsentür gestellt und in die Runde gefragt, ob jemand das Messer genommen habe. Natürlich meldete sich niemand. Schulterzucken, Kopfschütteln. Da alle ihren Blick mieden, war es schwer, aus den Gesichtern zu lesen. Zwei taten so, als ob sie nichts gehört hätten, und aßen einfach weiter.

Inzwischen kannte Gunndís fast alle an Bord mit Namen. Die beiden, die auf ihre Frage nicht reagierten, waren Steuermann Ómar und ein Matrose namens Geir. Ausgerechnet. Abgesehen von einem Maschinisten namens Elli und dem jungen Matrosen Logi war niemand besonders nett zu ihr gewesen, doch Ómar und Geir stand die Abscheu von Anfang an ins Gesicht geschrieben. Wenn sie raten müsste, würde sie darauf tippen, dass einer der beiden hinter der Sache mit dem Feuerlöscher steckte. Aber solange es sich nicht beweisen ließ, konnte sie niemanden beschuldigen. Beim viel zu kräftigen Zähneputzen an diesem Morgen hatte sie allerdings beschlossen, dass sie der Person einen Denkzettel verpassen würde, sobald sie sich wirklich sicher wäre. Auch wenn andere es mitbekämen. Dass sie sich selbst treu blieb, war wichtiger, als vor anderen einen guten Eindruck zu machen.

Sie hatte an diesem Morgen noch einen weiteren Entschluss gefasst: Sie würde den Koch anrufen, den sie vertrat, und ihn fragen, woher er das Buch hatte. Scheiß drauf, dass er mit seiner Frau im Ausland war. Da sie nicht wusste, ob er nach Osten oder Westen gereist war und sie ihn nicht wecken wollte, würde sie noch eine Weile abwarten, ehe sie anrief. Hoffentlich erreichte sie ihn. Irgendwann musste doch auch sie mal Glück haben. Vielleicht traute sie sich dann auch, ihn auf Elínborg Atladóttir anzusprechen, die Frau, die am selben Tag gestorben war wie ihr Vater.

Je länger Gunndís darüber nachdachte, umso überzeugter war sie, dass das Datum kein Zufall sein konnte. Vielleicht war sie die Ehefrau oder Verwandte einer Person, die mit dem Schiff verunglückt war, und hatte beim Autofahren einen Herzinfarkt erlitten, als sie im Radio von dem Schiffsunglück erfuhr. Oder etwas in der Art. Dann hatte das Schiffsunglück den Unfall verursacht, bei dem sie laut Nachruf gestorben war. Möglicherweise war sie die Mutter von einem der Männer an Bord, auch wenn in dem Artikel keine Kinder erwähnt wurden. In dem Fall konnte es gut sein, dass diese Person meinte, eine offene Rechnung mit Gunndís zu haben, weil ihr Vater damals für den Brand an Bord verantwortlich gemacht worden war. Dann hätte diese Person sogar beide Elternteile durch das Unglück verloren. Das war zwar eine ziemlich weit hergeholte Theorie. Aber denkbar war alles.

»Danke fürs Essen.«

Gunndís blickte von der Spüle auf. Logi brachte seinen Teller in die Kombüse, während die anderen ihr Geschirr einfach wortlos abgestellt hatten. »Gern. Ich hoffe, es hat geschmeckt.« Sie war kurz davor, ihn nach seinem Alter zu fragen. Er war jünger als sie, aber konnte zum Zeitpunkt des Schiffsunglücks durchaus schon auf der Welt gewesen sein. Vielleicht war er der Sohn von Elínborg Atladóttir oder von einem der verunglückten Matrosen. Das konnte auf mehrere Crewmitglieder zutreffen. »Eine Frage: Leben deine Eltern noch?«

Falls Logi sich über die Frage wunderte, ließ er sich nichts anmerken. »Ja. Beide leben noch.« Er warf einen Blick über die Schulter in den Speiseraum. »Soll ich den Feuerlöscher wieder aufhängen?«

Der junge Matrose war nicht dumm. Es wäre naheliegend gewesen, die Frage an sie zurückzugeben. Dass er das Thema gewechselt hatte, sagte ihr, dass er die Antwort kannte. Wahrscheinlich wussten alle an Bord, wessen Tochter sie war. »Ich habe nichts mit diesem Feuerlöscher zu tun. Irgendwer hat ihn in die Küche gestellt, und ich hatte gehofft, dass derjenige ihn wieder wegbringt.«

»Ach so …« Logi sah sie an. »Die Männer sind nicht gut drauf. Vielleicht hat er es gar nicht mitgekriegt. Und es haben ja auch noch nicht alle gefrühstückt.« Er stellte seinen Teller auf den Stahltisch neben der Spülmaschine. »Soll ich mich nicht einfach kurz darum kümmern? Hróbjartur wird ärgerlich werden, wenn er ihn da stehen sieht.«

Gunndís hätte nichts dagegen, dass Hróbjartur sich aufregte. Dann würde er die Männer zur Rede stellen und herausfinden, wer sich diesen schlechten Scherz erlaubt hatte. Ihr selbst würde das nicht gelingen. Aber weil Logi so nett war, konnte sie sein Angebot nicht ausschlagen. Wenn es einen Eklat deswegen gab, würde man vermutlich ihr die Schuld in die Schuhe schieben und die ganze Situation würde nur noch schlimmer werden. Doch es blieb dabei, sie wollte unbedingt herausfinden, wer dahintersteckte. »Warte kurz. Ich frage wenigstens diejenigen, die noch beim Essen sitzen, ob sie den Feuerlöscher von seinem Platz entfernt haben. Dann musst du nicht so lange suchen, wo er hingehört.«

Bevor Logi protestieren konnte, trat Gunndís in die Türöffnung. Laut und deutlich fragte sie die wenigen Essenden, ob sie den Feuerlöscher in die Küche gebracht hätten. Die Männer blickten gelangweilt auf, niemand outete sich. Nur der älteste Matrose, Olgeir, aß nicht gleich weiter. Er sah sie an, dann stand er auf und kam in die Küche. Als er Logi sah, herrschte er ihn an, er solle den Feuerlöscher zurück an seinen Platz bringen, und tat so, als hörte er es nicht, als der junge Mann sich verteidigte und sagte, genau das habe er vorgehabt. Dann stellte Olgeir seinen Teller ab, doch anstatt die Kombüse zu verlassen, stützte er sich auf die Arbeitsplatte und sah Gunndís an. »Alles in Ordnung?«

»Klar.« Ihre Antwort klang scharf; besser hätte sie einfach die Wahrheit gesagt. Es war überhaupt nichts in Ordnung.

»Ah ja.« Olgeir durchschaute sie natürlich. »Du wirkst aber ziemlich wütend.«

Gunndís atmete tief durch die Nase. »Nein. Ich bin nur müde.« Als er keine Anstalten machte zu gehen, fiel ihr ein, dass er ihr vielleicht helfen konnte. »Du kennst nicht zufällig die Nummer des fest angestellten Kochs?«

»Doch. Die müsste ich haben.« Er nahm sein Handy und guckte auf das Display. »Worum geht es?«

Gunndís sagte, dass der Ofen ihr Probleme bereite und er ihr vielleicht helfen könne. Olgeir schien es ihr abzukaufen. Nachdem sie die Nummer notiert hatte, beschloss sie, noch eine weitere Frage zu riskieren. Wenn Olgeir den Koch so gut kannte, dass er seine Nummer besaß, hatte er vielleicht auch Antworten auf andere Fragen, die an ihr nagten. »Weißt du, welche Verbindung er zu einer Frau namens Elínborg hatte? Elínborg Atladóttir. Sie ist vor vielen Jahren gestorben.«

Olgeir starrte sie mit einer Mischung aus Mitleid und Verwunderung an. »Du hast wirklich keine Ahnung?« Bevor sie etwas dazu sagen konnte, fuhr er fort: »Mach du die Küche fertig. Ich bringe Hróbjartur das Frühstück auf die Brücke. Wenn du dich beeilst, kannst du ins Internet gehen, bevor wir das Netz auslegen. Lies, was dort über den Untergang der *Egill Ásbjörnsson* steht. Der Unfallbericht müsste da irgendwo zu finden sein.«

Gunndís war sprachlos. Sie hatte nicht gewusst, dass im Internet Berichte über Schiffsunglücke öffentlich zugänglich waren. Auf die Idee war sie nie gekommen. Sie hatte sich immer mit der Geschichte begnügt, mit der sie aufgewachsen war. Diese Version deckte sich mit der Berichterstattung zu dem Unglück, die sie damals mitbekommen hatte. Tiefer hatte sie nie geforscht, wollte die alten Wunden nicht wieder aufreißen. Wenn es Nachrichten über Unfälle auf See gab, sah sie weg. Aber jetzt war die Situation eine andere. In Rekordzeit räumte sie die Küche auf und ging ins Internet.

—

Die Bedingungen an Deck hätten noch schlimmer sein können, aber angenehm war es dennoch nicht. Ein scharfer Wind peitschte den mit Hagel gemischten Schneeregen auf die roten, brennenden Wangen. Der Niederschlag war so dicht, dass es wirkte, als ob jemand schwächere Birnen in das rote Licht am Mast geschraubt hätte, das anderen Schiffen signalisierte, dass sie hier fischten und sich den Bereich gesichert hatten.

Gunndís war die Einzige, die sich nicht beklagte, aber nicht, weil sie so zäh war. Sie hatte schlicht keine Kapazitäten, um nachzuspüren, wie es ihr körperlich ging. Alle Gedanken kreisten nur um den Unfallbericht, und sie fragte sich, ob sie etwas falsch verstanden hatte. Sie hatte ihn bisher nur überfliegen können, bis die laute Sirene den nächsten Fang angekündigt hatte. Daraufhin musste sie alles stehen und liegen lassen, in den Trockenraum laufen, sich umziehen, an Deck gehen und sich auf die Arbeit konzentrieren.

Von der Besatzung hatte sie gehört, dass Hróbjartur einen schönen Schwarm gefunden hatte. Groß, dicht und üppig. Die Männer waren guter Dinge, denn das Ringwadennetz war das ertragreichste Fanggerät der isländischen Flotte. Ein einziger erfolgreicher Fang könnte die Laderäume vollständig füllen. Nur Gunndís erledigte ihre Arbeit in dieser erwartungsvollen Stimmung mit ernstem Gesicht, während das Schiff den Schwarm langsam umkreiste und das Netz ausgelegt wurde. Eine doppelte Reihe gelber Korken hielt den oberen Rand an der Wasseroberfläche, während Blei im unteren Saum das Netz in die Tiefe zog, sodass der Schwarm komplett umschlossen wurde. Durch Ziehen an der Schnürleine schloss sich das Netz unten zu einem Beutel.

Anschließend wurde das Netz auch oben langsam geschlossen, indem das eine Ende zurück an Bord gezogen wurde. Eine Doppelreihe Schwimmer glitt neben Gunndís an der Bordwand entlang zurück zum Heck. Dort hob eine spezielle Vorrichtung das Netz hoch, sodass es entwirrt und der obere Rand mit dem Kork von dem unteren mit den Bleigewichten getrennt werden konnte. Währenddessen zog sich neben dem Schiff das Netz langsam zu. Die letzten gelben Schwimmer auf dem grauen Wasser leuchteten grell durch den Schneeregen. Je enger die obere Netzöffnung wurde, desto öfter tauchten die Schwimmer unter, was auf ein volles Netz schließen ließ, möglicherweise sogar bedenklich voll. Wenn zu viele Fische darin waren, bestand die Gefahr, dass sie auf der Suche nach einem Fluchtweg das Netz zerrissen. Sie hatten es mit mehreren hundert, wenn nicht sogar tausend Tonnen Fisch zu tun, die meist alle in dieselbe Richtung schwammen. Das Netz war zwar stark, aber nicht unzerstörbar. Als es auch noch den letzten Schwimmer in die Tiefe riss, stöhnten alle auf. Damit wuchs das Risiko, dass das Netz beschädigt wurde. Gunndís war die Einzige, die nichts empfand. Sie war mit anderen Dingen beschäftigt.

Der Bericht warf ein Licht auf die Frage, weshalb man ihren Vater für das Schiffsunglück verantwortlich machte. Als der Notruf einging, wurde nicht nur Feuer an Bord gemeldet, sondern auch ganz konkret, dass es in der Kombüse entstanden sei. Von dort aus habe es sich im Schiff ausgebreitet und eine Explosion im Maschinenraum verursacht. Das Schiff sinke, und ein Großteil der Mannschaft sei in den Kajüten gefangen. Gunndís musste die Augen schließen und ganz bewusst weiteratmen. Sie fühlte sich wie im freien Fall, als stürzte sie auf scharfkantige Felsen zu.

Warum hatte man ihr damals verdammt noch mal nicht die Wahrheit gesagt? Dabei war diese Frage noch vergleichsweise einfach zu beantworten. Sie war noch ein Kind gewesen, und es war schrecklich genug, dass sie ihren Vater verloren hatte. Da musste man ihr nicht auch noch erzählen, dass er den Tod der gesamten Crew verursacht hatte. Wenn sie ehrlich war, hätte sie selbst jetzt, als Erwachsene, lieber nichts davon gewusst.

Doch eine weitere Frage drängte sich auf. Das Feuer hatte sich um fünf Uhr morgens entzündet. Das Schiff war auf dem Weg zu den Färöer-Inseln gewesen, um Blaue Wittlinge zu fangen. Sie hatten noch einige Wegstrecke vor sich und hätten erst im Laufe des Tages einen ersten Fangversuch gemacht. Warum also sollte ihr Vater schon mitten in der Nacht gekocht haben? Die Antwort auf diese Frage fand sich nicht in dem Bericht. Da an der Rekonstruktion des Unglücks kein Schiffskoch beteiligt gewesen war, wurde sie gar nicht erst gestellt.

Das Netz war inzwischen bereit, die Saugpumpe wurde darübergeschwenkt und hineingesenkt. Wenig später glitten die ersten Lodden über die Rutschen in den Schiffsbauch, erst ein paar wenige, dann immer mehr, bis der Stahl unter den silbern glänzenden Tieren nicht mehr zu sehen war. Gunndís riss sich von dem beinahe hypnotisierenden Anblick los und machte sich an die Arbeit, griff willkürlich Fische zur Probe heraus, wie ein Roboter, denn all ihre Gedanken kreisten um den Unfallbericht.

Die Schilderung der Unglücksstelle war nicht das Schlimmste gewesen. Da dort alles Mögliche im Meer trieb, hatte man die Stelle schnell lokalisieren können. Diesen Abschnitt konnte Gunndís lesen, ohne dass gleich ihre Nerven versagten. Anders ging es ihr mit der Passage, in der dargelegt wurde, warum sich niemand von Bord hatte retten können. Mehr als ihr halbes Leben lang hatte sie versucht, alle Gedanken an den Todeskampf ihres Vaters zu verdrängen. Der Zweifel war ihr Halteseil gewesen, doch der Bericht machte jegliche Hoffnung zunichte. Ihr Vater war nicht im Schlaf an einer Rauchvergiftung gestorben. Er hatte es nicht von Bord geschafft, und war auch nicht im kalten Meer ertrunken und in die dunkle Tiefe gesunken. Keines von beidem war wünschenswert, aber hätte dennoch einen vergleichsweise friedlichen Tod bedeutet, im Gegensatz zu dem, was ihm dem Bericht zufolge tatsächlich widerfahren war.

Es hatte kein Rettungsboot im Wasser getrieben und keine einzige Schwimmweste war gefunden worden, daher ging man davon aus, dass niemand einen Versuch unternommen hatte, sich zu retten. Man ging davon aus, dass das Brandmeldesystem an Bord versagt hatte und die schlafende Mannschaft erst viel zu spät von dem Feuer erfuhr. Außerdem hieß es, dass die drei Männer, die vermutlich auf den Beinen gewesen waren, zwei Mann auf der Brücke und der Schiffskoch, runter in den Schiffsrumpf geeilt waren, um die Schlafenden zu retten. Doch dieser Versuch war gescheitert. Die Männer waren im Schiffsbauch verbrannt, an einer Rauchvergiftung gestorben oder lebendig mit dem Schiff untergegangen. Als Gunndís sich die letzten Minuten dieser Menschen vorstellte, breitete sich Panik in ihr aus.

Diesmal halfen ihr nicht die bewährten Atemübungen darüber hinweg, sondern der nächste Abschnitt des Berichts: eine Auflistung der verunglückten Personen und ihrer Funktion an Bord.

Als Kind hatte sie sich an dem Traum festgekrallt, dass ihr Vater nicht gestorben war, sondern noch lebte. Es hatte keine Beerdigung gegeben, und in ihrer kindlichen Logik fehlte damit der Beweis, dass er wirklich tot war. Anfangs hatte sie gehofft, dass er sich ein Floß gebaut oder es in ein Rettungsboot geschafft hatte und an ein fremdes Ufer getrieben war. So weit weg, dass die Heimreise viele, viele Jahre dauerte. In diesen einfältigen Tagträumen ihrer Kindheit war er nicht ins nächste Flugzeug gestiegen, weil er kein Geld hatte. Außerdem beherrschte er die Sprache jenes fernen Landes nicht und konnte den Einheimischen nicht erklären, wer er war und wohin er wollte. Als sie älter wurde, hatte sich die Geschichte gewandelt, auf eine Weise, die es ihr ermöglichte, weiterhin daran zu glauben. Aus dem fernen Ufer war eine einsame Insel geworden. Als Koch konnte sich ihr Papa von Muscheln und Kokosnüssen ernähren, bis ein Schiff vorbeikommen und ihn retten würde. Und dann würde er nach Hause kommen.

Daran glaubte sie natürlich schon lange nicht mehr. Ihr Vater war tot und würde nicht ausgemergelt, braungebrannt und bärtig nach einem langen Aufenthalt auf einer einsamen Insel zurückkehren. Daher würde sie auch nicht zusammenbrechen, wenn sie seinen Namen auf der Liste sah, auch wenn es natürlich schmerzhaft sein würde. Gunndís überflog die Namen und ließ beinahe ihr Handy fallen, als sie zum Ende kam.

Ihr Vater wurde als Vorletzter genannt.

Áskell Reynisson, 38 Jahre, Schiffskoch.

Darunter stand ein weiterer Name:

Elínborg Atladóttir, 39 Jahre, Passagierin.

Dahinter stand in Klammern:

Begleitung von Áskell Reynisson.

18. KAPITEL – MONTAG

Ketill sah auf seine Handyuhr. Die Zeit schien stillzustehen. Nicht zum ersten Mal stemmte sie gerade dann die Füße in den Boden, wenn Ketill wollte, dass sie schnell verging. Das passierte jeden Tag in der Schule. Und wenn er sich wünschte, dass die Zeit langsamer vergehen sollte, rasten die Minuten wie Sekunden vorbei. Wie gestern Abend, als Lísa zu Besuch gewesen war. Seine Theorie lautete, dass er die Zeit sehr wohl beeinflussen konnte, nur machte sie immer genau das Gegenteil von dem, was er sich wünschte. Demnach hätte er sich jetzt wünschen müssen, dass es noch möglichst lange dauerte, bis er Árný abholen musste. Dann wäre es jetzt sicher schon drei Uhr. Er fand es schlimm allein zu Hause, obwohl er sich eigentlich auf die sturmfreien Tage gefreut hatte, an denen er tun und lassen konnte, was ihm gefiel. Schule schwänzen. Computer spielen. YouTube gucken. Pennen. Limo zum Frühstück und Cornflakes als Mittagessen. Das Fernsehprogramm aussuchen und die Lautstärke voll aufdrehen.

Nichts davon hatte ihm Freude gemacht. Nachdem er Árný am Morgen zur Schule gebracht hatte, war ihm die ganze Zeit unangenehm bewusst gewesen, dass er allein im Haus war. Eigentlich hatte er sich noch mal hinlegen wollen, nachdem er viel früher aufgestanden war, als es ihm lieb gewesen wäre. Als klar war, dass Árný trotzdem zu spät zur ersten Schulstunde kommen würde, hatte sie ihm richtig Stress gemacht und er hatte sie auch nicht mit der Beteuerung beruhigen können, dass es in der Grundschule nicht so wichtig sei, immer pünktlich zu erscheinen. Da sie den Stoff nicht in Lichtgeschwindigkeit durchgingen, würde sie kaum etwas verpassen. Aber das war kein Trost für sie gewesen. Den kurzen Weg zur Schule war sie mit Tränen in den Augen gelaufen. Ketill fand es erstaunlich, wie verschieden sie waren. Während seiner gesamten Schulzeit war es Ketill nie in den Sinn gekommen, eine Träne darüber zu vergießen, dass er zu spät kam.

Der Stress am Morgen hatte dem Tag seinen Stempel aufgedrückt. Ketill war die ganze Zeit über angespannt und überlegte ständig, ob draußen jemand herumlungerte, der ihm Böses wollte. Die Vorhänge waren zwar zugezogen, doch das hielt ihn nicht davon ab, sich vorzustellen, wer möglicherweise dahinter lauerte. Nachzusehen traute er sich nicht. Die Vernunft hatte da nicht viel zu melden. Auch wenn er sich immer wieder sagte, dass er sich die Geräusche, die er zu hören glaubte, nur einbildete, genau wie den Geruch von Mosis Kadaver, den er noch immer in der Nase hatte. Draußen war niemand, und die Polizei hatte Mosi mitgenommen. Vermutlich wartete er immer noch in dem Karton, in dem die Christbaumkugeln gelegen hatten, von denen jetzt nicht viel mehr als Scherben übrig waren. Denn die Polizisten hatten klar durchblicken lassen, dass die Untersuchung des Hundes im Moment nicht gerade das Wichtigste für sie war.

Wieder sah Ketill auf die Uhr. Eine Minute war vergangen. Er überlegte, ob er es noch einmal bei seinem Vater versuchen sollte, aber der war bestimmt beschäftigt und würde auch jetzt nicht rangehen. Generell telefonierte er nicht gern, insbesondere nicht auf See. Und schon gar nicht, wenn er erfuhr, worüber Ketill mit ihm sprechen wollte. Das musste warten, bis er zurückkam. Obwohl er sich kein bisschen für die Arbeit seines Vaters interessierte, wusste Ketill, dass die Loddenfahrten kurz waren. Und sich lohnten. Daher würde er nicht lange warten müssen und sein Vater wäre dann sicher sehr viel besser gelaunt.

Es gab natürlich noch eine andere Möglichkeit. Er könnte seine Mutter anrufen. Sie hatte zwar gesagt, dass sie erst nach dem Seminar ab fünf Uhr telefonieren konnte, aber vielleicht ging sie trotzdem ran, obwohl es erst zwei war. Womöglich rief er ja wegen etwas Ernstem an. Vielleicht hatte er in eine Steckdose gefasst und sich verletzt, falls das physikalisch überhaupt möglich war. Árný konnte krank geworden sein. Oder die Nachbarn hatten das Haus mit Eiern beworfen. Ein Auto war außer Kontrolle geraten und durch den Zaun gerast. Ein Wasserrohr in der Wand war geplatzt. Ein Klo übergelaufen. Es gab unzählige Möglichkeiten.

Aber seine Fragen würde sie nicht beantworten. Sie würde tun, was sie immer tat, wenn ihr etwas nicht passte. Dabei musste er unbedingt wissen, warum ihm niemand gesagt hatte, dass sein Vater und der Mann, der bei dem Hausbrand sein Leben verloren hatte, Freunde gewesen waren. Und warum er nicht wusste, dass sein Vater bis spät in die Nacht bei der Familie zu Besuch gewesen war, kurz bevor das Haus in Flammen aufging. Ganz zu schweigen davon, dass die Polizei ihn in Verdacht hatte, etwas mit dem Brand zu tun zu haben. Wenn an dem Gerede in der Facebook-Gruppe denn etwas dran war. Seine Mutter würde einfach nur sagen: *Bitte? Natürlich haben wir dir das gesagt. Du hast es sicher bloß vergessen.* Oder: *So ein Quatsch. Die kannten sich kaum.* Und dann würde sie ihn anmeckern, weil er sie gestört hatte. So ein Gespräch würde Ketill kein bisschen weiterhelfen, vermutlich müsste er dann selbst noch tausend Fragen über sich ergehen lassen, zum Beispiel, ob alles für den Fotografen bereit sei.

Der Facebook-Post und die darauffolgende Diskussion, in der Ketill auf die Verbindung zwischen seinem Vater und dem Hausbrand gestoßen war, hatten harmlos begonnen. Ein Anwohner, der neu in die Straße gezogen war, wollte wissen, ob es nicht an der Zeit sei, die Brandruine zu entfernen. Diesen unschönen Anblick wolle doch niemand ständig vor Augen haben. Der Mann wohnte direkt gegenüber und litt unter dem Blick aus dem Wohnzimmerfenster. Darauf antworteten einige sofort, die Witwe stehe dem Abriss im Wege, die Gemeinde kümmere sich bereits darum. Der Mann fragte zurück, warum die Frau sich denn gegen den Abriss sträube – und trat damit eine Lawine los. Als Ketill nachsah, wer alles Mitglied in der Gruppe war, erklärte sich, warum die Leute so frei von der Leber weg schrieben. Seine Eltern waren nicht dabei. Auch Lísas Eltern fand er nicht in der Namensliste. Wahrscheinlich waren alle vier irgendwann rausgeworfen und ihre Posts gelöscht worden. Sicher hatten sie auch diesen Kanal genutzt, um sich gegenseitig durch den Dreck zu ziehen.

Nur zwei Personen hatten versucht, Ketills Vater zu verteidigen. Sie schrieben, die Behörden hätten den Brand untersucht und keine Verbindung zu Ketills Vater herstellen können. Man dürfe niemandem etwas unterstellen. Doch davon ließen sich die anderen nicht abhalten. Manche forderten sogar, die Stadt solle – noch vor den Brandruinen – Ketills Eltern aus der

Straße entfernen. An dieser Stelle war Hlífs Mutter auf den Kampfplatz gestürmt und hatte erklärt, dass auch Lísas Eltern wegmüssten. Darauf war die Diskussion völlig zerfasert und ohne klares Ergebnis im Sande verlaufen. Im Grunde wusste niemand etwas. Es gab keine Fakten, nur Spekulationen. Was war schon dabei, dass Ketills Vater und der verstorbene Mann Freunde gewesen waren? Das war doch eigentlich ein gutes Zeichen, denn seit wann steckten Freunde gegenseitig ihre Häuser in Brand? Zumal mehrere andere im Chat sich ebenfalls als Freunde oder Bekannte des Mannes bezeichneten. Er war Klempner gewesen und schien bei mehr oder weniger allen Anwohnern der Straße im Einsatz gewesen zu sein. Aber nur bei Ketills Vater wurde die Bekanntschaft mit ihm als verdächtig eingestuft.

Und wieso sollte es verdächtig sein, dass sein Vater am Abend des Brandes bei ihm zu Besuch gewesen war? Was glaubten denn die Leute? Dass sein Vater mit Feuerzeugbenzin, Streichhölzern und Brennholz im Rucksack dort aufgekreuzt war? Und dann aufs Klo verschwunden war, Feuer gelegt und sich verabschiedet hatte? Einfach bescheuert. Sein Vater war niemand, den alle mochten und der überall gute Laune verbreitete, aber er zündete keine Häuser an. Das konnte er sich beim besten Willen nicht vorstellen.

Dennoch hinterließ der Chat einen bitteren Nachgeschmack.

Ketill unterdrückte den Drang, schon wieder aufs Handy zu gucken. Er nahm es in die Hand, aber schaute nicht drauf, ihm war auch so klar, dass die Zeit nicht wie durch ein Wunder plötzlich eine ganze Stunde weitergesprungen war. Und es wäre auch keine gute Idee, dass er sich in die Diskussion einmischte und diese Leute beschimpfte. Für einen Moment würde er sich vielleicht besser fühlen, es hinterher aber bereuen. Er ging hier jeden Tag entlang und müsste dann ständig damit rechnen, einem dieser Leute in die Arme zu laufen. Da fiel er besser nur gedanklich über sie her. Das lenkte ihn auch davon ab, dass er allein zu Hause war. Und davon, wie leicht man selbst bei verschlossenen Türen und Fenstern ins Haus kam. Normales Fensterglas hielt keiner Atombombe stand. Ein fester Schlag und die Scheibe war kaputt. Wer rein wollte, kam rein.

Ein Anruf zerriss die Stille, und Ketill ließ beinahe das Handy fallen. Er guckte auf den Bildschirm und sah zweierlei: Die Zeit schlich immer noch – und seine Mutter rief an. Ausnahmsweise stöhnte er nicht auf, als er ihren Namen auf dem Display sah. Sie würde zwar keine seiner Fragen zufriedenstellend beantworten, aber es war besser, mit jemandem zu reden, als sich mit blöden Gedanken herumzuschlagen und sich selbst Angst einzujagen. Vielleicht konnte er ja so das Gefühl loswerden, dass irgendetwas Schreckliches bevorstand, wovon er inzwischen felsenfest überzeugt war. Er wusste nur nicht, wann es geschehen würde. Das war im Grunde das Schlimmste.

Seine Mutter kam sofort zur Sache, ohne ein Hi oder Hallo: »Wie läuft's?«

»Ganz gut.« Er würde nicht zugeben, dass er im Wohnzimmer saß und auf zugezogene Fenster starrte.

»War Árný pünktlich in der Schule?«

»Ja.«

»Gut. Ich hatte vergessen, dir zu sagen, dass wir beim nächsten Zuspätkommen zum Elterngespräch müssen.«

Blöd gelaufen, aber es brachte auch nichts, wenn er es jetzt richtigstellte. Er würde trotzdem einen Anschiss kriegen, wenn die Schule sich bei seinen Eltern meldete. Das Gemecker vorweg konnte er sich also sparen. Er ließ seine Mutter weiterreden. »Hör mal. Ich kann nicht lange reden. Nur eins noch: In welchem Zustand ist das Haus?«

Ketill sah sich um. Es war das reinste Chaos, alles zugemüllt. Kein ekeliger Müll, weswegen man putzen müsste, aber trotzdem. Die Pizzakartons vom Vorabend lagen noch auf dem Couchtisch, überall standen Gläser mit Getränkeresten, und das Sofa war voller Krümel. Die Decke, die seine Mutter immer ordentlich gefaltet über die Sofalehne hängte, lag auf dem Boden, und auch der war vollgekrümelt. Daneben dreckige Socken von beiden Geschwistern. Und sie hatten ihr Bettzeug nach unten gebracht und zusammen im Wohnzimmer geschlafen. Falls etwas passierte, wollte er Árný in der Nähe haben. Außerdem fühlte er sich im Erdgeschoss sicherer, nachdem er von dem Hausbrand gelesen hatte. Davon hatte er Árný natürlich nichts gesagt, sondern einfach behauptet, er wolle sie zu einer Übernachtungsparty im Wohnzimmer einladen. Sie könnten vor dem Fernseher einschlafen.

Sie war sofort eingeschlafen. Er hingegen hatte wach gelegen und sich zwei Filme hintereinander reingezogen, die ihn eigentlich gar nicht interessiert hatten und auf die er sich kaum konzentrieren konnte. Irgendwann musste er dann doch eingeschlafen sein, und dummerweise hatten sie am Morgen beide den Wecker nicht gehört. Kaum war er aufgewacht, waren die Sorgen wieder da gewesen. All die schlimmen Gedanken, die immer zu Mosi und der Brandruine führten.

Am Telefon wiederholte seine Mutter ihre Frage: »Ketill? Hallo! Ist das Haus sauber und aufgeräumt?«

»Doch, doch, alles sauber und aufgeräumt. Ungefähr so wie bei deiner Abreise.« Diese Lüge würde nie herauskommen, anders als die Sache mit Árnýs Zuspätkommen. Bevor seine Eltern nach Hause kämen, würde er Ordnung machen.

»Super. Die Immobilienmaklerin hat nämlich angerufen. Sie will jemandem das Haus zeigen. Es gibt schon Interessenten, bevor das Haus überhaupt annonciert ist. Das ist toll. Sie kommen heute. Wann genau, wusste sie noch nicht, aber ist ja auch egal. Sie hat einen Schlüssel, falls niemand zu Hause sein sollte.«

Ketill schreckte auf, als ob ihm jemand einen Stromschlag verpasst hätte. »Das heißt, sie könnte auch jetzt gleich schon vor der Tür stehen?«

»Ja. Könnte sein. Was? Bist du etwa noch nicht angezogen? Dann mach das jetzt schnell. Und hol Árný nicht zu spät ab. Das mögen die im Hort nicht.«

Er verschwendete keine Zeit daran, ihr zu erklären, dass er sowieso vorgehabt hatte, Árný früh zu holen. Stattdessen verabschiedete er sich schnell und machte sich an die Arbeit. Es war keine Zeit, um richtig aufzuräumen, aber scheiß drauf. Er sammelte alles ein, was nicht ins Wohnzimmer gehörte, und warf die Socken und die krümelige Decke in die Waschküche. Der Stress tat ihm gut, denn er nahm gar keinen Verwesungsgeruch wahr, mit dem er fest gerechnet hatte, als er die Tür öffnete. Es roch nur nach Waschmittel. Tatsächlich roch es in der Waschküche sogar besser als im restlichen Haus, daher ließ er die Tür kurzerhand offen. Vielleicht fiel der Immobilienfrau das Chaos nicht so sehr auf, wenn es wenigstens gut roch.

Dann warf er die Kartons mit den Pizzaresten in den Müll. Weil er es so eilig hatte, landete alles zusammen beim Altpapier. Niemand konnte erwarten, dass alle immer alles richtig trennten. Dann stellte er die schmutzigen Gläser und Teller in die Spüle und schob alles, was auf der Arbeitsplatte rumstand, in eine Ecke. Anschließend trug er Decken und Kissen nach oben, warf sie auf die Betten und beförderte das größte Chaos in den Kinderzimmern mit den Füßen darunter. Unter keinem der Betten war genug Platz für alles, dafür hatten sie diese Taktik schon zu oft angewandt, wenn sie aufräumen sollten. Im Badezimmer hob er gebrauchte Handtücher vom Boden auf und warf sie in die Badewanne. Zahnputzzeug, Haarbürste und den anderen Kram ließ er am Waschbecken stehen. So sah es in allen Badezimmern aus, daran würde sich niemand stören. Der Spiegel war voller Zahnpastaspritzer, doch sein Versuch, ihn sauber zu wischen, machte alles nur noch schlimmer. Egal. Er hatte weder die Zeit noch das Know-how, um es besser zu machen.

Am Ende war er ganz zufrieden mit dem Ergebnis. Die Luft war zwar immer noch stickig und muffig, aber er wollte kein Fenster öffnen, und Kerzen anzünden war verboten. Wobei er sowieso bezweifelte, dass die zarten Duftkerzen seiner Mutter etwas hätten ausrichten können. Mehr war auf die Schnelle eben nicht drin. Er ging jetzt Árný abholen, denn er wollte der Immobilienfrau lieber nicht begegnen. Nicht, dass die Frau von ihm verlangte, dass er noch mehr aufräumte oder putzte. Er nahm auch den Zettel mit der Kreditkartennummer seiner Mutter mit, damit er Essen bestellen und es auf dem Rückweg mit Árný abholen konnte. Wenn sie Burger nahmen, hielten sie sich ja trotzdem an die Abmachung, nur einmal Pizza zu bestellen. Hamburger waren schließlich keine Pizza.

Schnell zog er die Jacke über, schlüpfte in die Schuhe und brach auf. Ehe er hinter sich die Tür schloss, drehte er sich noch einmal um und blickte ins Haus. Wieder packte ihn das Gefühl, dass sich etwas Schlimmes zusammenbraute. Er schüttelte es ab und lief los, ohne zu ahnen, dass die Welt bei seiner Rückkehr eine andere sein würde.

Dass nichts mehr wäre wie zuvor.

19. KAPITEL – MONTAG

Berglind klingelte an der Tür und schickte ein Stoßgebet zum Himmel, während sie abwartete, ob jemand öffnete. Nichts regte sich, und sie atmete auf. Ihr Gebet war erhört worden. Bevor sie den Schlüssel im Schloss drehte, warf sie einen Blick zum Nachbarhaus. Auch dort tat sich nichts. Ein kleines Lächeln huschte über ihr Gesicht. Hoffentlich blieb ihr das Glück noch für ein Stündchen hold.

Bevor sie hineinging, rief sie der Höflichkeit halber einmal ins Haus. Keine Reaktion. Dann stimmte es tatsächlich, dass kein Erwachsener zu Hause war. Die Frau hatte angekündigt, dass höchstens ihre Kinder zu Hause seien, doch auch die waren offenbar unterwegs. Zum Glück. Es würde viel leichter sein, den potenziellen Interessenten das Haus in Abwesenheit der Eigentümer zu zeigen. Schon die Vorbesprechung mit den jetzigen Bewohnern war so anstrengend gewesen, dass sie mit dem Gedanken gespielt hatte, durchs Fenster zu fliehen. Und verrückte Leute hatten oft auch verrückte Kinder, daher war sie wirklich froh, dass niemand zu Hause war.

Das Haus ließ sich sicher gut verkaufen – solange die Eigentümer nicht anwesend waren. Denn obwohl sie dringend verkaufen wollten, würden sie garantiert vor den Käufern über ihre Nachbarn herziehen. Sie schienen geradezu besessen von diesen Leuten. Und die Geschichten über ihre Nachbarn waren nicht gerade zuträglich für den Verkauf des Hauses. Trotz des fairen Preises würde niemand freiwillig auf ein so heißes Pflaster ziehen. Ein weiteres Manko war der Vulkanismus nahe der Ortschaft. Und natürlich die Brandruine weiter vorne in der Straße … Alles in allem war sie sich doch nicht so sicher, wie gut sich das Haus verkaufen ließ.

Berglind hatte schon öfter überlegt, wie hoch die Wahrscheinlichkeit war, dass zwei verrückte Familien in dieselbe Sackgasse zogen, Haus an Haus. Verschwindend gering, aber vielleicht war das Stressmachen und Herumpöbeln ja ansteckend. Die eine Familie hatte angefangen und die andere war darauf eingestiegen. Streit unter Nachbarn beförderte selten das Gute im Menschen. Jetzt hatten beide Familien kapituliert; sie gaben die Nachbarschaft auf und verkauften ihre Häuser. Da hatten sie sich was eingebrockt. Ein Umzug war – besonders in der aktuellen Lage am Immobilienmarkt – wirklich kein Vergnügen. Es waren nur wenige Immobilien auf dem Markt, und das zu Höchstpreisen. Ein Haus zu verkaufen hieß noch lange nicht, dass man auch etwas Neues fand.

Allerdings hatte der Immobilienmangel auch Vorteile. Das Haus war noch nicht inseriert, und dennoch gab es bereits erste Interessenten. Das junge Paar wollte das Haus unbedingt besichtigen, nachdem sie die Beschreibung gehört und den Preis erfahren hatten. Berglind hatte die Eigentümer gleich angerufen und um Erlaubnis für die Besichtigung gebeten, sie wollte das Eisen schmieden, solange es heiß war. Keiner von beiden war ans Telefon gegangen, aber die Frau hatte per SMS grünes Licht gegeben. Sie sei auf einer Konferenz und könne daher nicht sprechen. Aber wenn die Interessenten ein Angebot machten, wolle sie sofort wissen, wie hoch es sei. Auch Berglind wäre sehr erleichtert, wenn es dazu käme. Dann wäre sie diese komischen Leute los und bekäme obendrauf noch eine Flasche Rotwein.

Witzigerweise hatten beide Kriegsparteien dieselbe Agentur für den Verkauf ihrer Häuser beauftragt. Ihr Kollege kümmerte sich um die andere Immobilie, und seine Klienten verhielten sich ganz genauso merkwürdig wie ihre, zogen pausenlos über ihre schlimmen Nachbarn her. Um sich die Sache etwas erträglicher zu machen, hatten die beiden eine Wette abgeschlossen. Der Wetteinsatz war jeweils eine Flasche Wein. Wer zuerst verkaufte, bekam beide. Die Flaschen warteten im Regal, und wie es aussah, würden sie dort nicht verstauben. Wenn es gut lief, würde sie den Wein in ein paar Tagen nach Hause tragen. Die Leute, die sich für das Haus interessierten, hatten drei Kinder und die Hoffnung auf ein ausreichend großes Haus, das kein Vermögen kostete, schon fast aufgegeben. Dass sie in Kürze aus ihrer Mietwohnung ausziehen mussten, spielte Berglind in die Karten. Sie kannte die Verzweiflung in den Gesichtern von Menschen, die befürchteten, demnächst im Zelt leben zu müssen.

Während sie auf die Interessenten wartete, sah Berglind sich im Erdgeschoss um, machte Licht, zog die Vorhänge auf und öffnete die Fenster. Es war furchtbar muffig, offenbar hatte schon lange niemand mehr gelüftet. Wenn es stimmte, was die Verkäufer erzählt hatten, verrammelten sie das Haus vermutlich aus Angst davor, dass die Nachbarn ihnen Molotowcocktails durch die Fenster warfen. Sie schnupperte noch einmal ganz genau und rümpfte die Nase. Konnte es sein, dass sich schon Schimmel gebildet hatte? Dann würde sie diese Immobilie nie los. Häuser mit Schimmelproblemen waren Noseller. Mit spitzen Fingern räumte sie hier und da ein paar Dinge weg. Aber sie war kein Putzservice und trug außerdem High Heels, daher ließ sie einiges einfach unter den Sofakissen verschwinden und die Gläser und Tassen aus der Spüle in der Spülmaschine, ohne sie abzubrausen oder richtig einzusortieren. Auf der oberen Etage versuchte sie, das gröbste Chaos mit dem Fuß unter die Kinderbetten zu schieben, doch sie stieß auf Widerstand. Kurzerhand stopfte sie alles in die Kleiderschränke und machte schnell die Betten. Im Badezimmer warf sie alles Lose in einen Schrank, schmutzige Handtücher aus der Badewanne, Zahnputzzeug, Haarbürsten und Kosmetika. Auf dem Weg nach unten schimpfte sie darüber, dass von den Eigentümern vor der Besichtigung nicht anständig aufgeräumt worden war, auch wenn sie natürlich kaum Vorlauf gehabt hatten.

In den wenigen Minuten bis zum Eintreffen der Interessenten rückte sie hier und da noch die Deko zurecht und überlegte, ob sie die Vorhänge doch besser zuziehen sollte. Dann wäre das Haus zwar dunkler, aber die Nachbarn störten nicht, falls sie sich draußen blicken ließen. Nicht, dass sie im Garten auftauchten und irgendetwas Verrücktes anstellten. Doch sie ging das Risiko ein und ließ das matte Winterlicht ins Haus fallen.

Als es eine Viertelstunde nach der vereinbarten Zeit klingelte, war Berglind schon nervös geworden. Sie strich ihren Rock glatt, setzte ihr strahlendstes Lächeln auf und öffnete die Tür. Unpünktlichkeit regte sie auf, doch sie ließ sich nichts anmerken. Blöderweise hatten die Leute ihre drei Kinder mitgebracht. Hoffentlich hatten die Eltern sie im Griff, sodass sie keinen Unsinn machten. Doch ihre Sorge war unbegründet:

Die Kinder waren ganz lieb und brav. Die beiden Älteren sagten kaum etwas und holten sofort ihre Handys heraus, wenn Berglind stehen blieb und etwas erklärte oder aufzählte, was seit dem Bau des Hauses alles erneuert worden war. Das jüngste Kind saß auf der Hüfte seines Vaters und schmiegte sich an seine Brust.

»Die Schule ist zu Fuß zu erreichen, und der Sportverein hat tolle Angebote für Kinder.« Berglind lächelte die beiden Teenager an, die weiter auf ihre Handys starrten.

Darauf wurde die Mutter wütend und kassierte die Handys ein. Die Kinder murrten. Ohne Handy wirkten sie, als wüssten sie nichts mit sich anzufangen, traten unruhig von einem Bein aufs andere und hielten vergeblich nach irgendetwas Spannendem Ausschau. Schließlich baten sie, unten im Wohnzimmer warten zu dürfen, was die Eltern erlaubten. Da die Kinder gut erzogen zu sein schienen, hatte auch Berglind nichts dagegen. Sie würden nichts kaputt machen oder an den Kühlschrank gehen.

Noch hatten die Eltern die Vulkanaktivitäten und die regelmäßigen Erdbeben in der Region nicht erwähnt. Möglicherweise waren sie so verzweifelt, dass sie sich von den Naturgewalten nicht abhalten ließen. Dann wäre es vernünftig, das Thema von sich aus kurz anzusprechen, um den Verkauf mit einem guten Gewissen über die Bühne zu bringen.

»Sie haben sicher schon überlegt, weshalb es sich hier um ein so günstiges Angebot handelt.«

Der Mann antwortete: »Ich denke, wir wissen warum. Die Erdbeben und all das. Und Grindavík ist auch nicht gerade Reykjavík City.«

Berglind war erleichtert. Sie hatte richtig entschieden, jetzt konnte ihr niemand mehr vorwerfen, dass sie etwas verschwiegen hatte. Wobei es tatsächlich niemandem entgangen sein konnte, dass der Ort in einer vulkanisch aktiven Gegend lag. Ein Vulkanausbruch war nun wirklich nichts, was man einfach unter den Teppich kehren konnte. »Genau.«

Der Mann zuckte mit den Schultern. »Meinen Sie, der Kaufpreis ließe sich noch runterhandeln? Wegen der Erdbeben?«

Berglind wollte gerade antworten, als ein Schrei durchs Erdgeschoss schrillte. Einer dieser Hochfrequenzschreie, zu denen nur Kinderstimmen fähig waren. Sie bewahrte die Ruhe, denn sie war selbst Mutter und wusste, dass die Kleinen manchmal aus einer Mücke einen Elefanten machten. Vielleicht war eine Spinne durchs Wohnzimmer gekrabbelt. Oder die Nachbarn hatten irgendetwas Ekeliges an die Fensterscheibe geworfen. Ärgerlich, dass sie die Vorhänge nicht wieder zugezogen hatte. Bis jetzt war es so gut gelaufen.

Die Mutter der Kinder rannte los; der Vater und Berglind folgten ihr die Treppe hinunter ins Wohnzimmer. Doch da war niemand. Wieder Schreie, diesmal zweistimmig. Und zwar nicht wegen einer Spinne, dafür klang es zu panisch.

Die Kinder standen in der Tür zur Garage, die sie offenbar geöffnet hatten. Sie hatten also nicht handylos im Wohnzimmer gesessen, sondern sich im Erdgeschoss umgesehen. Als sie ihre Eltern bemerkten, stürzten sie zu ihnen und heulten in ihre Jacken hinein. Berglind schlüpfte an ihnen vorbei zur Garagentür.

Berglinds Herz geriet aus dem Takt, als ihr klar wurde, was sie da sah. Sie zitterte und schlotterte, als ob sie nackt in einem Schneesturm stehen würde. Obwohl es ihr widerstrebte, konnte sie den Blick nicht abwenden. Atmen war das Einzige, wozu sie noch in der Lage war. Das war die absolute Katastrophe. Für die Familie, die hier wohnte, und für den Verkauf des Hauses. Die Interessenten würden es jetzt definitiv nicht mehr haben wollen.

An einem Stahlrohr in der Mitte der Doppelgarage hing ein Mensch an einem Seil. Um seinen Kopf war ein Schal gewickelt, aber man musste das Gesicht nicht erkennen können, um den Horror zu begreifen. Die Arme hingen schlaff herunter, und die Füße schwebten gut einen Meter über dem Boden. Es schien ein erwachsener Mann zu sein, im Zweifel der Hauseigentümer.

Einen Hauch besser fühlte sie sich, als ihr in den Sinn kam, dass das hier auch einen positiven Aspekt hatte: Der muffige Geruch im Haus rührte definitiv nicht von Schimmel her.

Mit zittrigen Händen holte sie ihr Handy heraus und wählte den Notruf.

20. KAPITEL – MONTAGABEND

Gunndís war körperlich und seelisch am Ende. Sie war noch nie in ihrem Leben so müde gewesen und hatte Schwierigkeiten, zu denken und sich zu bewegen. Sie fühlte sich wie eine schlaffe, leere Hülle. Dennoch hatte sie irgendwie ein Abendessen für die Crew zustande gebracht. Keine Glanzleistung, nur eine Fleischsuppe, die sie in der Tiefkühle gefunden und aufgewärmt hatte. Auf den Behälter war ein Datum gekritzelt, entweder der Tag, an dem die Suppe eingefroren worden war, oder das Verfallsdatum, das dann bereits abgelaufen wäre. Sie hoffte auf Ersteres und riskierte es. Bisher hatte sich niemand beschwert, und es war auch niemand krank geworden. Sie tröstete sich damit, dass wenigstens das Mittagessen ordentlich gewesen war, als es ihr noch besser ging und sie nur psychisch fertig gewesen war, nicht auch körperlich. Die Besatzung war gut drauf gewesen, nachdem sie beim ersten Versuch des Tages gut achthundert Tonnen Fisch gefangen hatten und das Netz nicht gerissen war. Die beiden Fangversuche nach dem Mittagessen waren dagegen genauso erfolglos geblieben wie die zu Beginn der Tour, sodass die Stimmung inzwischen wieder gedämpft war. Die meisten hatten gehofft, noch an diesem Abend an Land zu kommen, aber jetzt würde es frühestens morgen so weit sein. Das war die letzte Chance, die Laderäume zu füllen. Die Rogner würden jeden Moment laichen, die Uhr tickte.

In Gunndís' Gesäßtasche vibrierte ihr Handy. Schnell holte sie es hervor, sie hoffte, dass der fest angestellte Koch ihr eine Nachricht geschrieben hatte. Er war nicht rangegangen, vielleicht wollte er erst wissen, wer da anrief. Doch es war keine »Wer-bist-du?«-Nachricht, sondern Gauti, ihr Ex. Am frühen Morgen hatte sie ihn angerufen und ihm mitgeteilt, dass sie vielleicht schon spätabends zurück sein könnte. Gauti hatte Daði das Handy ans Ohr gehalten, doch der Kleine war abgelenkt gewesen, saß im Hochstuhl und wollte essen. Der Brei war offenbar spannender als seine Mama. Sie hatte Gauti versprochen, später noch mal anzurufen, sobald sie Genaueres zu ihrer Rückkehr sagen konnte. Daraus war nichts geworden. Sie öffnete die Nachricht, die kürzer nicht hätte sein können. Ein Fragezeichen. Eigentlich sollte sie ihn anrufen, doch sie antwortete lieber schriftlich. Gauti konnte sie nichts vormachen, dafür kannte er sie zu gut. Also schrieb sie: *Verzögerung. Wird doch nichts diese Nacht. Morgen weiß ich mehr.* Knapp, aber im Vergleich zu seiner Nachricht lang. Sie schickte den Text ab und wartete, ob von Gauti eine Nachfrage oder ein Gruß kam. Doch das Handy blieb still, bis der Bildschirm ausging.

Das Schweigen hieß, dass Gauti sauer war. Was das anging, tickten sie genau gleich, schwiegen lieber, als dass sie ihrem Ärger Luft machten. Vielleicht hätte die Beziehung gehalten, wenn sie sich ab und zu wie Hund und Katze gefetzt hätten. Stattdessen hatten sie allen Frust vor sich hin köcheln und dadurch erst so richtig schön eindicken lassen. Im Grunde galt für Probleme dasselbe wie für Soßen: Sie wurden intensiver, je länger man sie kochen ließ. Aber diese Erkenntnis war ihr zu spät gekommen. Ihre Beziehung ließ sich nicht mehr kitten, genauso wenig wie man ein aufgeschlagenes Ei zurück in die Schale bekam. Immerhin konnte sie diese Lehre mit ins Leben nehmen, falls sie irgendwann noch mal eine feste Beziehung einging, dann würde sie immer sofort sagen, was sie störte. Vielleicht sollte sie diese neue Lebensweisheit auch gleich in ihrem Tinder-Profil veröffentlichen: *Gunndís Áskelsdóttir, 28, Köchin auf See und an Land. Fährt beim geringsten Anlass aus der Haut. Tochter eines Mannes, der durch Unachtsamkeit zwölf Menschen auf dem Gewissen hat.* Dafür würden sie alle nach links swipen. Bis auf vereinzelte Typen, die auf gnadenlos offene Kommunikation standen.

In der Messe klirrten immer noch Teller. Auch Gesprächsfetzen drangen in die Kombüse. Gunndís hoffte, dass die Männer das Essen nicht in die Länge zogen und noch ewig quatschten. Sie wollte endlich abräumen, sich in die Kajüte zurückziehen und schlafen. Welcher Albtraum sie auch erwarten mochte – im Moment konnte nichts schlimmer sein als die Realität. Mit der Küche war sie schon fertig, da hatte sie diesmal nicht viel machen müssen, nachdem sie bloß die Suppe aufgewärmt hatte. Jetzt hatte sie nichts mehr zu tun, wartete bloß auf das schmutzige Geschirr und machte sich mit ihren Gedanken verrückt. Sie warf einen Blick in die Messe in der Hoffnung, dass die Männer im Aufbruch waren, doch sie wurde enttäuscht. Diejenigen, die fertig waren, lehnten sich genüsslich zurück und unterhielten sich mit ihren Sitznachbarn. Sie musste sich gedulden.

Ohne nachzudenken nahm Gunndís ihr Handy und wählte die Nummer ihres Bruders Bogi, ehe die Vernunft sie davon abhielt. Sie wollte zwar nicht, dass er sich genauso schlecht fühlte wie sie, aber sie sprach lieber mit ihm als mit ihrer Mutter. Nur die beiden konnten ihre Fragen beantworten. Zumindest einige davon.

»Was ist jetzt schon wieder?« Wie immer wirkte Bogi wenig erfreut über ihren Anruf.

Nach dieser Begrüßung hatte Gunndís eigentlich schon die Nase voll von dem Gespräch und sie überlegte, sich irgendeinen anderen Vorwand für ihren Anruf auszudenken. Doch ihr fiel nichts ein, und außerdem würde Bogi sie sofort durchschauen. »Ich habe den Bericht gelesen. Über das Schiffsunglück.«

Bogi schwieg.

»Manches davon hätte ich gern früher gewusst.«

Gunndís hörte ihren Bruder tief Luft holen, ehe er antwortete: »Diese Informationen sind schon lange offen zugänglich. Es ist nicht meine Schuld, dass du nicht nachgelesen hast.«

Wieder flackerte in Gunndís die Wut auf. Sie achtete darauf, dass sie ihre Stimme nicht erhob, damit die Männer in der Messe sie nicht hörten. »Hättest du mich nicht wenigstens darauf hinweisen müssen? Oder es auch einfach sagen können? Das wäre angenehmer gewesen, als es aus einem offiziellen Bericht zu erfahren.«

Bogi versuchte nicht, das zu leugnen. »Gunndís. Du warst damals einfach zu jung für diese Details. Und dann sind die Jahre verstrichen. Wann hätten Mama und ich es dir sagen sollen? Als du konfirmiert wurdest? Als du von zu Hause ausgezogen bist? Als du Daði bekommen hast?«

Gunndís wusste keine Antwort darauf. »Lass die Ausreden. Natürlich hättet ihr die Geschichte nicht hübsch einpacken und mir zum Geburtstag schenken sollen. Aber es gab verdammt noch mal tausend Gelegenheiten dazu, als ich erwachsen war.«

»Ehrlich gesagt haben Mama und ich das vor uns hergeschoben, seit du alt genug dafür warst. Das war alles so schlimm und keiner von uns wollte das wieder aufwärmen. Es steckt keine Verschwörung dahinter.« Als Gunndís nichts dazu sagte, sprach er weiter: »Dann sag mir – wann wirst du Daði davon erzählen? Hast du darüber schon nachgedacht?«

Gunndís überlegte kurz, und es war ihr ziemlich schnell klar, dass sie ihren Sohn am liebsten vor dieser furchtbaren Geschichte verschonen würde. Wozu sollte ihr Sohn erfahren, dass sein Opa eine gesamte Mannschaft in die Tiefen des Ozeans geschickt hatte? »Das ist was anderes. Daði hat seinen Opa nie kennengelernt. Aber er war mein Vater und ich erinnere mich gut an ihn.«

»Nicht gut genug, Gunndís. Du wurdest nicht nur vor den Details des Unglücks verschont. Er hatte seine Schwächen. War nicht der Held und Superpapa, für den du ihn gehalten hast. Das wäre dir mit der Zeit auch klar geworden. Er war zum Beispiel drauf und dran, aus deinem Leben zu verschwinden.«

»Was?«

Bogi seufzte. »Er hatte eine Neue. Vermutlich hätte er Mama und uns für sie verlassen, wenn sie überlebt hätten.«

Gunndís schloss die Augen und rieb sich die Stirn. Ihr Kopf schmerzte unerträglich. Dennoch konnte sie eins und eins zusammenzählen. »Hieß sie Elínborg?«

»Ich weiß nicht mehr, wie sie hieß. Sie ist auch gestorben. War von ihrem Ehemann abgehauen, um die Tour mit unserem Vater zu machen. Klingt vielleicht romantisch, wenn man nicht weiter darüber nachdenkt. Aber ich schließe daraus, dass Mama und Papa sich getrennt hätten, wenn das Schiff nicht gesunken wäre. Man nimmt nicht seine Geliebte mit auf See und kehrt dann zu seiner Frau zurück, als wenn nichts gewesen wäre. Wahrscheinlich ist dieses bescheuerte Liebesabenteuer an allem schuld. Vielleicht hat er die Töpfe und Pfannen auf dem brennenden Gasherd stehen gelassen, um in der Kajüte nach ihr zu schauen? Hat die Zeit vergessen, während in der Küche Feuer ausgebrochen ist? Irgendwie muss es ja geschehen sein.«

Gunndís war fix und fertig. Sie konnte noch nicht einmal widersprechen und klarstellen, dass kein gelernter Koch sich von einem brennenden Gasherd entfernen würde. »Wer war diese Frau denn eigentlich?« Man hörte ihr an, dass ihr aller Wind aus den Segeln genommen war.

Nicht so Bogi. Er klang noch genauso gereizt wie zu Beginn des Telefonats. »Keine Ahnung. Irgendeine Frau halt. Vielleicht hat er sie in einer Bar kennengelernt. Vielleicht beim Schnapskauf in der Vínbúð. Da du ja alles ganz genau wissen willst: Er war ein übler Trinker.«

Auf einmal roch Gunndís Rasierwasser, als stünde ihr Papa neben ihr. Jetzt wurde ihr klar, dass das nicht Rasierwasser, sondern der Geruch von Alkohol gewesen war. Und wie oft hatte sie nach dem Tod ihres Vaters vor der Mutter von ihrem tollen Papa geschwärmt? Hatte sie miteinander verglichen, wenn es Streit gab. Das hatte sie sogar noch als Erwachsene getan. Sie ahnte, wie schmerzhaft das gewesen sein musste, und bewunderte ihre Mutter dafür, dass sie die Fassung bewahrt hatte. Dass sie ihrer Tochter nie die Wahrheit ins Gesicht geschrien hatte.

Gunndís hatte genug gehört, verabschiedete sich und legte auf.

—

Endlich verließen die Männer die Messe, und Gunndís konnte abräumen. Dann fiel ihr auf, dass sie nicht wusste, ob jemand Essen auf die Brücke gebracht hatte. Kurzerhand zählte sie die schmutzigen Teller und stellte fest, dass vier Personen noch nicht gegessen hatten. Sie selbst zählte dazu, vermutlich der Kapitän, seine Frau und einer der Matrosen. Der war ihr egal und sie selbst auch. Der Mann war sicher erschöpft eingeschlafen, und sie war zu aufgewühlt zum Essen. Aber der Kapitän und seine Frau mussten etwas zwischen die Kiemen kriegen.

Da alle anderen schon weg waren, konnte Gunndís niemanden bitten, den beiden etwas zu bringen, daher blieb das wohl an ihr hängen. Ihr Wunsch, den beiden die restliche Tour über nicht mehr zu begegnen, war ohnehin unrealistisch. Sie befanden sich ja nicht auf einem riesigen Kreuzfahrtschiff, auf dem man sich problemlos aus dem Weg gehen konnte. Hier blieb einem als Rückzugsort höchstens die Kajüte, aber da konnte sie sich natürlich nicht auf Dauer verkriechen. Auch wenn sie den Traum von einem festen Job auf See längst über Bord geworfen hatte, wollte sie für diese Horrortour bezahlt werden. Wenn sie von nun an nur noch von ihrem Job in der Schulmensa leben sollte, konnte sie das Geld gut gebrauchen.

Zwei volle Suppenteller auf offener See durchs Schiff zu balancieren, war nicht leicht. Also schüttete sie die Suppe kurzerhand in eine große Kanne und nahm sie mit zwei Tellern,

Gläsern und Besteck auf ein Tablett. Am besten brachte sie es so schnell wie möglich hinter sich. Bevor sie die Messe verließ, warf sie einen Blick durchs Fenster. Es war stockfinster, kein Licht zu sehen, weder von einem anderen Schiff noch von Häusern oder einem Ort an Land. Als ob ein Verdunkelungsvorhang vor dem Fenster hing. Wahrscheinlich blickte sie aufs offene Meer hinaus, dann war der nächste Ort Kulusuk in Grönland.

Noch war die See relativ ruhig, aber die Aussichten waren schlecht. Mit dem Tablett in den Händen konnte sie sich nicht an Wand oder Geländer abstützen, und wenn das Schiff nur ein wenig schwanken sollte, würde ihr alles auf den Boden rutschen. Also lief sie so schnell, wie sie es sich zutraute. Wenn die Wetteraussichten besser gewesen wären, hätte sie es wahrscheinlich mal wieder so lange wie möglich hinausgezögert. Sie war noch nie gut darin gewesen, Dinge, vor denen sie Angst hatte, hinter sich zu bringen. In ihrer Kindheit hatte sie gewartet, bis sich die schmutzigen, ollen Pflaster von selbst ablösten. Dass ihre Mutter sie abzog, kam nicht infrage. Auch als Erwachsene war das nicht besser geworden. Schon lange träumte sie von Ohrlöchern, aber sie traute sich einfach nicht. Zweimal schon hatte sie vor der Tür des Tattoo-Studios gestanden, sich aber dann doch nicht reingewagt. Es war wirklich an der Zeit, dass sie mutiger wurde.

Auf der Brücke saß Kapitän Hróbjartur auf einem der schwarzen Ledersessel am Steuerpult und starrte auf die Bildschirme. Falls er hungrig war, ließ er sich nichts anmerken; er drehte noch nicht einmal den Kopf, als Gunndís hereinkam und sagte, dass sie das Essen bringe. Als sie nach Lóa fragte, rührte er sich endlich, drehte sich um und stand auf. Er mied den direkten Blickkontakt. »Lóa ist kurz runter in die Kajüte. Lass es einfach hier stehen. Sie kommt gleich wieder.«

»Super.« Gunndís stellte das Tablett ab und spürte, wie der Kapitän sie von der Seite ansah. Sie zerriss die unangenehme Stille: »Einer kam nicht zum Essen. Ich weiß nicht, wer.«

»Es ist doch sicher noch was übrig, falls er nachher hungrig wird, oder?« Er wirkte erleichtert, dass Gunndís ein so harmloses Thema gewählt hatte.

»Doch, natürlich.« Eigentlich war Gunndís hier fertig. Doch der Gedanke an ihre noch nicht durchstochenen Ohrläppchen spornte sie an. Sie sah Hróbjartur direkt in die Augen. »Eine Frage.« In Gedanken stand sie wieder vor der Tür des Tattoo-Studios, und diesmal würde sie es durchziehen. »Welche Leute an Bord sind mit den Männern oder der Frau verwandt, die mit der *Egill Ásbjörnsson* verunglückt sind?«

Hróbjartur zog die Brauen hoch und zögerte. Dann gab er sich einen Ruck. »Also bist du wirklich die Tochter des Schiffskochs?«

»Ja. Das wusstest du doch, oder?«

»Nicht, als ich dich engagiert habe. Aber ich habe Gerüchte gehört.« Er schnaubte. »Keine Sorge. Das ist mir völlig egal. Ich hoffe bloß, sie lassen dich nichts spüren.«

»Was spüren?«

»Na ja …, dass irgendwer dumme Bemerkungen macht. Oder so. Niemand an Bord wird dir etwas tun, falls du das denkst.«

»Mag sein. Trotzdem würde ich gern wissen, ob jemand von dem Unglück betroffen ist.« Gunndís sah ihm an, dass er nicht vorhatte, Namen zu nennen. »Ich habe an Bord ein Buch gefunden, das meinem Vater gehörte, daher weiß ich, dass es

Verbindungen gibt.« Dabei beließ sie es, um es nicht unnötig kompliziert zu machen. Wenn sie ihm erklärte, das Buch sei an Bord des sinkenden Schiffes gewesen, würde er sie für verrückt erklären. Und einer Verrückten würde er kaum persönliche Informationen über seine Männer anvertrauen. »In der Küche ist ein Feuerlöscher auf dem Boden herumgerollt, jemand muss ihn dort hingelegt haben. Und später, als ich geschlafen habe, wurde er in meine Kajüte gebracht. Ich möchte wissen, wer dahintersteckt.« Sie holte tief Luft. Die Worte waren so schnell aus ihr herausgesprudelt, dass sie in Atemnot geraten war.

Hróbjartur blickte ernst. »Einen Feuerlöscher? Dafür könnte es eine Erklärung geben.«

»Und die wäre?«

In Gunndís' Gesäßtasche klingelte ihr Handy. Das Timing konnte nicht schlechter sein, denn anstatt zu antworten, fragte Hróbjartur in aller Ruhe nach, ob sie nicht rangehen wolle.

»Das ist nicht wichtig.«

»Du hast ja noch nicht einmal nachgesehen.«

Sie ließ das Handy weiter klingeln und vibrieren. Sicher war es ihr Bruder oder Gauti. Sie musste nicht sofort rangehen. Dennoch sollte sie besser nachsehen, wer da anrief.

Es war keiner von beiden. Die Nummer war entweder von einer Behörde oder von einem großen Unternehmen, denn keine Privatnummer endete mit so vielen Nullen. Aber für einen Anruf von einer Firma war es deutlich zu spät. Hróbjartur schien ihr die Irritation anzusehen und fragte noch einmal: »Wer ist es?«

Er hatte noch nicht ganz ausgeredet, als auch sein Handy zu klingeln begann. Er sah auf das Display, runzelte die Brauen und ging ran. Im nächsten Moment sprach Irritation aus seinem Blick.

Spätestens jetzt war auch Gunndís neugierig geworden und ging ebenfalls ran.

»Hallo. Ist da Gunndís Áskelsdóttir? Mein Name ist Karólína, ich bin von der Polizei. Ist alles in Ordnung bei Ihnen?«

21. KAPITEL – MONTAG

Der Tag hatte mies begonnen. Im Büro erwartete Týr wieder nur die Unfallstatistik, die eine ähnliche Anziehungskraft auf ihn ausübte wie ein Gedicht über den weiblichen Zyklus. Er musste sich arg zusammenreißen, dass er nicht ständig Kaffee holte in der Hoffnung auf einen Plausch mit Kollegen. Doch niemand hatte Zeit für ihn und er kehrte noch frustrierter an seinen Platz zurück und versuchte, sich auf die alten Unfälle zu konzentrieren, die längst vergessen und verwunden waren.

Gegen Ende des Tages war Erla dann mit einem Job für das »eingespielte Team« erschienen. Wieder Grindavík. Sie schob ihm einen Notizzettel auf den Tisch, auf den sie eine Telefonnummer gekritzelt hatte. Den Vogel da solle er zurückrufen. Er habe explizit nach Týr verlangt. Der musste sich zügeln, dass er den Zettel nicht an sich riss, so gespannt war er. Stattdessen zog er ihn langsam zu sich heran, überflog die Nummer und sagte, dass er sich nachher darum kümmern werde. Sobald Erla in ihr Büro verschwunden war, griff er zum Telefon.

Es war Fannar, der Mann, mit dem sie letzte Woche gesprochen hatten, der einzige friedliche Anwohner der Sackgasse. Er wollte Týr seine Sorge darüber mitteilen, dass die Kinder der Nachbarn allein zu Hause seien. Am Wochenende habe er jemanden nachts um das Haus schleichen sehen. Nachdem sich die Konflikte in der Straße dermaßen hochgeschaukelt hätten, habe er die Nachbarn warnen wollen. Doch als er bei ihnen angeklopft habe, seien nur die Kinder zu Hause gewesen. Mehrere Tage seien sie allein zu Haus. Im ersten Moment sei ihm das lediglich verantwortungslos vorgekommen, doch er habe nach wie vor ein mulmiges Gefühl und wolle das nun einfach loswerden. Jetzt wäre es an der Polizei, sich der Sache anzunehmen. Falls diesen Kindern etwas passieren sollte, wolle er das nicht auf dem Gewissen haben.

Týr wusste nicht, was der Mann von ihm erwartete. Es verstieß gegen kein Gesetz, dass Eltern ihre Kinder unbeaufsichtigt zu Hause ließen, wenn sie allein zurechtkamen. Er schaute nach, wie alt die beiden waren. Der Junge sechzehn und seine Schwester acht. Wenn die Eltern für Essen gesorgt hatten und in regelmäßigem Kontakt zu den Kindern standen, sollte das in Ordnung gehen. Das bedeutete keine Gefahr für die Kinder. Unter normalen Umständen. Doch die Situation in der Sackgasse war alles andere als normal, und Týr merkte, wie er sich von der Sorge des Mannes anstecken ließ. Schließlich beschloss er, Erla zu informieren und die Erlaubnis einzuholen, kurz nach dem Rechten zu schauen. Er traf sie bei einem Telefonat mit einer potenziellen Babysitterin an. Sie blickte auf, hielt die Sprechmuschel zu, hörte sich kurz sein Anliegen an und wedelte ihr Einverständnis.

Keiner von beiden ahnte, wie dieser Einsatz enden würde.

Karó war mitgekommen. Und so sahen sie beide, wie eine schick gekleidete Frau in Rock, Blazer und Stöckelschuhen aus der Tür gestürzt kam, als sie gerade vor dem Haus hielten. Kurz darauf erschienen ein Mann mit einem Kleinkind auf dem Arm, eine weitere Frau, ein größeres Kind und ein Teenager.

Keiner von ihnen kam Týr bekannt vor, und es waren definitiv nicht die Bewohner des Hauses. Karó und Týr stiegen aus dem Wagen, doch es war schwer, die Leute zu verstehen, da die Kinder schrien und völlig aufgelöst waren. Es sagte einiges, dass niemand in der Nachbarschaft auf den Lärm reagierte und nachsah, was da vor sich ging. Der Krawall in der Sackgasse war längst Teil ihres Alltags geworden.

Irgendwann hatten die Leute sich so weit im Griff, dass sie die Aufregung erklären konnten. In der Garage hing ein toter Mensch, vermutlich ein Mann. Wo die beiden Kinder waren, die in dem Haus wohnten, wusste niemand, sie seien schon nicht da gewesen, als die Frau im Kostüm als Erste aus der Gruppe das Haus betreten habe. Týr und Karó hatten sich einen Blick zugeworfen und dasselbe gedacht. Doch ihre Sorge um die Kinder erwies sich als unbegründet, denn kurz darauf kamen sie Hand in Hand die Straße hinuntergelaufen und machten große Augen, als sie den Trubel vor ihrem Haus sahen. Inzwischen waren zwei weitere Polizeiwagen eingetroffen. Die schicke Frau erklärte, sie sei Immobilienmaklerin und habe über den Notruf den Leichenfund gemeldet. Dass Týr und Karó noch vor den Kollegen eingetroffen waren, war reiner Zufall.

Das kleine Mädchen hatte mit Ketchup verschmierte Mundwinkel und hielt eine Tüte Pommes in der Hand. Als ihr Bruder wissen wollte, was los sei, brach sie in Tränen aus und ließ die Tüte fallen. Das führte zu noch mehr Tränen und außerdem dazu, dass ihr Bruder vorerst nicht weiter nachhakte, sondern sich um seine Schwester kümmerte. Ins Haus konnten sie definitiv nicht, daher schleuste man sie in Týrs und Karós Wagen. Der war zivil und sicher der beste Ort zum Warten für die Kinder, während man versuchte, ihre Eltern zu erreichen.

Keiner von beiden ging ran. Beim Vater konnte man sich denken, warum. Bei der Mutter sprang die Mailbox an, und es hieß, sie sei auf einer Konferenz und melde sich später zurück. Man sprach ihr auf Band, sie solle sofort zurückrufen, es gehe um polizeiliche Ermittlungen. Noch hatte sie nicht reagiert.

Zu Týrs Erleichterung hatte Karó sich bereit erklärt, bei den Kindern im Wagen zu bleiben. Sie konnten ihnen noch nicht sagen, was los war, aber die beiden ahnten natürlich, dass es ernst sein musste. Týr wusste mit Tränen nicht umzugehen, schon gar nicht mit weinenden Kindern. Und so tröstete Karó die beiden, während Týr mit zwei Kollegen von der Polizei Suðurnes ins Haus ging und sich mit eigenen Augen den Auslöser der ganzen Aufregung ansah.

Dem Geruch in der Garage nach zu urteilen, eilte es nicht, das Seil zu durchtrennen und mit Wiederbelebungsmaßnahmen zu beginnen. Der Mann war schon einige Zeit tot. Ein Schal oder Ähnliches war um seinen Kopf geschlungen und verdeckte das Gesicht. Dennoch glaubte Týr, dass es sich um den Vater der Kinder handelte. Er trug Jeans, Pulli und Straßenschuhe. Unter ihm auf dem Boden lag eine leichte Winterjacke, die vermutlich ihm gehörte. Dort stand auch ein kleiner Tritt aus Metall, auf den der Mann offenbar gestiegen war, bevor er sich hatte fallen lassen. Es sah alles danach aus, dass er sich das Leben genommen hatte, nur die Straßenkleidung, Schuhe und Jacke, passten nicht ganz dazu. Zumindest fiel es Týr schwer, einen logischen Ablauf zu rekonstruieren. War der Mann gerade nach Hause gekommen oder im Aufbruch gewesen, als er diesen Entschluss gefasst hatte? Oder hatte er sich eigentlich draußen das Leben nehmen wollen und sich aus irgendeinem Grund dann doch anders entschieden?

Týr dachte an seinen Vater, der sich zu demselben Schritt entschlossen hatte. Wenn er doch unschuldig am Tod seiner Mutter war, warum hatte er dann zur Ultima Ratio gegriffen? Er hatte die Tat zwar gestanden, aber er hätte das Geständnis jederzeit zurücknehmen können. War Iðunns Theorie nur ein Hirngespinst? Steckte er völlig unnötig Zeit in dieses Rätsel? Er schüttelte den Gedanken ab.

Auf der Jacke lag ein Handy. Einer der Kollegen aus Suðurnes wählte die Nummer des Vaters, und das Display des Handys auf dem Boden leuchtete auf. Der Ton war ausgeschaltet; offenbar hatte er sich in diesem schicksalsträchtigen Moment nicht stören lassen wollen. Auch das Handy deutete also darauf hin, dass sie es mit dem Vater der Kinder zu tun hatten, und irgendwie hatte Týr das Gefühl, dass möglicherweise Geldsorgen dahintersteckten. Laut der Immobilienmaklerin stand das Haus zum Verkauf, vielleicht sollte das die Familie vor dem Bankrott bewahren. Vielleicht hatte auch eine Trennung bevorgestanden.

Das alles würde sich klären, aber sicher nicht in den ersten Minuten der Ermittlungen. Hoffentlich. Die Beweggründe für einen Suizid blieben oft im Dunkeln. Die verzweifelten, verworrenen Gedanken eines Menschen, der beschloss, seinem Leben ein Ende zu bereiten, waren häufig nur schwer nachzuvollziehen.

Nachdem sie die Garage kurz inspiziert hatten, schlossen sie die Tür und warteten draußen auf Rechtsmedizinerin Iðunn und die Spurensicherung. In der Zwischenzeit hatten sich dort bereits einige Schaulustige versammelt. Offenbar war einigen Bewohnern der Straße klar geworden, dass es sich diesmal um etwas Ernsteres handeln musste als die üblichen Nachbarschaftsstreits, bei denen allerhöchstens ein einzelner Streifenwagen anrückte. Der arme Kollege, der draußen stand, wurde mit Fragen bestürmt, und seine Versuche, die Leute zurück in ihre Häuser zu schicken, führten lediglich dazu, dass sie sich ein paar Schritte entfernten und das Ganze von der anderen Straßenseite aus weiterverfolgten.

Bei seiner Ankunft hatte Týr nicht bemerkt, wie kalt es geworden war. In der ganzen Aufregung war ihm der scharfe Wind gar nicht aufgefallen. Doch jetzt, mit der Aussicht auf ein langes, tatenloses Herumstehen und Warten, spürte er ihn deutlich. Es würde dauern, bis Iðunn und die Kriminaltechniker eintrafen, denn es war Rushhour. Bis dahin wäre er hier draußen komplett durchgefroren. Da setzte er sich doch besser zu Karó und den Kindern in den Wagen. Aus dem Augenwinkel sah er, wie die verhassten Nachbarn vor die Tür traten. Sie schlangen die Arme um sich, und obwohl Týr aus der Ferne ihre Gesichter nicht lesen konnte, ging er davon aus, dass sie besorgt dreinblickten. Auch wenn sie wohl kaum wussten, was passiert war, ahnten sie sicher, dass es in irgendeiner Weise auch mit ihnen zu tun hatte.

Plötzlich löste sich eine Frau aus der Gruppe der Schaulustigen und marschierte auf das Nachbarehepaar zu. Es war Messíana, die Frau aus der Blauen Lagune, die sich wünschte, diese Leute würden unter ihrem Haus begraben werden. Sie baute sich an der Grundstücksgrenze auf und schrie ihnen entgegen: »Was habt ihr getan, ihr Scheusale? Reicht es nicht langsam mal? Verzieht euch!«

Die Leute verschwanden wieder im Haus, während Messíana an ihren Posten auf dem Gehweg zurückmarschierte. Auf dem Weg dorthin blieb sie stehen und rief Týr und den anderen Polizisten zu: »Worauf wartet ihr noch? Verhaftet diese

Unmenschen!« Sie zeigte auf die Tür, die sich gerade hinter den Leuten geschlossen hatte. »Es ist doch völlig klar, wer hinter den Verbrechen steckt, die in dieser Straße begangen werden. Diese verdammten Schwachköpfe da!« Sie ließ die Hand sinken und schüttelte resigniert den Kopf, als niemand herbeisprang und das Ehepaar verhaftete. »Was? Ihr Duckmäuser und Hasenherzen!« Sie verstummte, während die Leute, die neben ihr standen, still auf Abstand gingen. So war es immer, wenn jemand negative Aufmerksamkeit erregte; niemand wollte den Anschein erwecken, dass er mit so jemandem unter einer Decke steckte.

Týr erreichte den Wagen. Bevor er sich hineinsetzte, blickte er noch einmal zu den Schaulustigen – und entdeckte Fannar, den Mann, der auf der Wache angerufen hatte. Er nickte ihm kurz zu und hoffte, dass er das nicht als Aufforderung verstand herüberzukommen. Was er aber natürlich sofort tat. Týr konnte ihm zu diesem Zeitpunkt noch nichts sagen, daher winkte er ab und stieg in den Wagen. Wenn es nötig sein sollte, war später noch genug Zeit zum Reden. Dasselbe galt für Messíana und die Nachbarn. Im Moment hatten diese Leute kein Recht darauf, zu erfahren, was los war.

Týr setzte sich und zog die Autotür zu. Karó warf ihm einen Blick zu, der ihm sagte, dass sie es mit den Kindern nicht leicht hatte. In diesem Moment fragte Ketill von der Rückbank: »Warum rufen Sie nicht Papa an, wenn Mama nicht rangeht? Was ist überhaupt los? Warum dürfen wir nicht reingehen?«

Týr ärgerte sich, dass er eine solche Frostbeule war. Wie gern hätte er jetzt bibbernd draußen gestanden.

—

Nach all den ruhigen Wochen gab es also endlich wieder etwas zu tun. Unter anderen Umständen hätte Týr sich darüber gefreut. Doch hier hatten zwei Kinder ihren Vater verloren und eine Frau ihren Ehemann. Diesmal hatte Erla Karó und Týr nicht übergangen. Sie hatte auch gar keine andere Wahl. Schließlich rissen sich die Kolleginnen und Kollegen nicht um diesen Job. Und Suðurnes hatte – mit dem erneuten Hinweis auf die noch anhängigen Klagen des Verstorbenen gegen die Behörde – den Fall gern abgetreten. Nach einer ersten Untersuchung durch Iðunn hatte man das Seil durchtrennt und den Schal vom Kopf des Mannes entfernt. Damit hatte sich die Vermutung aller Anwesenden, dass es sich um den Familienvater handelte, endgültig bestätigt.

Zu diesem Zeitpunkt hatte bereits das Jugendamt die Aufsicht über die Kinder übernommen, da man die Mutter noch immer nicht erreicht hatte. Schließlich hatte sie sich dann doch gemeldet, und inzwischen war sie auf dem Weg nach Hause, wurde von jemandem gefahren, da sie sich nach der furchtbaren Nachricht die lange Fahrt verständlicherweise nicht selbst zutraute. Den Fahrer beneidete Týr nicht.

Der Umgang mit Iðunn vor Ort war weniger unangenehm gewesen, als Týr befürchtet hatte. Er fand es selbst albern, dass er ihr seine Beziehung mit Alexandra verheimlichte, denn solange sie nichts davon wusste, war er ihr gegenüber ständig angespannt. Im kleinen Island war klar, dass die Sache früher oder später aufflog. Und dann musste er ihr erklären, warum er es ihr verheimlicht hatte, was im Kern daran lag, dass er sich für den Altersunterschied schämte. Die Stunde der Wahrheit würde unglaublich peinlich werden.

Doch dieses Mal war er noch verschont geblieben. Iðunn

hatte sich voll und ganz auf den Einsatzort konzentriert und Týr nur wenig Beachtung geschenkt. Auf dem Weg ins Haus hatte sie ihn kurz angetippt und ihm zugeraunt, dass sie am Wochenende den Hund obduziert habe. Genaueres könne sie aber erst sagen, wenn die Ergebnisse der toxikologischen Untersuchung vorlägen, was hoffentlich nicht lange dauere. Týr hatte bloß genickt und an Alexandras Worte gedacht. Sie hatte recht gehabt, was Iðunns Freizeitgestaltung anging, wenn sie allein zu Hause war.

»Der Junge dachte, sein Vater wäre auf See«, raunte Karó ihm von ihrem Schreibtisch aus zu. »Sie sind davon ausgegangen, dass er in der Nacht zum Samstag aufgebrochen ist. Offenbar haben sie die Garage das ganze Wochenende nicht betreten und haben nicht gesehen, dass sein Wagen noch dort steht und … du weißt schon.«

Týr mochte es sich kaum vorstellen, wie es gewesen wäre, wenn sie in die Garage gemusst hätten. »Ein Glück …« Er sah die hängende Leiche mit dem verbundenen Kopf vor sich. »Ob er sich den Schal umgebunden hat, damit sie ihn nicht erkennen?«

»Wohl kaum. Eher, damit sie das entstellte Gesicht nicht sehen. Aber keine Ahnung. Wenn er sich wirklich um die beiden gesorgt hätte, wäre es schlauer gewesen, das anders anzugehen oder sich einen anderen Ort zu suchen. Er wusste, dass seine Frau nicht zu Hause ist. Sie ist am Freitagabend losgefahren, da war er noch am Leben. Das sagen zumindest die Kinder.«

»Er war sicher völlig durch den Wind. Vielleicht betrunken. Nach der Obduktion wissen wir mehr.«

Karó hielt eine durchsichtige Tüte mit dem Handy des Mannes hoch. »Das haben sie mir gegeben. Meinst du, es ist jemand von der IT greifbar? Wie ist das generell, werden Handys in solchen Fällen überhaupt untersucht?«

Das hing von verschiedenen Faktoren ab. »Vielleicht, wenn in seinem Blut Rauschmittel gefunden werden. Und natürlich auch, wenn Zweifel bestehen, wie er gestorben ist«, sagte Týr und zuckte mit den Schultern. »Aber ich denke nicht, dass sie in der IT deswegen Überstunden machen. Es reicht schon, dass wir zwei hier immer noch sitzen. Ich denke, du kannst es morgen früh abgeben. Ist es gesperrt?«

Karó streifte Handschuhe über und nahm das Handy aus der Tüte. Vermutlich würden keine Fingerabdrücke davon genommen, aber sicher war sicher. Sie holte einen Eingabestift heraus und versuchte, das Handy zu aktivieren. Das Display leuchtete auf. »Nein. Nicht gesperrt. Der Mann hatte wohl nichts zu verbergen.«

Týr bekam heiße Wangen und schielte auf sein Handy. Sollte er irgendwann den Entschluss fassen, seinem Leben ein Ende zu bereiten, würde er als Erstes Handy und Computer ins Meer befördern. Wenn er sich vorstellte, wie die Kollegen seine Fotos und Nachrichten durchsahen, wurde ihm ganz anders. Vor allem die Nachrichten und Fotos von Alexandra und ihm. Die waren zwar nicht intim, aber trotzdem gingen sie niemanden etwas an. Löschen allein half nicht, die IT-Experten würden sie trotzdem aufspüren. Bei diesem Gedanken war ihm danach, sich zur Sicherheit sofort von den Geräten zu trennen und neue zu kaufen. Bis ihm die Cloud einfiel, in der seine Daten regelmäßig gesichert wurden. Dieser Kampf war von vornherein verloren.

»Alles okay?« Karó sah ihn fragend an. »Ist dir schlecht?«

Das klingelnde Telefon auf Karós Tisch war Týrs Rettung.

Sie ging ran, und nach kurzer Zeit hatte Týr herausgehört, dass es Iðunn war. Karós Stimme wurde immer ernster, und nachdem sie sich verabschiedet hatte, erfuhr Týr, wieso.

»Iðunn hat die Leiche in die Rechtsmedizin gebracht. Sie hat das Seil vom Hals gelöst und festgestellt, dass es kein Suizid war. Er wurde erwürgt, und zwar nicht mit dem Seil.«

Schlagartig vergaß Týr alle privaten Sorgen. »Was?!«

»Mehr weiß ich auch nicht. Sie wird die Leiche gleich morgen früh obduzieren, sodass schon am frühen Nachmittag erste Ergebnisse vorliegen. Vorläufige Ergebnisse, wie sie mehrfach betont hat. Du kennst sie ja …«

Definitiv. »Das ändert alles.« Sein Hirn arbeitete auf Hochtouren. »Die Ehefrau muss abgefangen werden. Sie darf nicht ins Haus. Die Spurensicherung muss alles erst noch gründlicher untersuchen.« Er sah auf die Uhr und stellte erleichtert fest, dass die Frau noch unterwegs sein musste. Hätten sie von vornherein einen Mord in Betracht ziehen müssen? Wahrscheinlich schon. Beim Blick in die Garage hatten sich sofort leise Zweifel in ihm geregt, aber er war ihnen nicht nachgegangen. Die Straßenschuhe, die Jacke, die Kinder. Shit. »Wir müssen Erla anrufen. Verdammt. Die wird sich freuen.«

Freudig sah Erla nicht gerade aus, als sie im Kommissariat eintraf. Auf ihrer Bluse war ein Fleck, vermutlich hatten sie sie beim Abendessen erwischt. Doch nach einem kurzen, saftigen Fluch und einem hitzigen Anruf bei Iðunn hatte sie sich wieder einigermaßen gefangen. Wenig später kamen die Ermittlungen ins Rollen, das Handy des Opfers wurde ein erstes Mal untersucht und alle Kolleginnen und Kollegen im Spätdienst zu einer Lagebesprechung versammelt, aus der Týr und Karó mit einem Haufen Arbeit entlassen wurden.

Sie setzten sich an ihre Plätze, sahen sich in die Augen, zufrieden, endlich auch einmal bei wichtigen Ermittlungen die Hosen anzuhaben. Doch Karó ließ ihm keine Zeit, diesen Zustand zu genießen. »Womit sollen wir anfangen?«

Týr atmete langsam aus. »Hmm … Die Anrufliste abarbeiten, bevor es zu spät wird?«

Karó war einverstanden. »Gut. Ich übernehme Gunndís, du den Kapitän.«

22. KAPITEL – MONTAGABEND

Das kalte Hotelzimmer war viel zu klein für die Trauer von drei Menschen. Es war, als ob Ketills Gedanken von den Wänden widerhallten, sobald er sie freiließ. Besser wäre es gewesen, sie hätten zwei Zimmer gehabt, eines für Árný und seine Mutter und eines für ihn. Hier erstickte er noch. Das Fenster ließ sich nicht öffnen, und der Sauerstoff reichte einfach nicht für drei Personen. Vor allem, wenn zwei davon ständig nach Luft schnappten, weil sie so heftig weinten. Wenn sie noch länger hierbleiben müssten, würden sie bestimmt ersticken. Niemand konnte ihm sagen, wie lange es dauern würde. Seine Mutter wusste nichts, und die Polizei auch nicht. Seine Mutter hatte zweimal dort angerufen, und in diesem winzigen Kabuff hatte er jedes Wort mitgehört. Beim ersten Mal hieß es, dass es nicht lange dauern würde. Beim zweiten Mal sagten sie, dass es bald so weit sein müsste. Man arbeite unter Hochdruck an der Untersuchung ihres Hauses, aber eine gewisse Zeit brauche es eben, dafür müssten sie Verständnis aufbringen. Doch das sagte nichts darüber aus, ob ihnen noch eine, zwei, drei oder mehr Nächte in dieser Kammer bevorstanden.

In dem Zimmer war gerade eben Platz für ein Doppelbett, zwei Nachttische, einen Schrank und ein Schlafsofa. Wenn es ausgezogen war, konnte man sich kaum noch bewegen. Im

Badezimmer war es genauso eng; erstaunlich, dass überhaupt Toilette, Dusche und Waschbecken hineinpassten. Selbst die Handtücher waren winzig.

Árný hatte Glück. Sie war vorhin eingeschlafen. Weinend. Seine Mutter lag neben ihr auf dem Bett, mit dem Rücken zu ihm. Sie rührte sich nicht und sagte kein Wort, aber Ketill wusste, dass sie wach war. Immer wieder bebte ihr Rücken, wenn sie das Weinen unterdrückte. Er selbst hatte noch keine einzige Träne vergossen, obwohl er oft nah dran gewesen war. Nicht, dass er etwas zurückhielt. Überhaupt nicht. Es fühlte sich eher an, als ob er innerlich verstopft wäre. Die Schleusen würden sich bestimmt öffnen, wenn er wirklich kapiert hatte, was geschehen war – und was von nun an anders sein würde. Er hatte keinen Papa mehr.

Ketill schloss die Augen und versuchte, den Kopf freizubekommen. Es musste doch irgendwie gehen, dass man das Gehirn auf Pause stellte und gar nichts mehr dachte. Aber es war unmöglich. Wieder beneidete er Árný, die nicht nur schlief, sondern die man auch vor manchen Details verschont hatte. Sie wusste, dass ihr Vater nicht mehr lebte, aber nicht, wie er gestorben war. Sie ahnte nicht, dass seine Leiche das ganze Wochenende über in der Garage gehangen hatte. Allein diese Tatsache war so absurd und schrecklich, dass er nicht lange darüber nachdenken konnte. Dann hatte er sofort wieder den Geruch in der Nase, von dem er angenommen hatte, er käme von Mosi.

Man hatte Árný erst über den Tod des Vaters informiert, als ihre Mutter wieder zurück gewesen war. Ketill hingegen hatte von Fremden erfahren, was geschehen war. Man hatte sie zum Kinderhaus gebracht, wo sie von Psychologen in Empfang genommen und in verschiedene Räume geführt worden waren. Während Árný Kakao bekam, weihte man ihn in die Wahrheit ein. Zu dem Zeitpunkt glaubte man noch, sein Vater habe Selbstmord begangen. Er wusste, dass diese Leute so etwas nur sagten, wenn sie sich ganz sicher waren, trotzdem hatte er protestiert. Sein Papa sei auf See. Das sei ein Missverständnis. Bis sie es irgendwann aufgegeben und ihm dasselbe angeboten hatten wie Árný: einen Kakao, um die Wartezeit zu überbrücken, bis seine Mutter eintraf.

Danach war alles im Nebel. Ihre Mutter hatte nicht selbst am Steuer ihres Wagens gesessen, sondern ein Polizist aus dem Norden. Er hatte sich kurz vorgestellt und dann bis zum Hotel keinen Ton mehr gesagt. Sie saßen zu dritt auf der Rückbank, sodass ihre Mutter Árný im Arm halten konnte, die heftig weinte, seit sie die Wahrheit erfahren hatte. Er war dabei gewesen, als ihre Mutter es ihr gesagt hatte. Árný hatte keine einzige Frage gestellt. Sie war im Kinderhaus in Tränen ausgebrochen, hatte im Auto geweint und dann im Hotel, bis sie eingeschlafen war. Vermutlich dachte sie, er sei auf See gestorben.

Aber das stimmte natürlich nicht. Nach der Ankunft im Hotel hatten zwei Polizisten an die Zimmertür geklopft und wollten mit ihrer Mutter reden. Sie war auf den Flur gegangen, und als sie zurückkam, wirkte sie noch blasser als zuvor. Da Árný noch schlief, hatte sie Ketill gesagt, was los war – sobald sie ihre Sprache wiedergefunden hatte. Die Polizei ging nun doch von einem Mord aus. Sie sollten morgen dazu befragt werden, sie bei der Polizei, Árný und Ketill im Kinderhaus. Die Sache sei nun noch deutlich ernster als zunächst gedacht, daher auch die Unterbringung im Hotel. Nicht, weil das Haus gereinigt werden sollte, wie es zuerst geheißen hatte.

Danach hatte seine Mutter kein Wort mehr gesagt, sondern sich in Klamotten zu Árný ins Bett gelegt. Ketill brannten unzählige Fragen auf der Seele und er versuchte vergeblich, etwas aus seiner Mutter herauszubekommen. Schließlich gab er es auf. Am dringendsten wollte er wissen, wer seinen Vater umgebracht hatte, wann und warum. Seine Mutter musste es doch wissen, oder zumindest jemanden in Verdacht haben. Wahrscheinlich standen Lísas Eltern ganz oben auf der Liste.

»Warum hast du mir nicht gesagt, dass alle glauben, Papa hat das Haus in der Straße angezündet?«

Die Frage überraschte seine Mutter so sehr, dass sie sich halb aufrichtete und ihn ansah. Ihr Gesicht war verquollen, ihre Augen sahen aus wie die eines Boxers nach einem verlorenen Kampf. »Was sagst du da?«

»Das habe ich auf Facebook gelesen. Er war in dem Haus, bevor es abgebrannt ist.«

Sie setzte sich ganz auf. »Was ist das bitte für ein Quatsch? Dein Vater hat die Familie an dem Abend besucht, aber er war längst zurück, als das Feuer ausgebrochen ist.« Sie verstummte und nahm ein Taschentuch vom Nachttisch. »Findest du es passend, das gerade jetzt zu besprechen? Deinem Vater einen Hausbrand anzuhängen, bei dem sein Freund und zwei Kinder gestorben sind? Was ist los mit dir, Ketill?«

Darauf wusste er keine Antwort. War etwas mit ihm los? War es nicht normal, dass man neben der Rolle war, wenn man gerade seinen Vater verloren hatte? »Ich muss das einfach wissen. Ich weiß auch nicht, warum. In meinem Kopf ist alles durcheinander. Was wollte er bei den Leuten? Warum wollte die Polizei mit ihm reden?«

Erstaunlicherweise antwortete seine Mutter diesmal. Vielleicht hatte sie bemerkt, dass dieses Gespräch sie wenigstens für einen kurzen Moment vom Tod ihres Mannes ablenkte. »Die Polizei muss ermitteln, wenn ein Haus abbrennt und Menschen sterben. Sie haben deinem Vater ein paar Fragen gestellt. Nichts Besonderes. Er stand nie unter Verdacht, falls du das denkst. Was hätte man ihm auch vorwerfen können? Dass er seinen Freund besucht hat?« Als sie sah, dass Ketill nicht ganz begriff, sprach sie weiter: »Die beiden waren befreundet. Papa und Stefán, der Mann, der gestorben ist. Sie haben sich oft getroffen, und genau so ein Besuch war das an jenem Abend. Manchmal kam Stefán auch zu uns. Das war nichts Besonderes. Einfach nur Freunde, die einander besuchen. Verstehst du?«

Ketill verstand nichts. Er und seine beiden Freunde besuchten sich nie. Er fühlte sich mies und bekam ein schlechtes Gewissen. Wie konnte es ihm entgangen sein, dass sein Vater und der Mann aus dem verbrannten Haus Freunde gewesen waren? Die Antwort lag auf der Hand, doch er wollte sie nicht wahrhaben. Seit Jahren hatte er null Interesse an seinem Vater gezeigt, wusste nicht, was ihm Spaß machte und mit wem er zu tun hatte. Ketill hatte den Kontakt auf das Notwendigste beschränkt und dichtgemacht, sobald sein Vater mit ihm sprechen wollte.

Nach dem Hausbrand hatten seine Eltern versucht, mit ihm darüber zu reden, hatten nachgefragt, ob es ihm deswegen schlecht gehe und ob er irgendetwas loswerden wolle. Anstatt die Wahrheit zu sagen, nämlich dass er sich komisch fühlte und schlecht schlief, hatte er cool getan und sich über den Gestank in der Straße beklagt. Ansonsten sei alles bestens. Er hatte mit den Schultern gezuckt und gefragt, ob er wieder in sein Zimmer gehen könne. Es hätte unzählige Möglichkeiten gegeben, die Geschichte aus dem Mund seines Vaters zu hören, aber er hatte sie nicht genutzt.

Jetzt war es zu spät. »Warum warst du bei dem Besuch nicht dabei?«

»Weil Papa und Stefán Freunde waren, aber Magga und ich nicht zueinanderpassten. Wir hatten keine gemeinsamen Interessen und wussten nie, worüber wir reden sollten. Die Männer hatten ihre Themen und scherten sich nicht um uns Frauen. Sie hat sich immer nur darüber beklagt, dass ihr Mann ständig kostenlos bei den Nachbarn im Einsatz ist. Dass sie ihn nur mit Wein und nutzlosem Zeug bezahlen. Das wollte ich mir nicht mehr anhören.«

Komischerweise fand Ketill es angenehm, mit seiner Mutter zu reden. Er konnte sich ganz aufs Fragen und Zuhören konzentrieren. Zum Beispiel überlegte er, was dieser Stefán wohl gearbeitet hatte, dass die Leute im Viertel ihn so oft brauchten. »War er Zahnarzt?«

Seine Mutter lächelte matt. Ihre Lippen waren so trocken, dass die untere aufriss. Blut quoll aus der Wunde, und sie wischte es mit dem Taschentuch weg. Menschen sollten nicht lächeln, wenn eine nahestehende Person gerade gestorben war. »Nein, er war Klempner. Ein netter Kerl. Wie dein Papa.«

Ketill nickte. Das stimmte. Sein Vater war kein besonders interessanter Mensch gewesen und kam ziemlich plump daher, aber nett war er. Zu Ketill, zu Árný und zu ihrer Mutter. Nur gegenüber Lísas Eltern hatte er sich nicht im Griff gehabt. Ketill wich dem traurigen Blick seiner Mutter aus. Er hatte zu lange geschwiegen, und jetzt saß sie wieder wie ein Häufchen

Elend da. »Warum ist die Frau nicht in den Flammen gestorben? War sie nicht zu Hause?«

Die Mutter seufzte, und Ketill bereute seine Frage. Der Tod war kein gutes Gesprächsthema in diesem Moment. Trotzdem antwortete sie: »Das Feuer ist im Zimmer einer der Töchter ausgebrochen, in der oberen Etage, wo die Schlafzimmer lagen. Als sie aufgewacht sind, hatte es sich schon ausgebreitet. Sie ist aus dem Fenster gesprungen, nachdem er sie dazu gedrängt hatte. Hat schlimme Knochenbrüche davongetragen. Aber sie hat überlebt. Er … er ist nicht gesprungen. Er wollte die Kinder retten. Aber … ja. Er hat es nicht geschafft und ist gestorben. Mit den Mädchen.«

Ketill bereute es, dass er den Hausbrand angesprochen hatte. Natürlich hatte sein Vater nichts damit zu tun. Wie hatte er daran zweifeln können? Und auch noch nachfragen … Er schämte sich und stellte eine viel wichtigere Frage: »Was glaubst du, wer Papa umgebracht hat?«

Das Gesicht seiner Mutter verhärtete sich. »Was denkst denn du? Die Nachbarn natürlich. Wer sonst?«

Ketill hätte es wissen müssen. »Aber warum?«

»Weil die verrückt sind!« Sie spuckte die Worte nur so aus, und ihre Lippe blutete wieder. Diesmal wischte sie es nicht weg. »Aber keine Sorge. Die Polizei wird dahinterkommen, und sie werden verurteilt. Schade, dass es auf Island keine Todesstrafe gibt. Das Gefängnis ist zu gut für sie.« Tränen liefen über ihre Wangen, und sie ließ sich wieder aufs Bett fallen.

Und so holte das ganze Elend Ketill wieder ein. Er war wieder allein mit seinen Gedanken in diesem kleinen Zimmer. Er wollte weiterreden, sie fragen, warum es sie gar nicht beunruhigt hatte, dass sie das ganze Wochenende nichts von seinem

Vater gehört hatte. Ihr sagen, dass der Nachbar geklingelt hatte, weil er in der Nacht, als sein Vater gestorben war, jemanden ums Haus hatte schleichen sehen. Vielleicht den Mörder. Und das Hupen, das Ketill in der Nacht geweckt hatte, als sein Vater zum Hafen aufgebrochen war, das konnte kein Versehen gewesen sein. Viel schlimmer noch. Vielleicht war es ein Hilferuf von seinem Vater gewesen, vielleicht hatte er ihn damit wecken wollen. Ketill fühlte sich, als ob er jeden Moment platzte; er wollte schreien. Es würde ihm sicher besser gehen, wenn er mit seiner Mutter darüber reden könnte. Doch ihr Rücken zuckte schon wieder, weil sie weinte.

Ketill sah sich nach einer Ablenkung um. Der Fernseher an der Wand interessierte ihn nicht. Seine Mutter hatte ihn bei ihrer Ankunft eingeschaltet, und wieder ausgestellt, nachdem sie kein Kinderprogramm für Árný finden konnte. Durch die ganzen Tränen hätte sie ohnehin nichts gesehen. Und für ihn gab es auch nichts. Nur die üblichen Fernsehsender und das normale Programm, aber kein Streaming.

Ketill holte tief Luft. Er starrte an die Wand und ließ den Gedanken an seinen Vater freien Lauf. Es hatte ihn vor dem Wochenende mit seinem Vater und Árný gegraut. Bei dem Gedanken bekam er einen bitteren Geschmack im Mund. Wäre es denn so schlimm gewesen, wenn er ab und zu auf einen Vorschlag seines Vaters eingegangen wäre? Zusammen Forellen angeln. Sich ein Länderspiel ansehen. Ins Kino gehen. Eine Grillhütte bauen. Gokart fahren. Bowlen. Er versuchte, sich an irgendeinen Vorschlag zu erinnern, auf den er positiv reagiert hatte – vergeblich. Er hatte unzählige Möglichkeiten verpasst, Erinnerungen an seinen Vater zu sammeln. Jetzt war es zu spät. Vielleicht hätte er ihm von seinem Klempnerfreund erzählt, wenn sie häufiger Zeit miteinander verbracht hätten. Ihr Kontakt hatte sich in den letzten Jahren auf die Mahlzeiten beschränkt und auf zufällige Begegnungen im Haus, wenn Ketill in sein Zimmer ging oder zur Schule musste. Dann hatten sie ungefähr drei Worte miteinander gewechselt. Mehr waren es nur gewesen, wenn Ketill mal wieder wegen irgendetwas einen Anschiss bekam.

Sein Handy piepte und kündigte eine Nachricht an. Das kam nicht oft vor. Er griff sofort danach, froh, auf andere Gedanken zu kommen. Und er machte große Augen, als er sah, dass Lísa geschrieben hatte.

Was war denn heute bei euch los?

Ketill starrte auf den Text, unsicher, was er darauf antworten sollte. Irgendwie reagieren musste er, denn sie sah ja, dass er ihre Nachricht gelesen hatte. Schließlich schrieb er einfach: *Papa ist tot.*

Er schickte die Nachricht ab, starrte einen Moment auf die drei Wörter und schob das Handy unter das viel zu dünne Kopfkissen. Er hörte ein dumpfes Piepen, kurz darauf noch eins, doch er konnte die Nachrichten nicht lesen. Er musste sich erst fangen und das alles wirklich begreifen: *Papa ist tot.*

23. KAPITEL – MONTAGABEND

Hróbjartur legte sein Handy weg, und Gunndís steckte ihres wieder ein. Dummerweise hatten sie fast gleichzeitig aufgelegt. Lieber wäre es ihr gewesen, wenn Hróbjartur länger gesprochen und sie noch etwas mehr mitkommen hätte. So hatte sie nur vereinzelte Wörter aufgeschnappt, weil sie sich auf ihr eigenes Telefonat konzentrieren musste. Auf ihre Gesprächspartnerin musste sie auch so schon ziemlich schräg gewirkt haben, da wollte sie nicht auch noch die Hälfte verpassen, weil sie versuchte, parallel einem anderen Gespräch zu folgen. Doch nicht nur sie war neugierig. Hróbjartur stand ihr da offensichtlich in nichts nach.

Sie sahen sich in die Augen, keiner wollte den ersten Schritt machen. Schließlich gab sich Hróbjartur geschlagen. Sie kannte ihn nicht gut genug, um seinen Gemütszustand zu beurteilen, doch er wirkte bestürzt. »Wer hat dich angerufen?«

Gunndís antwortete so knapp wie möglich. Sie wollte nicht sofort preisgeben, worum es bei dem Gespräch gegangen war. Dafür musste auch er mit Informationen herausrücken. »Die Polizei. Und dich?«

»Auch die Polizei.« Er schwieg, hatte wohl denselben Plan wie Gunndís. Auch er wollte eine Gegenleistung für weitere Informationen. »Worum ging es?«

Gunndís überlegte, wie viel sie verraten sollte. Die Polizistin hatte wissen wollen, wer sie war und in welcher Beziehung sie zu Þórður stand, dem Koch, den sie vertrat. Wieso sie immer wieder bei ihm angerufen habe. Ob sie den Mann kenne und was sie über ihn wisse. Die meisten Punkte waren schnell beantwortet, nur auf die Frage, warum sie so oft versucht hatte, ihn anzurufen, fiel ihr die Antwort schwer. Abstreiten konnte sie es nicht, denn die Polizei hatte das Handy des Mannes und wusste natürlich, wie oft sie es bei Þórður versucht hatte.

Das Kochbuch und ihre Überlegungen zu einer möglichen Verbindung zwischen dem Koch und ihrem verstorbenen Vater hatte sie lieber nicht erwähnt. Egal, wie sie es formuliert hätte, der Polizei wäre das sicher verrückt vorgekommen. Also gab sie dieselbe Antwort wie dem Matrosen Olgeir, von dem sie Þórðurs Nummer bekommen hatte: Sie habe Schwierigkeiten mit dem Ofen gehabt. Der Koch würde diese weiße Lüge nicht ausplaudern, denn er war nicht rangegangen, gehörte also offenbar zu den Menschen, die wirklich Urlaub machten, wenn sie im Urlaub waren. Doch dass die Polizei ihre Ausrede wirklich geschluckt hatte, bezweifelte sie, denn sie war eine ausgemacht schlechte Lügnerin. In den seltenen Fällen, in denen sie zu einer Lüge griff, tappte sie in alle Fallen, redete zu schnell, zu viel und nannte zu viele Details. Aber das ließ sich jetzt nicht mehr ändern.

»Sie wollten wissen, warum ich Þórður angerufen habe. Diese Frage habe ich ihnen beantwortet.«

»Und wieso hast du ihn angerufen? Und wann? Hast du ihn erreicht?«

Gunndís ignorierte die Fragen. »Was wollten sie von dir?«

Hróbjartur wirkte verärgert darüber, dass Gunndís ihm

nicht antwortete. Seine dunklen Brauen sanken tiefer, und die Lippen verengten sich zu einem schmalen Strich. Als Kapitän war er solch eine Frechheit an Bord nicht gewohnt. Dennoch antwortete er, wahrscheinlich weil ihm klar war, dass er keine Antwort von ihr erzwingen konnte. »Dasselbe Thema. Ob ich weiß, warum er nicht erschienen ist. Weiß ich nicht. Wenn ich geahnt hätte, dass er nicht kommt, hätte ich ja nicht binnen einer Stunde eine Vertretung finden müssen.«

»Ist er verhaftet worden? Hat er irgendetwas verbrochen?« Gunndís fiel kein anderer Grund ein, der die Anrufe der Polizei rechtfertigte. Mit einem Verbrechen an Land konnten sie nichts zu tun haben, und da sie in keinem ausländischen Hafen lagen, konnte es auch nicht um Schmuggel gehen. Ein Rückwurf von gefangenem Fisch landete wohl kaum auf dem Tisch der Polizei, außerdem trug der Koch sicher nicht die Hauptverantwortung dafür. Hatte er geschmuggeltes Fleisch gekauft? Oder nicht deklarierten Fisch verkauft?

»Nein, er hat nichts verbrochen. Nicht, dass ich wüsste.« Hróbjartur verschränkte die Arme vor der Brust, blies die Backen auf und stieß die Luft wieder aus. Dann sagte er: »Er ist in der Nacht zum Samstag gestorben. Als er eigentlich an Bord kommen sollte.«

Für einen Sekundenbruchteil hellte sich Gunndís' Laune auf. Wenn der Schiffskoch tot war, fehlte ein Mann an Bord. Sie errötete, als ihr bewusst wurde, wie unangemessen dieser Gedanke war, und stammelte ein paar Worte des Beileids. »Oh. Wie furchtbar. War er krank? Oder ein Unfall?« Das waren wirklich unsagbar dumme Fragen. Seit wann rief die Polizei an, wenn Menschen nach einem Herzinfarkt starben oder sich mit ihrem Auto überschlugen? »Stimmt etwas nicht?«

Hróbjartur zog die Brauen hoch. »Das möchte ich meinen. Aber sie haben mir nichts gesagt. Die Polizei stellt die Fragen, die Bürger antworten. Nicht andersherum.«

Gunndís nickte. Sie kannte Þórður überhaupt nicht, da konnte sie noch so viel über ihn und seinen Tod spekulieren. »Eine Frage. Wir hatten vor den Anrufen der Polizei darüber gesprochen: Weißt du, ob er der Sohn einer der Matrosen ist, die damals bei dem Schiffsunglück ums Leben kamen? Oder war er mit irgendwem verwandt?«

Der Kapitän schwieg. Gunndís gab es auf. »Soll ich deiner Frau das Essen bringen?«

Hróbjartur wirkte erleichtert darüber, dass sie keine weiteren Fragen stellte. »Nein. Sie hat sich hingelegt und kommt sicher bald. Aber du könntest einen der Steuermänner zu mir raufschicken. Den, der am ausgeruhtesten wirkt.«

Gunndís nickte, verabschiedete sich und ging. Ihre Nachforschungen zu den Männern an Bord mussten warten. Im Moment war Hróbjartur nicht bereit, ihr die entsprechenden Informationen zu liefern. Und vielleicht hielt er auch weiterhin dicht.

—

Im Trockenraum saßen zwei Steuermänner und ein paar Matrosen. Alle mit dampfenden Kaffeetassen in den Händen und manche auch mit Zigarette oder Vape. Sie hatte Gesprächsfetzen bis auf den Gang gehört, und wie zu erwarten ging es um die Gehälter und die Arbeitsbedingungen auf See. Die Männer ärgerten sich über die verzögerte Heimkehr. Wenn es schlecht lief, beklagte man sich besonders gern. Mal ging es um die Ruhezeiten, mal darum, dass der Großteil der Gewinne in dieselben Hände flossen, mal um die finanzielle Beteiligung der Matrosen am Sicherheitssystem an Bord oder um miese Vertragsentwürfe, die man abgelehnt hatte. Themen gab es genug.

Auch das Stichwort »Neuschiffgebühr« war gefallen, was darauf schließen ließ, dass die Reederei gerade ein neues Schiff bauen ließ. In den ersten sieben Jahren, nachdem ein neues Schiff in Dienst gestellt wurde, sank die Fangbeteiligung der Crew um zehn Prozent, und das machte sich schmerzlich bemerkbar. Ein paarmal schon hatte sie solche Gespräche mitbekommen, sich aber nicht eingemischt, weil sie befürchtete, dass die Reederei davon erfuhr, und die war schließlich ihre Auftraggeberin. Die Reeder sagten, mit einem neuen Schiff sei der Ertrag größer als mit einem alten, dadurch verdienten die Matrosen insgesamt mehr. Daher sei diese Regelung nur gerecht. Die Prozente, die die Reederei für das neue Schiff einbehalte, werde durch die größere Fangmenge ausgeglichen. Aber das stimmte nicht. Die Fangmenge und damit auch die Erfolgsbeteiligung der Mannschaft wurde allein durch die Quote bestimmt. Gunndís hatte sich bisher immer zurückgehalten, aber wenn sie einen festen Platz auf einem Schiff hätte, würde auch sie ihre Meinung sagen.

Als Gunndís in der Tür erschien, verstummte das Gespräch schlagartig. Alle starrten sie an, keiner sagte etwas. Bestimmt dachten alle dasselbe: *Das ist die Tochter des Mannes, der eine ganze Mannschaft auf dem Gewissen hat. Ist es da ein Wunder, dass wir so wenig fangen? Braucht es eine weitere Erklärung, als dass sie an Bord ist?* Natürlich konnte sie nicht wissen, was die Männer dachten, und sie beurteilten die Situation auch sicher nicht alle gleich. Doch ihre größte Sorge war, dass jemand von ihnen sich an ihr rächen wollte. Es konnte gut sein, dass sie dem einen oder anderen damals bei der Gedenkfeier begegnet war, an der viele Kinder unterschiedlichen Alters teilgenommen hatten. Das war jetzt achtzehn Jahre her und passte vom Alter her bei den meisten.

Manche Familien arbeiteten seit Generationen auf See. Bei der Berufswahl orientierten sich Kinder oft an ihren Eltern. Die Söhne von Seeleuten wurden Seeleute. Manchmal auch die Töchter, wie in ihrem Fall. Der Heimathafen des verunglückten Schiffes war ebenfalls Grindavík gewesen, und es gehörte zur selben Reederei wie das Schiff, auf dem sie jetzt unterwegs waren. Und die Reeder griffen am liebsten auf Leute zurück, die vor Ort lebten. Der Großteil der verunglückten Besatzung stammte aus Grindavík, und die meisten der Männer hier sicher auch. Am liebsten hätte Gunndís die Männer einfach gefragt, ob sie mit den verunglückten Matrosen verwandt waren, doch sie traute sich nicht.

Einer der Steuermänner im Raum gähnte, und damit erkor sie den anderen zum passenden Kandidaten. Es war Ómar, den sie des dummen Feuerlöscherstreichs verdächtigte. Sie nickte ihm zu. »Ómar, Hróbjartur will dich auf der Brücke haben.« Schwerfällig stand er auf, während der andere, der vorhin noch gegähnt hatte, auf einmal putzmunter wirkte. Sie hatte den Falschen ausgesucht. Aber egal.

Im Vorbeigehen stieß Ómar sie an. Absichtlich. Sie musste einen Schritt nach hinten machen, um nicht ins Taumeln zu geraten. Ómar drehte sich nicht um und bat auch nicht um Entschuldigung, sondern verschwand wortlos auf den Gang. Die anderen sahen verlegen weg.

Einer der Matrosen versuchte, die Stimmung mit einem Scherz aufzulockern: »Ómar steht wohl nicht so auf Fleischsuppe.«

Sein Sitznachbar Geir fügte in noch gemeinerem Ton hinzu: »Oder er hat Sorge, dass du was flambieren willst.«

Niemand lachte, und die Stimmung konnte nicht mehr unangenehmer werden. Alle hier wussten, wessen Tochter sie war. Gunndís kochte vor Wut. Sie hatte die Schnauze voll. Doch bevor sie etwas sagen konnte, sprang ihr überraschenderweise jemand zur Seite. Elli, einer der Maschinisten, kam vom hinteren Deck herein, nachdem er das Gespräch im Trockenraum offenbar gehört hatte. Zum Glück, denn vermutlich hätte Gunndís sonst irgendetwas Dummes gesagt und es hinterher bereut.

»Seid ihr völlig bescheuert?« Er sprach die Männer, die vor ihm saßen, direkt an. »Schimpft besser weiter über die Arbeitsbedingungen und versucht euch nicht als Spaßmacher. Oder wollt ihr, dass sie wegen euch ins Essen spuckt?«

Gunndís wollte gegen seinen letzten Satz protestieren, doch sie ließ es. Unter keinen Umständen sollten die anderen glauben, dass sie das Essen verdarb, um sich zu rächen. Aber sie wollte Elli auch nicht vor den Kopf stoßen, der ihr zur Seite gesprungen war. Am besten machte sie sich schnell wieder an die Arbeit. Sie nuschelte etwas davon, dass sie abräumen müsse, und verkrümelte sich.

Als nur noch die Spülmaschine auszuräumen war, hörte sie aus der Messe ein Geräusch. Sie schaute auf und sah den Maschinisten, der für sie in die Bresche gesprungen war, und den Matrosen, der den Fleischsuppenwitz gerissen hatte. Sie schienen nicht gekommen zu sein, um sich Kekse oder Limo zu holen. Der Matrose sah sie an: »Ich wollte nur sorry sagen. Das war ein dummer Witz.«

Es gab keinen Grund, ihm weiter gram zu sein. Sie rief sich den Namen des Mannes in Erinnerung und hoffte, dass sie richtiglag. »Kein Ding, Stjáni.«

Falls er nicht Stjáni hieß, ließ er sich nichts anmerken. Er streckte die Hand aus, lächelte und sagte: »Frieden?«

Gunndís trocknete ihre Hand am Geschirrtuch ab und reichte sie ihm: »Frieden.« Das konnte nicht schaden. Stjáni schob sich einen Keks in den Mund und ging. Maschinist Elli hingegen machte keine Anstalten, den Raum zu verlassen.

»Brauchst du noch irgendetwas? Kaffee? Ein Sandwich?«

Elli lächelte. »Nein, danke. Ich bin gut versorgt.« Nach einer kleinen Weile fügte er hinzu: »Ich wollte dir nur sagen, dass du dir das Gerede der Jungs nicht zu Herzen nehmen darfst. Die sind einfach gereizt. Ómar ist, wie er ist, und Geir mit dem Flambierspruch ist auch ein Hitzkopf. Morgen wird es besser, wenn sie das prall gefüllte Netz sehen. Wir brauchen nur noch einen guten Fang.«

Gunndís nickte. Hoffentlich hatte er recht. Im Zweifel blieb das Netz wieder leer. »Sicher, dass du nichts willst?«

»Ganz sicher. Alles gut.«

»Okay.« Langsam wurde die Situation unangenehm. Dieser Elli wollte ihr etwas sagen, aber er traute sich nicht. Sie half ihm. »Mir ist klar, dass ihr wisst, wer mein Vater war. Falls du gekommen bist, um darüber zu reden.«

Der Maschinist guckte erstaunt. »Nein. Überhaupt nicht. Ich wollte dir nur sagen, dass einer der Männer einen Anruf bekommen hat. In Grindavík geht das Gerücht um, dass Þórður tot ist. Der Koch, den du vertrittst.«

Gunndís überlegte, ob sie erstaunt tun sollte, doch sie entschied sich dagegen. »Davon habe ich gehört. Dass er tot ist. Wisst ihr, was passiert ist?«

»Er soll Selbstmord begangen haben. Hat sich erhängt, hieß es. Furchtbar. Und schwer zu verstehen.« Elli schüttelte den Kopf. »Er machte nicht den Eindruck, dass er in einer so schlimmen Krise steckte.«

In so einem Moment fielen einem selten die richtigen Worte ein, daher ließ sie es einfach. »Habt ihr lange zusammengearbeitet?«

»Ja und nein. Was ist lange? Er hat angefangen, als der alte Schiffskoch aufgehört hat. Vor ungefähr einem Jahr. Wenn ich alt sage, meine ich alt. Der Mann war in seinen Sechzigern. Viel Blutwurst. Viel Milchreis. Manchmal Milchreis mit Blutwurst.«

Gunndís schmunzelte und merkte sich, dass Milchreis hier nicht angesagt war. Oder Blutwurst. Wobei es im Grunde keine Rolle mehr für sie spielte. Sie würde noch genau einen Tag für die Mannschaft kochen. Danach bekam jemand aus einer unbelasteten Familie den Job.

»Darf ich dir eine Frage stellen?«

Der Mann nickte, und sie legte los: »Weißt du, ob Þórður mit dem Unfall der *Egill Ásbjörnsson* zu tun hatte? War er mit jemandem verwandt, der gestorben ist?« Auf einmal fiel ihr eine mögliche Erklärung für die Sache mit dem Kochbuch ein. »War er damals schon Teil der Crew, als Ersatzkoch vielleicht?« Wenn dem so war, hätte er an Bord des Schiffes gehen und das Buch mitnehmen können, bevor es auslief. Vielleicht hatte er das falsche Buch gegriffen oder es nur ausgeliehen.

Diese Frage erstaunte Elli sichtlich, und er dachte nach, ehe er antwortete. »Nein, ich glaube nicht. Das hätte er sicher erwähnt. Er hat sich als Hobbyhistoriker mit dem Schiffsunglück beschäftigt und hätte das sicher gesagt.«

Gunndís horchte auf. »Hobbyhistoriker?«

»Historiker ist vielleicht etwas übertrieben. Aber er hat viel darüber gesprochen. Irgendwelche Nachforschungen angestellt. Keine Ahnung, warum. Ich finde, man sollte so eine alte Tragödie nicht in die Gegenwart zerren. Wozu auch? Was geschehen ist, ist geschehen.« Er lächelte sie freundlich an. »Es hat keinen Zweck, das irgendwem in die Schuhe zu schieben, finde ich.«

»Danke. Sehe ich auch so.« Gunndís konnte es nicht abwarten, in die Kajüte zu kommen. Wenn der tote Koch sich mit dem Unglück befasst hatte, war der Nachruf womöglich nur eines von vielen Dokumenten, die damit zu tun hatten. Sie hatte nicht danach gesucht. Die Schublade war voller Papiere, auch auf dem Schreibtisch lagen welche. »Tja, ich muss in die Koje. Muss morgen wieder früh raus.«

Der Maschinist verabschiedete sich etwas unbeholfen. Wahrscheinlich hätte er gern noch länger geredet. Gunndís warf das Geschirrtuch in die Küche, und als sie auf den Gang trat, klingelte ihr Handy. Sie kannte die Nummer nicht, ging aber trotzdem ran. Es war Hróbjartur.

Er kam direkt zur Sache. »Die Polizei hat noch mal angerufen und mich gebeten, Þórðurs Kajüte zuzusperren. Sie wollen seine Sachen durchsehen, sobald wir anlegen. Ich habe es zugesagt, aber überlege gerade, ob du diese Nacht nicht trotzdem noch dort schläfst. Du gehst ja nicht an seine Sachen, oder?«

»Nein, natürlich nicht.«

»Dann machen wir es so. Machen uns jetzt keinen Stress mit den Kajüten. Ich kann dich ja kaum bei einem der Männer in die obere Koje stecken …«

»Lieber nicht.« Ehrlich gesagt, wäre es Gunndís völlig egal gewesen. Sie hatte schon mal mit einem Matrosen die Kajüte geteilt. Aber sie musste an die Papiere kommen. Im besten Fall auch an den Computer. »Ich rühre seine Sachen nicht an, versprochen.«

24. KAPITEL – DIENSTAG

»Die Verletzungen am Hals des Mannes deuten darauf hin, dass er erwürgt wurde, aber nicht mit dem Seil, an dem er hing. Der Todeszeitpunkt ist wahrscheinlich zwischen ein und vier Uhr in der Nacht zum Samstag. Genauer werden wir es nicht herausfinden. Nach der Obduktion werden wir in einigen Punkten schlauer sein, aber nicht, was den Todeszeitpunkt angeht. Die Leiche hing etwa zweieinhalb Tage in der Garage. Die Totenstarre war also schon vorbei und kann nicht mehr als Anhaltspunkt herangezogen werden, und die Körpertemperatur hatte sich längst an die Raumtemperatur angeglichen. Auch das hilft uns also nicht weiter. Zudem scheint niemand zu wissen, wann er zuletzt gegessen hat.«

Erla ließ den Blick über die wenigen Teilnehmer an der Lagebesprechung wandern. Als sich herausstellte, dass Þórður keinen Selbstmord begangen hatte und damit Mordermittlungen eingeleitet werden mussten, war der Fall an die Kollegen aus Suðurnes zurückgefallen. Die Ermittlungen sollten von dort geleitet werden und Reykjavík nur bei technischen Dingen und einigen ausgewählten Aufgaben unterstützen. Unter anderem sollten sie die Bewohner der Straße und die Witwe des Opfers vernehmen, zu der man in Suðurnes nach wie vor lieber keinen Kontakt aufnehmen wollte. Nur um den Toten wollten sie sich selbst kümmern. Tote verklagten niemanden mehr.

»Der Mann wurde zuletzt am Freitagabend gegen dreiundzwanzig Uhr gesehen. Sein Sohn hat den Großteil des Abends in seinem Zimmer verbracht, aber gegen elf ist er in die Küche gegangen und hat etwas getrunken. Da hat er seinen Vater im Wohnzimmer gesehen, lebend, und ihm ist wohl auch nichts Ungewöhnliches aufgefallen. Um kurz vor eins ist der Junge eingeschlafen und wurde irgendwann in der Nacht von Geräuschen aus der Garage geweckt, er glaubt, vom Hupen eines Autos. Um vier hat sein Handy gepiept, und er hat auf die Uhr gesehen. Irgendein Fake-Spieler hat ihm eine Nachricht geschickt, dass um Punkt ein Match beginnt, das wurde inzwischen bestätigt. Der Junge ist sich sicher, dass er das Geräusch aus der Garage vor dem Handyklingeln gehört hat. Da hatte er sich einfach umgedreht und nicht auf die Uhr gesehen. Das Hupen ist demnach weniger in seinen Schlaf vorgedrungen als der Hinweis auf das bevorstehende Computerspiel. Jedenfalls ist das der Zeitrahmen. Zwischen ein und vier Uhr nachts. Wir gehen davon aus, dass die Geräusche aus der Garage in irgendeiner Weise mit dem Mord zu tun haben. Das muss nicht unbedingt richtig sein, aber im Moment ist es unsere These. Die Ehefrau weiß nichts, sie ist am Freitag zur Abendessenszeit aufs Land gefahren. Komisch ist nur, dass sie das ganze Wochenende über kein einziges Mal versucht hat, ihren Mann zu erreichen.«

Das meiste hatten Karó und Týr schon gehört. Ausnahmsweise gehörten sie mal zum inneren Kreis. Das war eine schöne Abwechslung, und Týr beobachtete, dass Karó mit noch geraderem Rücken dasaß als sonst. Er merkte ihr an, wie gut es ihr tat, dass andere sich bei ihr über den Fall informierten. Ihm ging es ähnlich, obwohl er immer noch wie eine Krabbe auf dem Stuhl hing.

Erla machte weiter: »Die Untersuchung des Hauses soll so schnell wie möglich abgeschlossen werden, da die Ehefrau des Toten und seine zwei Kinder so lange in einem Hotel ausharren müssen. Je eher sie nach Hause können, desto besser, aber es dauert eben, das ganze Haus zu durchkämmen. Nichts deutet auf einen Einbruch hin, daher könnte das Opfer die Person auch ins Haus gelassen haben. Oder sie ist durch die Hintertür hineingelangt, die möglicherweise nicht abgeschlossen war. Dasselbe gilt für die Garage. Der Mord selbst könnte überall im Haus stattgefunden haben, im Erdgeschoss oder im ersten Stock. Die Garage muss nicht unbedingt der Tatort sein, auch wenn die Leiche dort gefunden wurde. Der Junge kann die Geräusche, die er von dort gehört hat, nicht näher beschreiben. Vielleicht hat er gehört, wie die Leiche dort aufgehängt wurde. Er hatte den ganzen Abend Kopfhörer auf, daher könnte es auch sein, dass die Person zu Besuch bei seinem Vater war. Die Tochter ist gegen zweiundzwanzig Uhr eingeschlafen und seit einundzwanzig Uhr in ihrem Zimmer gewesen. Sie sagt, sie habe keinen Besuch gehört. Ihre Befragung war nicht leicht, da die Kleine unter Schock steht. Neben dem Haus muss die Spurensicherung auch den Garten untersuchen.«

Daraufhin schilderte Erla kurz die Sache mit dem Hund und erklärte, auch hier könne der Mörder dahinterstecken. Das werde sich zeigen. Die Ergebnisse der Untersuchung auf Giftstoffe stünden noch aus. Laut den Kollegen aus Suðurnes sei dies nicht der erste Hund in der Straße, der vermutlich vergiftet wurde. Seit fast zwei Jahrzehnten habe es immer wieder tote

Hunde mit Verdacht auf Vergiftung gegeben, aber nicht regelmäßig genug, um dem nachzugehen. Selbst jetzt werde sich vermutlich keine Verbindung zwischen dem toten Hund und dem Mord an seinem Besitzer nachweisen lassen.

Im Kinderhaus suche man weiter das Gespräch mit Þórðurs Tochter in der Hoffnung, noch etwas aus ihr herauszubekommen. Die Befragung des Sohnes sei fürs Erste abgeschlossen, er schien an besagtem Freitag nicht viel Kontakt zu seinem Vater gehabt und auch generell wenig von seinem Leben außerhalb der Familie mitbekommen zu haben. Erwähnt habe der Junge auch den Besuch des Nachbarn, der angeklopft und von einer Person berichtet habe, die in der Nacht zum Samstag ums Haus geschlichen sei. Diese Schilderung decke sich mit den Informationen, die Týr einem Telefonat mit ebenjenem Mann entnommen habe.

Erla legte eine kleine Atempause ein. »Spätestens morgen erwarten wir das Schiff zurück, auf dem Þórður als Schiffskoch gearbeitet hat. Die Kriminaltechniker werden seine Kajüte untersuchen. Vielleicht finden sich dort Hinweise auf die Tat. Ich weiß allerdings nicht, ob jemand von uns mit dabei sein wird oder ob das die Kollegen aus Suðurnes übernehmen. Die Techniker haben den Schal mitgenommen, den man dem Opfer um den Kopf gewickelt hatte. Die Ehefrau sagt, sie kenne ihn nicht. Daher könnte es gut sein, dass er dem Täter gehört, und wenn er ihn getragen hat, finden sie möglicherweise DNA-Spuren des Täters.« Erla korrigierte sich. »Des Täters oder der Täterin, meine ich. Zum jetzigen Zeitpunkt können wir nicht ausschließen, dass es eine Frau war.«

Erla machte weiter: »Derzeit haben wir noch keine konkrete Person im Visier. Die Nachbarn haben sich im Streit mit

Þórðurs Familie zwar nicht gerade zimperlich gezeigt, aber würden sie einen Mord begehen? Es ist unser Job, das herauszufinden. Vielleicht haben sie nichts mit der Sache zu tun. Suðurnes wird tief in der Vergangenheit des Mordopfers graben und insbesondere nach Unregelmäßigkeiten Ausschau halten. Außerdem werden sie Aufnahmen von Überwachungskameras aus der Gegend sichern und sie von der IT untersuchen lassen. Viel wird das zwar nicht sein, aber immerhin. Viele Leute haben inzwischen Klingelanlagen, die auch Ton- und Bildaufnahmen machen. Das ist beim Haus des Mordopfers leider nicht der Fall, und auch nicht bei den beiden Nachbarn. Aber mit vereinten Kräften werden wir diesen Fall lösen«, beendete Erla ihren kurzen Vortrag.

Erstaunlicherweise fragte sie diesmal nicht nach einem Babysitter; vielleicht hatte sie endlich jemanden gefunden. Sie stand einfach nur da und blickte ihre Leute an, als wartete sie auf Applaus. Kurz verspürte Týr den Drang zu klatschen, doch zum Glück riss er sich zusammen, ehe es jemand bemerkte. Dann scheuchte Erla sie auch schon mit wedelnden Händen aus dem Raum, wie Schulkinder, die im Schneeregen nicht auf den Schulhof wollten.

Als auch Karó und Týr aufstanden, hielt Erla sie zurück. »Ihr solltet als Erstes mit dem Nachbarn sprechen, der in der Mordnacht etwas gesehen hat. Ruhig erst mal am Telefon, offiziell vernehmen können wir ihn später noch. Ich denke, ihr solltet erst seine Version anhören, ehe ihr mit der Nachbarfamilie sprecht. Vielleicht hat er nicht irgendjemanden am Haus gesehen, sondern einen der Nachbarn. Das wollte er zunächst vielleicht nicht so deutlich sagen. Wollte sich aus den Konflikten raushalten. Aber jetzt sieht die Sache anders aus, denke ich.«

Týr und Karó nickten, und Erla fügte hinzu: »Meldet euch auch bei den Kollegen aus Suðurnes. Sie sind sicher schon weitergekommen, seit ich heute früh mit ihnen gesprochen habe.«

»Machen wir. Da ist noch etwas.« Týr merkte, dass Erla auf dem Sprung war, und nutzte die Chance, bevor sie ins nächste Meeting verschwand. »Vor etwa einem Jahr ist in der Straße ein Haus abgebrannt. Vermutlich hat es nichts mit dem Mord zu tun, aber ich würde mir die Akte dazu gern in der Datenbank ansehen, um sicher zu sein, dass wir uns nicht eingehender damit befassen müssen. Vielleicht ist es nur Zufall, aber der Nachbarschaftsstreit hat in etwa zur selben Zeit begonnen, also gibt es möglicherweise doch einen Zusammenhang. Geht das in Ordnung?«

Gedanklich hatte Erla den Raum bereits verlassen, obwohl ihr Körper sich noch dort befand. »Bitte? Ja, ja. Meinetwegen. Legt einfach los.«

Die Sache mit dem Hausbrand eilte nicht. Týr und Karó teilten sich so auf, dass Karó den Ermittlungsleiter in Suðurnes und Týr den Nachbarn anrief, mit dem er auch beim letzten Mal schon telefoniert hatte.

Fannar ging beim zweiten Klingeln ran. Týr sagte ihm, dass man ihn in Kürze zu einer offiziellen Vernehmung einbestellen werde, es aber hilfreich sei, vorab ein paar Dinge zu klären. Fannar wollte sofort wissen, wer die Spritkosten übernehme, wenn er zur Vernehmung nach Reykjavík kommen müsse. Týr stöhnte innerlich und antwortete, dass die Vernehmung auch auf der Polizeiwache in Grindavík stattfinden könne.

Der Nachbar war nicht auf den Kopf gefallen. »Ich verstehe das nicht ganz. Ich habe gehört, dass Þórður sich das Leben genommen hat. Warum soll ich also vernommen werden?«

»Es geht nur um einen Zeugenbericht.«

»Ich habe nichts dazu zu sagen und will da auch nicht reingezogen werden.«

Da war er nicht der Erste, der so reagierte. Warum konnten die Leute nicht einfach ein paar Fragen beantworten, ohne gleich alles Mögliche hineinzuinterpretieren? In der Regel ging es um ganz allgemeine Dinge. Týr bemühte sich, nicht genervt zu klingen. »Sie verfügen über Informationen, die wir im Protokoll festhalten müssen. Sie haben bei unserem letzten Telefonat selbst erzählt, dass Sie in der Todesnacht Ihres Nachbarn jemanden um dessen Haus haben schleichen sehen. Wann genau war das?«

»Das war sicher nicht Þórður, der in seinem eigenen Garten rumgeschlichen ist, falls Sie das denken.«

»Könnten Sie bitte einfach die Frage beantworten.«

Týrs Aufforderung kam an, und Fannar antwortete: »Ähm … Das muss irgendwann nach Mitternacht gewesen sein. Ich habe nicht auf die Uhr gesehen. Ich lebe allein und bin wach und schlafe, wann es mir passt, da gucke ich nicht immer auf die Uhr. Es könnte gegen eins gewesen sein. Sicher nicht später als zwei. Da bin ich schlafen gegangen. Um kurz nach zwei, meine ich.«

Týr stöhnte innerlich. Wie konnte man so verpeilt sein? Er musste versuchen, dem Mann auf die Sprünge zu helfen. »Was haben Sie denn draußen gemacht?«

Der Mann stutzte. »Moment mal. Wirft man mir irgendetwas vor?«

»Nein. Ich versuche lediglich, Ihnen zu helfen, den Zeitraum einzugrenzen. Falls Sie in dem Moment zum Beispiel gerade nach Hause gekommen sind, können Sie vielleicht doch eine etwas genauere Uhrzeit nennen.«

»Ich bin rausgegangen, weil ich draußen jemanden gesehen habe, als ich im Wohnzimmer den Vorhang zuziehen wollte. Vor dem Grundstück steht eine Laterne, die bei Dunkelheit unerträglich ist. Ich meinte, ich hätte jemanden ums Haus der Nachbarn schleichen sehen. Um Þórðurs Haus. In Anbetracht der angespannten Lage da drüben dachte ich, ich sehe mal nach. Ich hatte gehofft, dass ich die Person vertreiben und so eine weitere Eskalation zwischen den Familien verhindern kann. Aber jetzt sagen Sie mir durch die Blume, dass es nicht gelungen ist.« Er schwieg und fügte nach einer Weile hinzu: »Die Lage muss sich noch zugespitzt haben. Das hätte ich nicht gedacht.«

»Wir untersuchen lediglich Þórðurs Tod, wie üblich, wenn jemand zu Hause stirbt. Ich deute nichts an, nichts im Hinblick auf die Streitigkeiten zwischen den Nachbarn und auch sonst nichts. Aber wir müssen herausfinden, wer da abends ums Haus gelaufen ist. Kannten Sie die Peron, die Sie gesehen haben?«

»Ich habe sie nicht gut gesehen. Weder durchs Fenster noch als ich draußen war. Könnte ein Mann oder eine Frau gewesen sein. Ich würde auf einen Mann tippen. Ich habe nur eine Person gesehen. Es könnten aber auch zwei gewesen sein.«

Týr hakte weiter nach, doch er bekam nichts Handfestes aus dem Mann heraus. Als er vor die Tür getreten war, hatte er eine Person hinter dem Haus verschwinden sehen. Er war sich relativ sicher, dass zu dem Zeitpunkt in der oberen Etage kein Licht mehr gebrannt und Ketill demnach vermutlich bereits geschlafen hatte. Das konnte heißen, dass es tatsächlich schon nach ein Uhr gewesen war, als Fannar die Person bemerkt hatte. Das passte zu der Zeitspanne, in der Þórður wahrscheinlich ermordet worden war, und damit war es durchaus möglich, dass Fannar den Täter oder die Täterin gesehen hatte. Dumm nur, dass er die Person nicht beschreiben konnte. Er hatte gesagt, es könnte durchaus der verfeindete Nachbar gewesen sein. So, wie die Person sich bewegt habe, könne er sich das gut vorstellen, im Nachhinein betrachtet.

Eine Aussage mit dem Zusatz »im Nachhinein betrachtet« war selten verlässlich. Das Gedächtnis konnte einen täuschen, und wenn die Leute nachträglich ihre Erinnerungen polierten, war das der Wahrheitsfindung meist nicht zuträglich. Es kam selten vor, dass zwei Menschen dasselbe Ereignis genau gleich schilderten, daher musste man große Vorsicht walten lassen, wenn es um Details ging. Das Einzige, was für Týr nach dem Gespräch mit Fannar feststand, war, dass er in der Mordnacht jemanden an Þórðurs Haus gesehen hatte. Wahrscheinlich einen Mann, möglicherweise aber auch eine Frau.

Karó hatte etwas handfestere Informationen bekommen. »Der Kollege, mit dem ich telefoniert habe, hat sowohl mit dem Kapitän als auch mit einem Vertreter der Reederei gesprochen. Beide sagen, dass Þórður die Tour zugesagt hat, aber nicht erschienen ist. Der Kapitän hat mehrmals versucht, ihn zu erreichen, aber Þórður ist nicht rangegangen. Schließlich hat er den Reedereimanager angerufen, ihn mitten in der Nacht geweckt und ihm mitgeteilt, dass er dringend einen Ersatzkoch brauche. Der nannte ihm Gunndís, die als verzweifelt genug galt, um den Job so kurzfristig anzunehmen. Kurz darauf wurde Þórðurs Name von der Crewliste gestrichen und dafür Gunndís eingetragen.«

Karó trank einen Schluck aus der Tasse auf ihrem Tisch und schüttelte sich. »Bäh.« Sie sah Týr an. »Der Kaffee ist von gestern. Oder sogar von Freitag.«

»Soll ich das in die Unfallstatistik aufnehmen?«

Karó schüttelte lachend den Kopf und schob die Tasse weg. »Eine Sache geht mir nicht aus dem Kopf.«

»Und zwar?«

»Irgendetwas an dieser Gunndís kam mir merkwürdig vor, als ich gestern Abend mit ihr telefoniert habe. Sie hat so zögerlich geantwortet und wirkte insgesamt irgendwie sonderbar.«

»Sonderbar genug, um in die Sache verstrickt zu sein? Hat sie den Koch getötet, um seinen Platz einzunehmen?«

Karó verzog das Gesicht. »Nein. Das nicht. Aber irgendwie war sie komisch. Vielleicht war sie einfach nur erschrocken wegen des Anrufs von der Polizei. Wer weiß, vielleicht hat sie wegen etwas völlig anderem ein schlechtes Gewissen. Hatte getrunken, als sie zu ihrem Einsatz gefahren ist. Hat auf einer Party gekokst. Irgend so etwas. Ich habe ihr nicht gesagt, weshalb wir uns Þórðurs Handy angesehen haben, und seltsamerweise hat sie auch nicht nachgefragt.«

Týr konnte dazu wenig sagen. »Vielleicht sollten wir mit ihr sprechen, wenn sie an Land ist. Von Angesicht zu Angesicht.«

Karó schob ihre Bedenken beiseite und knüpfte da an, wo sie aufgehört hatte. »Jedenfalls lässt sich vom Kontakt zwischen Þórður und dem Kapitän nicht ableiten, wann der Koch gestorben ist. Der Kapitän hatte ihn Freitagnachmittag angerufen und über die zusätzliche Tour informiert. Daraufhin hat Þórður Lebensmittel bestellt und sie an Bord liefern lassen. Alles sah gut aus, bis der Koch sich nachts nicht blicken ließ. Gegen zwei Uhr in der Nacht zum Samstag hat der Kapitän versucht, ihn anzurufen, ihn aber nicht erreicht. Das passt zu den Handydaten und deckt sich auch mit dem, was der Kapitän dir gestern schon am Telefon gesagt hat. Er hatte damit gerechnet, dass Þórður Wort hält, und sah keinen Grund, sich vorab noch mal zu vergewissern, dass er auch wirklich kommt.«

Týrs Telefonat mit dem Kapitän war kurz gewesen, und viele Punkte, die Karó gerade genannt hatte, waren neu für ihn. »Und was hat der Kapitän gedacht, als Þórður nicht kam?«, fragte er weiter nach. »Dass sich sein Koch betrunken hatte? War er vielleicht Alkoholiker?«

»Nein, soweit ich verstanden habe, sind für mehrere Crewmitglieder andere Leute eingesprungen, weil die Tour nicht geplant war. Einige hatten wohl schon Pläne gemacht, die sie nicht mehr ändern konnten oder wollten. Der Kapitän hat erwähnt, dass der Koch einen Wochenendtrip mit seiner Frau machen wollte, und er ging davon aus, dass der Koch sich im letzten Moment vielleicht anders entschieden hatte, dass er seine Frau nicht einfach sitzen lassen konnte. Dass es möglicherweise Streit gegeben hatte, weil er ständig unterwegs ist, und er sich nicht getraut hatte, so kurzfristig abzusagen.«

Das kam Týr doch sehr unwahrscheinlich vor. Karó bemerkte es, denn sie fügte hinzu: »Der Kapitän hat aber auch gesagt, dass er eigentlich nicht viel darüber nachgedacht hat, dazu hatte er gar keine Zeit. Er hat Ersatz gefunden und sich auf das Entscheidende konzentriert: den Fischfang. Das klingt schon glaubwürdig, finde ich.«

Karó lehnte sich auf ihrem Stuhl zurück. »Nur so eine Idee: Wie wäre es, wenn wir bei der Obduktion zusehen, falls sie noch nicht abgeschlossen ist? Ich bin mir sicher, dass Iðunn nichts dagegen hat. Wir könnten wahnsinnig viel dabei lernen.«

Einen schlechteren Vorschlag hatte Týr noch nie gehört. Er hatte weder Lust auf eine Begegnung mit Iðunn, noch wollte er dabei zusehen, wie eine Leiche aufgeschnitten wurde. Zweimal

Minus ergab hier ganz sicher nicht Plus. Außerdem bestand das Risiko, dass Alexandra da war. Schon eine Begegnung mit Iðunn machte ihm Stress, da musste nicht noch Alexandra danebenstehen. Er würde einen Herzinfarkt kriegen und am Ende noch selbst auf dem Stahltisch enden, wenn sie ihm heimlich zuzwinkerte oder eine Kusshand zuwarf. Er hatte es natürlich mal wieder nicht geschafft, sich am Wochenende von ihr zu trennen. Hatte einfach nicht den passenden Moment gefunden. Was auch immer ein passender Moment für so etwas sein sollte.

»Ich glaube, da bin ich raus. Ich überlege, nach Grindavík zu fahren und die Nachbarschaft zu befragen. Das müssen wir in jedem Fall tun. Vielleicht hat in der Nacht jemand etwas mitbekommen. Wenn die Obduktion doch schon abgeschlossen ist oder Iðunn dich nicht dabeihaben will, wäre es gut, wenn du mitkämst.« Týr sah sich um. »Ich wüsste nicht, wen ich sonst mitnehmen sollte.«

»Erla?« Karó grinste. »Auf der Fahrt könnt ihr über Kinder plaudern.«

Týr schüttelte sich. Da würde er fast noch lieber Iðunn beim Obduzieren zugucken, mit Alexandra am Spielfeldrand.

Sein Telefon klingelte. Die Nummer kannte er nicht, aber die Anruferin schon: Messíana, die verbitterte Anwohnerin der Sackgasse, die in der Blauen Lagune arbeitete. Er hatte ihr seine Karte gegeben, um sie loszuwerden; jetzt hatte er den Salat. Er sah vor sich, wie sie mit knallrotem Gesicht auf die Straße gerannt war und Þórðurs Nachbarn angebrüllt hatte. Dann dachte er daran, wie sie in der Blauen Lagune vor ihm gestanden hatte. Für eine Frau kam sie ihm ungewöhnlich groß vor. Möglicherweise hatte Fannar sie ihm Dunkeln für einen Mann gehalten. Doch Týrs Gedächtnis war genauso wenig verlässlich wie das Gedächtnis anderer Menschen. Vielleicht war sie gar nicht besonders groß, und Týr stellte sie sich nur so vor, weil er sie so unangenehm fand.

»Ich habe Informationen. Im Tausch gegen Informationen von Ihnen wäre ich bereit, sie Ihnen zuzuspielen.«

Týr war so perplex, dass er einen Moment brauchte. »Bitte?«

»Ja. Sie sagen mir alles, was Sie über den Knochenfund wissen, und ich sage Ihnen, was ich gesehen habe.«

Týr rieb sich müde die Stirn. »Sie sprechen hier mit der Polizei. Das ist keine Tauschbörse. Wenn Sie etwas wissen, das für die Ermittlungen wichtig sein könnte, sind Sie verpflichtet, es uns mitzuteilen. Dafür gibt es keine Gegenleistung.«

Sie schwieg einen Moment. Als sie wieder das Wort ergriff, tat sie es nicht, um zu feilschen. »Einen Versuch war es wert. Egal. Ich wollte Ihnen sagen, dass ich glaube zu wissen, wer Þórður ermordet hat.«

Týr schloss die Augen und rieb sich noch einmal die Stirn, diesmal kräftiger. Es war also durchgesickert, dass es sich um Mord handelte. Aber die Spurensicherung war auch nicht gerade unauffällig gewesen. Man musste kein Krimiserienjunkie sein, um zu kapieren, dass die vielen Leute in Schutzanzügen und mit Spezialausrüstung nicht angerückt waren, um Bettwanzen zu bekämpfen. Einige Nachbarn hatten außerdem den Abtransport der Leiche beobachtet. Da brauchte es keine große Fantasie, um eins und eins zusammenzuzählen. Auch an Bord des Loddentrawlers wussten vermutlich alle Bescheid, nachdem die Polizei mit dem Kapitän und der Reederei gesprochen hatte. Die Mannschaft hatte die Nachricht an ihre Familien weitergegeben, und von dort hatte sie sich nach dem Schneeballprinzip verbreitet. »Ich weiß nicht, woher Sie Ihre Informationen haben. Derzeit untersuchen wir lediglich einen Todesfall.«

»Wollen Sie nun wissen, wen ich bei Þórðurs Haus gesehen habe, oder nicht?«

»Schaden kann es ja nicht.«

Die Geschichte, die sie ihm erzählte, war kaum überraschend. Messíana sagte ihm, sie habe Jón in der Nacht zum Samstag aus dessen Haus kommen und in sein eigenes Haus verschwinden sehen. Zurzeit galt Jón, so verfeindet, wie die beiden Familien waren, sowieso als der einzig denkbare Täter. Oder seine Frau. Wobei die Ermittlungen noch ganz am Anfang standen. Möglicherweise war Messíanas Aussage der erste echte Hinweis – vielleicht aber auch nicht. Ihr Hass auf Jón und Guðrún war bekannt, daher konnte es gut sein, dass sie die beiden bloß in Schwierigkeiten bringen wollte.

Týr kündigte an, dass er vorbeikommen und ihren Bericht als Zeugenaussage zu Protokoll nehmen werde. Wenn diese Sache für die Ermittlungen wichtig sei, werde sie später zu einer offiziellen Vernehmung gebeten werden. Sie müsse wahrheitsgemäß aussagen, sonst mache sie sich strafbar. Das solle sie sich bis zu seinem Eintreffen gut überlegen. Týr ging davon aus, dass sie nach diesem Hinweis einen Rückzieher machte oder ihren Bericht relativierte.

Doch sie tat nichts von beidem, sondern fragte scharf nach, ob er sie der Lüge bezichtige. Das stritt er natürlich ab. Entweder sagte sie also die Wahrheit oder sie war komplett abgebrüht. Unvermittelt wechselte sie das Thema und kam erneut auf die Briefe zu sprechen, die sie bereits in der Blauen Lagune erwähnt hatte. Wieder triefte jedes Wort von Hass. Týr ließ sie reden und hörte sich schweigend die bereits bekannte Geschichte an. Natürlich fühlte er mit der Frau und ihrer Tochter, aber diese Briefe standen jetzt nicht ganz oben auf der Prioritätenliste, und das würde sich auch in Zukunft nicht ändern. Gemein zu sein war – rein rechtlich gesehen – kein schweres Verbrechen, mit dem sich die Kriminalpolizei befasste. Doch als die Frau eine Atempause machte, entschied er, ihr doch noch eine Frage zu stellen, wenn auch nur, um ihr das Gefühl zu geben, dass er zugehört hatte.

»Ist es denn ganz sicher, dass Jón und Guðrún hinter all diesen Briefen stecken? Wenn ich Sie richtig verstanden habe, ging es in den meisten Schreiben ausschließlich darum, die Nachbarn fertigzumachen. Merkwürdig, dass auf einmal über Ihre Tochter hergezogen wurde. Könnte der Brief nicht doch von den Eltern anderer Mädchen aus der Mannschaft sein?«

»Nein. Sie haben ihn geschrieben. Das kann ich beweisen.«

Das war eine starke Behauptung. Kurz darauf piepte Týrs Handy. Sie hatte ihm eine SMS mit zwei Fotos von den Briefen geschickt. In dem einen wurde über Þórður und seine Frau gelästert; in dem anderen, der an den Sportverein adressiert war, wurde gefordert, dass Messíanas Tochter Hlíf aus der Mannschaft ausgeschlossen werden solle. In der SMS stand: *Dasselbe Layout. Dieselbe Schriftart. Und offensichtlich auch derselbe Drucker.*

Týr sah sich die Briefe an. Messíana hatte recht. Bis auf den Inhalt waren sich die Briefe sehr ähnlich, und auf beiden hatte der Drucker auf der linken Seite einen dunklen Streifen hinterlassen.

25. KAPITEL – DIENSTAG

In diesem verfluchten Hotelzimmer drehte Ketill langsam durch. Es war vielleicht okay für Touristen, die nicht im Zimmer rumhängen und an ihren toten Vater denken, ihrer Schwester beim Weinen zuhören und ihre Mutter in Schockstarre erleben mussten. Sie sagte kein Wort mehr und starrte mit halb offenem Mund an die weiße Wand. Irgendwann konnte er nicht mehr, rüttelte an Árný, sagte ihr, dass sie mit dem Weinen aufhören und mit ihm rauskommen solle. Ihre Mutter reagierte nicht, als sie gingen, fragte noch nicht einmal, wohin sie wollten. Er wusste es selbst nicht. Aber in dem stickigen Zimmer hielt er es nicht mehr aus.

Das mit der schlechten Luft hatte er sich nicht eingebildet. Árnýs zerzaustes Haar war so aufgeladen, dass es in alle Richtungen abstand, wie bei einer Zeichentrickfigur, die einen elektrischen Schlag bekommen hatte. Als sie auf den Flur traten, sagte sie, dass ihr Kopf wehtue und ihre Augen »juckig« seien. Auch Ketill hatte trockene Augen und musste sie ständig reiben, wahrscheinlich meinte sie das. Obwohl er sich gar nicht vorstellen konnte, dass ihre Augen bei den vielen Tränen überhaupt austrocknen konnten. Seit sie vom Tod ihres Vaters wusste, hatten sie ununterbrochen in Tränen geschwommen.

Sie gingen nach unten, und die Frau an der Rezeption lächelte ihnen zu – bis sie die Gesichter der beiden richtig sehen konnte. Schlagartig verschwand das Lächeln, und sie betrachtete sie voller Mitgefühl. Ketill hatte nicht in den Spiegel geguckt, aber er sah bestimmt nicht besser aus als Árný. Der Frau war sicher aufgegangen, dass sie die Kinder waren, die die Polizei bei ihnen untergebracht hatte. Es war ein kleines Hotel, daher wussten sicher alle Angestellten Bescheid.

»Oh, habt ihr Hunger? Durst? Ich kann euch etwas besorgen und aufs Zimmer schicken lassen.«

Das nahm Ketill den letzten Zweifel. Die Frau wusste, was sie durchmachten. Ketill hatte noch nicht oft im Hotel übernachtet, und noch nie in Island. Aber die meisten Hotels waren sicher ähnlich, und er konnte sich nicht entsinnen, dass die Leute an der Rezeption jemals so besorgt um die Ernährung der jüngsten Gäste gewesen wären. Mit rauer Stimme antwortete er: »Nein, danke. Wir brauchen nichts.« Im selben Moment spürte er, wie sich Árnýs kleine, feuchte Hand in seine schob und protestierend daran rüttelte.

»Sicher?« Auch die Frau hatte Árnýs Reaktion beobachtet. Ketill sah seine Schwester an. »Willst du was?« Sie nickte, zu schüchtern, um mit einer Fremden zu sprechen. Ketill stupste sie an, worauf Árný flüsterte, dass sie hungrig und durstig sei. Sofort sagte Ketill: »Aber nicht aufs Zimmer. Kann sie nicht hier essen?« Er zeigte auf eines der Sofas in der Lobby. Die Frau zögerte, denn die Geschwister boten in ihrem Zustand sicher keinen schönen Anblick in der schicken Hotellobby, zwischen den üppigen Blumensträußen und Lampen, die als Deko von der Decke hingen. Alles total durchgestylt, abgesehen von einem Ständer mit grellbunten Werbeflyern für Touristen.

Doch ihr Mitgefühl war größer als ihr ästhetisches Empfinden und sie nickte. »Kein Problem. Setzt euch.« Sie zeigte auf das Sofa neben den Werbeprospekten, wo sie noch am wenigsten auffielen. Sie setzten sich, und die Frau verschwand kurz und kam mit zwei Speisekarten zurück. Als Ketill die Preise sah, wurde er blass. Er hatte weder Geld noch eine Karte. Die Frau bemerkte seine Verlegenheit und sagte schnell: »Keine Sorge. Das geht aufs Haus. Ruft mich einfach, wenn ihr euch entschieden habt.«

Árný wollte einen Hamburger und Cola. Ketill merkte erst jetzt, wie hungrig er war, und bestellte dasselbe. Als das Essen kam, er den ersten Bissen gegessen und einen großen Schluck kalte Cola getrunken hatte, verschwanden seine Kopfschmerzen. Es ging ihm immer noch furchtbar, aber er fühlte sich ein kleines bisschen besser. Árný aß langsamer als er und machte so kleine Bissen, dass er befürchtete, sie würde ewig brauchen. Anstatt ihr beim Essen zuzugucken, holte er sein Handy heraus. Seit gestern Abend hatte er es kaum in die Hand genommen, hatte keine Lust auf Videos oder Spiele gehabt.

Es waren zwölf Nachrichten von Lísa und jeweils eine von seinen beiden Freunden eingegangen. Letztere öffnete er zuerst, sie klangen fast gleich: *Alter – was ist bei euch zu Hause los?*, stand in der einen. *Hey, Bullen in deiner Hütte???? WTF???* Er antwortete auf keine der Nachrichten, und es war ihm auch egal, dass seine Freunde sahen, dass er sie gelesen hatte und sie ghostete.

Lísa war nicht nur auf Neuigkeiten aus, denn sie wusste ganz sicher mehr als seine Freunde. Die kriegten alles immer als Letzte mit, genau wie er selbst. Es war eine völlig neue Situation, dass er am besten darüber Bescheid wusste, was im Ort gerade los war. Er wünschte, es wäre anders. Diesmal war der Preis zu hoch.

Lísa fragte mehrmals nach, wie es ihnen ging, sie schien sich wirklich Sorgen zu machen. Das war nice von ihr, aber er wusste nicht, was er darauf antworten sollte. Einen traurigen Smiley schicken? Dachte sie dann, dass er wie Árný heulend dasaß? Das wollte er auf keinen Fall. Nachdem er alle Emoticons durchgesehen hatte, gab er es auf. Nichts davon drückte aus, wie er sich fühlte.

Stattdessen rief er Lísa an. Normalerweise telefonierte er nicht gern, sondern schickte lieber eine Nachricht, aber diesmal war es anders. Er sehnte sich nach einer bekannten Stimme, nach der erdrückenden Stille in dem kleinen Hotelzimmer, die nur von Árnýs Schluchzen zerrissen worden war. Er stand vom Sofa auf und trat ein paar Schritte zur Seite, damit sie nicht alles mithörte.

Lísa ging sofort ran. Er rief über die Messenger-App an, daher sah sie sofort, dass er es war. Sie legte gleich los: »Wo bist du?«

Seine Stimme war noch rau vom langen Schweigen, daher klang er bestimmt so, als wäre er gerade aufgewacht. »In einem Hotel.«

»In einem Hotel? Wo? Bist du auf der Flucht?« Was für eine verrückte Frage, aber die ganze Situation war total verrückt. Es hätte durchaus sein können, dass er vor dem ganzen Schlamassel floh.

»Nein. Wir sind in einem Hotel in Reykjavík. Ich, Mama, Árný.«

»Reykjavík?«

»Nah beim Kinderhaus. Und bei der Polizei.«

»Kinderhaus? Ist das wie eine Klapse?«

Ketill bereute den Anruf. Jede Antwort weckte neue Fragen, die er nicht beantworten wollte. Jetzt klang es so, als glaubte Lísa, er habe seinen Vater umgebracht. »Nein. Árný und ich gehen da nur hin, um Fragen zu beantworten. Mama auf die Polizeiwache.«

Eine Weile sagte Lísa nichts, ihr waren wohl die Fragen ausgegangen. Doch eine hatte sie noch: »Bist du okay?«

Am liebsten hätte er gelogen, aber das ging nicht. »Nein. Es ist beschissen. Alles im Arsch.«

Zum Glück versuchte Lísa nicht, etwas Kluges oder Tröstendes darauf zu antworten. »Ja. Klar.« Dann fügte sie hinzu: »Hier reden alle nur über euch. Und über deinen Papa natürlich. Niemand weiß was, glaube ich, aber es machen natürlich alle möglichen Geschichten die Runde.«

»Was für Geschichten?« Ketill fragte, obwohl er sich gar nicht sicher war, ob er die Antwort hören wollte.

»Alles Mögliche. Dass deine Mutter ihn getötet hat. Dass er sich in der Garage erhängt hat. Dass meine Eltern ihn getötet haben. Du weißt schon, solche Geschichten.«

Ketill hatte von seinen Kumpels noch nie solche Geschichten gehört, aber er kannte so etwas aus dem Netz. Nur dass es da nicht um normale Leute wie ihn und seine Familie ging. Das interessierte niemanden. »Mama war auf dem Land. Sie hat Papa nicht getötet. Und ich auch nicht.«

»Natürlich nicht. Meine Eltern waren es auch nicht.« Sie verstummte und fragte dann: »Weißt du, wer es war? Das wäre toll, damit diese Geschichten aufhören.«

»Nein. Weiß ich nicht.«

»Oh.« Lísas Enttäuschung war deutlich zu hören, und in diesem Moment kamen Ketill Zweifel, dass ihre Sorge wirklich nur ihm galt. Sie war auf Insiderinformationen aus, die die Gerüchte um ihre Eltern widerlegten. »Hat die Polizei denn irgendwen im Visier?«

»Keine Ahnung. Das würden sie mir auch nicht sagen. Mir werden bloß Fragen gestellt.«

»Worüber?«

»Alles Mögliche.« Ketill gefiel dieses Gespräch nicht mehr und er bereute es, dass er Lísa angerufen hatte. »Ich will darüber nicht reden.« Er ging zum Angriff über. »Meine Mutter war nicht im Ort. Und deine Eltern? Wo waren die am Freitag? Am Abend und in der Nacht?«

Die Frage überrumpelte Lísa, und ihre Stimme schlug von Erstaunen in Wut um. »Die waren zu Hause. Wo sonst? Sie haben nichts damit zu tun, falls du das denkst. Sie haben sich irgendeine langweilige Sendung im Fernsehen angesehen und sind dann schlafen gegangen.«

»Sicher? Warst du bis in die Nacht hinein wach?« Ketill war bewusst, dass er sich an der falschen Person abreagierte, aber er konnte nicht aufhören.

»Ja. War ich. Ich kann das bezeugen.«

Sie log, aber das konnte er ihr nicht sagen. Er hatte gesehen, wie gegen Mitternacht das Licht in ihrem Zimmer ausgegangen war. Er hatte aus dem Fenster gespäht in der Hoffnung, einen Blick auf sie zu erhaschen. Und tatsächlich: Durch die dünnen Vorhänge hatte er ihren Schatten herumgehen sehen. Dann hatte sie sich hingelegt und das Licht ausgeschaltet. Wenn er das der Polizei sagte, würden sie ihn für einen Perversen und einen Spanner halten. Das war er nicht, er hatte sie bloß sehen wollen, nichts weiter. In ihm kochte die Wut. In einem Moment war er stinkwütend, im nächsten wieder tod-traurig. »Hey. Ich bin nicht gut drauf. Keine Ahnung. Ich weiß nicht, wer es war. Weiß noch nicht einmal, was ich da rede.«

Auch Lísas Wut hatte sich gelegt. »Freitagabend, hast du gesagt. Ist dein Vater da gestorben?«

»Ich glaube schon. Sie haben mich hauptsächlich zu Freitagabend und der Nacht zum Samstag befragt. Wieso?«

»Nur so.« Irgendetwas lag ihr auf dem Herzen, und schließlich gab sie sich einen Ruck. »Heißt das also, als ich Sonntagabend bei dir zu Besuch war … war da dein toter Vater im Haus?«

Von dem Moment an, in dem sein Leben in den Schredder geraten war, hatte er diesen Gedanken gemieden. Nicht wegen Lísa, sondern wegen Árný und ihm. Es war verlockend, einfach Nein zu sagen und sich nicht weiter mit dieser Frage zu befassen, aber die Wahrheit würde ihren gemeinsamen Abend unvergesslich machen. »Ja. Er war in der Garage.«

»Oh mein Gott …«

»Ja.« Etwas anderes gab es nicht zu sagen.

»Untersucht die Polizei dann auch meine Fingerabdrücke?«

Auf diesen Gedanken wäre Ketill im Leben nicht gekommen. Er hatte gedacht, sie würde sich ekeln oder aufschreien. Was war das Problem? Die Polizei würde sich wohl kaum für ihre Fingerabdrücke interessieren. Denn es war ausgeschlossen, dass sie mit dem Mord an seinem Vater etwas zu tun hatte, weil …

Er hatte Schwierigkeiten, den Satz zu beenden. Natürlich hätte Lísa seinen Vater allein nie überwältigen können. Sie war zwar eine trainierte Sportlerin und so weiter, aber sein Vater war viel größer und schwerer. Und definitiv auch stärker. Hatte sie womöglich doch ihre Eltern im Verdacht und befürchtete, dass sie versehentlich irgendetwas mit ihren Fingerabdrücken darauf hinterlassen hatten? Die Gedanken wirbelten in seinem Kopf herum, und er wechselte das Thema. Er hatte das Bedürfnis, etwas zu den Gerüchten zu sagen, die über seinen Vater auf Facebook kursierten. Vielleicht war dies die letzte Chance, es richtigzustellen, denn es war nicht sicher, ob sie je wieder miteinander sprechen würden. »Meine Mutter sagt, mein Vater hat mit dem Hausbrand nichts zu tun gehabt. Zu dem Ergebnis ist auch die Polizei gekommen. Er hat die Leute besucht und ist wieder nach Hause gegangen. Erst viel später ist das Feuer ausgebrochen. Diese Leute da auf Facebook erzählen Unsinn.«

Lísa machte den U-Turn mit und bestand nicht auf einer Antwort, was die Frage zu ihren Fingerabdrücken anging. »Nein. Ich weiß. Aber … ach, egal. Dein Vater ist tot.«

So leicht ließ Ketill sie nicht davonkommen. »Was meinst du mit aber?«

»Ach, keine Ahnung. Da ist noch mehr als das, was in diesem bescheuerten Chat geschrieben wurde. Diese Leute sind echt dumm.«

»Was?«

Lísa zögerte, doch dann erzählte sie: »Man weiß, woher das Feuer kam. Mein Vater sagt, es wurde ein kleiner Gaskocher an der Stelle gefunden, wo das Feuer ausgebrochen ist. Irgendein special Teil für Profis. Und dein Vater ist nun mal Koch. War Koch, sorry.« Die falsche Zeitform war ihr unangenehm, und sie fügte schnell hinzu: »Aber shit. Dein Vater war nicht der einzige Koch im Land. Zig andere hätten auch so einen Gaskocher haben können.«

Ketill war wie vor den Kopf gestoßen. »Woher weißt du das? Ist das nicht wieder nur eine Lügengeschichte?«

»Papa hat es mir gesagt. Sein Freund ist bei der Feuerwehr, der hat es ihm erzählt. Das stimmt wirklich.«

»Ich muss jetzt auflegen.« Ketill hatte genug gehört. Die Kopfschmerzen waren wieder da, und dieses Gespräch hatte ihn nicht aufgebaut, sondern noch trauriger gemacht. Er schaute nach Árný. Sie hatte aufgegessen, aber saß noch auf dem Sofa und starrte vor sich hin, genauso fertig wie er. Nur ihre Haare standen nicht mehr ganz so wild in alle Richtungen. »Árný, komm. Wir gehen wieder hoch.«

Er führte sie zum Aufzug, und auf dem Weg dorthin bedankten sie sich bei der Frau an der Rezeption für das Essen. Als sich die Aufzugtür hinter ihnen schloss, fragte er sich, ob die Polizei auch die Frau ins Visier nahm, die bei dem Hausbrand ihren Mann und ihre beiden Kinder verloren hatte. Wenn sie glaubte, dass Ketills Vater den Brand gelegt hatte, musste sie ihn abgrundtief gehasst haben.

Der Aufzug setzte sich in Bewegung, und Árnýs Hand schloss sich noch fester um seine. Keiner von beiden freute sich auf die Rückkehr in dieses Zimmer und zu ihrer Mutter.

26. KAPITEL – DIENSTAG

Gunndís warf einen letzten Blick auf den Laptop, der auf dem kleinen Schreibtisch in der Kajüte stand, dann schloss sie die Tür hinter sich. Sie hatte ihre wenigen Sachen zusammengepackt und das Kochbuch ihres Vaters in ein Kleidungsstück gewickelt, damit es gut geschützt war. Sie wollte es mitnehmen und schämte sich nicht dafür. Das Buch gehörte ihr, nicht dem Schiff. Am liebsten hätte sie auch die Unterlagen des toten Kochs mitgenommen, um sie genauer zu studieren. Stattdessen hatte sie Fotos davon gemacht, das musste reichen. Sie hatte auch der Versuchung widerstanden, seinen Laptop einzuschalten, was ihr besonders viel Willensstärke abverlangt hatte.

Sie war kurz davor gewesen, wollte ihn gerade hochfahren, als ihr bewusst wurde, dass dies ein schwerer Fehler wäre. Wenn die Polizei den Rechner mitnahm und untersuchte, würden sie bemerken, dass er eingeschaltet worden war, während der Fahrt, als sein Besitzer schon im Leichenkühlraum lag. Sie würde sofort in den Fokus der Polizei geraten, und auf diese Art von Aufmerksamkeit konnte sie gerne verzichten. Sie hatte die Hand zurückgezogen und den Laptop wieder zugeklappt, erleichtert, dass sie gerade noch rechtzeitig geschaltet hatte. Danach hatte sie allerdings einen Fehler begangen, der sich nicht wiedergutmachen ließ. Mit einem angefeuchteten Handtuch hatte sie den gesamten Computer gründlich abgewischt und alle Fingerabdrücke entfernt, damit niemand herausfinden konnte, dass sie den Laptop angefasst hatte. Aber damit hatte sie natürlich auch die Fingerabdrücke des Besitzers entfernt. Wenn die Polizei nicht nur den Inhalt untersuchte, sondern sich das Gerät auch von außen ansah, würde es unweigerlich auffallen, dass keinerlei Fingerabdrücke daran waren. Dann würde sie einfach behaupten, sie habe alles ordentlich hinterlassen wollen und auch den Computer abgewischt, weil er staubig gewesen sei.

Blöd nur, dass sie so eine schlechte Lügnerin war. Die Polizei würde sie sofort durchschauen. Aber das war nicht ihr größtes Problem. Sie hatte genügend andere Sorgen. Zum Beispiel, wie sie sich wach halten sollte, nachdem sie den Großteil der Nacht aufgeblieben war.

Es hatte gedauert, die Unterlagen ihres Vorgängers durchzusehen. Das lag nicht daran, dass der Stapel auf dem Schreibtisch oder in der Schublade so dick gewesen wäre. Und sie musste auch nicht darauf achten, dass sie alles ganz genauso hinterließ, wie sie es vorgefunden hatte, denn dem Besitzer würde es nicht mehr auffallen. Der Grund war, dass Gunndís sichergehen wollte, dass sie auch ja nichts übersah.

Da sie nicht wusste, wonach sie genau suchte, hatte sie kurzerhand alles durchgesehen. Es war eine bunte Mischung gewesen, einiges war uninteressant, anderes höchst erstaunlich. Vieles hatte sie gleich beiseitegelegt, zum Beispiel Prospekte von Unternehmen, die Küchengeräte verkauften. Auch Betriebsanleitungen und Gewährleistungen interessierten sie nicht, ebenso der Ausdruck einer Mail von einem Lehrer wegen mangelnden Fleißes seines Sohnes oder eine Kinderzeichnung mit dem Titel »Mosi«. Darauf ein Hund mit Knochen, im Hintergrund eine Sonne und ein Regenbogen. Das Bild war von einer Árný signiert und mit der Widmung »Für Papa« versehen. Sie fand auch Lohnabrechnungen, auf die sie einen sehnsüchtigen Blick warf, ehe sie die Summen schnell wieder verdrängte, damit sie sie nicht mit ihrem Lohn für diese Tour verglich. Der größte Posten war natürlich die Gewinnbeteiligung am Fang, aber die anderen Zahlungen würden bei ihr sicher auch nicht so üppig ausfallen. Der Vergleich würde ihr bestimmt nicht guttun, selbst wenn sie bedachte, dass Þórður fest angestellt und deutlich erfahrener gewesen war als sie.

Nachdem sie alles Uninteressante aussortiert hatte, waren noch verschiedene Dinge übrig geblieben. Zum Beispiel einige Speisepläne für längere Touren, die sie überflog. Einer sah anders aus als die anderen, war zusammengefaltet und deutlich älter. Tag und Monat passten zur letzten Fahrt ihres Vaters, aber da sowohl eine Jahreszahl als auch der Schiffsname fehlte, konnte das auch Zufall sein. Bei den zahllosen Schiffen, die in den isländischen Fanggebieten unterwegs waren, sagte ein Datum allein nicht viel aus. Doch das Wiener Schnitzel auf dem Speiseplan machte sie stutzig. Konnte der Plan von ihrem Vater sein? Doch wie sie das Blatt auch drehte und wendete, sie fand keinen weiteren Hinweis.

Und sie fand auch keine Erklärung dafür, warum das Kochbuch hier war. Natürlich nicht. Selbst im optimistischsten Moment hatte sie nicht damit gerechnet, bei der Durchsicht der Unterlagen einen Zettel zu finden, auf dem stand: *Ich habe das Kochbuch »Kochen für viele – Festessen für Hungrige« von … bekommen.* So naiv war sie dann doch nicht. Sie musste sich damit abfinden, dass dieses Rätsel nie gelöst werden würde, denn der Einzige, der es hätte aufklären können, war tot.

Ganz vergeblich blieb ihre Suche jedoch nicht. Sie fand einige Notizblätter, auf denen jemand Daten, Namen, Stichworte, kurze Sätze und kleine Skizzen festgehalten hatte. Das machte auch sie manchmal, zeichnete die Umrisse dessen, worüber sie nachdachte, um leichter den Fokus zu halten. Ob das auch bei Þórður so gewesen war, wusste sie natürlich nicht. Womöglich waren die Zeichnungen der Schlüssel, um den Rest zu verstehen.

Drei Fragezeichen standen hinter den Worten »Keine Messer???« und »Vielleicht vergessen???« und dahinter: »Nein, verdammt«. Gunndís konnte sich noch so sehr am Kopf kratzen, sie verstand es einfach nicht. Diese Messer mussten mit ihm und seiner Arbeit zu tun haben. Köche und Messer gehörten zusammen. Vielleicht war ihm, genau wie ihr, ein Messer an Bord gestohlen worden? Oder sogar alle?

Die meisten Notizen auf den Zetteln sagten ihr nichts. Doch zwischen für sie unverständlichen Gedanken zu Grabungen, Messern und dem Preisvergleich einiger Autos fand sie Hinweise darauf, dass sie auf der richtigen Fährte war. Der Mann hatte den Namen ihres Vaters notiert und ihn mehrfach eingekreist. An anderer Stelle war der Name durchgestrichen und daneben stand: »Wer dann?« Sie fand auch das Datum des Tages, an dem ihr Vater gestorben war, und »Elínborg«, den Namen der Frau, die auch mit dem Schiff untergegangen war. Daneben stand: »Affäre???«

Keine Notiz erklärte, warum Þórður sich so sehr für das Schiffsunglück interessierte, und eine kurze Recherche ergab auch keine direkte Verbindung zu den verunglückten Crewmitgliedern, er war weder der Sohn einer der Matrosen noch mit Elínborg verwandt gewesen. Sie fand im Netz keinerlei Verbindung zwischen Þórður und dieser Frau, geschweige denn zwischen Þórður und ihrem Vater. Die beiden Männer waren Schiffsköche gewesen; ansonsten hatten sie nichts gemein. Falls sich ihre Wege doch an irgendeinem Punkt gekreuzt hatten, war es dem World Wide Web entgangen.

Der Name, der ihr Herz am schnellsten schlagen ließ, war ihr eigener. An einer Stelle stand »Gunndís??« Mit einem anderen Stift war später ein Pfeil zum Namen ihres Vaters gezogen worden. Da sie ziemlich sicher wusste, dass sie diesen Þórður nicht kannte und ihm noch nie begegnet war, konnte sie sich am ehesten vorstellen, dass er ihren Namen in dem Kochbuch entdeckt und darüber nachgedacht hatte, wer sie wohl war. In diesem Fall hatte er nicht gewusst, wem das Buch gehörte, was erstaunlich wäre, bei allem, was er zu ihrem Vater in Erfahrung gebracht hatte. Auf all das würde sie vermutlich nie eine Antwort bekommen, genauso wenig wie auf die Frage, wie zur Hölle das Buch in seine Hände geraten war.

Das Merkwürdigste, was sie in den Unterlagen fand, waren einige gefaltete Briefe mit unglaublichen Anschuldigungen gegenüber Þórður und einer Frau namens Sigríður, die Gunndís' Recherche nach seine Frau sein musste. Die Briefe waren boshaft und abscheulich, und die Vorwürfe so krass, dass sie kaum wahr sein konnten. Dass der Verfasser zudem anonym blieb, ließ die Briefe noch unglaubwürdiger erscheinen. Nachdem sie die Mail des Lehrers gelesen und die Kinderzeichnung von dem Hund gesehen hatte, ging sie davon aus, dass Þórður und Sigríður Kinder hatten, daher verstand sie es gut, dass Þórður diese Briefe nicht zu Hause herumliegen lassen wollte.

Doch sie begriff nicht, warum er sie überhaupt aufbewahrt hatte.

Auf einem Zettel hatte Gunndís das Stichwort »Hausbrand« gelesen, mit dem sie überhaupt nichts anfangen konnte. Vielleicht meinte er den Brand an Bord der *Egill Ásbjörnsson* und hatte versehentlich statt Schiffsbrand Hausbrand geschrieben. An anderer Stelle hatte sie nämlich Stichworte zu dem Feuer und auch eine kleine Zeichnung von Flammen und eine weitere von einem brennenden Schiff gesehen. Doch nachdem sie die anonymen Briefe gelesen hatte, war ihr klar, dass es sich tatsächlich um einen Hausbrand handelte. In den Briefen wurde Þórður zweimal vorgeworfen, ein Haus in der Nachbarschaft angezündet zu haben. Sie fand schnell heraus, in welcher Straße Þórður wohnte, und im Netz gab es tatsächlich Meldungen zu einem Hausbrand in jener Straße, vor gut einem Jahr. Doch es stand nirgendwo, dass Þórður damit zu tun hatte.

Dass der Mann sich für einen Hausbrand in seiner Straße interessierte, konnte Gunndís gut nachvollziehen. Aber warum er so sehr über ein Schiff nachgrübelte, das vor vielen Jahren in Brand geraten war und mit dem er nichts zu tun hatte, verstand sie nicht. Es sei denn, an den Vorwürfen in den anonymen Briefen war doch etwas dran. Wenn Þórður tatsächlich das Haus des Nachbarn angezündet hatte – steckte er dann vielleicht auch hinter dem Schiffsbrand? Doch sie konnte sich beim besten Willen nicht vorstellen, wie er das hätte anstellen sollen. Höchstens mit einem Zeitzünder. Das Feuer war mitten in der Nacht ausgebrochen, ihr Vater hatte zu diesem Zeitpunkt wohl kaum gekocht. Aber im Unfallbericht stand klar und deutlich, dass der Koch das Feuer verursacht hatte. Daher konnte es kein Zeitzünder gewesen sein, auch wenn das Gunndís gut in den Kram gepasst hätte.

Der Name Stefán kam ebenfalls mehrere Male in den Notizen vor. Stefán war ein weitverbreiteter Name, daher konnten alle möglichen Leute damit gemeint sein. Allerdings hatte sie in den Berichten zu dem Hausbrand gelesen, dass der Mann, der dort mit seinen Kindern verbrannt war, Stefán hieß. Daher vermutete sie, dass Þórður diesen Stefán meinte. Nur warum er so viel über ihn nachdachte, erschloss sich ihr nicht. Genauso wenig wie auch die meisten anderen seiner Notizen.

Was ihr allerdings weiterhalf, war eine Liste der festen Crew und ihrer Ersatzleute. Ihr Name stand nicht auf der Liste, daher musste der eigentliche Ersatzkoch verhindert gewesen sein. Auf der Liste standen die vollen Namen samt ID-Nummer, außerdem hatte Þórður Unverträglichkeiten und andere Informationen zur Ernährung der Männer notiert. Es gab keinen Veganer oder Vegetarier, zumindest nicht im eigentlichen Sinne. In der Schule, in der sie kochte, nannten sich auch einige Schüler Gemüseesser, weil sie durchaus auch mal Gemüse aßen.

Unter einer Allergie litt niemand aus der Crew, und nur einer hatte eine leichte Laktoseintoleranz. Zwei aßen keine Pilze und einer keine Zwiebeln. Einer versuchte, Zucker zu vermeiden. Es wäre natürlich hilfreich gewesen, wenn auch sie das gleich zu Beginn gewusst hätte; jetzt interessierte es sie auch nicht mehr. Deutlich größeres Interesse hatte sie dagegen an den Beziehungen der einzelnen Personen zu den verunglückten Matrosen von damals. Die Recherche dazu war der Hauptgrund für die kurze Nacht gewesen. Aber sie hatte herausgefunden, was sie wissen musste: Drei Personen an Bord hatten damals bei dem Brand ihre Väter verloren.

Gunndís lief durch den menschenleeren Gang zur Kombüse. Außer den Männern der Nachtschicht war sie die Einzige, die schon auf den Beinen war. Das Frühstück musste bereitstehen, wenn die Männer aufstanden, und sie genoss den kurzen ruhigen Moment, bevor die Hektik des Tages begann. Wenn sie zum Beispiel entscheiden musste, ob sie die drei Männer ansprechen oder so tun sollte, als wüsste sie von nichts.

—

Die fest installierte Pfanne war so groß, dass man ein Baby darin hätte baden können. Gunndís hatte Rührei mit Bacon gemacht, nicht zum ersten Mal. Es war viel schwieriger, das Frühstück abwechslungsreich zu gestalten als die anderen Mahlzeiten. Diesmal ließ sie aus Rücksicht auf die Essensvorlieben der Männer Zwiebeln und Pilze weg. Der Berg Zwiebeln, den sie wie im Wahn gehackt hatte, würde vermutlich in der Tonne landen. Aber gemessen an der weltweiten Lebensmittelverschwendung machte das den Braten auch nicht fett.

Die drei Männer, die ihre Väter verloren hatten, saßen beim Frühstück in der Messe. Sie war nicht überrascht gewesen, dass Steuermann Ómar darunter war, der sie im Trockenraum absichtlich angerempelt hatte. Auch bei Geir hatte sie es geahnt, dem Mann, der den Flambierwitz gerissen hatte. Mit dem dritten Namen hingegen hatte sie überhaupt nicht gerechnet: Es war Maschinist Elli, der ihr im Trockenraum zur Seite gesprungen war. Offenbar war er der Einzige der drei, der sich im Klaren darüber war, dass man Gunndís nicht die Fehler ihres Vaters anlasten konnte. Das ließ auf eine höhere emotionale Intelligenz schließen, wofür Gunndís sehr dankbar war.

Wie sie sich ihm gegenüber erkenntlich zeigen sollte, wusste sie allerdings nicht. Genauso wenig, wie sie den anderen gegenüber zum Ausdruck bringen konnte, dass sie ihr Verhalten dämlich fand. Aber ins Essen spucken würde sie deshalb niemandem.

Schon wenig später, als Steuermann Ómar seinen Teller in die Küche brachte, bot sich die Gelegenheit, etwas zu dem unverschämten Verhalten der Männer zu sagen. Ómar warf ihr einen bösen Blick zu, ohne sich für das Essen zu bedanken. In Gunndís flammte die Wut auf. »Möchtest du mir irgendetwas sagen?«

Der Mann verzog das Gesicht und nuschelte ein genervtes »Dankeschön«.

»Das meinte ich nicht.« Gunndís verschränkte die Arme vor der Brust und hoffte, dass sich dadurch ihr Herzschlag beruhigte, der bei Ómars Erscheinen fast außer Kontrolle geraten war.

»Was dann? Soll ich etwas Nettes über deine Kochkünste sagen? Vergiss es, so toll ist dein Essen nun auch wieder nicht.« Die Verachtung triefte förmlich aus seinem Gesicht.

»Dein Vater ist an Bord der *Egill Ásbjörnsson* gestorben. Mein Beileid. Auch ich habe durch dieses Unglück meinen Vater verloren. Vergiss das nicht.«

Dieser Kommentar stimmte Ómar kaum milder. »Das ist etwas komplett anderes. Dein Vater hat das Unglück verursacht. Mein Vater war ein Opfer. Wir beide haben überhaupt nichts gemein. Ich kann es nicht erwarten, wieder an Land zu sein, und ich hoffe, dass ich nie wieder mit dir zur See fahren muss. Ich habe echt keinen Bock darauf, mit einem brennenden Schiff unterzugehen.«

Gunndís schoss das Blut in die Wangen. Obwohl sie damit gerechnet hatte, dass einige der Männer so dachten, schmerzte es, das direkt ins Gesicht gesagt zu bekommen. Sie war wütend, aber auch vorsichtig. Wenn er sie schubste, konnte sie sich hier in der Küche mit all den spitzen Ecken und heißen Oberflächen übel verletzen. Obwohl sie ihn am liebsten rausgeworfen und das Gespräch beendet hätte, wollte sie seine Zornesrede nicht unkommentiert lassen. Es ging um ihren guten Ruf und um den ihres Vaters. »Ich wäre vorsichtig mit solchen Behauptungen. Es gibt etliche Hinweise darauf, dass du falschliegst.« Þórður hatte sich eingehend mit dem Schiffsunglück befasst, aber sie hatte keinen Hinweis darauf gefunden, dass er, was den Unfallhergang betraf, zu einem anderen Ergebnis gekommen war. Und obwohl ihr bewusst war, dass sie den Mund ganz schön voll nahm, sagte sie: »Wart's ab, das wird sich bald zeigen.« Glücklicherweise war »bald« ein dehnbarer Begriff. Vielleicht fand die Polizei auf Þórðurs Computer ja noch handfeste Beweise. An diese Hoffnung klammerte sie sich jedenfalls.

Es war natürlich nicht besonders klug, sich so weit aus dem Fenster zu lehnen, aber seine Wirkung verfehlte es nicht. Ómar verzog sich.

—

Es schien, als ob der Ausraster von Gunndís den Bann gebrochen hätte. Nach zwei recht erfolgreichen Fängen – am Vormittag und nach dem kurzen Mittagsimbiss mit Fleischbällchen – waren die Laderäume gut gefüllt. Der Kapitän entschied, noch einen dritten Versuch zu wagen und anschließend den Hafen anzusteuern. Auch dieser dritte Fang fiel üppig aus, die

Schwimmer hielten sich gerade noch an der Wasseroberfläche. Es dämmerte bereits, und der hellgelbe Kork war nur noch schwer zu erkennen. Sie hatten einen Glücksfang gemacht, von dem nur noch ein Bruchteil in die Laderäume passte. Ein Luxusproblem.

Die Pumpe wurde aus dem prall gefüllten Netz gezogen, als keine einzige Lodde mehr ins Schiff ging. Es waren noch einige weitere Trawler in der Nähe. Ein Frachter aus dem Norden Islands nahm die Fänge der anderen Schiffe von derselben Reederei auf. Ein anderer Trawler hatte zu viele Fische im Netz gehabt, das Netz war gerissen und die Mannschaft hatte den halben Tag mit Flicken zugebracht. Das Netz war immer noch nicht wieder einsatzbereit. Olgeir erklärte ihr, dass noch darüber diskutiert würde, welches der beiden Schiffe den Rest – es handelte sich um mehrere hundert Tonnen – aus dem Netz pumpen durfte. Der Frachter würde für jede Tonne zahlen. Dem anderen Trawler würde man die Fische einfach so überlassen, in der Hoffnung, dass sich Kapitän und Crew vielleicht irgendwann dafür revanchieren würden.

Olgeir war einer der wenigen gewesen, der nach dem Frühstück mit Gunndís geredet hatte. Nur er, Maschinist Elli und der junge Matrose Logi hatten sie beachtet. Ómar behandelte sie seit dem Wortgefecht in der Kombüse wie Luft und er hatte sicher auch den anderen von der Auseinandersetzung erzählt. Natürlich nur seine Version, in der er Gunndís bestimmt als Dummschwätzerin darstellte. Auch Olgeir, Elli und Logi hatten davon gehört und interessierten sich nun für ihre Sicht auf die Dinge, wollten wissen, wie sie das meinte, dass ihr Vater bald von dem Verdacht entlastet werden würde, den Schiffsbrand verursacht zu haben. Gunndís hatte ihnen gesagt, dass sie noch nicht mehr dazu sagen könne. Das war das Beste, was ihr einfiel, aber sie wollte auf keinen Fall zugeben, dass sie sich mit ihrer Behauptung auf dünnem Eis bewegte, und einfach irgendetwas zu erfinden, war auch keine Option. Es war eine Sache, den Idioten Ómar anzulügen, aber etwas anderes, den dreien gegenüber die Unwahrheit zu sagen.

Sie hatten ihr versichert, dass sie keine Sorge wegen Ómar und den übrigen haben müsse, die seien jetzt mit anderen Dingen beschäftigt. Es hieß, dass die Polizei, was Þórður anging, inzwischen wegen Mordes ermittelte. Und das war noch spannender als die alten Geschichten um das Schiffsunglück. In einer kurzen Pause hatte sie im Internet recherchiert, dort aber nur ein paar knappe Meldungen gefunden, in denen es hieß, die Polizei mache keine weiteren Angaben zu der Sache. Also stimmte es vermutlich. Wäre der Koch an einer Krankheit oder bei einem Unfall gestorben, würde man sicherlich kein Geheimnis daraus machen. Und was sollte sonst die Ursache gewesen sein? Ein Mord würde auch die merkwürdigen Anrufe der Polizei erklären und warum Þórðurs Kajüte durchsucht werden sollte. Da hätte sie eigentlich auch selbst draufkommen können.

Dann war so viel zu tun gewesen, dass Gunndís nicht weiter über die Frage nachgrübeln konnte, ob der Mord an Þórður mit dem Schiffsunglück von damals in Verbindung stand. Sie musste sich konzentrieren und durfte nicht ständig gedanklich abschweifen. Die Polizei würde es schon herausfinden.

Gunndís beobachtete, wie sich ein Schiff näherte. Als es nah genug war, sah sie, dass es für den Fischfang ausgerüstet war. Die Hilfsbereitschaft hatte also über das Geld gesiegt. Der Trawler fuhr parallel an ihr Schiff heran, sodass man eine Leine hinüberwerfen konnte. Die Mannschaft des anderen Schiffes befestigte sie an dem dicken Pumpenschlauch, den sie aus einer Luke in der Bordwand gleiten ließen. Er wurde herübergezogen und an Bord gehievt. Es war nicht Gunndís' Aufgabe, den Schlauch mit der Pumpe zu verbinden, aber da Ómar und ein paar andere Männer von Deck gingen, entschied sie sich, dennoch zu bleiben und zuzusehen. So lief sie wenigstens nicht Gefahr, ihnen in die Arme zu laufen.

Es hatte zu schneien begonnen und der Wind blies ihr direkt ins Gesicht. Sie ging nach Backbord und starrte in die Dunkelheit, die beinahe greifbar war. Und irgendwie magisch wirkte. Jetzt war ihr Kopf komplett frei, sie fühlte sich so leer, dass sie befürchtete, auf der Reling einzuschlafen. Sie drehte den Kopf, um etwas anderes zu sehen als die Schwärze vor ihr, und ließ den Blick über die Fensterreihe an der Brücke wandern. Als ihre Augen sich an das grelle Licht gewöhnt hatten, erkannte sie Kapitänsfrau Lóa, die dort oben stand und die Arbeiten an Deck verfolgte. Kurz hatte sie das Gefühl, Lóa würde sie anstarren, doch sicher war sie sich nicht. Dazu war die Brücke zu weit oben und das Scheinwerferlicht zu grell. Schließlich verschwand Lóa vom Fenster, und Gunndís wandte sich wieder dem dunklen Meer zu.

Es tat gut, sich nur auf die klare, kalte Luft zu konzentrieren, sie ein- und wieder auszuatmen. Sie spürte, wie sehr sie sich auf zu Hause freute, ihren Sohn an sich zu drücken, auf sein Lächeln, die speckigen Händchen, Füßchen und die roten Wangen. Sie freute sich selbst darauf, ihm nach einem Spaziergang das Näschen zu putzen. Sie nahm gerade einen Hauch seines süßen, unschuldigen Duftes wahr, als ihr etwas heftig in den Rücken stach und sie schlagartig in die Realität zurückriss.

Vor Schmerz blieb ihr die Luft weg, und sie sank auf die Reling. Sie starrte auf die Wellen und fasste sich mit einer Hand an den Rücken. Irgendetwas ragte dort heraus. Mit den dicken Handschuhen ließ sich schlecht ertasten, was es war – vielleicht ein Metallstück, das von der Fischpumpe abgebrochen, über Deck geschossen war und sie getroffen hatte?

Der Schmerz war so heftig, dass sie keinen Ton herausbrachte. Sie konnte keinen klaren Gedanken fassen; dachte nur daran, dass sie dieses Teil aus ihrem Rücken ziehen musste. Sie packte es mit einer Hand, nahm alle Kraft zusammen und riss es heraus. Kurz potenzierte sich der Schmerz, doch dann ließ er schlagartig nach. Als sie sah, was sie in der Hand hielt, stöhnte sie auf. Es war ihr Messer. Ihr verschwundenes Messer. Sie ließ es auf den Boden fallen. Dann versuchte sie sich aufzurichten, um sich von Deck zu schleppen und Hilfe zu suchen. Doch im nächsten Moment wurde sie gepackt, hochgehoben und über die Reling geworfen.

Mit dem Kopf voran tauchte Gunndís ins Meer. Eiskaltes Wasser drang unter ihre Jacke und in ihre Stiefel. Den Schmerz an der Einstichstelle spürte sie fast nicht mehr; dafür schmerzte ihr ganzer Körper, als ob sie mit einem Holzknüppel geschlagen würde. Dieser allumfassende Schmerz war wie ein Chor für den Solisten – den Schmerz an der Einstichstelle im Rücken. Ohne dass sie etwas dagegen tun konnte, sank sie tiefer und tiefer in die Dunkelheit. Sie trug eine Rettungsweste, die sich eigentlich automatisch aufblasen sollte, aber das tat sie nicht. Panisch tastete Gunndís nach den Laschen, an denen man in diesem Fall ziehen sollte, doch sie fand sie nicht. Würde die Weste überhaupt helfen, die eher einem Schal glich als einer ordentlichen Rettungsweste? Ihre Gedanken schossen wild durcheinander und vergrößerten ihre Verzweiflung noch, die sie förmlich umbrachte. Es überlebte, wer einen klaren Kopf behielt.

Zum ersten Mal wurde eine ihrer Panikattacken Realität. Das alles geschah nicht mehr nur in ihrer Vorstellung, sondern in Wirklichkeit. Man würde sie nicht rechtzeitig finden. Das Schiff fuhr zwar nicht, aber es bewegte sich immer ein wenig. Sie würde nicht lange neben dem Schiff treiben. Das Meer war riesig, und es war noch nicht einmal sicher, dass jemand beobachtet hatte, wie sie über Bord gegangen war. Außer der Person, die sie über die Reling befördert hatte.

Ihre Lunge schrie nach Sauerstoff und sie wusste, dass es nun vorbei war. Sie würde Daði nie wiedersehen.

27. KAPITEL – DIENSTAG

»Die Giftstoffanalyse war positiv, in den Überresten des Kadavers wurden Spuren von Brodifacoum gefunden.« Iðunns Stimme schallte aus dem Lautsprecher des Autos, mit dem Karós Handy verbunden war. Die Rechtsmedizinerin kam gleich zur Sache, sie habe gerade die Obduktion von Þórður abgeschlossen, sei aber nicht in Plauderlaune. In Plauderlaune hatten die beiden sie noch nie erlebt, daher hätte sie sich diese Erläuterung auch schenken können. Sie rufe nicht wegen der Obduktion an, sondern wegen des Hundes.

»Wahnsinn, wie schnell das ging.« Karó bog nach Grindavík ab. Sie hatte sich durchgerungen, Týr zu begleiten, nachdem sie Iðunn nicht hatte erreichen können. Týr war froh gewesen, nicht Erla mitnehmen zu müssen, wie Karó es ihm vorgeschlagen hatte.

»Das geht fix, wenn man weiß, wonach man suchen muss. Was würdest du nehmen, wenn du einen Hund vergiften wolltest? Anthrax? Polonium? Nein. Die meisten würden Rattengift nehmen. Also habe ich den Kadaver auf die gängigsten Mittel untersuchen lassen. Warfarin, Strychnin, Brodifacoum. Und Bingo.«

»Also wurde der Hund vergiftet.«

»Entweder das oder er ist irgendwie an Rattengift geraten.

Wie ich Erla verstanden habe, sind in den letzten Jahren mehrere Hunde in der Straße plötzlich gestorben. Vielleicht haben sie dort ein Rattenproblem, und die Gemeinde legt Köder aus. Unwahrscheinlich, aber möglich. Jedenfalls kann ich nicht ausschließen, dass der Hund es versehentlich gefressen hat. Das wollte ich nur sagen.«

Iðunn legte auf, bevor sie sich verabschieden konnten. Týr und Karó waren sich einig, dass sicher keine Rattenplage dahintersteckte. Dass die Stadt ein solches Problem über einen so langen Zeitraum nicht in den Griff bekam, war mehr als unwahrscheinlich. Erla hatte von fast zwei Jahrzehnten gesprochen, in denen ungewöhnlich viele Hunde in der Straße ohne ersichtlichen Grund gestorben waren.

Karó hielt vor Messíanas Haus, mit Blick auf die Sackgasse, wo die Kriminaltechniker gerade ihre Ausrüstung in einen kleinen Polizeitransporter luden. Offenbar waren sie fertig mit der Untersuchung von Þórðurs Haus. Diesmal sahen keine neugierigen Nachbarn zu. Selbst ein Mord wurde mit der Zeit langweilig.

Karó stellte den Motor aus und sah Týr an. »Bereit?«

»Ja.« Týr legte die Hand an den Türgriff. »Was ist mit dem Verschwinden ihres Mannes? Das sprechen wir an, oder?«

Karó nickte. »Auf jeden Fall. Hoffentlich kommt sie von selbst darauf zu sprechen. Sonst müssen wir das übernehmen. Auch über den Hausbrand sollten wir reden. Wer weiß. Ich finde, das sind ganz schön viele unerklärliche Todesfälle in ein und derselben Straße.«

Vor dem Aufbruch nach Grindavík hatte Týr in der LÖKE-Datenbank nachgesehen, ob es Einträge zu Messíana gab. Dazu brauchte er keine Erlaubnis, weil sie sich selbst als Zeugin in den Fall eingebracht hatte. Diese Frau kam ihm so sonderbar vor, dass er es für richtig hielt nachzusehen, ob sie nicht schon häufiger mit der Polizei in Berührung gekommen war. Doch der einzige Eintrag betraf das Verschwinden ihres Mannes vor gut sieben Jahren. Er galt immer noch als verschollen. Das erklärte ihr nachdrückliches Interesse am Knochenfund. Týr hatte den Fall kurz studiert, aber auf den ersten Blick keine Verbindung zum Mord an Þórður herstellen können. Das Verschwinden des Mannes wirkte wie die typische Tragödie von Menschen, die in der Winterzeit spurlos verschwanden: Ein Unwetter braute sich zusammen, und die Person war nicht angemessen gekleidet. Der Mann war zwar sicher nicht so unpassend gekleidet gewesen wie ein ausländischer Selfie-Tourist auf dem Weg zu einem speienden Vulkan – aber wahrscheinlich dennoch nicht gut genug. Er hatte verärgert das Haus verlassen, betrunken und ohne Handy, und hatte gesagt, er müsse frische Luft schnappen. Die schwierige Familiensituation, der Alkohol und finanzielle Sorgen hätten ihm zugesetzt, wurde seine sonderbare Frau in einem der Berichte zitiert.

Wie dem auch war – viele Namen standen nicht auf der Liste vermisster Personen. Und jetzt waren alte Knochen aufgetaucht, und sie untersuchten einen Mord, bei dem eine mögliche Zeugin Verbindungen zu einer der Personen auf jener Liste hatte. War das ein Zufall oder war vielleicht beides ein und derselbe Fall? Messíana hatte das Verschwinden ihres Mannes ungewöhnlich spät gemeldet, erst nach zwei Tagen. Darauf angesprochen, hatte sie geantwortet, sie habe geglaubt, ihr Mann wäre wieder nach Hause gekommen, habe auf der Couch geschlafen und sei zur Arbeit gegangen, ehe sie aufgewacht war. Erst als sein Arbeitgeber anrief und wissen wollte, wo der Mann steckte, sei ihr der Ernst der Lage klar geworden. Das mochte zwar sein, dennoch hatte sie danach noch drei weitere Stunden verstreichen lassen, ehe sie sich bei der Polizei meldete. Doch trotz ihres merkwürdigen Verhaltens in Bezug auf die Vermisstenmeldung deutete damals nichts darauf hin, dass sie etwas mit dem Verschwinden ihres Mannes zu tun hatte. In ihrem Haus konnten keine Spuren einer gewalttätigen Auseinandersetzung und auch kein Blut nachgewiesen werden. Die Ermittlungen schliefen ein, und der Mann landete auf der Liste vermisster Personen. Doch fehlende Beweise zeugten nicht automatisch von Unschuld. Týr konnte sich durchaus vorstellen, dass die Knochen ebendiesem Mann gehörten und seine Frau doch eine Mitschuld an seinem Tod trug.

Týr hatte Karó gefragt, ob sie wetten wolle, doch sie hatte keine Gegenwette anzubieten. Sie tippten beide auf dieselbe Person. Und jetzt würden sie bald erfahren, ob sie richtiglagen. Kurz vor ihrem Aufbruch hatte Alexandra angerufen und ihm gesteckt, dass die Ergebnisse von deCODE Genetics vorlägen und sie ein brauchbares DNA-Profil zum Abgleich mit den Daten der verschollenen Personen erhalten hätten. Das werde sich alles bald klären.

Karó sah Týr an. »Worauf warten wir?«

Sie drückten auf die Klingel und hörten zwei fröhliche Töne, die eher so klangen, als würden sie einen Blumenboten ankündigen. Messíanas Gesicht erschien in einem langen, schmalen Fenster neben der Haustür, und es schien, als wäre sie tatsächlich auf das fröhliche Klingeln hereingefallen. Sie kam lächelnd zur Tür – bis sie Týr erblickte und ihre Mundwinkel nach unten rutschten.

»Wenn ihr gekommen seid, um darüber zu reden, was Jón und Guðrún meiner Tochter angetan haben, bin ich bereit. Wenn es um etwas anderes geht, habe ich nichts dazu zu sagen.«

Týr hatte eigentlich fest damit gerechnet, dass sie sofort wieder damit anfangen würde, wie sie Jón in der Mordnacht am Tatort gesehen habe. Aber inzwischen schien sie Týrs Mahnung, sich an die Wahrheit zu halten, tatsächlich ernst zu nehmen. Messíana hatte die Tür nur einen Spaltbreit geöffnet und den linken Fuß dahintergestellt, als rechnete sie damit, dass die beiden mit Gewalt ins Haus stürmen würden. Hinter ihr kläffte ein Hund, der verstummte, als Messíana sich umdrehte und ihn anfuhr, er solle still sein. Als sie sich wieder den Besuchern zuwandte, bemerkte Týr, dass er sich bezüglich ihrer Größe nicht geirrt hatte. Messíana war eine auffallend große Frau. Und ihm fiel noch etwas anderes auf, das ihn stutzig machte: Im Gegensatz zu vielen anderen Hunden in der Straße schien Messíanas Hund nicht vergiftet worden zu sein.

Týr erklärte Messíana also, dass sie nicht wegen der anonymen Briefe hier seien, sondern wegen der Sache, die sie ihm vorhin am Telefon erzählt habe.

»Bitte? Ich habe nicht gesagt, dass ich eine Zeugin bin.« Sie machte ein übertrieben unschuldiges Gesicht, das ihr nicht wirklich gut stand. »Da haben Sie mich wohl missverstanden.«

Týr musste sich arg zusammenreißen, dass er der Frau nicht die Meinung sagte. Er hasste es, als Lügner oder Dummkopf dargestellt zu werden. Aber vielleicht war es besser, als sich schon wieder eine Story anzuhören, die sie sich nur ausgedacht hatte. »Na schön …« Er wollte das Ganze an dieser Stelle beenden und es lieber an der nächsten Tür versuchen. Scheiß auf die Sache mit den Knochen.

Doch Karó gab sich nicht so leicht geschlagen. »Also haben Sie in der Nacht zum Samstag niemanden aus Þórðurs Haus kommen sehen?«

»Nein. Und ich habe auch nichts dergleichen behauptet.« Sie sah Týr mit einem herausfordernden Blick an. Als er nicht protestierte, sprach sie ihr Lieblingsthema an. Die Briefe. »Haben Sie gesehen, was ich geschickt habe? Es besteht kein Zweifel, dass die Briefe vom selben Absender stammen. Und zwar von Jón und Guðrún.«

Týr wollte ihre Theorie nicht befeuern und war daher unsicher, was er antworten sollte. Diese Frau war nicht dumm. Er beschloss, sofort zum nächsten Thema überzugehen, entgegen seiner Abmachung mit Karó. »Da Sie also nichts gesehen haben, sprechen wir über etwas anderes. Es geht um Ihren Mann. Genauer gesagt um sein Verschwinden.«

Dieser Themenwechsel kam so unerwartet, dass Messíana das Gesicht entglitt. Für einen kurzen Moment wirkte sie alles andere als zufrieden mit sich. Dann fing sie sich wieder, fuhr sich mit der Zunge über die Lippen und fragte: »Ist es sein Skelett, das man gefunden hat?«

Karó antwortete: »Das ist derzeit noch unklar.«

Messíana wurde sofort wieder wütend. »Was fragen Sie dann nach ihm? Welche Rolle spielt sein Verschwinden denn dann? Erzählen Sie mir nicht, dass Sie glauben, es hat mit diesem Mord zu tun. Da verrennen Sie sich. Konzentrieren Sie sich auf Jón und Guðrún, diese Unmenschen. Mein Mann hat damit nichts zu tun. Keine Chance.«

»Wir haben trotzdem ein paar Fragen. Kannte er Þórður? Waren sie befreundet?« Über Messíanas Einwände ging Karó einfach hinweg.

Erstaunlicherweise antwortete Messíana sofort. »Sie kannten sich nur vom Sehen. Wie alle in der Straße. Aber sie waren weder Freunde noch Bekannte.« Sie lachte trocken. »Moment mal, Sie glauben doch wohl nicht, dass er Þórður umgebracht hat? Wie? Wo hätte er sich all die Jahre verstecken sollen? Mein Mann liegt am Meeresboden oder in einer Lavaspalte. Er zieht nicht als Mörder durchs Land.« Von Trauer oder Wehmut keine Spur. Vielleicht hatte sie das Verschwinden ihres Mannes verwunden, so lange, wie es inzwischen her war. Außer seine Eltern in jungen Jahren hatte Týr nie eine nahestehende Person verloren, und er erinnerte sich nicht mehr, wie lange es gedauert hatte, bis der Verlust überwunden war. Er erinnerte sich überhaupt an kaum noch etwas aus jener Zeit. Das war jetzt fast dreißig Jahre her, doch er würde nie so kalt über seine Mutter reden wie diese Frau über ihren Mann. Irgendetwas Merkwürdiges ging hier vor sich.

Messíana setzte noch einen obendrauf: »Mein Gott. Ihr seid noch dümmer, als ich dachte.«

Es war nichts Neues für Karó und Týr, dass man sie beschimpfte. Das erlebte jeder, der einige Zeit bei der Streifenpolizei arbeitete, so wie sie es in Island und er in Schweden getan hatte. Man gewöhnte sich nie daran, doch die beiden ließen sich nichts anmerken. Karó machte weiter, als wenn nichts geschehen wäre. »Nächste Frage: Waren Sie und/oder Ihr Mann mit der Familie befreundet, deren Haus abgebrannt ist?«

»Sie meinen Stefán und Magga? Moment mal, soll mein Mann jetzt auch noch das Haus in Brand gesteckt haben? Da hatte er ja seit seinem Verschwinden keinen Grund zur Langeweile.« Trotz des ironischen Tons und ihrer Bemühungen, ruhig zu wirken, zeigte Messíana eindeutige Anzeichen von Nervosität. Ihr Blick wanderte unruhig umher, und sie hielt die Tür, die immer noch nur einen Spaltbreit geöffnet war, so fest, dass ihre Fingerknöchel weiß wurden.

»Beantworten Sie bitte die Frage.«

»Wir kannten sie. Alle hier kannten sie. Stefán war Klempner und ausgenommen hilfsbereit. Es gibt kein Haus in dieser Straße, in dem er nicht irgendein Rohrproblem gelöst hätte. Er wollte nie Geld dafür. Zum Dank haben die Leute ihm eine Flasche Wein oder dergleichen gegeben. Dieser Mann wird hier schmerzlich vermisst.«

Dass es keinen kostenlosen Klempner mehr gab, war für Messíana offenbar tragischer als die Tatsache, dass bei dem Hausbrand drei Menschen ihr Leben verloren hatten, darunter zwei Kinder. Týr sagte nichts in der Hoffnung, dass sie weitersprach. Und tatsächlich: »Aber Sie wissen schon, dass Þórður unter Verdacht stand? Man konnte ihm nichts nachweisen, aber sehr wahrscheinlich hat er das Haus in Brand gesteckt.«

Das stimmte nicht ganz. Nachdem er sich bei Erla die Erlaubnis eingeholt hatte, den Hausbrand in LÖKE aufzurufen, hatte Týr sich die Akte dazu angesehen. Man hatte mit Þórður gesprochen, weil er am Abend vor dem Brand bei der Familie zu Besuch gewesen war. Die Handydaten bestätigten seine Aussage, dass er das Haus knapp zwei Stunden vor Ausbruch des Feuers verlassen hatte. Das Feuer war im Zimmer der jüngeren Tochter ausgebrochen, dort stand ein Gasbrenner auf dem Boden und der Raum war am stärksten zerstört. Dass die sterblichen Überreste des Mädchens nicht in ihrem Bett, sondern im völlig verkohlten Kleiderschrank gefunden wurden, war ein sicherer Hinweis darauf, dass sie den Brand verursacht hatte. Kinder in ihrem Alter versteckten sich tragischerweise oft, wenn sie etwas in Brand gesteckt hatten, anstatt Hilfe zu holen. Laut ihrer Mutter schlief sie häufiger schlecht und wanderte dann im Haus herum.

Von einem Gaskocher im Haus wusste die Mutter jedoch nichts und sie hielt es für möglich, dass er Þórður gehörte. Die Ermittler hatten herausgefunden, um welche Art Kocher es sich handelte: eine teure Variante, die gern von Köchen genutzt wurde und eher selten in normalen Haushalten zu finden war. Þórður stritt ab, dass ihm der Brenner gehörte, und über den isländischen Vertreiber jener Marke ließ sich ebenfalls nicht rekonstruieren, dass er ein solches Gerät gekauft hatte. Da diese Art Brenner aber ein Klassiker war und schon seit vielen Jahren vertrieben wurde, konnte er ihn theoretisch schon zu Zeiten erstanden haben, als der Verkauf noch nicht elektronisch ablief. Eine Bestellung aus dem Ausland ging aus Þórðurs Kreditabrechnungen auch nicht hervor.

Ungeachtet der Frage, wem nun der Brenner gehörte, deutete alles auf einen tragischen Unfall hin, und als solcher wurde der Fall dann auch bewertet.

»Þórður hatte nichts damit zu tun. Egal, was die Leute behaupten.« Týr deutete durch den schmalen Türspalt ins Haus. »Dürften wir einen Blick in Ihren Garten werfen?«

Messíana zog die Brauen so hoch, dass sie beinahe an den Haaransatz stießen. »In meinen Garten? Arbeiten Sie nebenbei noch fürs Heizwerk? Diese Rohre, die eigentlich durch die Gärten der Idioten in der Sackgasse führen sollen, kommen mir nicht in den Garten. Nur über meine Leiche. Das sehe nicht nur ich so. Dann lieber ein kaltes Haus.«

»Wir arbeiten ausschließlich für die Polizei und interessieren uns nicht für diese Leitungen. Wir müssen nur einen Blick in den Garten werfen. Entweder tun wir es mit Ihrer Erlaubnis oder wir fragen Ihre Nachbarn rechts und links, ob wir über den Zaun gucken können. Sie werden sicher neugierig sein, wenn sie erfahren, dass Sie uns nicht reingelassen haben. Was ist Ihnen lieber?«

Messíana dachte nach. »Dann gucken Sie halt. Aber Sie werden enttäuscht sein.«

Damit lag sie richtig. Entgegen Týrs Erwartung war in Messíanas Garten nirgendwo kürzlich gegraben worden. Wenn die Knochen von Messíanas Ehemann stammten, hatten sie nicht in ihrem Garten gelegen.

—

»Der Mann wollte tatsächlich aufs Schiff, genau wie der Kapitän gesagt hat. Wir haben zwei gepackte Sporttaschen gefunden, eine mit Kleidung und eine mit Kochutensilien. Er wollte wohl gerade zum Hafen aufbrechen.« Die Frau von der Spurensicherung schlug die hinteren Türen des Vans zu, der blecherne Knall hallte durch die ruhige Straße. Es wirkte fast, als wären alle Anwohner im Urlaub. Die Frau stemmte die Hände in die Hüften und seufzte: »Wir haben das gesamte Haus durchkämmt. Bis unters Dach. Auch den Garten und sogar den Müll. Jeden einzelnen Quadratzentimeter.«

Týr fragte, obwohl er die Antwort bereits zu wissen glaubte. »Und, habt ihr was gefunden? Etwas, das Licht in die Sache bringt?«

»Das wird sich zeigen. Die Proben müssen noch untersucht werden. Daher: Nein. Noch haben wir nichts.« Sie korrigierte sich: »In der Abstellkammer haben wir Spuren eines Kampfs gefunden. Zerbrochene Christbaumkugeln auf dem Boden, die damit zu tun haben könnten.«

Dieses Missverständnis klärten Týr und Karó sofort auf, was die Frau zu enttäuschen schien. Vermutlich hatte sie schon einen Kampf in der Vorratskammer vor sich gesehen, der die ganze Sache ins Rollen gebracht hatte. Auch Týr versuchte immer, sich alles möglichst konkret vorzustellen, wenn er einen Einsatzort betrat. Das war Teil ihres Jobs.

Karó und er machten gerade eine kleine Pause. Nach dem Gespräch mit Messíana hatten sie ungefähr bei der Hälfte der Häuser in der Straße angeklopft. Neue Erkenntnisse hatten sie keine gewonnen, niemand hatte etwas gesehen, niemand konnte etwas sagen. Mit derselben Reaktion rechneten sie auch bei den restlichen Häusern. Ihre einzige realistische Hoffnung war, dass Fannar, Þórðurs direkter Nachbar, seine Beobachtungen noch etwas konkreter schildern könnte. Doch auch das war ganz schön optimistisch. Vermutlich konnte er die Person, die er in der Mordnacht an Þórðurs Haus beobachtet hatte, nicht genauer beschreiben. Vielleicht hatten sie morgen Glück, wenn sie die restlichen Anwohner der Straße befragt und auch mit Jón und Guðrún gesprochen hatten.

Die Frau öffnete den Klebeverschluss ihres Schutzoveralls und zog ihn aus. »Wir haben keine Einbruchsspuren gefunden, daher könnte es sein, dass der Täter ins Haus gelassen wurde. Wir haben Fingerabdrücke von allen Gläsern und anderen Dingen in der Spülmaschine genommen. Aber da der Mord so lange zurückliegt, wurde das Geschirr, das der Täter eventuell in der Hand hatte, vermutlich schon abgewaschen.«

»Der Sohn, der zu Hause war, ist im Teenageralter.« Karó lächelte. »Wir könnten Glück haben. Wenn mein kleiner Bruder für die Spülmaschine zuständig ist, setzt er sie erst in Gang, wenn kein einziger Löffel mehr reinpasst.«

»Hoffen wir's.« Die Frau knüllte den Overall zusammen. »Þórðurs Computer haben wir nicht gefunden, nur den des Sohnes. Die Mutter hatte ihren vermutlich mit, den müsst ihr euch geben lassen. Aber ihr wisst ja Bescheid. Wir haben den Computer des Jungen und eine kleine Drohne aus seinem Zimmer mitgenommen. Wahrscheinlich sind da nur Aufnahmen von Frauen beim Sonnenbad drauf, aber wer weiß. Das Mädchen hat noch keinen Computer. Nur ein iPad, das wir ebenfalls eingepackt haben. Ich bringe die Sachen zur IT und bitte um eine schnelle Untersuchung. Für die Kinder ist es besonders hart, ohne ihre Geräte auszukommen.«

»Hoffentlich haben sie Kapazitäten.« Karó zog den Reißverschluss ihrer Jacke zu. Es kühlte bereits deutlich ab; sie mussten zügig weitermachen.

Die Frau von der Spurensicherung merkte, dass die beiden gehen wollten. »Mutter und Kinder müssten jeden Moment hier eintreffen, bis dahin sollten wir das Feld geräumt haben. Sie müssen uns nicht sehen. Oder euch. Sie haben schon genug durchgemacht.«

Da hatte sie ganz sicher recht.

—

Týr und Karó hatten noch mit den Bewohnern von drei weiteren Häusern gesprochen, mit demselben Ergebnis. Auch sie konnten oder wollten nichts sagen. Die meiste Zeit ging dadurch drauf, dass die Leute selbst Fragen stellten, auf die sie natürlich keine Antwort bekamen. Obwohl die Anwohner nicht mehr gespannt jede Bewegung der Polizei beobachteten, waren sie nach wie vor neugierig.

Týrs Handy klingelte; es war Alexandra. Er schickte ihr eine kurze Nachricht, dass er später zurückrufen würde. Karó beobachtete ihn dabei, und als er das Handy wieder einsteckte, fragte sie: »Freundin?«

Týr wurde verlegen. »Etwas in der Art.«

»Tinder?«

»Nein. Crossfit.«

Karó lächelte. »Da sollte ich mich auch mal anmelden. Welches Studio?«

»Grandi 101.« Er musste es ihr sagen, obwohl er absolut keine Lust darauf hatte, sie demnächst dort anzutreffen. Womöglich sah sie ihn dann mit Alexandra. »Aber ich überlege gerade, zu Yoga zu wechseln. Ich bin noch auf der Suche nach einem guten Lehrer. Für Hot Yoga.« Er fiel in dieselbe Falle wie so viele, die flunkerten. Er nannte zu viele Details.

Karó grinste noch breiter. »Ah ja.«

Ein Auto fuhr in die Straße und rollte zielstrebig zum Ende der Sackgasse. Es hielt auf dem Stellplatz vor Þórðurs Garage. Eine Frau und zwei Kinder stiegen aus. Sie erkannten Ketill und seine kleine Schwester mit den zerzausten Haaren, und die Frau musste Sigríður sein, die Witwe von Þórður. Sie war kaum wiederzuerkennen. Als sie vor wenigen Tagen mit ihr gesprochen hatten, war sie energisch und aufgebracht gewesen und fast geplatzt vor Wut. Jetzt wirkte sie wie eine wandelnde Leiche, mit hängenden Schultern, ungewaschenen Haaren und krummem Rücken.

Das Mädchen blieb am Wagen stehen, ihr kleiner Körper wurde vom Schluchzen geschüttelt. Die Mutter schien es nicht wahrzunehmen. Dafür kam der Bruder zurück, legte den Arm um seine Schwester und führte sie zu ihrer Mutter an die Haustür. Die Frau steckte den Schlüssel ins Schloss, drehte ihn und legte die Hand auf die Klinke, doch sie öffnete die Tür nicht sofort. Sie straffte den Rücken und schüttelte sich leicht. Dann drückte sie die Tür auf und starrte ins Haus. Urplötzlich stieß sie einen Schmerzensschrei aus, der durch Mark und Bein ging. Der Junge ließ seine Schwester los und schob die Mutter ins Haus. Darauf nahm er seine Schwester an der Hand und zog auch sie hinein. Dann schloss sich die Tür.

Týr wandte den Blick ab und atmete schwer aus. »Bringen wir es hinter uns.«

Das musste er Karó nicht zweimal sagen.

28. KAPITEL – DIENSTAG

So elend hatte Gunndís sich noch nie gefühlt. Alles tat weh, und ihr war bitterkalt. Ihr Rücken fühlte sich an, als stünde er in Flammen, ihre Lunge drückte und es war, als hätte sie Pfefferspray in den Augen. Ihr ganzer Körper schmerzte oder brannte; Gliedmaßen, Finger, Zehen, sogar ihre Mundhöhle war wie gelähmt. Alles drehte sich, und sie konnte keinen klaren Gedanken fassen. Sie wollte die Augen öffnen, doch mehr als ein Blinzeln brachte sie nicht zustande. Wo war sie?

Sie erinnerte sich daran, wie sie untergegangen war und geglaubt hatte, sie müsste sterben. In ihrem dicken Anzug, mit Helm, Handschuhen und Stiefeln konnte sie sich kaum bewegen, alles saugte sich mit Wasser voll und zog sie in die Tiefe. Alles wurde schwarz, aber im nächsten Moment, als hätte sie einen elektrischen Schlag bekommen, kam sie wieder zu sich. Sie war auf dem Weg zurück zur Wasseroberfläche, als hätten höhere Mächte entschieden, dass es so nicht mit ihr enden könne, dass sie Mutter war und keiner Fliege etwas zuleide getan hatte. Doch dann wurde ihr klar, dass der automatische Rettungsmechanismus ihrer Weste ausgelöst worden war und sie sich endlich aufblies. Gott hatte nichts damit zu schaffen. Zurück an der Oberfläche hatte sie wie verrückt gestrampelt und gepaddelt, um den Kopf über Wasser zu halten. Woher sie die Kraft nahm, wusste sie selbst nicht. Immer wieder tauchte sie unter und abwechselnd schluckte und spuckte sie Meerwasser. Wie lange das gedauert hatte, vermochte sie nicht zu sagen. Unendlich lange oder nur ganz kurz. Sie hatte auch keine Erinnerung an ihre Rettung, aber es war klar, dass sie es nicht aus eigener Kraft geschafft hatte. Irgendwer musste sie aus dem Meer gefischt haben. Vielleicht dieselbe Person, die sie hineingeworfen hatte? Wenn ja, wäre das ein noch dümmerer Scherz gewesen als die Sache mit dem Feuerlöscher.

Gunndís lag, aber sie wusste nicht wo. Auf jeden Fall nicht in ihrer Kajüte. Jemand hatte ihr die Arbeitskleidung ausgezogen. Sie versuchte, sich aufzurichten, doch ihr Kopf sank sofort zurück aufs Kissen. An ihrem Rücken spürte sie einen scharfen Schmerz, der ihr den Messerstich in Erinnerung rief. Im Meer war ihr einziger Gedanke gewesen, den Kopf über Wasser zu halten. Das Messer hätte noch in ihrem Rücken stecken können, sie hätte es nicht einmal bemerkt. Selbst ein ganzes Messerset und ein paar Stricknadeln dazu.

»Hey. Bleib liegen.«

Die Stimme klang wie aus weiter Ferne und ließ sich nicht zuordnen. Doch dann hörte sie noch eine andere Stimme, die sie leichter erkannte. Da es eine Frauenstimme war, musste es Lóa sein, Hróbjarturs Frau. »Hol Wasser für sie. Und ein Schmerzmittel von der Brücke. Ein starkes. Kein Ibuprofen oder so einen Mist.« Dann wandte Lóa sich an Gunndís. »Du solltest ruhig liegen bleiben. Du hast dich am Rücken verletzt. Aber keine Sorge. Ich habe die Wunde gereinigt und zugenäht.«

»Ein Stich. Das war ein Stich«, stieß Gunndís mit Mühe hervor. Sie überlegte, ob der Schmerz davon herrührte, dass eine Amateurin die Wunde versorgt hatte.

Lóa las ihre Gedanken. »Ich bin Krankenschwester, keine Handarbeitslehrerin, falls du das befürchtest. Du hast jedenfalls keine Kreuzstickerei auf dem Rücken.«

»Es war ein Stich. Ein Messerstich.«

»Nicht sprechen. Warte, bis du Wasser getrunken und ein Schmerzmittel genommen hast. Dann wird es dir besser gehen.«

Gunndís schloss die Augen. Sie tauchte sofort in einen Dämmerzustand ab, bis jemand sie an der Schulter berührte. Sie öffnete die Augen einen Spaltbreit und sah Lóa, die ihr beim Aufrichten half. Sie hielt ihr ein Glas an die Lippen, und Gunndís trank einen Schluck, dann noch einen, und noch einen. Noch nie hatte sie etwas Köstlicheres getrunken. Dabei war das Wasser noch nicht einmal kalt. Die Tabletten rutschten nicht ganz so geschmeidig ihre Kehle hinab. Als ihr Kopf wieder auf dem Kissen lag, konnte sie sprechen. Das Wasser hatte Wunder gewirkt. »Ich habe mich nicht verletzt. Mir wurde ein Messer in den Rücken gestochen. Mein eigenes Messer.«

Lóa sah sie voller Mitgefühl an. »Deine Erinnerung trügt dich. Das kommt nach solchen Unfällen häufiger vor. Ich habe mir die Wunde angesehen. Sie war zwar tief, aber nicht so tief wie von einem Messer. Ich will die Verletzung nicht kleinreden. Bestimmt nicht. Du wirst dich an irgendeinem scharfen Stahlteil geschnitten haben, als du von Bord gefallen bist. Oder du hast dich an etwas Spitzem gestoßen und daraufhin das Gleichgewicht verloren. Das war zweifellos sehr schmerzhaft.«

»Ich bin nicht gefallen. Jemand hat mich über Bord geworfen.« Sie war so schlapp, dass ihrer Stimme jegliche Überzeugungskraft fehlte. Sie klang, als würde sie um Milch für den Kaffee bitten, und nicht, als wollte sie glaubhaft machen, dass jemand versucht hatte, sie umzubringen. »Jemand muss es gesehen haben.« Sie erinnerte sich daran, dass sie keinen Ton herausgebracht hatte. Weder als man ihr das Messer in den Rücken gerammt noch als man sie über Bord geworfen hatte.

Lóa schüttelte den Kopf. »Leider nein. Es waren nur wenige an Bord, nur die Männer an der Pumpe. Die neue Ausrüstung hat dich gerettet.«

»Neue Ausrüstung?«, fragte Gunndís, worauf die andere Person, die ihr das Wasser geholt hatte, erklärte: »Unsere Westen sind seit Neuestem mit AIS-Seenotsendern und GPS ausgestattet, die reagieren, wenn sie im Meer landen. Das Gerät funkt einen Notruf, der niemandem an Bord entgeht, und auf dem Plotter auf der Brücke wird sofort die Position angezeigt. Das erleichtert es enorm, Menschen im Meer zu finden, vor allem bei Dunkelheit. Oder wenn jemand mit dem Netz in die Tiefe gerissen wird.«

Gunndís musste den Kopf drehen, um zu sehen, wer da redete. Sie war erleichtert, als sie den Maschinisten Elli erkannte und nicht Hróbjartur oder Ómar, den Steuermann, der sie so hasste. Er lächelte sie freundlich an, dann sprach er weiter: »Es wurde sofort ein Rettungsboot ins Wasser gelassen, aber trotzdem warst du fast zwanzig Minuten im Meer. Viel länger hättest du nicht durchgehalten.« Er guckte ernst. »Ohne die neue Technik wäre es böse ausgegangen. Da niemand gesehen hat, wie du über Bord gegangen bist, ist klar, wie es geendet hätte.«

»Ich wurde ins Meer geworfen. Ich bin nicht gestürzt. Und ich wurde mit einem Messer angegriffen.« Jetzt fiel ihr wieder ein, dass sie das Messer aufs Deck geworfen hatte. »Das Messer liegt noch an Deck. Backbord. Ungefähr da, wo ich stand.«

»Darüber sollten wir uns nicht jetzt den Kopf zerbrechen«, sagte Lóa. »Später ist noch genug Zeit.« Gunndís fühlte sich wie ein Kind, das von niemandem ernst genommen wurde.

Doch Elli schlug sich auf ihre Seite. »Ich kann nachsehen. Draußen an Deck. Ob da ein Messer liegt.«

Bevor Lóa ihn davon abhalten konnte, bedankte Gunndís sich schnell für das Angebot. »Ja, danke. Es ist ein Profimesser. Mittelgroß mit braunem Holzgriff.«

Elli verschwand, und Gunndís schaffte es endlich, sich richtig umzusehen. Sie lag in einem Zimmer, in dem sie noch nie gewesen war, und es brauchte eine Weile, bis ihr noch matter Kopf eins und eins zusammengezählt hatte. Sie befand sich in dem kleinen Krankenzimmer an Bord. Auf einem Tisch neben ihr sah sie ein Wasserglas, einen Verbandskasten, eine Schere, blutige Tupfer, Verpackungen von Mullbinden, Pflastern, Nadeln und anderes, was Lóa verwendet hatte, um sie zusammenzuflicken. Sie lag auf einer Liege und war zugedeckt. »Wurde ein Hubschrauber gerufen?«

Lóa schüttelte den Kopf. »Ich stand in Kontakt mit dem Rettungsdienst. Du bist verletzt und stehst unter Schock, aber du schwebst nicht in Lebensgefahr. Daher wurde entschieden, dass kein Hubschrauber nötig ist. Wenn sich dein Zustand verschlimmert, wird die Lage neu bewertet. Ich gehe aber nicht davon aus. Der Plan ist, dass wir dich in Stykkishólmur oder Reykjavík absetzen. Es sei denn, du hältst bis Grindavík durch. Ich denke, das könntest du schaffen.«

»Ich will an Land. So schnell wie möglich.« Im Moment war Gunndís ihre Zukunft bei dieser Reederei völlig egal. Sie wollte nicht auf einem Schiff anheuern, auf dem man versucht hatte, sie umzubringen. Der Seenotsender an der Weste war die Erklärung dafür, warum sie mit einem Messer angegriffen worden war, bevor man sie über Bord geworfen hatte. Die Person musste gewusst haben, dass man sie aus dem Wasser fischen würde, und wollte durch den Messerstich sicherstellen, dass sie verblutete. Vermutlich hatte sie der dicken, mehrschichtigen Arbeitskleidung ihr Leben zu verdanken. Es wäre sicher erfolgversprechender gewesen, sie mit normalen Klamotten an Deck zu locken. Kein Notsender, keine Probleme. Über ein bisschen Blut an Deck hätte sich niemand gewundert. Blut war hier überall. Aber wieso war sie gerade jetzt und an diesem Ort überfallen worden?

Die Antwort lag auf der Hand. Die Laderäume waren voll. Ein Unfall zu Beginn der Tour oder auf halbem Weg hätte die ganze Fahrt vermasselt. Natürlich.

»Da ist noch etwas, Gunndís.« Lóa sah sie wieder so herzlich und mütterlich an wie nach ihrem Aufwachen. »Wenn du dich absichtlich ins Meer gestürzt hast, müssen wir das melden. Dann bekommst du Hilfe. Ich verspreche dir, dass Hrói herausfindet, wer dich wegen deines Vaters gemobbt hat, und er wird es diejenigen spüren lassen.«

Gunndís vergaß ihre Schmerzen, als sie begriff, was Lóa da sagte. Da sie nicht glaubte, dass jemand Gunndís über Bord geworfen hatte, war das die logische Schlussfolgerung. Die Reling war so hoch, dass niemand unbeabsichtigt darüberfiel. »Ich bin nicht gesprungen. Ich wurde über Bord geworfen.«

Lóa sah immer noch nicht so aus, als glaubte sie ihr, aber sie war klug genug, es nicht weiter zu thematisieren. »Noch etwas Wasser?«

Gunndís nahm das Angebot an. Sie schluckte und überlegte, ob diejenigen, die den vermeintlichen Unfall untersuchten, auch zu diesem Schluss kommen würden. Oder Hróbjartur, der die Sache melden musste.

Elli kam mit betretenem Blick zurück. »Ich habe kein Messer gefunden, Gunndís. Es muss in einer Rille verschwunden sein.« An Deck waren Rillen im Boden, über die das Wasser, das sich an Deck sammelte, zurück ins Meer geleitet wurde. Es war leichter Seegang gewesen, daher war es gut möglich, dass das Messer ins Meer gerutscht war. Genauso gut konnte es sein, dass die Person das Messer schnell aufgehoben und ins Meer geworfen hatte.

»Danke, dass du nachgesehen hast. Du hast sicher recht.« Sie presste ein Lächeln hervor, und Elli lächelte matt zurück. Ihm war nicht anzusehen, ob er ihr glaubte. Aber zumindest hatte er ihrer Geschichte eine Chance gegeben.

Lóa legte die Hände auf die Knie, stand auf und bat Elli, sich zu Gunndís zu setzen. Sie müsse kurz raufgehen und berichten, wie es der Patientin gehe. Gunndís war froh, die Kapitänsfrau los zu sein und keine weiteren Fragen über ihre psychische Gesundheit beantworten zu müssen. Elli war eine deutlich angenehmere Gesellschaft.

Er setzte sich auf Lóas Platz. »Wie geht es dir?«

»Besser.« Langsam wirkte das Schmerzmittel, und sie fühlte sich wie leicht angetrunken.

»Olgeir lässt grüßen. Die anderen auch. Alle sind geschockt.«

Vermutlich alle, bis auf die Person, die sie in den Tod hatte schicken wollen. Doch sie verschwendete ihre schwindenden Kräfte nicht an Grübeleien. Sie würde bald einschlafen, und es gab Wichtigeres zu besprechen. »Eine Frage, Elli.«

»Ja, sicher.«

»Wieso bist du so nett zu mir? Du hast bei dem Schiffsunglück deinen Vater verloren. Genau wie Geir und Ómar. Sie machen es mir zum Vorwurf. Aber du nicht. Wieso?«

Die Frage schien Elli zu überraschen, und er dachte einen Moment darüber nach. »Das ist keine Entschuldigung, aber Geir und Ómar haben mehr darunter gelitten als ich. Ómars Mutter hat wieder geheiratet. Einen gewalttätigen Mann. Er hat sie geschlagen, genau wie Ómar und seinen kleinen Bruder. Bei Geir weiß ich es nicht. Vermutlich gehört er zu der Art Mensch, die mit Trauer nicht umgehen kann. Der stattdessen wütend wird und das an irgendwem auslassen muss.«

»Und du? Vermisst du deinen Vater nicht?«

Diesmal musste Elli nicht nachdenken. Seine Antwort kam sofort. »Mehr als ich mit Worten beschreiben kann. Er war toll. Aber der Unfall ist nicht deine Schuld und ich kann Ungerechtigkeit nicht ausstehen. Deshalb habe ich mich eingemischt und versuche, freundlich zu dir zu sein. Das Verhalten der anderen hat mich wütend gemacht. So etwas kann ich nicht leiden.« Er holte etwas aus seiner Tasche und hielt ihr ein Handy unter die Nase. »Das ist deins, oder? Ich habe gesehen, dass es unten im Trockenraum am Ladekabel hing, und dachte, du willst es vielleicht haben. Dich bei irgendwem melden. Es kann gut sein, dass in den Nachrichten über den Unfall berichtet wird. Natürlich wird dein Name nicht genannt, aber vielleicht der des Schiffes. Nicht, dass sich jemand Sorgen macht. Meine Mutter würde durchdrehen, wenn ich ihr kein Lebenszeichen schicke.«

Gunndís nahm das Handy. Ein angenehmes Gefühl, es in der Hand zu halten. Sie verspürte keinen großen Drang, ihre Mutter anzurufen, die genauso reagieren würde wie Ellis Mutter. Kein Wunder, beide hatten ihren Partner auf See verloren. Sie wollte nur Gauti anrufen und mit Daði sprechen. Doch das war im Moment keine gute Idee. Das Schmerzmittel war stark. Solange sie das Handy bei sich hatte, konnte sie jederzeit anrufen. Allein das war ein gutes Gefühl.

Mit dem Handy in der Hand musste sie auf einmal an den Jungen denken, der bei der Gedenkfeier so nett zu ihr gewesen war. An seinen Namen erinnerte sie sich nicht, aber er war ungefähr in ihrem Alter gewesen. Es konnte gut Elli gewesen sein. »Hattest du ein neues Handy bekommen? Von deinem Vater? Bevor das Schiff gesunken ist? Du hast es mir bei der Gedenkfeier gezeigt, oder?«

Elli nickte langsam. »Ja. Das stimmt. Du erinnerst dich also daran?«

»Ja. Ich habe nur nicht begriffen, dass du der nette Junge von damals bist.« Gunndís' Zunge wurde schwer. »Also bist du schon immer so gewesen? So nett?«

»Ich weiß nicht. Vielleicht hat es damals angefangen. Ich fand es so schlimm, wie die anderen sich dir und deinem Bruder gegenüber verhalten haben. Wie sie getuschelt haben. Wie es euch einfallen könne, euch blicken zu lassen. Ich habe nur ein Mädchen gesehen, das seinen Papa verloren hatte und dem es genauso dreckig gehen musste wie mir. Schön, dass du dich daran erinnerst.«

Gunndís versuchte zu lächeln, doch nur der halbe Mund gehorchte ihr. Ihr Lächeln musste wie eine Grimasse aussehen. Ihre Augenlider wurden schwer, als wären sie wie der untere Rand des Netzes mit Blei gefüllt. »Wo waren Geir und Ómar, als ich über die Reling geworfen wurde?«

»Ich weiß es nicht.«

Sie war nicht in der Lage einzuschätzen, ob er die Wahrheit sagte oder seine Kollegen in Schutz nahm. Ihre Kraft reichte nur noch für eine Bitte, die sie gut abwägen musste. »Nicht weggehen. Ich will nicht allein sein.« Wer auch immer ihr das Messer in den Rücken gestoßen und sie über die Reling geworfen hatte, diese Person war noch an Bord. Sie war mit einem Schrecken davongekommen, aber es war keine Frage, wie die Sache bei einem erneuten Angriff ausgehen würde, während sie im Krankenzimmer vor sich hin döste.

»Kein Problem.«

Gunndís schloss die Augen. Sprechen konnte sie schon nicht mehr, aber denken. Vermutlich nicht mehr lange, daher ließ sie auch schwere Gedanken zu. Irgendwann musste sie sich damit auseinandersetzen, und vielleicht fiel es ihr unter dem Einfluss von starken Medikamenten leichter. Hoffentlich wirkten die auch bei seelischem Schmerz.

Es sah so aus, als ob sie nie dahinterkommen würde, was Þórður über das Schiffsunglück herausgefunden hatte. Wenn sie aufwachte, hatten sie sicher bald den Hafen erreicht und sie würde nie wieder einen Fuß an Bord dieses Schiffes setzen. Es spielte keine Rolle, ob bei der Untersuchung des Unfalls herauskäme, dass sie über Bord gesprungen war oder die Umstände ungeklärt blieben. Es würde sich herumsprechen, dass sie labil war. Kein Kapitän würde sie anheuern, aus Sorge davor, dass sie noch einmal springen könnte, ob mit Weste oder ohne. Sie würde als tickende Zeitbombe gelten, ganz unabhängig von der Sache mit ihrem Vater.

Die Entscheidung war ihr abgenommen worden. Sie würde nicht mehr zur See fahren. Und was Þórðurs Nachforschungen anging, musste sie auf die Polizei vertrauen.

Gunndís dämmerte weg und wachte erst in Grindavík wieder auf. Elli saß immer noch bei ihr.

Sie lächelte ihn an, und er lächelte zurück.

Es war gut, ihn zum Freund zu haben, selbst wenn sie sich nie wiedersähen.

29. KAPITEL – DIENSTAG

Fannar gab Týr das Handy zurück. »Ich weiß es nicht. Es war zu dunkel.«

Das Display zeigte ein Foto von dem Schal, der um den Kopf des Toten gewickelt gewesen war. Sie hatten gehofft, dass Fannar den Schal bei der Person gesehen hatte, die um Þórðurs Haus geschlichen war. Doch sie hatten kein Glück. Im Moment ging man davon aus, dass der Schal der Person gehörte, die ihn umgebracht hatte, wobei es natürlich auch sein konnte, dass Sigríður, die Witwe von Þórður, sich schlicht nicht an den Schal erinnern konnte. Obwohl er auffällig rot-gelb kariert war, handelte es sich vielleicht um einen alten Schal, der in der Mordnacht aus einem Regal in der Garage gezerrt worden war.

Dennoch war der Besuch bei Fannar ergiebiger als ihre Gespräche mit den anderen Anwohnern der Straße. Fannar hatte die Nachbarschaftskonflikte von der Loge aus verfolgt, und jetzt, da einer der Beteiligten tot war und beide Häuser zum Verkauf standen, konnte er frei reden.

Fannar wollte sich ausschließlich zu den Situationen äußern, die er selbst erlebt hatte – und das waren einige. Der Mann arbeitete im Homeoffice und war daher fast immer zu Hause, wie er erklärte. Seitdem die Konflikte sich so hochgeschaukelt hatten, sah er sich gezwungen nachzusehen, sobald es drüben laut wurde, entweder am Fenster oder an der Haustür. Er sagte, er habe sich aus allem rausgehalten und sich niemals eingemischt, weder bei Sachbeschädigungen oder bösen Streichen noch als die anonymen Schmähbriefe verteilt wurden. Doch er war vor die Haustür getreten, wenn es drüben ernst wurde, in der Hoffnung, dass die Leute wieder zur Vernunft kämen. So war es auch in der Nacht zum Samstag gewesen. Wenn nur Eier geworfen oder Blumen rausgerissen wurden, begnügte er sich mit einem Blick durchs Fenster.

Messíanas Behauptung, dass Jón und Guðrún hinter den Briefen steckten, konnte er bestätigen. Mehrere Male hatte er den Briefschlitz klappern hören, und zweimal war er so schnell gewesen, dass er Jón noch eilig weggehen sah. Und er sei auch nicht der Einzige, der die beiden dabei erwischt habe. Auf die Frage, wer von den Konfliktparteien mit dem Streit angefangen habe, antwortete er, dass es vermutlich Jón und Guðrún gewesen seien. Sie hätten den Hund von Þórður und Sigríður vergiftet, und seitdem sei die Situation eskaliert. Bis dahin seien sie ziemlich normale Nachbarn gewesen, die sich einfach nicht so gut verstanden. Ab und zu habe es Streit wegen der Hecke oder des Hundes gegeben, der in fremden Gärten Löcher grub und Kot hinterließ. Jón und Guðrún seien nicht die Einzigen gewesen, die sich darüber beklagt hätten. Aber diese anfänglichen Konflikte seien noch harmlos gewesen im Vergleich zu dem, was passierte, nachdem der Hund tot gewesen sei.

Sie standen in Fannars Wohnzimmer. Begonnen hatten sie das Gespräch an der Haustür, doch als sich zeigte, dass es länger dauern würde, hatte Fannar sie reingebeten. Sein Zuhause war der Wohnung von Týr nicht unähnlich, eingerichtet mit schweren, dunklen, altmodischen Möbeln. Er hatte ihnen Kaffee angeboten, allerdings nur instant, und sie hatten abgelehnt. Sie wollten sich auch nicht aufs Sofa setzen. Ihre Kleidung war zu nass, nachdem sie im Schneeregen durch die Straße gezogen waren. Daher standen sie wie bei einer langweiligen Cocktailparty im Wohnzimmer herum.

»Wieso waren Þórður und Sigríður sich denn so sicher, dass die Nachbarn ihren Hund vergiftet hatten, wo sich doch so viele Anwohner über das Tier beschwert haben?«, fragte Karó.

Fannar wurde etwas verlegen, fuhr sich mit der Zunge über die Lippen und fragte, ob er vertraulich mit ihnen reden könne. Sie antworteten, dass sie seine Aussagen nur anonym behandeln könnten, solange die Informationen nicht für die Ermittlungen relevant seien. Er dachte kurz nach und lüftete dann sein Geheimnis. »Ich habe Guðrún gesehen. Sie kam mit einer kleinen Schale aus dem Haus, die sie unter die Hecke zwischen den Grundstücken geschoben hat. Als es dunkel wurde, hat sie sie wieder mit ins Haus genommen. Am Tag darauf wurde der Hund krank, am dritten Tag ist er gestorben.« Fannar schwieg und ergänzte nach einer kurzen Pause: »Ich habe es Þórður gesagt. Das hätte ich besser nicht getan. Ich habe ihm gesagt, dass ich es abstreiten werde, wenn er verrät, woher er diese Information hat. Ich wollte keinen Stress kriegen.«

Es kam nicht oft vor, dass Menschen solche Dinge wirklich für sich behielten. Þórður und Sigríður hatten es getan. Als sie die beiden im Wagen befragt hatten, hatte keiner Fannar erwähnt. Þórður hatte lediglich gesagt, dass er es aus verlässlicher Quelle wisse. Wenn sich nun herausstellte, dass Jón oder Guðrún – oder alle beide – Anteil an Þórðurs Tod hatten, mussten sie Fannars Geheimnis lüften, ob er es wollte oder nicht.

Fannar war noch nicht fertig. »Ich war immer überzeugt davon, dass der Hausbrand einen großen Anteil an den Entwicklungen in unserer Straße hatte. Alle waren schockiert, die ganze Nachbarschaft war im Ausnahmezustand. Vor allem, als es hieß, Þórður trüge die Schuld daran. Guðrún hätte den Hund sicher nicht vergiftet, wenn diese Katastrophe nicht gewesen wäre. Es war kein Zufall, dass es kurz nach diesem furchtbaren Ereignis passierte.«

»Glaubten Sie auch, dass Þórður das Haus in Brand gesteckt hat?«

Fannar zuckte mit den Achseln. »Nein. Zuerst nicht. Aber wenn man denselben Unsinn oft genug hört, kommen einem doch Zweifel. Die Antwort lautet nein, und auch ja.« Dann fragte er vorsichtig: »Hat Þórðurs Tod vielleicht mit dem Hausbrand zu tun? Rache oder so etwas?«

Týr überließ Karó die Antwort, während er sein Handy herausholte. Er hatte es auf Vibration gestellt, und es zuckte wie wild in seiner Tasche. Vielleicht rief ja Erla an – doch es war Alexandra. Er drückte sie weg, steckte das Handy wieder ein und versuchte, sich nichts anmerken zu lassen.

Karó hatte nichts mitbekommen, sie war ganz auf Fannar konzentriert. »Sie scheinen ja oft durchs Fenster zu schauen. Und da haben sie nicht zufällig beobachtet, wie Messíanas Mann verschwunden ist?«

Fannar schüttelte den Kopf. »Das ist lange her. Damals war ich noch nicht im Homeoffice und hatte auch generell mehr zu tun.« Er lächelte. »Hatte meine Hobbys. Jetzt ist das alles weniger geworden. Ich weiß nicht mehr als andere, nämlich dass er spazieren war und nicht mehr zurückgekehrt ist. Diesen Mann hat niemand vermisst, kann ich Ihnen sagen. Das war ein Scheißkerl. Kurz vor seinem Verschwinden haben wir ein gemeinsames Grillen in der Straße veranstaltet, bei dem sich gezeigt hat, was für ein Mensch er war. Er hat sich betrunken und Messíana geschlagen. Hat vor der gesamten Nachbarschaft über seine autistische Tochter hergezogen. Mit Wörtern, die kein vernünftiger Mensch für seine Kinder verwenden würde. Er hat die Stimmung komplett kaputt gemacht. So ein Treffen gab es danach nie wieder. Dieser Mann war ein Trinker, dem niemand nachgeweint hat, würde ich sagen.« Dann fragte er: »Hat sein Verschwinden denn wirklich mit Þórðurs Tod zu tun?«

In Týrs Tasche begann es erneut zu vibrieren. Er sah aufs Display. Wieder Alexandra. Er drückte sie noch einmal weg und steckte das Handy ein. Quasi im selben Moment vibrierte es erneut, diesmal nur kurz. Týr hatte keine Nerven aus Stahl – vielleicht war ja etwas passiert? Vielleicht hatte Alexandra einen Unfall gehabt, lag eingequetscht unter einem Auto und rief ihn an, damit er sie rettete. Seine Vernunft hakte nicht nach, warum sie sich nicht gleich an den Notruf wandte. So unrealistisch dieses Szenario auch war, Týr hielt es nicht länger als ein paar Sekunden aus.

Alexandra war nirgendwo eingequetscht. Auf dem Display stand: *Übereinstimmung gefunden! Reservier einen Tisch!*

Týr hatte nicht nur mit Karó eine Wette zum Ursprung der Knochen abschließen wollen. Er hatte auch Alexandra zu einer Wette aufgefordert, als sie angerufen und ihm mitgeteilt hatte, dass die Ergebnisse der DNA-Analyse vorlägen. Im Gegensatz zu Karó war Alexandra darauf eingegangen. Wenn sie gewann, musste er sie zum Essen ausführen. Wenn er gewann, würde sie ihm nie wieder mit gemeinsamen Unternehmungen außerhalb seiner Wohnung in den Ohren liegen. Das würde sie natürlich nicht durchhalten, aber er war trotzdem darauf eingestiegen, da er nicht den geringsten Zweifel daran hatte, dass es sich um die Knochen von Messíanas verschollenem Ehemann handelte. Doch offenbar hatte er falschgelegen.

Týr hatte weder Nerven aus Stahl noch war er geduldig. Eine knappe Minute schaffte er es, Karó und Fannar zuzuhören, die über die offizielle Vernehmung sprachen, zu der man Fannar einladen würde. Dann hielt er es nicht mehr aus, entschuldigte sich, stellte sich etwas abseits und rief zurück. Er musste wissen, zu wem die Knochen gehörten. Allerdings konnte er sich nicht einfach in die Küche oder in Fannars Schlafzimmer zurückziehen. Er musste sich mit einem Eckchen im Wohnzimmer begnügen, so weit wie möglich von Karó und Fannar entfernt. Also stellte er sich an das große Fenster zum Garten. Am liebsten hätte er sich in den dicken Vorhang gehüllt, damit ihn auch ja niemand hörte. Stattdessen schirmte er mit einer Hand den Mund ab und flüsterte: »Es ist gerade etwas ungünstig, daher kann ich nicht lange reden. Es gibt also eine Übereinstimmung mit einer der verschollenen Personen?«

»Ja, war gar nicht so einfach. Iðunn ist beschäftigt, daher verrate ich es dir. Aber nicht weitersagen! Du musst so tun, als wüsstest du von nichts, wenn du es auf offiziellem Weg erfährst. Bis dahin bleibt es unser Geheimnis. Wow, ich freue mich total darauf, mit dir essen zu gehen und dieses Versteckspiel zu beenden.«

»Wer ist es?«, hauchte Týr ins Handy.

Auch Alexandra flüsterte, entweder aus Spaß oder weil er sie damit angesteckt hatte. Sie nannte ihm den Namen.

Týr starrte in den Garten. Während Alexandra alle möglichen Restaurants aufzählte, versuchte er, sich zu erinnern, wo er diesen Namen schon einmal gehört hatte. Vergeblich. Er kannte den Vornamen, doch es fiel ihm partout nicht ein, aus welchem Zusammenhang. Er blendete Alexandras Flüstern komplett aus und versuchte, sich zu konzentrieren, den Blick auf Fannars Garten und das angrenzende Brachland gerichtet. Manchmal klappte es besser, wenn man nicht krampfhaft grübelte, sondern den Kopf freibekam. An nichts dachte und die Gedanken strömen ließ. Sein Blick glitt über die triste Umgebung, blieb an einem Erdhaufen hängen, und er dachte an das Loch in Þórðurs Garten. Sein nächster Gedanke war, dass Þórður als Koch gearbeitet hatte. Und auf einmal wusste er die Antwort.

Týr erstarrte. Schnell beendete er das Telefonat und vergaß dabei vor lauter Aufregung zu flüstern. Dann wandte er sich an Karó. »Entschuldige, Karó, aber es gab einen kleinen Zwischenfall. Wir müssen sofort los.«

—

»Áskell Reynisson. Ich verstehe das nicht …« Karó legte das Besteck ab. Sie hatte den Namen mehrfach wiederholt, als wollte sie ihn sich einprägen. Sie saßen in einem Restaurant am Hafen von Grindavík, das den passenden Namen Bryggjan trug, Der Kai. Der Laden machte bald zu, sie waren gerade noch rechtzeitig gekommen. Jetzt saßen sie dort und aßen, während um sie herum schon aufgeräumt wurde. Auf die Kochkünste hatte sich ihr spätes Erscheinen aber nicht ausgewirkt: Das war der mit Abstand beste Fisch gewesen, den Týr seit Langem gegessen hatte. Er hatte ihn in Rekordzeit verspeist, während Karó sich besser im Griff hatte und erst jetzt den letzten Bissen herunterschluckte. Sie trank von ihrem Wasser, ehe sie weitersprach: »Wie kann sein Skelett bei Sorpa landen, wenn er auf hoher See mit einem Schiff untergegangen ist?«

Týr hatte darauf nur eine Antwort – die naheliegendste: »Ich würde sagen, er ist nicht mit dem Schiff untergegangen. Es kann auch nicht sein Bruder sein. Die Frau, deren DNA nach Áskells Tod zum Abgleich hinterlegt wurde, hatte nur diesen einen Sohn. Und außerdem lagen die Knochen nicht im Meer.« Er hatte bei der Kollegin von der Spurensicherung angerufen, mit der sie vorhin gesprochen hatten, doch sie war nicht rangegangen. Er hatte ihr eine Nachricht hinterlassen und wartete nun ungeduldig auf eine Antwort. Er wollte wissen, ob sie Proben aus dem Loch in Þórðurs Garten entnommen hatten, dort, wo laut seinem Sohn eine Grillecke entstehen sollte. Er wusste nicht, ob es eine Verbindung zwischen den beiden Männern gab oder wie die Knochen in Þórðurs Garten gelangt sein konnten, aber möglich war es.

Er sah aus dem Fenster auf die Schiffe am Kai. Sie waren erleuchtet und zeichneten sich klar vor dem dunklen Himmel ab. Sie warteten auf den Loddentrawler, auf dem Þórður als Koch gearbeitet hatte, und sollten dort den Kriminaltechnikern behilflich sein, wenn sie seine Kajüte untersuchten. Das war pragmatischer, als jetzt noch neue Leute loszuschicken. »Vielleicht hat seine Tochter eine Erklärung. Schon ein merkwürdiger Zufall, dass sie sich genau an dem Tag das Leben nehmen wollte, an dem die sterblichen Überreste ihres Vaters identifiziert wurden.«

Nach Týrs Telefonat mit Alexandra hatten sie sich in den Wagen gesetzt, und Týr hatte Karó von den Ergebnissen des DNA-Vergleichs berichtet und erläutert, warum ihm der

Name so bekannt vorgekommen war. Gunndís, die Köchin, die Þórður vertreten und immer wieder versucht hatte, ihn anzurufen, hieß nämlich Gunndís Áskelsdóttir. Eine kurze Recherche im Internet bestätigte seinen Verdacht. Vertretungsköchin Gunndís war die Tochter von Áskell Reynisson, dem Koch, der vor achtzehn Jahren bei einem Schiffsunglück ums Leben gekommen war. Und auf einmal tauchte er als Skelett auf einem Recyclinghof wieder auf.

Bei der Frage, inwiefern der Mord an Þórður mit den Knochen zu tun hatte, kamen sie nicht weiter. Doch es musste eine Verbindung geben. Alles andere wäre ein zu großer Zufall, vor allem im kleinen Island.

Týr, der gezwungen gewesen war, Karó zu verraten, woher er seine Informationen hatte, sah, wie sie die Brauen hochzog. Glücklicherweise fragte sie mit keinem Wort nach, wieso Týr und Alexandra auf einmal in so engem Kontakt standen. Das würde sie sicher später nachholen, aber fürs Erste konnte er sich auf andere Dinge konzentrieren. Um die Information noch einmal ganz offiziell zu erhalten, hatte Karó dann Iðunn angerufen und so getan, als wollte sie sich nach dem Stand der Dinge erkundigen.

Eine genetische Übereinstimmung zwischen den Knochen und jemandem auf der Liste vermisster Personen hatte man erst gefunden, nachdem die Suche auf Menschen ausgeweitet worden war, die ihr Leben auf See gelassen hatten. Das Ergebnis war eindeutig. Auf die Frage, wie die Knochen des ertrunken geglaubten Áskell an Land gelangt waren, antwortete Iðunn nur: »Das ist euer Problem, nicht meins.«

»Könnte es sein, dass diese Gunndís Þórður getötet hat, um seinen Platz einzunehmen?« Karó trank noch mehr Wasser.

»Ich meine, diese Jobs sind gut bezahlt. Vielleicht hat sie sich ins Meer gestürzt, weil sie wusste, dass es rauskommt.«

Der Koch erschien und fragte, ob sie noch einen Kaffee wollten; es sei die letzte Chance, die Küche würde gleich schließen. Týr bestellte eine Tasse, Karó nicht. Sobald der Mann außer Hörweite war, fügte sie hinzu: »Das wird sich alles zeigen. Aber das mit ihrem Vater kapiere ich nicht. Wurde seine Leiche an Land gespült? Oder war er vielleicht gar nicht an Bord des Schiffes?«

»Doch, laut Erla war er das. Er war sogar für das Unglück verantwortlich.« Erla hatte in der Zwischenzeit mehrfach und aus unterschiedlichen Gründen angerufen. Sie wollte wissen, wie es lief, sie bitten, in Grindavík zu warten, sie über die Identifizierung der Knochen informieren und ihnen mitteilen, dass es eine Verbindung zu einer Frau an Bord des Schiffes gebe, auf das sie warteten. Týr hatte nicht durchblicken lassen, dass sie über diese Verbindung bereits Bescheid wussten. Doch Erla hatte auch einige neue Informationen. Man hatte den Hafenaufseher erreicht, der damals im Dienst gewesen war, als das später verunglückte Schiff in See stach, und er konnte sich gut daran erinnern, dass Áskell an Bord gegangen war. In Begleitung einer Frau, die völlig betrunken gewirkt habe, daher sei ihm das so deutlich in Erinnerung geblieben. Nicht viele Frauen führen als Passagiere auf Trawlern mit, schon gar nicht betrunken. Áskell sei als Crewmitglied registriert gewesen, und die Kapitäne achteten sehr darauf, dass diese Listen stimmten. Daher musste Áskell an Bord gewesen sein. »Er könnte höchstens in ein Rettungsboot gestiegen und an Land zurückgelangt sein. Wobei sich das Schiff nicht mehr in isländischen Gewässern befand, sondern auf dem Weg zu den Färöern war, daher ist es kaum vorstellbar, wie er das geschafft haben sollte. Diese Boote haben keinen Motor, und selbst wenn, wäre der Tank leer gewesen, noch ehe er Land gesehen hätte.«

»Vielleicht hat ihn ein anderes Schiff aufgenommen.« Karó gähnte. »Es muss eine Erklärung dafür geben. Jedenfalls müssen wir jetzt nicht mehr darüber nachgrübeln, welchen Zusammenhang es zwischen den Knochen und dem verschollenen Mann oder dem Hausbrand gibt. Da waren wir wohl auf dem Holzweg. Ich glaube immer mehr, dass diese Gunndís Þórður umgebracht hat, um seinen Platz einzunehmen. Geld. Gier. Das wäre nichts Neues.« Sie gähnte wieder, nahm ihr Handy und tippte etwas.

Der Koch brachte den Kaffee. Týr trank einen Schluck, dann noch einen, und stellte die Tasse ab. »Trotzdem irritiert mich das mit dem Gift und dem Hund. Das war ja nicht der erste Hund, der in der Straße vergiftet wurde. Schon Jahre vorher ist das mehrfach passiert, lange bevor Jón und Guðrún dort hingezogen sind. Für den Tod der ersten Hunde können die beiden also nicht verantwortlich sein. Und es wäre sehr merkwürdig, wenn mehrere Anwohner in dieser Straße Hunde töten. Hat Fannar sich vielleicht vertan?«

Karó war zu sehr mit ihrem Handy beschäftigt, um zu antworten. Sie las und tippte abwechselnd. Týr dachte an den Restaurantbesuch mit Alexandra. Wenn er sie zum Essen ausführte, bedeutete das vermutlich das Ende der Geheimhaltung. Selbst wenn sie diesmal niemand sah, würde Alexandra immer wieder mit ihm ausgehen wollen. Ins Kino. Schwimmen. Einen Spaziergang machen. Dann war es nur noch eine Frage der Zeit, wann alles herauskam. Die effektivste Lösung wäre immer noch, sich von ihr zu trennen, aber er schaffte es einfach nicht. Sie war das Einzige, was ihm in seinem ansonsten eher tristen Leben Freude schenkte. Wenigstens im Moment. Ihm war klar, dass diese Beziehung nicht ewig halten würde. Alexandra würde bald an die Uni gehen und früher oder später einen jungen Kerl in ihrem Alter kennenlernen. Und zu Studi-Treffen, Uniböllen oder zum Oktoberfest würde er sich definitiv nicht mitschleppen lassen. Irgendwann würde es automatisch zu Ende sein. Aber bis dahin wollte er die Zeit mit ihr ohne schlechtes Gewissen genießen, ganz nach dem Motto: Carpe diem. Er musste einfach nur seinen Mut zusammennehmen und es Iðunn endlich sagen. Das schaffte er schon. Irgendwie.

Sein Handy klingelte, und er erkannte die Nummer der Kriminaltechnikerin. Er kam direkt zur Sache und fragte nach dem Loch in Þórðurs Garten. Ihre Antwort war nicht das, was er sich erhofft hatte: Das Loch sei nicht explizit daraufhin untersucht worden, ob es möglicherweise als Grab gedient habe. Sie sagte, es seien keine Knochen oder Zähne zu sehen gewesen, geschweige denn ein Schädel. Aber es sei durchaus sinnvoll, noch einmal gründlicher zu suchen und tiefer zu graben. Schlauer war Týr nach dem Gespräch also nicht. Die Knochen konnten aus dem Loch stammen – oder eben auch nicht.

Bevor Týr die Gelegenheit hatte, Karó von dem Telefonat zu berichten, hob sie den Blick und starrte ihn an. »Die Frau, die Áskell damals mit an Bord gebracht hat … Ich habe mir den Unfallbericht angesehen. Ihr Name steht darin.«

»Und?«

»Ich habe eine Kollegin im Büro gebeten, ihn in der LÖKE-Datenbank zu suchen.« Sie sah Týr an und wartete darauf, dass er ausreichend Interesse zeigte. Als er ihr aufmunternd zunickte, sagte sie: »Es gab zwei Treffer mit ihrem Namen. Beides Anzeigen wegen Trunkenheit.«

Týr fand, dass sie über Wichtigeres nachzudenken hatten als über Trunkenheit in der Öffentlichkeit oder ein bisschen Randale. »Ich verstehe nicht ganz …«

Karós Augen klebten immer noch auf ihm. »In beiden Fällen durfte sie ihren Rausch in einer Zelle ausschlafen, mehr ist nicht passiert. Ihr Ehemann hat für sie gebürgt.« Karó riss die Augen so weit auf, dass sie beinahe aus den Höhlen hervortraten. »Sie wohnte in derselben Straße wie Þórður. Und ihr Ehemann hieß Fannar. Hat das etwas zu bedeuten oder ist das wieder nur ein Zufall?«

Týr sagte nichts. Er musste an etwas denken, das ihm aufgefallen war, als er in Fannars Wohnzimmer mit Alexandra telefoniert hatte. Aber er hatte die Verbindung nicht gesehen. Während er sich zu erinnern versuchte, warum ihm der Name Áskell so bekannt vorkam, hatte er nach draußen geguckt, um den Kopf freizubekommen. Der Garten war so langweilig gewesen, dass es ihm nicht schwergefallen war, in den angestrebten Zen-Zustand zu gelangen. Ein Zaun, ein paar nackte Büsche, eine zart beschneite Rasenfläche. Doch an einer Stelle war unter dem Schnee kein winterliches Gras gewesen.

Der Boden war an dieser Stelle dunkelbraun gewesen und daneben hatte ein kleiner Erdhaufen gelegen.

30. KAPITEL – DONNERSTAG

»Ich bin ihr gefolgt. Zum Hafen. Sie war betrunken. Sturzbetrunken. Hatte ihre Tasche gepackt und gesagt, sie wolle mich verlassen. Wir hatten gestritten, und ich wusste, dass sie mich betrügt, aber ich wollte, dass sie eine Therapie macht. Ich hätte ebenso gut mit einer Wand streiten können. Ihr Lover hat sie abgeholt, und ich bin ihnen nachgefahren. Habe sie an Bord eines Trawlers gehen sehen. Sie haben mich nicht bemerkt. Als existierte ich nicht. Ich blieb im Auto sitzen, wusste nicht, was ich tun sollte, wurde immer wütender.«

Fannar sah keiner der Personen, die ihm gegenübersaßen, in die Augen. Er saß mit gesenktem Blick dort, gebrochen, nachdem er alle Hoffnung aufgegeben hatte, sich weiter herausreden zu können. Er hatte es versucht, aber angesichts der Beweise, die sie zusammengetragen hatten, musste er sich geschlagen geben. Sie hatten die Verhaftung akribisch vorbereitet, um genau diesen Effekt zu erzielen: Er sollte einsehen, dass es vorbei war.

Sie hatten ihm ein Foto von seiner Facebook-Seite vorgelegt, auf dem er einen Schal trug, der genauso aussah wie der, den man Þórður um den Kopf gewickelt hatte. Auf der Drohne von Þórðurs Sohn waren Aufnahmen, die Fannar beim Graben in seinem Garten zeigten. Näher herangezoomt ließen sich sogar

Knochen in der Erde ausmachen. Bei einer Hausdurchsuchung an diesem Morgen hatten sie dasselbe Rattengift gefunden, an dem Þórðurs Hund verendet war. Und auf einer etwa einen Monat alten Aufnahme einer Überwachungskamera von Sorpa sah man seinen Wagen auf den Recyclinghof fahren. Die Kamera erfasste zwar nicht den Bereich bei den Containern für Gartenabfälle, aber aussagekräftig waren die Bilder trotzdem. Zum Beispiel konnte Fannar nicht erklären, warum er seine Abfälle nach Hafnarfjörður gefahren hatte, obwohl es in der Region Suðurnes mehrere Abgabestellen gab, eine sogar direkt in Grindavík. Man hatte ihm noch weitere Details präsentiert, die seine Schuld belegten, und die DNA-Proben würden mit Sicherheit auch die letzten Zweifel ausräumen. Allen – Fannar inbegriffen – war klar, worauf es hinauslief.

»Sind Sie ihnen an Bord gefolgt?« Karó führte über weite Strecken das Gespräch, während Týr und ein Kollege von der Polizei Suðurnes sich zurückhielten und zuhörten. Sie saßen in einem Vernehmungsraum auf der Polizeiwache von Reykjanesbær, und das Diktiergerät lief. Týr musste daran denken, wie dieser sonderbare Mann, der ihm gegenübersaß, seine Sorge wegen der Benzinkosten geäußert hatte, als eine Zeugenbefragung in Reykjavík im Raum gestanden hatte. Diesmal hatte es ihn nichts gekostet.

Fannar schüttelte den Kopf. »Nein. Ich bin im Wagen sitzen geblieben und habe auf das Schiff gestarrt. Nichts von alldem wäre passiert, wenn Áskell nicht seine Tasche im Wagen vergessen hätte. Im Grunde ist seine Schusseligkeit an allem schuld.«

Fannar war nicht der erste Mensch in der Geschichte, der mit absurden Erklärungen andere für seine eigenen Missetaten verantwortlich machte. Es entsprach der menschlichen Natur, dass man seinen eigenen Dreck nicht allein schultern wollte. »Wie das?«, fragte Karó, ohne Fannar darauf hinzuweisen, was für einen Unsinn er da redete.

»Ich weiß nicht, wie lange ich im Wagen saß, aber es war eine ganze Weile. Ich hatte mich sogar schon gefragt, was ich da eigentlich machte und ob ich nicht einfach wieder nach Hause fahren sollte. Da kam er zurück. Er verließ das Schiff, ging zu seinem Wagen und öffnete den Kofferraum. Und ich … ich habe nicht nachgedacht. Es ist einfach passiert. Ich bin ausgestiegen, von hinten an ihn herangetreten und habe ihm auf den Kopf geschlagen.«

»Womit?«

Fannar zögerte. Er hob den Blick, leckte sich über die Lippen und fummelte an der Tischkante herum. »Mit einem Montiereisen.«

»Und das lag zufällig auf dem Beifahrersitz? Oder haben Sie es aus dem Kofferraum geholt? So, wie Sie die Situation beschreiben, hätten Sie dazu kaum Zeit gehabt«, hakte Karó nach.

Fannar rutschte auf seinem Stuhl herum. Es war klar, dass er das Montiereisen in böser Absicht mitgenommen hatte. Unklar war nur, ob er eigentlich seine Frau oder Áskell hatte umbringen wollen. Möglicherweise beide, ehe er dann doch kalte Füße bekommen hatte. Zumindest hatte er sie verletzen wollen. So ein Werkzeug nahm niemand in die Hand, um jemanden zu kitzeln. »Es lag einfach da. Ich muss es irgendwann mal in den Fußraum gelegt haben, nachdem mir ein Reifen geplatzt war.«

Karó ging dem nicht weiter nach. Die Zeit spielte für sie. Dass Fannar in Untersuchungshaft kam, war so sicher wie die

Inflation. »Sie haben ihm also mit dem Montiereisen auf den Kopf geschlagen. Vielleicht sogar mehrfach?«

»Ich weiß es nicht mehr.« Keinerlei Überzeugungskraft lag in Fannars Stimme. Für Týr bedeutete das im Umkehrschluss, dass er ganz bestimmt nicht nur einmal zugeschlagen hatte. »Er ist zusammengeklappt. War sofort tot. Ich wollte ihn nicht töten, sondern ihm nur ein bisschen Angst machen. Das war ein Unfall.« Nachdem Týr sich so ausführlich mit Unfallberichten befasst hatte, konnte er mit ziemlicher Sicherheit sagen, dass Fannars Schilderung definitiv keinen Unfall beschrieb.

»Und dann?«

»Ich habe ihn in mein Auto getragen, wollte ihn zum Krankenhaus bringen. Habe seine Tasche geholt, die er fallen gelassen hatte, als ich ... Sie wissen schon.«

»Auf die Rückbank?«

»Nein. In den Kofferraum. Auch die Tasche.«

Karó verzog keine Miene. Man musste dem Mann nicht erklären, dass niemand eine verletzte Person im Kofferraum zum Krankenhaus fuhr. »Und dann?«

»Das Schiff ist ausgelaufen. Deshalb hatte Fannar es so eilig. Ich glaube, Elínborg ist in der Kajüte ins Alkoholkoma gefallen und hat gar nicht bemerkt, dass ihr Lover an Land geblieben ist.«

Sie hatten nachgeforscht, wie es sein konnte, dass Áskell als Crewmitglied registriert war, seine Knochen aber nicht am Meeresboden lagen. Wie sich herausstellte, war der Registrierungsprozess erst 2010 digitalisiert worden. Da sich das Schiffsunglück vor dieser Zeit ereignet hatte, ging man davon aus, dass die Liste kurz vor Auslaufen des Schiffes dem Verantwortlichen übergeben worden war und Áskells Fehlen nicht mehr registriert wurde. Fannars Schilderung passte zu ihrer Vermutung: Niemand ahnte, dass Áskell nicht an Bord war, als das Schiff den Hafen verließ. Wenn seine Abwesenheit erst auf hoher See bemerkt worden war, war es dem Kapitän wohl nicht gelungen, diese Information zu übermitteln, und er hatte abwarten müssen, bis er am nächsten Morgen wieder jemanden in der Reederei erreichen konnte, aber zu dem Zeitpunkt war das Schiff bereits gesunken.

Karó stellte die nächste Frage: »Haben Sie etwas in dem Schiff hinterlassen, das den Brand ausgelöst hat? Damit Sie nicht auffliegen?«

Fannar wirkte ernsthaft erstaunt über die Frage, und der Vorwurf schien ihn zu treffen. »Nein. Wie kommen Sie darauf? Es waren unschuldige Leute an Bord. Und meine Frau.« Týr war sich nicht sicher, ob er damit sagen wollte, dass er das Schiff nicht in Brand gesetzt hätte, weil seine Frau an Bord war, oder ob er einen Unterschied zwischen ihr und der unschuldigen Besatzung machte.

»Also war es reiner Zufall, dass das Schiff in Brand geraten und gesunken ist? Das hat sich für Sie ja dann gut gefügt.«

»Darüber habe ich natürlich viel nachgegrübelt. Das können Sie sich sicher vorstellen. Als ich am nächsten Morgen die Nachrichten eingeschaltet habe, konnte ich es nicht fassen. Das Schiffsunglück war die erste Meldung. Ich hatte die ganze Nacht nicht geschlafen und war zu dem Entschluss gekommen, zur Polizei zu gehen. Die Sache würde auffliegen, und ich wollte mich lieber freiwillig stellen, als bei der Arbeit verhaftet zu werden. Doch das Schicksal hat eingegriffen und mir eine zweite Chance geschenkt. Niemand würde mehr herausfinden können, was geschehen war. Eigentlich konnte man sagen, ich hatte jemanden umgebracht, der ohnehin dem Tode geweiht war.«

Der Kollege aus Suðurnes konnte sich nicht beherrschen: »Es gibt keinen Rabatt auf die Strafe, wenn man jemanden umbringt, der dem Tode geweiht ist. Außerdem war Áskell nicht dem Tode geweiht. Das war keine Sterbehilfe, falls Sie das meinen.«

Bei seiner Verhaftung hatte Fannar einen Rechtsbeistand abgelehnt. Vermutlich war er dem Irrglauben erlegen, dass er so weniger verdächtig wirkte. In Wirklichkeit ließ es ihn bloß dumm aussehen. Vor allem, weil er selbst dann noch auf einen Anwalt verzichtete, als er beschlossen hatte, die Wahrheit zu sagen und niemandem mehr etwas vorzumachen. Als das Stichwort »Sterbehilfe« fiel, blitzten seine Augen auf, als überlegte er tatsächlich, ob das ein Ausweg aus seiner Misere sein konnte. Týr hatte schon jetzt Mitleid mit der Person, die Fannars Verteidigung übernehmen würde.

Karó machte weiter. »Sie sagten, Sie haben über das Schiffsunglück nachgegrübelt. Jahrelang. Haben Sie eine Theorie, was passiert ist?«

»Ja. Ich weiß nicht, ob sie stimmt. Ich glaube, der Kapitän hat irgendwem aus der Crew aufgetragen, sich um das Essen zu kümmern, als sich in der Nacht herausgestellt hat, dass kein Koch an Bord war. Die Person hatte sich wohl in der Kombüse nicht ausgekannt, hat Mist gebaut und versehentlich den Brand verursacht. Die Kochplatten angelassen oder so. Eine andere Möglichkeit wäre, dass Elínborg sich eine Zigarette angesteckt hat, als sie in der Kajüte aufgewacht ist. Dann ist sie wieder eingeschlafen, und die brennende Zigarette hat den Brand ausgelöst. Allerdings habe ich gelesen, dass es beim Notruf hieß, der

Koch sei für das Feuer verantwortlich. Also kann es nicht Elínborgs sorgloser Umgang mit Zigaretten gewesen sein. Aber wer weiß? Vielleicht hatte man sie an den Herd geschickt. Wenn sie betrunken kochen wollte, ist es kein Wunder, dass es so geendet hat.«

Es kostete Týr einige Mühe, keine Miene zu verziehen. Unwillkürlich verglich er die Situation von Vertretungsköchin Gunndís mit seiner eigenen. Genau wie er würde sie bald erfahren, dass ihr Vater auf völlig andere Weise zu Tode gekommen war, als sie ihr Leben lang geglaubt hatte. Keiner konnte das Gefühlschaos und die wirren Gedanken, die auf eine solche Nachricht folgten, besser nachempfinden als er. Týr hatte gesehen, wie man sie von Bord geholt und in einen Krankenwagen gebracht hatte. Zu dem Zeitpunkt wusste sie sicher noch nicht, welches Schicksal ihren Vater in Wirklichkeit ereilt hatte. Ihr Selbstmordversuch konnte nichts damit zu tun haben. Er hatte Mitleid mit ihr, mit dieser jungen Frau, die solch schwerwiegende psychische Probleme hatte, dass sie ihrem Leben ein Ende setzen wollte. Die neue Wendung in ihrer Familiengeschichte würde sicher nicht zuträglich für ihre Genesung sein.

Laut dem Arzt, der sie noch an Bord des Schiffes untersucht hatte, war sie überzeugt davon, dass ihr jemand ein Messer in den Rücken gestochen und sie über Bord geworfen hatte. Der Arzt ging davon aus, dass sie diese Geschichte erfunden hatte, um den Konsequenzen ihres Suizidversuchs zu entgehen. Als andere Möglichkeit nannte er eine Schizophrenie. Das werde alles untersucht. Der Arzt hatte auch die Wunde an ihrem Rücken begutachtet und festgestellt, dass es unmöglich war, die Ursache zu rekonstruieren, nachdem der Schnitt bereits vernäht worden war. Die Krankenschwester, die zufällig an Bord gewesen war, ging davon aus, dass Gunndís sich beim Sturz an etwas Spitzem geschnitten hatte. Sie habe die junge Frau kurz vorher noch an der Reling stehen sehen, und es sei niemand in der Nähe gewesen. Týr hoffte sehr, dass Gunndís sich wieder erholte und der Fall komplett aufgeklärt würde. Er wollte, dass sie – im Gegensatz zu ihm – die ganze Wahrheit über das Schicksal ihres Vaters erfuhr. Das war das Mindeste, was er für sie tun konnte, denn gute Ratschläge, wie sie diese Neuigkeit verarbeiten sollte, hatte er nicht.

Die Vernehmung ging weiter. Fannar schilderte, wie er Áskells Leiche im Schutz der folgenden Nacht in seinem Garten vergraben hatte, nachdem er es immer noch kaum fassen konnte, dass die Chance bestand, ungeschoren davonzukommen. Niemand habe etwas bemerkt, denn sein Garten sei gut vor neugierigen Blicken geschützt. Im Laufe der Jahre habe er allerdings mehrmals Vorsichtsmaßnahmen ergreifen müssen, nachdem Hunde in seinen Garten eingedrungen seien und dort Löcher gebuddelt hätten. Insbesondere an der Stelle, wo die Leiche vergraben gewesen sei. Einer dieser Hunde habe Þórðurs Familie gehört, das sei der letzte gewesen, den er sicherheitshalber aus dem Weg geschafft habe. Er habe nicht geahnt, dass diese Maßnahme so schwerwiegende Konsequenzen nach sich ziehen würde wie die hasserfüllte Eskalation zwischen den Nachbarn, die immer neue Anlässe gefunden hatten, sich zu streiten. Und dann war da die Sache mit den Warmwasserleitungen. Nachdem Þórður und Sigríður sich dagegen gewehrt hatten, dass die Leitungen über ihr Grundstück führten, weigerten sich Jón und Guðrún ebenfalls. Der Hass war so groß, dass die Leute lieber die Wärmeversorgung eines ganzen Viertels gefährdeten, als den anderen einen Gefallen zu tun.

Fannar lachte trocken, als er erzählte, dass die Gemeinde daraufhin sein Grundstück in Augenschein genommen habe. Auf einer groben Skizze vom Verlauf der Leitungen habe er gesehen, dass die Rohre gefährlich nah an der vergrabenen Leiche vorbeiführen sollten. Also hatte auch Fannar widersprochen. Die Gemeinde hatte nur geantwortet, dass die Leitungen zwingend durch die Sackgasse führen müssten und man sich mit ihm leichter einig würde als mit den schwierigen Ehepaaren in den beiden anderen Häusern. Das alles hatte er sich selbst eingebrockt, indem er den Hund vergiftet hatte. Jetzt rächte es sich, und zwar gewaltig.

Es gab nur eine Möglichkeit: Er musste Áskells Leiche ausgraben und loswerden. Und er dachte sofort an Sorpa. Er wählte nicht die nächste Annahmestelle, sondern einen Recyclinghof in Hafnarfjörður, damit im Großraum Reykjavík gesucht würde, falls sie die Knochen entdeckten. Doch das Glück, das ihm all die Jahre über treu gewesen war, hatte sich von ihm abgewandt. Der Tag der Abrechnung war gekommen. Ausgerechnet der Container, den er gewählt hatte, wurde einer Stichprobe unterzogen und der Inhalt analysiert. Fannar glaubte, dass es für alle am besten gewesen wäre, wenn der Inhalt des Containers ganz normal zu Gartenerde kompostiert oder für die Methangasgewinnung genutzt worden wäre. Dann müssten sie alle jetzt nicht hier sitzen. Niemand im Raum war seiner Meinung.

Stattdessen stellte Karó die Frage, die auch Týr und dem Kollegen aus Suðurnes auf der Seele brannte: »Wo ist der Schädel?«

Fannar antwortete nicht sofort. Er blickte unruhig hin und

her und rieb sich das Kinn, als müsste er nachdenken. »Auch bei Sorpa. Natürlich.«

»Im selben Container? Dem für die Gartenabfälle?«

»Ja. Ich meine schon.«

Wieder entschied Karó, nicht weiter nachzuhaken, obwohl der Schädel ganz sicher nicht im selben Container gelandet war. Sie hielt sich an das, was sie vorab vereinbart hatten: Sie wollten Antworten auf die großen Fragen. »Wieso haben Sie Þórður getötet? Die sterblichen Überreste von Áskell waren Sie losgeworden, da konnte es doch nicht mehr so wichtig sein, auch noch die Nachbarn loszuwerden.«

»Richtig. Das hatte ja auch nichts damit zu tun. Das war wegen Áskells Tasche. Ich hatte sie immer noch bei mir, nach all den Jahren.« Fannar trank einen Schluck Wasser, wischte sich über den Mund und fuhr fort. »Oder genauer gesagt: bis letztes Jahr. Da hatte ich den seligen Stefán gebeten, ein kaputtes Ventil an meiner Heizungsanlage auszutauschen. Die Tasche stand zufällig im Heizungsraum, und ich habe sie Stefán als Dankeschön für die Hilfe geschenkt. Áskells Geldbörse hatte ich natürlich längst entsorgt, genau wie den Großteil der Kleidung. Sein Handy hatte ich sofort ins Meer geworfen. Ich wollte verhindern, dass irgendein kluges Köpfchen die Spur zu mir nach Hause verfolgt. Damals wusste ich ja noch nicht, dass niemand nach ihm suchen würde.«

Fannar unterbrach seinen Bericht und bat um Kaffee. Der Kollege aus Suðurnes stand auf und kümmerte sich darum. Die anderen drei blieben wortlos sitzen. Einmal machte Fannar Anstalten, etwas zu sagen, doch Karó bat ihn, auf den Kollegen zu warten. Sie hatte genauso wenig Lust wie Týr, dieselbe Geschichte zweimal zu hören.

Nachdem der Kollege zurück war und Fannar von seinem Kaffee getrunken hatte, erzählte er weiter: »Es waren einige wertvolle Dinge in der Tasche, neben unwichtigem Kram. Eine neuere Winterjacke und Hausschuhe, ein Messerset, ein Laptop, Kochausrüstung und Rezepte. Außerdem zwei Flaschen Alkohol. Die Jacke und den Computer hatte ich verkauft, aber die Kochsachen waren noch in der Tasche. Und der Wein war auch noch da. Kein schlechter Lohn für ein paar Handgriffe.« Er lächelte kalt. »Vermutlich ist er nicht dazu gekommen, den Wein zu trinken. Sein Haus ist in der darauffolgenden Nacht abgebrannt.«

Karó starrte den Mann an, sein Gesicht ohne jede Gefühlsregung. »Wem haben Sie die Jacke und den Computer verkauft?«

»Einem Ausländer. Auf dem Computer hatte ich Tabula rasa gemacht, es war wirklich nichts mehr darauf. Und die Jacke wollte ich nicht auf einer isländischen Verkaufsseite annoncieren. Ich hatte Sorge, dass die Polizei dort nach Diebesgut Ausschau hält. Sicher ist sicher.«

»Und wo haben Sie Käufer gefunden?«

Týr sah schon vor sich, wie er auf dem Parkplatz vor der Blauen Lagune die gestohlenen Sachen verscherbelte. Doch Fannar hatte einen besseren Weg gefunden. »Ich habe die Sachen bei eBay eingestellt. Für die Jacke habe ich gutes Geld bekommen. Im Gegensatz zum Laptop.«

»Sie sagten, es seien Kochutensilien in der Tasche gewesen, die Sie Stefán für seine Hilfe gegeben haben. War auch ein Gasbrenner dabei?« Da Fannar nicht klar war, was Karó damit meinte, suchte Týr schnell auf seinem Handy im Internet ein Foto von einem ähnlichen Gerät heraus und zeigte es ihm.

»Doch, kann gut sein.« Er gab Týr das Handy zurück und sah Karó an. »Wieso fragen Sie?«

Sie antwortete nicht, sondern stellte gleich die nächste Frage: »Was hat diese Tasche mit dem Mord an Þórður zu tun?«

Automatisch lehnte sich Týr auf seinem Stuhl nach vorne. Der Fall war so gut wie aufgeklärt, nur wenige Details fehlten noch. Er war froh, diesen Raum bald verlassen zu können.

31. KAPITEL – DONNERSTAG

Fannar schaute hoch und lächelte. Dabei fiel Týr auf, wie sehr der Mann es genoss, im Zentrum der Aufmerksamkeit zu stehen. Am liebsten hätte Týr die Wasserkaraffe, die auf dem Tisch stand, auf seinem Schädel zertrümmert und ihm anschließend den Kaffee darübergeschüttet. Stattdessen atmete er tief ein und ließ sich nichts anmerken. Sein Job war es, zu ermitteln, nicht zu urteilen.

Karó wiederholte ihre Frage, da Fannar mit seinem Kaffee beschäftigt war. »Fannar? Sie sagten, die Tasche sei der Grund dafür gewesen, dass Sie Þórður getötet haben. Wie meinten Sie das?«

Fannar richtete sich auf. »Þórður hat Stefán an jenem Abend besucht. Er hat gesagt, dass Stefán ihm die Tasche überlassen hat. Weil er die Kochsachen nicht gebrauchen konnte.« Er sah die drei abwechselnd an. »Den Brenner, den Sie erwähnt haben, hat er vielleicht doch behalten. Vielleicht konnte man damit auch den Grill oder eine Zigarre anzünden.«

Týr glaubte eher, dass die Tochter den Brenner, der ja in ihrem Zimmer gefunden worden war, heimlich aus der Tasche genommen hatte. Dass der Vater ihn ihr gegeben hatte, hielt er für ausgeschlossen, aber es konnte gut sein, dass sie einfach ihrer kindlichen Neugier gefolgt war und sich den Brenner genommen hatte. Diese Theorie ließ sich nicht mehr verifizieren, doch er nahm sich vor, die Mutter darauf anzusprechen, die den Hausbrand überlebt hatte.

Fannar fuhr fort: »Þórður meinte, er habe die Tasche mit nach Hause genommen und erst viel später einen Blick hineingeworfen. Nach dem Hausbrand hatten die Leute andere Sorgen. Vor allem Þórður, der einige Zeit unter Verdacht stand. Als er dann irgendwann doch in die Tasche geguckt hat, wurde ihm klar, was er da vor sich hatte – wenn er es auch nicht ganz verstand.« Fannar schüttelte frustriert den Kopf. »Ich hatte mir die Sachen nicht gründlich genug angesehen. An der Messertasche gab es ein kleines Fach. Ich dachte, es wäre leer. Aber es steckte ein Kärtchen darin, auf dem Áskells Name stand, vermutlich für den Fall, dass er sie verloren oder irgendwo liegen gelassen hätte. Þórður wurde neugierig, wollte die Sachen seinem rechtmäßigen Besitzer zurückgeben und hat natürlich schnell rausgefunden, dass der Mann bei einem Schiffsunglück ums Leben gekommen ist.« Fannar seufzte. »Wenig später hat er bei mir angeklopft und wollte wissen, woher ich die Tasche habe. Ich konnte mich irgendwie rausreden, aber ihn hat die Sache nicht losgelassen. In der Tasche war nämlich noch etwas anderes, das ich übersehen hatte: Ein Speiseplan für die schicksalsträchtige Fahrt lag gefaltet in einem Kochbuch. Er sagte, kein Koch würde seine Messer zu Hause lassen, schon gar nicht ein so gutes Set. Da wurde es eng für mich, verstehen Sie?«

Keiner der drei hielt es für nötig, Fannar zu antworten. Sein Bericht passte zu der Aussage von Þórðurs Frau Sigríður über die Beziehung zwischen ihrem Mann und Fannar. Bei ihrer Vernehmung am Tag zuvor hatte sie gesagt, ihr Mann habe sich mit einem alten Schiffsunglück beschäftigt und in diesem Zusammenhang Fannar erwähnt. Sie hatte allerdings nicht richtig zugehört und das Ganze nicht für wichtig erachtet. Sie bestätigte auch, dass er eine Tasche mit Kochsachen von Stefán mitgebracht hatte, doch dafür habe sie sich ebenso wenig interessiert wie für seine Nachforschungen zu dem Schiffsunglück. Bei der Durchsuchung des Hauses durch die Spurensicherung war besagte Tasche aufgetaucht, allerdings hielt man sie zunächst für einen Teil von Þórðurs Gepäck. Darin fanden sich genau die Dinge, die Fannar genannt hatte, bis auf den Brenner und das Kochbuch. Was Letzteres anging, hatte Fannar sich vielleicht geirrt. Dass Þórður sich mit dem Schiffsunglück und Áskells letzter Fahrt befasst hatte, belegten auch zahlreiche Dokumente und Papiere in seiner Kajüte.

Karó machte weiter. »Und Sie sahen keine andere Möglichkeit, als den Mann zu töten? Um den Mord an Áskell zu vertuschen?«

»Doch, doch. Anfangs habe ich versucht, die Nachbarschaftsstreitigkeiten so zu befeuern, dass die Familien umziehen. Meine Hoffnung war, dass Þórður dann nicht weiter über das Schiffsunglück nachdenken würde. Ich habe ihre Autos zerkratzt, die Luft aus den Reifen gelassen, eine Fensterscheibe zerschlagen und den Hundekadaver ausgegraben und in ihre Waschküche gelegt. Das hat auch funktioniert, nur habe ich leider zu spät davon erfahren. Ich hatte ihn bereits getötet, als ich von ihren Umzugsplänen hörte. Das war wirklich dumm.« Als niemand etwas sagte, fuhr er fort: »Aber vielleicht hätte es auch nichts bewirkt. Denn am Freitag wurde in den Nachrichten von dem Knochenfund berichtet. Das schien in Þórður etwas ausgelöst zu haben, denn am Abend hat er bei mir angeklopft und nachgefragt, warum ich vor einigen Wochen in meinem Garten gegraben hätte. Ich Dummkopf habe gesagt, ich hätte nicht gegraben. Wenn ich behauptet hätte, dass ich ein neues Beet anlegen wollte oder so etwas, hätte er sich vielleicht damit zufriedengegeben. Tja.«

Fannar seufzte wieder und starrte auf seine Hände. »Er hatte eine Aufnahme entdeckt, die sein Sohn mit der Drohne gemacht hatte. Auf der war zu sehen, wie ich im Garten grabe. Und schon wieder hatte ich mich selbst reingeritten. Ich hatte mich nämlich wegen der Drohne beschwert, weil ich nicht wollte, dass meine Arbeiten gefilmt werden. Ich habe gesagt, auch viele andere in der Straße hätten sich darüber beklagt, um nicht zu viel Aufmerksamkeit auf mich zu lenken. Daraufhin hat Þórður die Aufnahmen durchgesehen, um sicherzugehen, dass sein Sohn die Nachbarinnen nicht beim Duschen filmt oder so. Da hat er mich graben sehen. Zuerst hat Þórður sich nicht weiter darüber gewundert, aber nach der Meldung im Radio hat er eins und eins zusammengezählt. Er hatte mich auch mit den Müllsäcken wegfahren sehen, da musste er keine große Spürnase sein.«

»Wie sind Sie in sein Haus gelangt? Oder hat er Sie in der Nacht vor seinem Aufbruch ein weiteres Mal besucht?«

Fannar trank den letzten Schluck Kaffee und stellte die Tasse übertrieben vorsichtig auf die Untertasse, als säße er bei einem königlichen Dinner. »Þórður hatte mir erzählt, dass er in der Nacht zu einer Fangfahrt aufbrechen müsse, aber wir könnten reden, wenn er zurück sei. Danach werde er die Sachen zur Polizei bringen und die Profis machen lassen. Also habe ich darauf gewartet, dass er aufbricht und die anderen Familienmitglieder schlafen. Habe draußen gelauert. Es war schweinekalt, kann ich Ihnen sagen.«

Týr wunderte sich, dass dieser herzlose Mann überhaupt frieren konnte, so kalt wie er war.

Sie hörten sich an, wie Fannar auf das Auto zugegangen war, als sich das Garagentor öffnete. Þórður ließ die Scheibe runter, war erstaunt über den nächtlichen Besuch, und Fannar erledigte, was er sich vorgenommen hatte. Er hatte eine Schnur eingesteckt, die er Þórður um den Hals schlang. Es ging leicht, weil Þórður sich im engen Wagen kaum bewegen konnte und der Angriff ihn überrascht hatte. Laut Fannar hatte Þórður fast von selbst den Hals in die Schlinge gelegt, als er den Kopf aus dem Fenster gesteckt und nachgefragt hatte, was denn los sei. Ein paar schnelle Handgriffe, dann hatte er die Schlinge zugezogen. Þórður war schon angeschnallt und schaffte es nicht, den Gurt zu lösen, weil er mit beiden Händen die Schnur um seinen Hals zu lockern versuchte. Um Hilfe rufen konnte er nicht, aber kurz bevor er das Bewusstsein verlor, betätigte er die Hupe.

Als niemand kam, um nachzusehen, was in der Garage los war, atmete Fannar auf, zerrte den toten Mann aus dem Auto und fuhr es zurück in die Garage. Dann schleppte er Þórður hinein und drapierte alles so, dass es nach Selbstmord aussah. Als sein Blick das Fahrrad von Þórðurs Tochter streifte, bekam er Skrupel und schlang seinen Schal um Þórðurs Kopf, für den Fall, dass sie als Erste die Garage betrat. Wenn Fannar glaubte, man könnte ihm das als strafmildernd anrechnen, war er dümmer als jemand, der die Erde für eine Scheibe hielt.

»Also haben Sie in der Nacht, als Þórður getötet wurde, niemanden um sein Haus schleichen sehen?«

Im ersten Moment versuchte Fannar, sich rauszuwinden, doch dann besann er sich. »Nein. Ich habe später bei ihnen angeklopft und nach Þórður gefragt, damit der Verdacht nicht auf mich fällt. Ich habe den Verdacht auf eine andere Person lenken wollen.«

Für den Moment hatten sie alle Antworten, die sie brauchten. All die anderen, nicht ganz so drängenden Fragen würden sie in den nächsten Tagen und Wochen loswerden. Als Karó Anstalten machte, die Vernehmung offiziell zu beenden und das Diktiergerät auszuschalten, sagte Fannar schnell: »Ich wusste nicht, dass die Mutter nicht zu Hause war. Ich hätte das nicht getan, wenn ich geahnt hätte, dass die Kinder allein sind.« Sein aufgesetzt besorgter Blick erschütterte Týr.

Karó schaltete das Diktiergerät aus. »Das glauben Sie ja wohl selbst nicht.« Sie stand auf, verließ den Raum und bat den Polizisten vor der Tür, Fannar in eine Zelle zu bringen. Týr und der Kollege aus Suðurnes folgten ihr. Endlich waren sie diesen abscheulichen Mann los, und sie hatten das Gefühl, wieder frei atmen zu können.

Bevor er sein Handy herausholte, um Alexandra anzurufen und ihr zu sagen, dass er einen Tisch reservieren werde, dachte er an diejenigen, für die auch weiterhin viele Dinge ungeklärt blieben. Mit den anonymen Briefen würde sich niemand mehr befassen, und Messíanas Tochter würde ihren Platz in der Fußballmannschaft nicht zurückbekommen. Und es blieb auch weiterhin ungewiss, was ihrem Vater, Messíanas Mann, zugestoßen war.

Die Sache mit Gunndís würde von der Behörde für Verkehrssicherheit untersucht werden, und das Ergebnis wäre sicher alles andere als erfreulich für sie. Týr dachte daran, wie Karó den Vertreter der Reederei zitiert hatte, der Gunndís als verzweifelt bezeichnet hatte. Wahrscheinlich würde sie nie wieder einen Job auf einem Fischtrawler bekommen. Immerhin konnte ihre Familie endlich den Vater beerdigen, was hoffentlich einen gewissen Trost spendete. Wobei Týr bezweifelte, dass Fannar verraten würde, wo sich Áskells Schädel befand, sodass der Leichnam vermutlich ohne Kopf bestattet werden musste. Und die Familie würde sich ihr ganzes Leben lang fragen, wo er abgeblieben war.

Der Frau, die bei dem Hausbrand ihren Ehemann und ihre beiden Kinder verloren hatte, konnte man jetzt sagen, wie es aller Wahrscheinlichkeit nach zu dem Brand gekommen war. Sie würde sich also nicht länger damit quälen müssen, ob der Brenner Þórður gehört und welchen Anteil er an dem Unglück gehabt hatte. Es war ein Unfall gewesen, an dem niemand die Schuld trug. Auch wenn ihr dieses Wissen vermutlich kaum ein Trost sein würde.

Týr rief sich das Positive ins Gedächtnis. Þórðurs Witwe Sigríður und die beiden Kinder würden die Wahrheit erfahren, und der Täter würde bestraft werden. Aber selbst das konnte allenfalls eine vorübergehende Linderung bedeuten. Ihren Ehemann und Vater bekamen sie dadurch nicht zurück.

Die Zufriedenheit, die sich eingestellt hatte, nachdem der Fall aufgeklärt war, würde nur kurz anhalten, kürzer, als Týr es sich wünschte. Bald kreisten alle Gedanken wieder um seinen eigenen ungeklärten Fall, und es war noch unwahrscheinlicher geworden, dass er je erfuhr, wer seine Mutter getötet hatte. Iðunn war seine einzige Chance, das herauszufinden – und er war kurz davor, diese Chance endgültig zu verspielen.

—

Zurück in Reykjavík mussten Karó und Týr zuallererst Erla von der Vernehmung berichten. Sie waren beide müde und wollten nach Hause, doch ihr Versuch, die Sache mit einer knappen Zusammenfassung abzuhaken, scheiterte. Nachdem sie alles haarklein erzählt hatten und Erla endlich zufrieden war, verließ Týr sofort ihr Büro, bevor sie noch ein Gespräch über die neue Tagesmutter anfing.

Er zog sich in die schalldichte Telefonzelle in dem offenen Büro zurück, die für private Gespräche vorgesehen war, und rief Alexandra an. Er sagte ihr, dass er einen Tisch reserviert habe und Iðunn über ihre Beziehung in Kenntnis setzen werde. Týr wusste nicht, mit welcher Reaktion er gerechnet hatte, aber es überraschte ihn dann doch, als Alexandra einfach nur völlig emotionslos bemerkte: »Ah, okay.«

Nach dem unerwartet kurzen Telefonat holte Týr tief Luft und rief Iðunn an. Es war an der Zeit, reinen Tisch zu machen.

Iðunn dachte, er meldete sich, weil er hören wollte, wie die Obduktion von Þórður verlaufen war. Als er sagte, es gehe um etwas anderes, reagierte sie überrascht, woraufhin Týr kalte Füße bekam und ihr zunächst einmal von den jüngsten Entwicklungen bei den Ermittlungen erzählte. Diesmal machte es ihm nichts aus, in aller Ausführlichkeit zu berichten und so sein unangenehmes Vorhaben noch etwas hinauszuzögern. Im Gegensatz zu Erla war Iðunn keine Frau der vielen Worte und hielt mit ihrer Langeweile nicht hinterm Berg.

»Schön, schön. Danke für den Bericht. Ich denke, ich hab's kapiert.«

Týr legte den Kopf in den Nacken und schloss die Augen. »Da ist noch etwas, das ich dir sagen wollte.«

»Schon gut. Wie gesagt, ich hab's verstanden.«

»Es hat nichts mit dem Fall zu tun. Es ist etwas Privates.«

Iðunn schwieg eine Weile. »Wäre es vielleicht möglich, dass du am Montag bei mir vorbeischaust? Ich bin gerade nach Hause gekommen und habe seit unserem letzten Gespräch keine Zeit gefunden, mich weiter damit zu befassen. Du weißt ja, der Laden brennt gerade.«

Offenbar dachte sie, er wollte über seine Mutter sprechen. »Es geht nicht um meine Eltern. Ich wollte dir sagen, dass Alexandra und ich uns daten. Ich hätte es dir schon früher sagen sollen, aber ich hab's vermasselt.«

Jetzt schwieg Iðunn so lange, dass Týr schon dachte, sie hätte aufgelegt. Er guckte auf das Display. Die Verbindung stand noch. Er hielt sich das Telefon wieder ans Ohr und wartete. »Wow. Wie alt bist du noch gleich?«

»Zweiunddreißig.«

»Sie ist neunzehn.«

»Fast zwanzig.« Sofort bereute er diesen kläglichen Kommentar.

»Ganz genau. Und du wirst bald dreiunddreißig, nehme ich an. Der Altersunterschied bleibt. Der lässt sich nicht durch irgendwelche Rechentricks beschönigen.« Als Týr nicht protestierte und sich auch nicht verteidigte, fügte sie hinzu: »Aber wieso rufst du an? Willst du etwa um ihre Hand anhalten, wie vor tausend Jahren?«

»Nein. Ich will bloß, dass du es weißt. Es war dämlich zu versuchen, es vor dir geheim zu halten. Ich habe nicht richtig nachgedacht.«

»Wir alle machen Fehler.« Sie klang nun etwas milder. »Hör mal, ich bin nicht Alexandras Beziehungsmanagerin, Týr. Du bist erwachsen, und sie, na ja, beinahe. Sie entscheidet selbst, was sie tut, und auch wenn ich es bescheuert finde, bist du wenigstens besser als die beiden Typen, die sie mir bisher vorgestellt hat.«

Týr musste etwas sagen und stieß ein schlichtes »Danke« hervor.

»Es ist kein großes Lob, noch der Passabelste von einem Haufen Idioten zu sein.« Sie ersparte ihm eine Reaktion darauf. »Dir ist sicher klar, dass diese Beziehung nicht lange halten wird, Týr? Ich hoffe, du hältst nicht schon nach Ringen Ausschau und einem Ort, wo du vor ihr auf die Knie fallen kannst?«

»Nein, nichts von alldem. Ich weiß, dass es zum Scheitern verurteilt ist.« Er wusste nicht, wie er erklären sollte, warum er sich dann überhaupt darauf einließ. Glücklicherweise nahm Iðunn ihm das Reden ab und bewahrte ihn davor, zu beschreiben, wie wohl er sich in Alexandras Nähe fühlte. Iðunn hatte keinen Sinn für Gefühlsduselei, daher hätte das ohnehin alles nur noch schlimmer gemacht.

»Eine Sache noch, Týr. Meine Familie ist ein Sammelsurium aus mehr oder weniger verrückten Leuten. Außer Alexandra. Sei gut zu ihr. Sonst wirst du mich kennenlernen.«

»Das bin ich. Ich kann gar nicht anders.« Das stimmte wirklich, fand er. Er war nicht der spaßigste Kerl auf Erden, nicht der fitteste oder originellste. Aber er hatte noch nie jemanden schlecht behandelt.

»Gut. Dennoch möchte ich dich daran erinnern, dass ich eine der wenigen hier im Lande bin – wenn nicht sogar die Einzige –, die weiß, wie man einen Mord begeht, ohne erwischt zu werden.« Sie schwieg kurz. »Das war natürlich ein Scherz.«

Týr stieß ein verlegenes Lachen aus.

»War das ein Scherz?« Iðunn ließ ihre Frage wirken. »Natürlich war das ein Scherz. Oder?«

»Ich werde es nicht provozieren.« Er war sich wirklich nicht sicher, ob sie scherzte oder nicht. Er würde es nicht darauf ankommen lassen. Er bedankte sich, entschuldigte sich noch einmal und legte auf. Dann ging er nach Hause, mit geradem Rücken, glücklichem Gesicht und so unbeschwert wie lange nicht mehr. Und wieder rief er sich die zwei Worte in Erinnerung: Carpe diem.

—

Iðunn tigerte durch ihr Wohnzimmer. Am Ende des Telefonats hatte sie es etwas übertrieben, aber egal. Týr war ein feiner Kerl und würde es schon überleben. Zumal sie ihre Drohung niemals in die Tat umsetzen würde. Sie bereute es, dass sie rangegangen war, und wünschte sich, Týr und Alexandra hätten sich weiter heimlich getroffen, bis es irgendwann vorbei gewesen wäre.

Sie war nicht angetan davon, ganz im Gegenteil. Aber es stimmte, dass er die deutlich bessere Wahl war als seine beiden Vorgänger. Er war weder bis zum Hals tätowiert noch kreuzte er im Anzug auf und redete die ganze Zeit von Aktien. Offenbar waren Alexandras Vorlieben, was Männer anging, recht flexibel. Vielleicht suchte sie sich als Nächstes einen Aktivisten mit Walkette und Protestplakat aus.

Iðunn blieb vor dem gerahmten Flugticket aus ihrer Jugend stehen. Es war das Rückflugticket nach Reykjavík, das sie kostenlos am Flughafen auf den Westmännerinseln bekommen hatte, an dem Tag, an dem sie herausgefunden hatte, was für ein Arsch ihr Vater war. Sie war frisch konfirmiert gewesen und hatte von ihrem Konfirmationsgeld ein One-Way-Ticket auf die Inseln gekauft. Sie hatte ihn fragen wollen, ob sie zu ihm ziehen könne, und eine positive Antwort von ihm erwartet. Doch er hatte keine Zeit für sie gehabt, sondern war mit der nächsten Maschine aufs Festland geflogen. Vermutlich zu seiner Affäre in Reykjavík.

Sie hatte das Ticket eingerahmt, um nie zu vergessen, was für ein Mensch ihr Vater war. Seitdem hatte es immer an ihrer Wand gehangen, doch es war lange her, dass sie davor stehen geblieben war und es sich in Ruhe angesehen hatte. Nachdenklich starrte sie auf das Ticket. Dann nahm sie den Rahmen von der Wand und las noch einmal das Datum.

Sie hatte ein gutes Gedächtnis, besonders für Zahlen. Merkwürdigerweise war der Tag, an dem ihr Leben zusammenbrach, derselbe Tag, an dem auch Týrs Leben seine furchtbare Wendung genommen hatte. Der Tag, an dem ein Verrückter seine Mutter getötet hatte. Iðunn hängte den Rahmen zurück an seinen Platz, ließ sich aufs Sofa fallen und starrte weiter das Ticket an. Dieser Zufall hatte etwas Unangenehmes, und sie wusste auch, warum. Nur ein Mensch konnte ihr sagen, ob sie mit ihrer düsteren Vermutung richtiglag.

Sie nahm ihr Handy, rief ihre Mutter an und hoffte inständig, dass sie gut drauf war. Als sie ranging, fragte sie sofort: »Hi, Mama. Wie hieß die Frau in Reykjavík, mit der Papa damals eine Affäre hatte?«

EPILOG

Ketill saß vor der Haustür. Er hatte sich Schuhe und Jacke angezogen und gesagt, dass er rauswolle. Aber er wusste nicht wohin, deshalb hatte er sich kurzerhand auf die Eingangstreppe gesetzt, den Rücken an die Wand gelehnt. Das war besser als die bedrückende Stimmung drinnen. Hier draußen ging das Leben wenigstens seinen normalen Gang und war nicht in Trauer und Schwermut gefangen.

Er hatte zugesehen, wie Möbel, Matratzen, Kartons, Haushaltsgeräte, Computer, Bilder, Teppiche und alle möglichen Dinge aus Lísas Haus in einen Umzugswagen getragen wurden. Er war überrascht, wie viele Sachen man ansammeln konnte. Ein Wagen hatte nicht gereicht, obwohl er schon groß war; jetzt kam noch ein zweiter, deutlich kleinerer angefahren. Das Haus schien sich langsam zu leeren.

Lísas Familie hatte ihr Haus schon verkauft. Die Immobilienmaklerin hatte gesagt, dass bei ihnen der Mord an seinem Vater den Verkauf erschwere, aber dass sicher bald Gras darüber wachse. Bis dahin sollten sie sich keine allzu großen Hoffnungen machen. Selbst Fannars Haus war inzwischen verkauft. Offenbar zogen die Leute lieber in das Haus des Mörders ein als in das des Opfers.

Das war echt Scheiße. Ketill war sich sicher, dass nach einem

Umzug alles besser geworden wäre. In einem anderen Haus oder einer Wohnung würde nicht alles an seinen Vater erinnern. Am besten wäre es, wenn sie alles wegwerfen und ganz neu anfangen könnten. Aber die Chancen standen schlecht. Jetzt verdiente nur noch eine Person in der Familie, zumindest im Augenblick noch. Seine Mutter war krankgeschrieben, und es war keine Besserung in Sicht. Sie hatten also sowieso kein Geld für neue Möbel.

Lísa kam mit ihrem Fußball und ein paar weiteren Sportsachen im Arm aus dem Haus. Sie war schon zigmal zwischen Haus und Umzugswagen hin- und hergelaufen. Diesmal ging sie zur Mülltonne und ließ die Sachen hineinfallen. Sie hatte Ketill bisher nicht wahrgenommen, oder zumindest tat sie so, doch jetzt sah sie ihm in die Augen und winkte. Er rappelte sich auf und klopfte sich den Hintern ab, während sie auf ihn zukam.

»Ich hab ja gesagt, dass meine Eltern deinen Hund nicht vergiftet haben.«

Ketill nickte bloß. Er wollte über nichts sprechen, was mit dem Tod seines Vaters zu tun hatte. »Wieso hast du den Fußball weggeworfen? Ist er kaputt?«

»Nein. Ich spiele nicht mehr.«

»Du spielst nicht mehr?« Damit hätte Ketill im Leben nicht gerechnet. Er dachte, Lísa lebte für Fußball, aber offenbar lag er falsch. Wie so oft. »Keine Lust mehr?«

»Nee. Das nicht.« Sie zuckte mit den Schultern und tat gleichgültig. Doch es gelang ihr nicht. »Ich darf nicht mehr trainieren. Nicht hier und auch nicht anderswo.«

»Hä?« Lísa war landesweit eine der besten Spielerinnen ihrer Altersgruppe. Er hätte gedacht, dass die Mannschaften sich um sie reißen würden. »Wieso?«

»Ach …« Sie zögerte. In ihrem offenen Haar hatte sich eine Staubfluse verfangen. »Ich kann es dir auch sagen. Du erfährst es sowieso von deinen Freunden, wenn du wieder zur Schule gehst.«

Die beiden Jungs, die Ketill für seine Freunde gehalten hatte, meldeten sich nicht mehr. Und zur Schule ging er auch nicht mehr, zumindest in diesem Halbjahr. Er konnte jetzt nicht lernen. Aber das wusste Lísa nicht, und es ging sie auch nichts an. »Ja, wahrscheinlich.«

»Ich habe den Brief geschrieben. Über Hlíf. An den Verein. Die anderen Briefe waren von meinen Eltern. Über deine Eltern und so.« Lísa verstummte und schien es zu bereuen, dass sie seine Eltern erwähnt hatte. Vielleicht dachte sie, er würde in Tränen ausbrechen, aber das tat er nicht, und sie redete weiter: »Ich wollte, dass sie aus der Mannschaft fliegt, nachdem sie ein Spiel vermasselt hatte. Bin an Papas Computer gegangen, habe die Briefe gefunden und im selben Stil geschrieben, damit der Verein glaubt, dass Erwachsene dahinterstecken. Deshalb darf ich nicht mehr trainieren.«

Ketill stellte fest, dass es ihn nicht überraschte. Es war so viel passiert, dass ihn nichts mehr überraschte. »Hat die Polizei die anonymen Briefe untersucht? Und es herausgefunden?«

Lísa schüttelte den Kopf. Dabei löste sich die Staubfluse aus ihrem Haar und segelte auf die Vorderseite ihres Pullis. Sie wischte sie weg, und Ketill dachte, dass ihn dasselbe Schicksal erwartete. Lísa würde umziehen und er wie eine Staubfluse aus ihrem Leben verschwinden. »Die Polizei beschäftigt sich nicht mit den Briefen. Ich bin zum Trainer gegangen und habe es ihm gesagt. Da ich die Mannschaft verlasse, fand ich es fair, dass Hlíf wieder mitspielen darf.« Sie verzog das Gesicht. »Das hätte ich besser gelassen. Es ist komplett nach hinten losgegangen.«

»Oh.« Ketill beschlich der Gedanke, dass Lísa Hlíf nur wieder in der Mannschaft haben wollte, damit sie gegen sie spielen konnte. Aber was wusste er schon? Vielleicht hatte sie ein schlechtes Gewissen bekommen und wollte es wiedergutmachen? Er würde nicht nachfragen und entschied sich für einen Themenwechsel. »Ihr zieht also um? Wir nicht. Jedenfalls nicht sofort.«

»Ja.« Lísa drehte sich zu ihrer Mutter um, die an der Haustür stand und sie zu sich winkte. »Also dann. Ich wollte nur Tschüs sagen. Und sorry wegen deinem Papa.«

»Danke.« Er suchte vergeblich nach einer coolen Antwort. Das war das letzte Mal, dass sie miteinander sprachen, und er wollte sich daran erinnern, was er zum Abschied gesagt hatte. Aber sein Kopf war leer. Völlig leer. Irgendetwas musste er sagen. »Tschüs dann.«

»Bye.« Lísa ging. Auf dem Weg zum Wagen drehte sie sich noch einmal um und rief ihm zu: »FIFA darf ich noch spielen. Wenn du mich suchst, können wir zocken.«

Ketill verkniff sich ein breites Grinsen und rief zurück: »Ja, mach ich vielleicht.« Er verstand selbst nicht, warum er »vielleicht« gesagt hatte, und verschwand in deutlich besserer Stimmung wieder im Haus.

—

Messíana parkte am Straßenrand vor dem Pfad, der in die Lavalandschaft führte. Sie öffnete die hintere Tür, leinte Gríma an und ließ sie aus dem Wagen. Die Hündin war sieben Jahre alt und hatte vor zwei Jahren Krebs an den Milchleisten gehabt. Die Tumoren waren entfernt worden und der Krebs nicht zurückgekommen, aber die Hündin war seitdem nicht mehr so quirlig und fit wie vor der Erkrankung. Früher hatten sie lange Spaziergänge bis in die Lava gemacht, doch inzwischen schonte Messíana die kleinen Beinchen und fuhr das erste Stück mit dem Auto. Sie fürchtete den Tag, an dem Gríma nicht mehr sein würde, trotz ihrer anfänglichen Zweifel, ob sie sich überhaupt einen Hund anschaffen sollte.

Sie liefen los, und obwohl niemand in der Nähe war und es im Moment keine brütenden Vögel gab, ließ sie Gríma nicht von der Leine. Nicht aus Sorge davor, dass sie weglaufen könnte, sondern weil die Lava so schroff war und von einer dünnen Schneeschicht bedeckt.

Ganz ähnliche Verhältnisse wie damals, als ihr Mann Raggi betrunken aus dem Haus gestürmt war.

Nach seinem Verschwinden war Messíana täglich in die Lava gegangen, später wöchentlich, dann monatlich, und in den letzten drei Jahren nur noch einmal im Jahr. Sie musste nicht mehr ständig nachsehen. In der ersten Zeit hatten die Nachbarn verlegen weggeguckt, wenn sie loszog, aber inzwischen hatten sie sich daran gewöhnt. Die Leute tuschelten nicht mehr, dass sie den Hund nur angeschafft habe, damit sie so tun könne, als würde sie Gassi gehen, obwohl sie in Wirklichkeit nach Raggi suchte. Jetzt stellte niemand mehr solche Spekulationen an. Nach allem, was in der Straße passiert war, interessierte sich keiner mehr für einen Vermisstenfall, der sieben Jahre zurücklag. Messíana war froh darüber, denn sie wollte kein Mitleid.

Als ihr warm wurde, öffnete sie den Reißverschluss ihrer Jacke. Sie hatten den kleinen, verwitterten Holzkeil erreicht, den sie damals am Rand der Lava in den Boden geschlagen hatte. An dieser Stelle musste sie in die Lava steigen. Ohne die Markierung würde sie die Stelle kaum wiederfinden. Von hier aus war es nicht mehr weit, bald konnte sie umkehren, mit Gríma nach Hause fahren und Abendessen für sich und ihre Tochter kochen. Irgendetwas Leckeres zur Feier des Tages.

Der Fußballverein hatte endlich eingelenkt und Hlíf wieder in die Mannschaft aufgenommen. Sie würde sich anstrengen müssen, um wieder bei Spielen dabei sein zu dürfen, aber wenigstens konnte sie wieder trainieren. Das Miststück Lísa hatte dem Trainer gestanden, dass sie den Brief geschrieben hatte und es nicht stimmte, dass der Großteil der Eltern Hlíf nicht mehr in der Mannschaft haben wollte. Der Trainer hatte nichts weiter unternommen, sondern lediglich Messíana Bescheid gegeben, aber da war sie auf die Barrikaden gegangen. Sie hatte den ganzen Verein verrückt gemacht, sich auch an den Fußballdachverband gewandt und gedroht, an die Medien zu gehen. Daraufhin wurde das Miststück endlich gesperrt, was eine mehr als angemessene Maßnahme war. Jetzt konnte sie selbst spüren, wie das war. Messíana wollte dranbleiben, und wenn die Sperre aufgehoben wurde, würde sie sofort wieder die Welle machen und den Verein, der die Verräterin aufnehmen wollte, an den Pranger stellen. Sie würde schon dafür sorgen, dass die Sperre so lange wie möglich bestehen blieb.

Messíana hatte sich sehr verändert, seit Raggi nicht mehr das Zepter führte. Damals hatte sie alles geschluckt. In den schlimmsten Momenten hatte sie sich fast unsichtbar gemacht. Nach seinem Verschwinden hatte sie langsam wieder den Mut gefunden, sie selbst zu sein. Und sie hatte beschlossen, nie wieder den Fußabtreter für einen Mann zu spielen. Das war natürlich nicht an einem Tag geschehen. Es gab Zeiten, da hatte sie ihren Mann aufrichtig vermisst und sich eingeredet, dass er so schlimm gar nicht gewesen war. Davon hatte sie sich nach und nach befreit und war langsam zu dem Menschen geworden, der sie heute war. Die Mama, die niemanden ihr Kind niedermachen ließ. Niemanden.

Gríma blieb an der richtigen Stelle stehen, kannte den Weg besser als Messíana. Ohne die Hündin hätte sie noch lange nach der richtigen Spalte suchen müssen, die im Winter alle gleich aussahen. Eine Markierung an der entsprechenden Stelle kam nicht infrage, und auch die GPS-Koordinaten konnte sie nicht speichern. So dumm war sie nicht. Lieber irrte sie endlos durch die Gegend, als dass sie dieses Risiko einging.

Grímas Schwanz wedelte so schnell, dass er kaum noch zu erkennen war. Messíana beugte sich zu ihr runter und lobte sie für ihren guten Orientierungssinn. Dann trat sie an den Rand der Spalte und sah hinunter. Sie musste sehr genau hingucken, denn die Spalte war tief und es lagen viele Lavabrocken und Steine darin, die sie seinerzeit hineingeworfen hatte. Doch zwischen den Steinen und dem Schnee sah sie hervorblitzen, was sie sehen wollte. Erleichtert richtete sie sich auf. Raggi lag an seinem Platz. Oder vielmehr das, was von ihm übrig war.

Nach seinem Verschwinden hatte sie im Grunde gar nicht lügen müssen. Er war ins Unwetter hinausgestürzt, betrunken und unausstehlich. Sie hatte nicht versucht, ihn aufzuhalten. So, wie er drauf gewesen war, war er da draußen besser aufgehoben als im Haus. Er hatte die Fäuste erhoben, ihr einen heftigen Kinnhaken verpasst und einen Schlag gegen den Brustkorb. Außerdem hatte er Hlíf beschimpft und beinahe auch sie geschlagen. Messíana war dazwischengegangen. Sie hatte im Laufe der Jahre einiges ertragen, aber da war für sie die Grenze.

Es war nicht ihre Absicht gewesen, Raggi zu töten, als sie ihre Schlaftabletten in seinen Drink gerührt hatte. Sie wollte nur dafür sorgen, dass er schlief und sie keine weitere Gewalt erleiden musste. Die Dosis war nicht tödlich gewesen, aber möglicherweise nicht weit davon entfernt. Raggi hatte das Glas in einem Zug geleert und über Mutter und Tochter hergezogen. Witzigerweise wusste Messíana nicht mehr, was genau er ihnen vorgeworfen hatte. Seine letzten Worte spielten für sie keine Rolle. Aber zum ersten Mal hatte sie zurückgeschrien. Fast genauso vehement wie jetzt bei der Auseinandersetzung mit dem Sportverein.

Raggi war perplex gewesen. Anstatt zuzuschlagen, hatte er sie mit offenem Mund angestarrt und war dann aus dem Haus gestürzt, mit viel zu viel Alkohol im Blut und einer Überdosis Schlaftabletten. Sie ließ ihn gehen, brachte Hlíf ins Bett und legte sich schlafen.

Am nächsten Tag merkte Messíana, dass er nicht zurückgekommen war. Sein Handy lag noch auf dem Tisch neben dem Sessel, in dem er immer saß, fernsah und trank. Dennoch konnte sie ihn orten, weil sie heimlich einen GPS-Sender in die Kapuze seiner Jacke genäht hatte. Nicht, weil sie ihn kontrollieren wollte, sondern damit sie wusste, wann sie mit ihm rechnen musste, wenn er schlecht drauf war.

So fand sie heraus, dass er sich in der Lava befand, ein ganzes Stück von ihrem Haus entfernt. Das überraschte sie nicht, er war schon bei früheren Wutanfällen dorthin gelaufen und zerschrammt und hinkend aus dem schwierigen Gelände zurückgekehrt. Diesmal ahnte sie Böses. Sein Standort änderte sich im Laufe des Morgens nicht mehr. Im ersten Moment dachte sie, er hätte vielleicht den Sender entdeckt und aus der Jacke entfernt. Damals waren diese Geräte noch deutlich größer gewesen als heute, daher konnte das durchaus sein. Es gab nur eine Möglichkeit, es herauszufinden. Messíana machte sich auf den Weg zu dem Ort, den die App anzeigte. Dort fand sie die Jacke – und darin ihren Ehemann.

Es war längst zu spät, ihm noch zu helfen. Sein Gesicht war blutleer und weiß, die Lippen trocken und die offenen Augen von Schnee bedeckt. Die Mischung aus Alkohol und Schlaftabletten hatte unter diesen Umständen tödlich gewirkt. Wäre er zu Hause geblieben, hätte er am nächsten Morgen vermutlich Kopfschmerzen gehabt, wie er es verdient hatte, aber mehr auch nicht.

Messíana bekam Panik wegen der Schlaftabletten. Sie rief nicht den Rettungsdienst, sondern rollte Raggi unter großem Kraftaufwand in eine nahe Lavaspalte und suchte dann Steine, um die Leiche so gut es ging zu bedecken. Glücklicherweise hatte sie daran gedacht, vorher den GPS-Sender aus seiner Kapuze zu entfernen, für den Fall, dass er gefunden würde. Diese Sorge erwies sich dann aber als unbegründet.

Die Polizei wollte wissen, ob Raggi sein Handy bei sich gehabt habe. Hatte er nicht. Ob er eine Smartwatch getragen habe. Auch diese Frage konnte sie ohne schlechtes Gewissen verneinen. Niemand fragte nach einem Ortungsgerät in seiner Jacke. Natürlich nicht.

Messíana schloss die Augen und atmete tief durch die Nase ein. Ein weiteres Jahr war vergangen, ohne dass Raggi entdeckt worden war. Jedes Mal, wenn in den Nachrichten von einem Knochenfund berichtet wurde, erschrak sie zu Tode, selbst wenn ein völlig anderer Ort genannt wurde. Auch als die Mitarbeiter von Sorpa auf Knochen gestoßen waren, war ihr ganz anders geworden. Sie hatte sich nicht in die Lava gewagt, um nachzusehen, weil sie befürchtete, dass das Gelände bewacht wurde. Bis sich schließlich herausstellte, dass die Knochen zu einer anderen Person gehörten, hatte sie sich gequält. Dabei war es völlig abwegig, dass jemand Raggis Knochen aus der Spalte gefischt und irgendwo anders hingebracht hatte, schon gar nicht auf eine Müllkippe. Doch ihr schlechtes Gewissen verhinderte, dass sie logisch dachte.

Irgendwann würde man keine Reste des Schlafmittels mehr in der Leiche feststellen können, aber noch war es nicht so weit. Raggi war vollständig bekleidet gewesen, und obwohl das Fleisch sicher schon verrottet war, konnten clevere Kriminaltechniker vielleicht noch Spuren des Medikaments ausfindig machen, die vom verwesenden Körper in die Kleidung übergegangen waren. Für Messíana bestand kein Zweifel, dass das Schlafmittel schuld an seiner Erschöpfung und damit an seinem Tod da draußen in der Kälte gewesen war. Sie hätte natürlich behaupten können, dass er in der Hoffnung auf einen intensiven Rausch heimlich Tabletten von ihr genommen habe. Aber dafür war es jetzt zu spät. Im Nachhinein fand sie es selbst verrückt, wie sie damals reagiert hatte. Wie sollte sie die Steine auf der Leiche erklären? Damit, dass dort Kinder gespielt hätten? Dass ein Erdbeben einen Steinrutsch in der Spalte bewirkt hätte, und zwar nur dort? Die Steine waren moosbewachsen und stammten ganz offensichtlich nicht aus der Lavaspalte, sondern von dem bewachsenen Gebiet drum herum. Niemand würde ihr glauben. Dass Steine auf der Leiche lagen, zeigte eindeutig, dass Raggi nicht in die Spalte gestürzt und dort erfroren war. Wenn sie einen schmaleren Spalt gewählt hätte, hätte sie die Steine möglicherweise wieder entfernen können, sodass die vermeintliche Unfallstelle weniger verdächtig wirkte. Doch es half nicht zu grübeln. Besser machte sie sich bewusst, dass die Leiche jetzt schon so viele Jahre von niemandem gefunden worden war. Also würde es bestimmt auch weiterhin gutgehen.

Wer – außer einem wahnsinnigen Trinker – wagte sich schon in die zerklüftete Lava?

»Na dann, Gríma. Lass uns nach Hause gehen.«

—

Elli musste an Gunndís denken. Er hatte in letzter Zeit oft an sie gedacht und deshalb die langersehnten freien Tage noch gar nicht richtig genießen können. Ein paarmal hatte er schon überlegt, sie anzurufen, sich aber nie dazu durchgerungen. Nach allem, was passiert war, legte sie bestimmt keinen Wert auf Kontakt zu jemandem aus der Mannschaft. Wahrscheinlich war es am besten für sie, wenn sie sich in Ruhe erholte und die ganze Fangfahrt vergaß. Während der letzten Arbeiten an Bord war Gunndís das einzige Gesprächsthema gewesen. Keiner der anderen Crewmitglieder glaubte ihre Geschichte. Keiner außer ihm. Aber natürlich waren alle – er inbegriffen – froh, dass nichts Schlimmeres passiert war.

Im Lichte der neusten Erkenntnisse schämten sich sicher die meisten für ihr Verhalten Gunndís gegenüber. Vor allem Ómar und Geir.

Alle wussten jetzt, dass ihr Vater nicht für den Brand und damit auch nicht für das Schiffsunglück verantwortlich gewesen war. An der Tankstelle war er zufällig Geir begegnet und der hatte ihm erzählt, in der Crew mache die Theorie die Runde, dass die betrunkene Frau an Bord als Köchin eingesetzt worden war und versehentlich das Feuer verursacht hatte. Da das alles so lange zurücklag, würde es sicher nicht weiter untersucht werden, und alle waren zufrieden mit dieser Erklärung. Er konnte also aufatmen.

Es schien, als wäre Elli der Einzige, der die Wahrheit kannte.

Er war erschrocken gewesen, als Gunndís erklärt hatte, dass die Wahrheit schon bald ans Licht kommen würde, obwohl er immer noch nicht ganz verstand, woher sie das wissen wollte. Er selbst hatte es damals aus erster Hand erfahren. Sein Vater hatte ihm eine Nachricht auf das neue Handy geschickt. Er schrieb, dass die Handyverbindung jeden Moment abreißen könnte, aber man habe ihn für diese Fahrt zum Koch gemacht und er würde besser bezahlt. Nach seiner Rückkehr könnten sie vielleicht ins Ausland reisen. Das dürfe er auf keinen Fall seiner Mutter verraten, es sollte ein Geheimnis bleiben, er wolle sie überraschen.

Elli hatte sich daran gehalten und niemandem von der Nachricht erzählt. Später an jenem Tag erfuhr er von dem Unglück, und er hatte andere Sorgen, als über den Anteil seines Vaters daran nachzugrübeln. Erst bei der Gedenkfeier erfuhr er, dass der Koch die Tragödie verursacht haben sollte. Die Erwachsenen tuschelten über ein Mädchen in seinem Alter und ihren großen Bruder, die ebenfalls im Raum waren. Mit großen Augen hatte er beobachtet, wie die beiden geschnitten wurden. In jenem Moment hatte er nicht den Mut gefunden, den Angehörigen an seinem Tisch zu sagen, dass es nicht stimmte. Dass sein Vater der Koch gewesen war. Er wollte nicht wie das Mädchen enden, als das Kind, über das getuschelt wurde und mit dem niemand reden wollte.

Dennoch hatte er nicht einfach nur dasitzen können, sondern war zu ihr rübergegangen und hatte versucht, nett zu ihr zu sein. Ihm war nichts anderes eingefallen, als ihr sein neues Handy zu zeigen, und sie hatte gelächelt und ihm ein Kompliment wegen des Geräts gemacht. Dann hatte seine Mutter ihn weggezerrt, und wenig später waren das traurige Mädchen und sein Bruder verschwunden. In den folgenden Jahren hatte er immer mal wieder an sie gedacht. Überlegt, was wohl aus ihr geworden war, und sich vorgestellt, dass sie ihren Weg gemacht hatte. So konnte er mit dem leben, was er getan – oder vielmehr: was er nicht getan hatte. Da sie nicht aus dem Ort stammte, hatte er sich eingeredet, dass die Menschen in ihrem Umfeld besser mit ihr umgingen als die Teilnehmer an der Gedenkfeier. Dass sie erwachsen geworden war und als Lehrerin, Informatikerin oder Hotelmitarbeiterin ihren Lebensunterhalt verdiente. Sich einen Job an Land gesucht hatte, wie die meisten Frauen.

Doch dann war Gunndís an Bord erschienen. Als Schiffsköchin, wie ihr Vater. Mit seiner Vorstellung von ihrer Zukunft hatte er komplett danebengelegen. Und sie hatte an Bord dieselbe unmenschliche Behandlung erfahren wie bei der Gedenkfeier. Getuschel und Lästereien, die sie nicht verdient hatte. Spätestens jetzt wusste er, dass er das Richtige getan hatte. Er wollte nicht an ihrer Stelle sein, und obwohl er sie nett fand, stand er sich selbst doch am nächsten.

Er hätte ihr niemals etwas angetan, wenn sie nicht laut verkündet hätte, dass ihr Vater nicht für das Unglück verantwortlich gewesen sei und dass sie das auch beweisen könne. Der

Gedanke daran, derjenige zu werden, den die Crew mied und mobbte, war unerträglich. Wahrscheinlich würde er seine Stelle verlieren. Die Mannschaft musste wie eine gut geölte Maschine zusammenarbeiten und funktionieren. Und die Reederei würde das störende Rädchen auswechseln. Als er an Deck kam und sie allein an der Reling stehen sah, hatte er kurzentschlossen gehandelt. Das war seine Chance. Nur zwei weitere Männer waren draußen und standen mit dem Rücken zu ihr. Sie waren ganz auf die Pumpe und das Netz konzentriert, das an Bord des anderen Schiffes geleert wurde.

Das war nicht geplant gewesen, ganz im Gegenteil. Er hatte nach Gunndís gesucht, um ihr das Messer zurückzugeben. Er hatte es in einer Kramschublade im Trockenraum entdeckt, wo vermutlich Geir oder Ómar es versteckt hatten, um sie zu ärgern. Ein gutes Küchenmesser hatte nichts zwischen stumpfen Scheren, verrosteten Schraubenziehern und alten Taschenmessern zu suchen. Er hatte vorgehabt, es ihr zurückzubringen, und wollte gleichzeitig aus ihr herausbekommen, was sie wusste.

Aber dann war er einfach schnell von hinten an sie herangetreten, hatte ihr das Messer in den Rücken gestochen, sie über Bord geworfen und war zurück nach drinnen geeilt. Als sie sich das Messer aus dem Rücken riss und es fallen ließ, hatte er innerhalb von Sekundenbruchteilen entscheiden müssen, was er tun sollte. Er konnte das Risiko nicht eingehen, es zu holen, und ließ es einfach liegen. Niemand hatte es entdeckt. Er hatte es später über Bord geworfen, als er für Gunndís nach dem Messer gesucht hatte, und damit sichergestellt, dass dieses Beweismittel niemals gefunden würde.

Jetzt konnte Elli nichts mehr passieren, wenn auch auf Kosten von Gunndís. Aber die war Köchin und würde schon irgendwo einen Job finden. Maschinisten wie er arbeiteten zwar auch an Land, aber diese Jobs waren deutlich schlechter bezahlt als auf See und er hatte sich kürzlich eine Wohnung gekauft, die er nur mit Mühe und Not abbezahlen konnte. So schlimm er es auch fand, dass es zu dieser Verzweiflungstat gekommen war, so froh war er, dass es für ihn noch einmal gut ausgegangen war.

Er würde nicht auffliegen.

—

Der Journalist im Radio berichtete über Klagen der isländischen Umweltorganisation Landvernd gegen geplante Testbohrungen nach heißem Wasser in einem Lavagebiet bei Grindavík. Ein Vertreter der Umweltorganisation zeigte sich enttäuscht darüber, dass keiner der Aspekte, die Landvernd vorgebracht habe, berücksichtigt worden sei, sodass in Kürze die ersten Schotterpisten in der unberührten Landschaft angelegt werden sollten, die dadurch unwiederbringlich zerstört werden würde.

Kiddi hörte nur mit einem Ohr zu. Er musste sich auf das konzentrieren, was er vor sich auf dem Bildschirm sah. In den Nachrichten wurde sowieso ständig dasselbe wiederholt. Nur selten gab es mal was Besonderes zu berichten. So eine Meldung hatte es zum Beispiel heute früh gegeben, daher rechnete er nicht mit weiteren spannenden News für diesen Tag. Offenbar hatte jemand auf eBay einen isländischen Schädel zum Verkauf angeboten, was in der Tat höchst merkwürdig war. Es hieß, dass im Ausland für intakte Schädel mit vollständigem Gebiss enorme Summen gezahlt würden, was Kiddi weniger erstaunte. Die Polizei gehe der Sache im Zusammenhang mit dem kürzlichen Knochenfund bei Sorpa nach. Eine gewisse Person stehe unter Verdacht. Der Schädel sei einige Wochen vor dem Knochenfund annonciert gewesen. Der Journalist fragte den Ermittlungsleiter, ob es sich um den Mann handele, der wegen des Knochenfunds in Untersuchungshaft sitze, doch die Polizei gab keinerlei Auskunft darüber.

Vor Kiddi lag eine Kopie des Fangprotokolls eines Fischtrawlers, der im Breiðafjörður auf Loddenfang gewesen war. Auf dem großen Bildschirm vor ihm liefen die Videoaufnahmen einer Drohne, die er mit dem Protokoll abgleichen musste. Waren alle Fänge protokolliert oder wurde ein Fang unterschlagen, nachdem die Quote abgefischt war? Wenn anderer Fisch als der Zielfisch aus dem Wasser gepumpt wurde, musste kontrolliert werden, ob der Beifang auch ordnungsgemäß protokolliert worden war. Die Fischereibehörde setzte nur die allerbesten Drohnen ein, sie konnten so nah heranzoomen, dass sich sogar die gefangenen Fischarten erkennen ließen. Zudem flogen sie so hoch und leise, dass die Mannschaft an Bord sie meist nicht bemerkte.

Auf dem Bildschirm konnte man sehen, wie der Fang des einen Schiffes auf ein anderes gepumpt wurde. Er musste nachsehen, ob die Reederei, die den Fang übernommen hatte, ihn auch ordnungsgemäß protokolliert hatte. Dazu musste er das Fangprotokoll des anderen Schiffes heraussuchen, und er wollte gerade aufstehen, als er am linken Bildschirmrand eine merkwürdige Szene wahrnahm. Er ließ sich zurück auf seinen Stuhl plumpsen, spulte die Aufnahme zurück und zoomte die Stelle heran. Er ließ das Video wieder laufen, starrte auf den Bildschirm, spulte ein zweites Mal zurück, sah es sich noch einmal an, und dann noch ein drittes Mal.

Es bestand kein Zweifel. Backbord stand eine Person an der Reling. Eine zweite Person trat durch eine Tür und näherte sich schnell der Person, die aufs Meer blickte, stach ihr etwas in den Rücken und warf sie über Bord. Kiddi wusste genau, was er da sah. Vor einigen Tagen war eine verrückte Köchin das Gesprächsthema Nummer eins gewesen, die sich ins Meer gestürzt hatte und behauptete, sie sei gestoßen worden.

Kiddi griff zum Hörer und wählte die Nummer der Behörde für Verkehrssicherheit. Er bat darum, dass man ihn mit jemandem aus der Abteilung für Schiffsunfälle verband, und fügte hinzu, dass er über wichtige Informationen zu einem Zwischenfall verfüge, der sich kürzlich ereignet habe. Die zuständige Person wolle sicher gerne wissen, was er zu sagen habe. Nachdem er seine Beobachtung geschildert und auch den entsprechenden Videomitschnitt an die Behörde geschickt hatte, stand er auf und holte sich einen Kaffee.

Jetzt mussten sich andere darum kümmern, den Schuldigen zu finden.

DANK

Vielen Dank für ihre Hilfe bei der Recherche an:
Kapitän Jón Atli Gunnarsson und die Crew der *Gullberg VE-292*,
den Fischereibetrieb Vinnslustöðin hf.,
Kristín Jóhannsdóttir, Museumsdirektorin,
Sævar Guðmundsson von der Fischereibehörde Fiskistofa,
meinen seligen Onkel Guðni Þorsteinsson, Autor des Buchs *Veiðar og veiðarfæri* (dt: Fischerei und Fanggeräte)
und Lillý Óladóttir, Polizistin.

Alle Fehler liegen in der Verantwortung der Autorin.

Die isländische Originalausgabe erschien unter dem Titel
Frýs í æðum blóð, bei Veröld, Reykjavík

Es ist der Autorin bewusst, dass von Grindavík aus keine Loddenfischerei betrieben wird. Die Reederei, die Schiffe und alle Figuren in diesem Roman sind frei erfunden.

FSC www.fsc.org MIX Papier | Fördert gute Waldnutzung FSC® C014496

Penguin Random House Verlagsgruppe FSC® N001967

1. Auflage

Neumarkter Straße 28, 81673 München
produktsicherheit@penguinrandomhouse.de
(Vorstehende Angaben sind zugleich
Pflichtinformationen nach GPSR.)

Umschlaggestaltung: semper smile, München
Umschlagmotiv: © shutterstock / RonnyKratif
Satz: GGP Media GmbH, Pößneck
Druck und Einband: GGP Media GmbH, Pößneck
Printed in Germany
ISBN 978-3-442-76299-6

www.btb-verlag.de
www.facebook.com/penguinbuecher